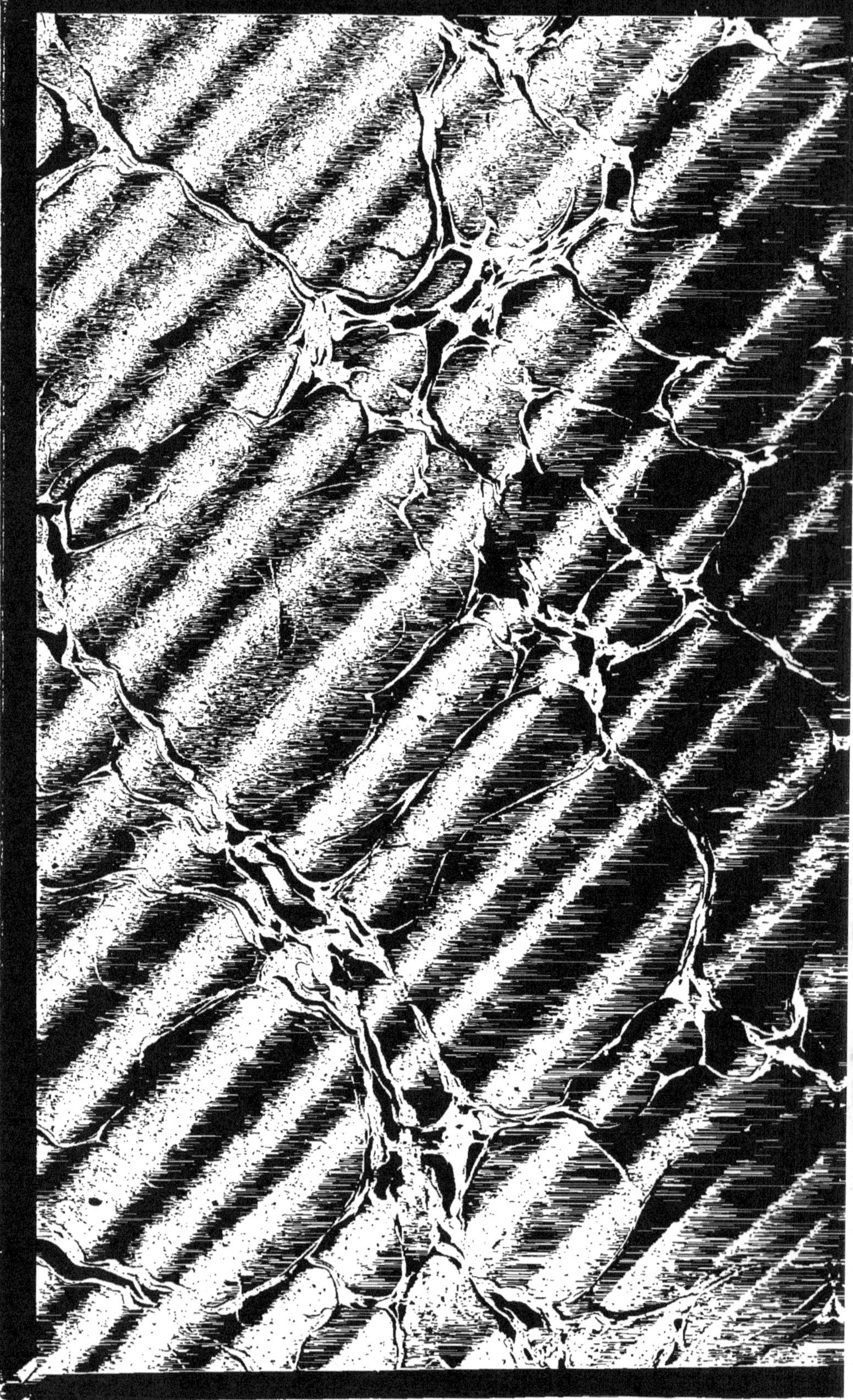

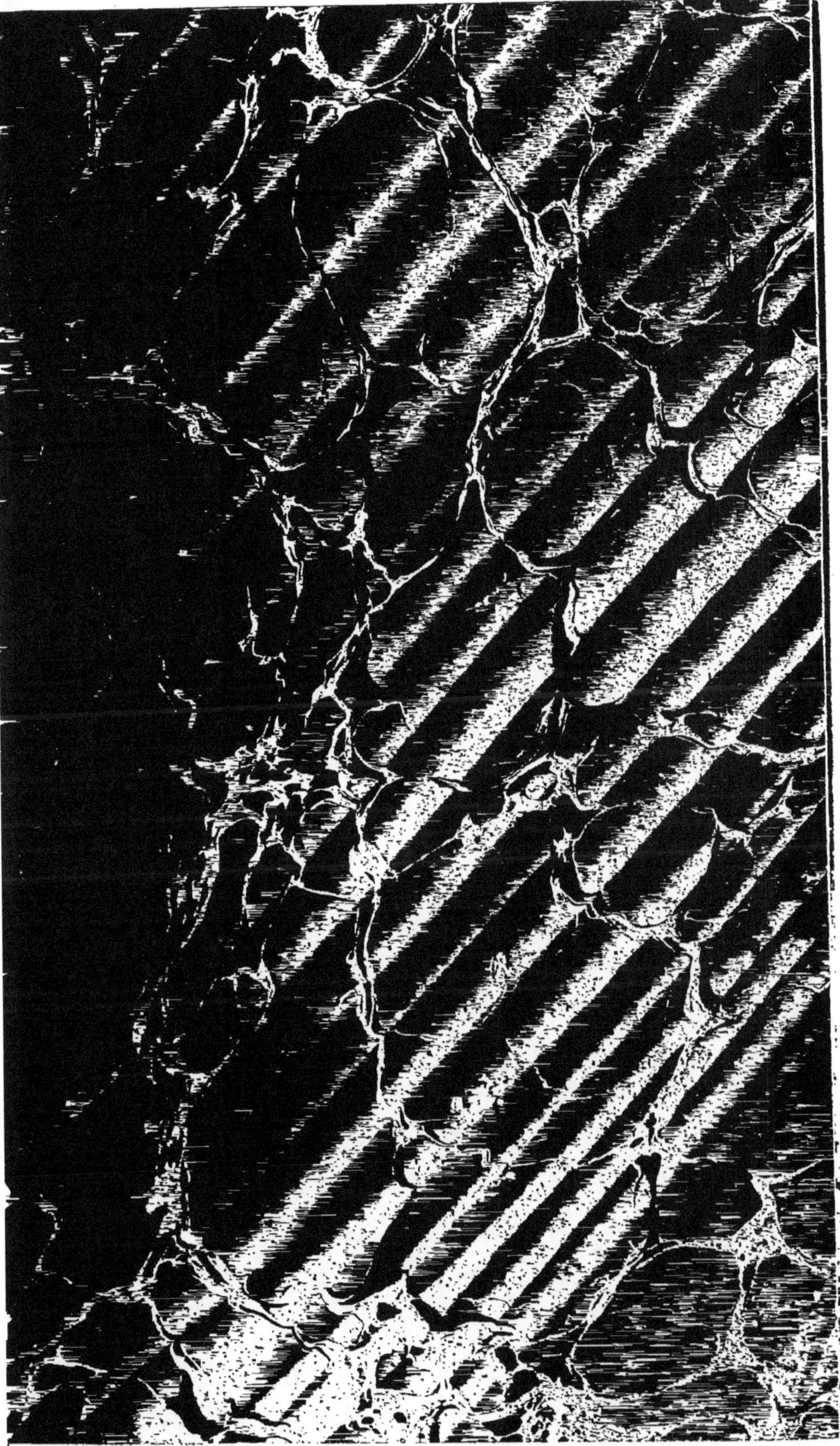

# MORCEAUX CHOISIS.

## CLASSE DE TROISIÈME.

**On trouve à la même librairie :**

*Histoire abrégée de la Langue et de la Littérature françaises*, depuis leurs origines jusqu'à nos jours, à l'usage de la classe de rhétorique, par *M. Auguste Noël*, professeur de rhétorique au lycée de Versailles; 1 fort vol. in-12.

*Morceaux choisis des Classiques français*, *Prose et Poésie*, à l'usage des classes de grammaire (Sixième, Cinquième et Quatrième), Extraits des prosateurs et des poëtes du dix-septième siècle, recueillis et publiés avec des notices historiques, des appréciations littéraires et des remarques, par *M. L. Feugère* : 29e édition ; ouvrage approuvé et recommandé par le Ministre de l'instruction publique pour les classes de grammaire : 2 vol. in-12.

Chaque volume et chaque classe se vendent séparément.

*Morceaux choisis des Classiques français, Prose et Poésie*, à l'usage des classes supérieures des lettres (Troisième, Seconde, Rhétorique), Chefs-d'Œuvre des prosateurs et des poëtes du dix-septième et du dix-huitième siècle, recueillis et publiés avec des notices historiques, des appréciations littéraires et des remarques, par *M. L. Feugère* : 21e édition; 2 forts vol. in-12.

Chaque volume et chaque classe se vendent séparément.

*Morceaux choisis des Classiques français, Prose et Poésie réunies*, à l'usage de la classe de Troisième, Chefs-d'Œuvre des prosateurs et des poëtes du dix-septième et du dix-huitième siècle, avec notices et remarques, par *M. L. Feugère* : nouvelle édition ; 1 vol. in-12.

*Morceaux choisis des Classiques français, Prose et Poésie réunies*, à l'usage de la classe de Seconde, Chefs-d'Œuvre des prosateurs et des poëtes du dix-septième et du dix-huitième siècle, avec notices et remarques, par *M. L. Feugère* : nouvelle édition; 1 vol. in-12.

*Morceaux choisis des Classiques français, Prose et Poésie réunies*, à l'usage de la classe de Rhétorique, Chefs-d'Œuvre des prosateurs et des poëtes du dix-septième et du dix-huitième siècle, avec notices et remarques, par *M. L. Feugère* : nouvelle édition; 1 vol. in-12.

*Morceaux choisis des Écrivains contemporains, Prose et Poésie*, à l'usage des classes supérieures, Extraits des prosateurs et poëtes du dix-neuvième siècle, recueillis et publiés avec des notices historiques, des appréciations littéraires et des remarques, par *M. G. Feugère fils*, professeur au lycée Saint-Louis; 1 vol. in-12.

# MORCEAUX CHOISIS

DES

# CLASSIQUES FRANÇAIS

## A L'USAGE DES CLASSES SUPÉRIEURES

CHEFS-D'ŒUVRE DES PROSATEURS ET DES POËTES

DU DIX-SEPTIÈME ET DU DIX-HUITIÈME SIÈCLE

RECUEILLIS ET ANNOTÉS

**Par LÉON FEUGÈRE**

ANCIEN PROFESSEUR AUX LYCÉES NAPOLÉON ET LOUIS-LE-GRAND
ET CENSEUR DES ÉTUDES AU LYCÉE BONAPARTE.



NOUVELLE ÉDITION.

---

CLASSE DE TROISIÈME.

---

PARIS.

IMPRIMERIE ET LIBRAIRIE CLASSIQUES

**De JULES DELALAIN et FILS**

RUE DES ÉCOLES, VIS-A-VIS DE LA SORBONNE.

Multa magis quam multorum lectione formanda mens et ducendus est color.... Paucos, qui sunt eminentissimi, excerpere in animo fuit; facile autem erit studiosis, qui sint his simillimi, judicare[1].

QUINTILIEN, *Inst. orat*, X, 1.



Les plans d'études les plus récents de l'enseignement secondaire ont établi qu'il serait fait usage, dans toutes les classes des lycées et des colléges, pour que la connaissance de notre langue et de notre littérature y fût plus répandue et plus approfondie, de recueils de morceaux choisis, empruntés à nos meilleurs écrivains, prosateurs et poëtes, à ceux que nous pouvons appeler nos classiques.

Cette prescription était conforme aux plus saines traditions de l'enseignement public et privé : les maîtres les plus accrédités de la jeunesse l'avaient hautement recommandée. « Jamais il ne faut permettre, a dit Nicole, que les enfants apprennent rien par cœur qui ne soit excellent; car les choses qu'ils ont apprises sont comme des moules ou des formes que prennent leurs pensées lorsqu'ils les veulent exprimer. » Rollin demandait, d'après ce motif, des recueils français « qui, composés exprès, épargnassent aux maîtres la peine nécessaire pour feuilleter beaucoup de volumes, et aux élèves des frais considérables pour se les procurer. » Rien n'était plus efficace, selon le judicieux auteur du *Traité des études*, pour donner aux jeunes gens

1. « C'est en lisant beaucoup, plutôt qu'en lisant beaucoup d'auteurs, qu'il convient de former son esprit et de donner de la couleur à son style... Notre intention, pour nous, a été que de choisir un petit nombre d'écrivains, les plus remarquables de tous. Les personnes amies de l'étude reconnaîtront ensuite aisément quels sont ceux qui ont le plus approché de ces modèles. »

de bons principes et l'habitude d'un bon langage, que « des extraits faits avec soin et qui pourraient avoir quelquefois une longueur raisonnable. »

En applaudissant à une pratique d'enseignement confirmée par de tels suffrages et très-sagement rétablie, il nous sera permis de nous féliciter d'avoir reçu du ministre une haute marque de confiance, lorsqu'il a bien voulu nous inviter à composer un recueil de morceaux choisis, pour les classes de grammaire particulièrement, et en recommander l'usage à MM. les proviseurs et principaux.

Cette œuvre modeste, qui n'a pas paru inutile, se complète par deux recueils du même genre, où domine, avec de légères modifications de méthode, une pensée commune : d'un côté, par un recueil plus simple, rédigé pour les classes élémentaires; de l'autre, par le présent recueil plus élevé, spécialement destiné aux classes supérieures[1].

Dans ces trois publications distinctes, mais formant un ensemble qui embrasse le cercle classique tout entier, nous avons eu pour but de réunir, en les graduant suivant l'âge et l'intelligence de ceux qui les doivent étudier, les modèles les plus incontestés et les plus purs, les morceaux les plus propres à former le cœur autant que l'esprit de la jeunesse. Nous avons voulu qu'au sortir de leurs cours, les élèves des lycées et des colléges connussent, avec les plus grands noms de notre littérature, ce qu'elle a produit de plus parfait; et ce sera là, nous l'espérons, le fruit d'une étude attentive de ces recueils, conçus dans un dessein unique, malgré quelques différences de compositions qu'il a semblé à propos d'y introduire.

Pour les enfants des classes élémentaires, convaincu qu'il fallait avant tout les former à l'usage de la langue de nos jours, nous avons, sans acception de temps, choisi chez ceux

1. Pour répondre à la demande qui nous en a été faite par un grand nombre de professeurs, nous avons réimprimé ces Morceaux choisis, en réunissant dans le même volume les morceaux de prose et de poésie plus particulièrement convenables à chaque classe; quelques morceaux nouveaux ont pris place parmi les anciens. Ce travail a été fait sous la direction de M. G. Feugère fils *(Note de l'éditeur.)*

qui l'ont le mieux écrite, même chez les auteurs contemporains, ce qui nous a paru en rapport avec leur jeune intelligence. Dans la disposition des morceaux, nous n'avons apporté d'autre ordre que celui qui semblait indiqué par la nature des idées, selon que leur simplicité et leur clarté plus parfaites les rendaient plus faciles à saisir.

Pour les classes de grammaire, où commence à s'éveiller le goût, où les élèves, par l'exercice de la version, s'essayent à écrire, nous avons jugé nécessaire, en vue de leur donner les premières leçons de style, d'être très-rigoureux dans nos choix; nous les avons donc restreints à l'époque où, d'un accord unanime, le plus haut degré de perfection a été atteint parmi nous, au dix-septième siècle.

Pour les classes supérieures, le cercle des auteurs où nous avons puisé a dû être un peu élargi; mais nous n'y avons fait entrer toutefois, avec le dix-septième siècle, que l'élite du dix-huitième. Cette circonspection sévère n'a pas besoin d'être excusée. Puisque de légitimes désirs de réformes ont préoccupé de nos jours la conscience publique sur tout ce qui regarde l'éducation et l'instruction, il fallait mettre au premier rang de ces réformes un soin plus vigilant à ne présenter aux jeunes intelligences que des modèles accomplis sous le rapport moral ainsi que sous le rapport littéraire.

Dans les recueils destinés aux classes de grammaire et aux classes supérieures des lettres, nous avons pensé qu'il convenait d'adopter, pour le classement des auteurs, l'ordre chronologique, comme favorable à l'exercice de la mémoire et susceptible d'ajouter à l'utilité de la lecture, en plaçant sous les regards, avec la marche insensible de notre idiome parvenu à sa maturité, le magnifique développement de notre littérature arrivée à son plus grand éclat.

On ne perdra pas de vue qu'aux termes de l'instruction générale du 15 novembre 1854 on doit expliquer le français dans les classes[1] : ce qu'on s'était trop généra-

1. Cet exercice est des plus importants, et on ne saurait trop le recommander au zèle des professeurs. C'est par l'explication, jadis nulle ou trop incomplète, des textes français, qu'ils peuvent former

lement borné à faire jusqu'ici pour le latin et pour le grec. Parmi nos textes, il en est qui pourront être uniquement la matière d'explications et d'analyses, tandis que d'autres, et les plus parfaits, serviront en outre à la culture et à l'ornement de la mémoire. Ce choix appartient au bon goût du professeur.

C'est là le plan que nous avons cru devoir suivre, en ne négligeant rien peur obtenir le succès le plus flatteur à nos yeux, celui de répondre aux intentions du ministre. Nous nous estimerons heureux si nous paraissons à nos collègues n'être pas demeuré trop loin du but que nous avions à cœur d'atteindre, et si ces recueils en particulier, rédigés pour les classes supérieures, sont considérés comme un manuel de composition et de style, où les jeunes gens puissent apprendre, non par d'arides théories, mais par la pratique des chefs-d'œuvre de notre langue, à penser et à écrire.

L. F.

à la fois l'intelligence et le style des élèves, en leur montrant le sens précis des mots et souvent les acceptions successives qu'ils ont prises, surtout en leur faisant apercevoir l'enchaînement des idées et leur développement régulier.

# TABLE DES MATIÈRES.

## CHEFS-D'ŒUVRE DE PROSE

## CHEFS-D'ŒUVRE DE POÉSIE.

FIN DE LA TABLE.

# MORCEAUX CHOISIS
# DES CLASSIQUES FRANÇAIS
### A L'USAGE DE LA CLASSE DE TROISIÈME.

## CHEFS-D'ŒUVRE DE PROSE.



## BALZAC.

(1594-1655.)

Balzac, dont l'éloquence a excité l'enthousiasme de son époque, peut offrir à la nôtre plus d'un modèle oratoire. Né à Angoulême vers le temps où Henri IV faisait sa rentrée dans Paris, il mourut lorsque Louis XIV, majeur, laissait encore son pouvoir aux mains de Mazarin. C'est le premier de nos auteurs qui ait écrit supérieurement, dans ses moments heureux, notre langue parvenue à sa maturité. Ses principaux ouvrages sont: le *Socrate chrétien*, où une teinte antique relève la beauté de la morale moderne; le *Prince*, où il trace à Louis XIII ses devoirs et célèbre Richelieu son protecteur; ses *Dissertations politiques* et *critiques; Aristippe ou la Cour*, et la *Relation à Ménandre*, en d'autres termes sa justification ou sa réponse aux ennemis que lui avait faits sa gloire. On trouve dans ce dernier livre, remarque M. Nisard, de grands traits de mélancolie que semble avoir recueillis Pascal[1].

### L'homme-Dieu.

L'homme-Dieu que nous adorons a nettoyé la terre de cette multitude de monstres que les hommes adoraient; mais il n'en est pas demeuré là.

Il ne s'est pas contenté de ruiner l'idolâtrie et d'imposer

1. Nous avons suivi l'édition in-folio des *Œuvres* de Balzac, 2 vol., Paris, 1665. — Parmi ceux qui se sont occupés spécialement de cet auteur, on remarque MM. Malitourne et Geruzez, qui lui ont consacré chacun une notice.

silence aux démons : il a de plus confondu la sagesse humaine; il a ôté la parole aux philosophes. Leurs sectes ont fait place à son Église et leurs dogmes à ses commandements : toute la raison, toute l'éloquence d'Athènes lui a cédé. C'est lui qui a humilié l'orgueil du Portique, qui a décrédité le Lycée et les autres écoles de la Grèce. Il a fait voir qu'il y avait de l'imposture partout, qu'il y avait des fables dans la philosophie, et que les philosophes n'étaient pas moins extravagants que les poëtes, mais que leur extravagance était plus grave et plus composée. Il a fait avouer aux spéculatifs qu'ils avaient rêvé lorsqu'ils avaient voulu méditer. Il leur a montré que de cent cinquante et tant d'opinions[1] qui visaient au souverain bien, il n'y en avait pas une qui eût touché au but : vous pouvez voir et compter ces opinions dans les livres de la *Cité de Dieu* de saint Augustin[2]. Jésus-Christ a ainsi traité les sages du monde : de cette sorte il a pacifié leurs querelles et leurs guerres. En les réfutant tous, il les a tous accordés.

Avant lui, on se doutait bien de quelque chose : on donnait de légères atteintes à la vérité; on avait quelques soupçons et quelques conjectures de ce qui est. Mais les plus intelligents étaient les plus retenus et les plus timides à se faire entendre; ils n'osaient se déclarer sur quoi que ce soit; ils ne parlaient qu'en tremblant et en hésitant des affaires de l'autre vie : ils consultaient et délibéraient toujours, sans jamais se résoudre ni prendre parti. Ils ne m'étonnent pas néanmoins. Car comment eussent-ils pu trouver la vérité qu'ils cherchaient, puisqu'elle n'était pas encore née : il fallait que la vérité se fît chair[3], afin de se rendre sensible et de devenir familière aux hommes, afin de se faire voir et toucher.

Cette vérité n'est autre que Jésus-Christ : et c'est ce Jésus-Christ qui a fait cesser les doutes et les irrésolutions de l'Académie, qui a même assuré le pyrrhonisme[4]. Il est venu arrêter les pensées vagues de l'esprit humain : par son moyen, nous savons ce qu'Aristote, ce que le maître d'Aristote[5], ce que les disciples d'Aristote ont ignoré. Ils

1. Balzac entend par là *des opinions innombrables*, puisque chaque secte de philosophes avait la sienne.

2. On peut consulter, à ce sujet, le chap. 1er du XIXe livre de cet ouvrage; Cf. *ibid.*, XVIII, 41.

3. Allusion à ces mots de l'Evangile selon saint Jean : *Et verbum caro factum est.*

4. C'est-à-dire, qui a rendu même affirmatifs ceux qui faisaient profession d'un doute universel.

5. Platon, chef de l'école philosophique nommée plus haut l'Académie.

avaient les yeux bons; mais ils cheminaient de nuit, et la subtilité de leur vue n'était pas comparable à la pureté de notre lumière.

*Ou le monde est éternel, ou il a eu un commencement; ou l'âme de l'homme meurt avec le corps, ou il y a une seconde vie pour elle après celle-ci :* voilà toute la satisfaction que vous donneront les savants de la Grèce et les habiles de Rome. Ne leur en demandez pas davantage. L'inconstance de leur esprit, l'incertitude de leurs opinions, est chose à faire pitié. Ils ne vous payeront que d'équivoques; ils ne vous conseilleront que de suspendre votre jugement, que de retenir votre détermination. Le seul Jésus-Christ a pouvoir de conclure et de prononcer, et sa seule doctrine nous peut mettre l'esprit en repos. Elle définit, elle décide, elle juge souverainement. Elle tranche les difficultés; elle coupe les nœuds et ne s'amuse pas à les démêler : elle nous assure en termes formels *que les choses visibles ont commencé et que les substances spirituelles ne finiront point.*

Depuis la publication de cette doctrine, nous disons hautement et affirmativement que le monde ne s'est pas bâti lui-même, mais qu'il y a je ne sais quoi de plus vieux et de plus ancien qui a travaillé à une si admirable architecture. Nous disons que les astres ont été faits par une main qui en pourrait faire de plus beaux. Nous disons que l'âme de l'homme est un feu inextinguible et perpétuel; qu'elle est originaire du ciel; que c'est une partie de Dieu même[1] : et par conséquent qu'il y a bien plus d'apparence qu'elle se ressente de la noblesse de sa race que de la contagion de sa demeure; qu'il est bien plus à croire qu'elle dure, pour se réunir à son principe, pour acquérir la perfection de son être, pour devenir raison toute pure, qu'il n'est à croire qu'elle finisse, pour tenir compagnie à la matière, pour s'éloigner de sa véritable fin, pour courir la fortune de ce qui est son contraire plutôt que son associé.

La même doctrine nous découvre les autres secrets du ciel avec la même certitude; mais ce sont là les secrets importants, et qui contribuent à notre salut, et non pas les secrets inutiles qui ne font que donner de l'exercice à notre curiosité. Cette doctrine nous enseigne tout ce qu'il est nécessaire que nous apprenions.

*Socrate chrétien*, discours Ier.

1. Il ne faut pas prendre à la lettre ces paroles de Balzac. Il s'exprime ici comme un ancien, ou plutôt d'après le souvenir des anciens, qui appellent l'âme : *divinæ particulam auræ.*

### De la conduite de Dieu dans les événements humains.

Il devait périr, cet homme fatal[1], il devait périr, dès le premier jour de sa conduite, par une telle ou telle entreprise; mais Dieu se voulait servir de lui pour punir le genre humain et tourmenter[2] le monde : la justice de Dieu se voulait venger et avait choisi cet homme pour être le ministre de sa vengeance. La raison concluait qu'il tombât d'abord par les maximes qu'il a tenues; mais il est demeuré longtemps debout par une raison plus haute qui l'a soutenu[3]. Il a été affermi dans son pouvoir par une force étrangère et qui n'était pas de lui, par une force qui appuie la faiblesse, qui anime la lâcheté, qui arrête les chutes de ceux qui se précipitent, qui n'a que faire des bonnes maximes pour produire les bons succès. Cet homme a duré pour travailler au dessein de la Providence. Il pensait exercer ses passions : il exécutait les arrêtés du ciel. Avant que de se perdre, il a eu le loisir de perdre les peuples et les Etats, de mettre le feu aux quatre coins de la terre, de gâter le présent et l'avenir par les maux qu'il a faits et par les exemples qu'il a laissés.....

Mais il faut toujours en venir là. Il est très-vrai qu'il y a toujours quelque chose de divin, disons davantage, il n'y a rien que de divin dans les maladies qui travaillent les Etats. Ces dispositions, cette humeur, cette fièvre chaude de rébellion, cette léthargie de servitude, viennent de plus haut qu'on ne s'imagine. Dieu est le poëte et les hommes ne sont que les acteurs[4].

Ces grandes pièces qui se jouent sur la terre ont été composées dans le ciel, et c'est souvent un faquin qui en doit être l'Atrée ou l'Agamemnon.

Quand la Providence a quelque dessein, il ne lui importe guère de quels instruments et de quels moyens elle se

1. Le célèbre roi des Huns, Attila, qui ravagea l'Europe vers l'an 447, sous le règne de Valentinien III. Il se donnait à lui-même le nom de *fléau de Dieu*. Eloigné de Rome à prix d'argent, il mourut subitement en 454 à la suite d'une orgie.

2. La force de ce verbe s'est singulièrement affaiblie de nos jours; il a ici le sens du latin *vexare, exercere*.

3. *Soutenu... tenues*. Cette symétrie dans l'expression, destinée à mettre en relief le contraste de l'idée, est ici poussée jusqu'à l'affectation.

4. « L'homme s'agite et Dieu le mène, » a dit Fénelon avec plus de simplicité et de grandeur.

serve. Entre ses mains tout est foudre, tout est déluge, tout est Alexandre et César; elle peut faire par un enfant, par un nain, ce qu'elle fait par les géants, par les héros.

Dieu dit lui-même de ces gens-là « qu'il les envoie en sa colère, et qu'ils sont les verges de sa fureur. » Mais ne prenez pas ici l'un pour l'autre : les verges ne piquent ni ne mordent d'elles-mêmes, ne blessent ni ne frappent toutes seules ; c'est l'envie, c'est la colère, c'est la fureur qui rendent les verges terribles et redoutables.

Cette main invisible, ce bras qui ne paraît pas, donne les coups que le monde sent; il y a bien je ne sais quelle hardiesse qui menace de la part de l'homme; mais la force qui accable est toute de Dieu[1].

*Ibid.*, VIII.

## Distinction de la vraie et de la fausse éloquence.

L'éclat ne présuppose pas toujours la solidité, et les paroles qui brillent le plus sont souvent celles qui pèsent le moins. Il y a une faiseuse de bouquets, je ne l'ose nommer Eloquence, qui est toute peinte et toute dorée, qui semble toujours sortir d'une boîte, qui n'a soin que de s'ajuster et ne songe qu'à faire la belle; qui, par conséquent, est plus propre pour les fêtes que pour les combats, et plaît davantage qu'elle ne sert[2], quoique néanmoins il y ait des fêtes dont elle déshonorerait la solennité et des personnes à qui elle ne donnerait point de plaisir.

Ne se soutenant que d'apparence[3] et n'étant animée que de couleur, elle agit principalement sur l'esprit du peuple, parce que le peuple a tout son esprit dans les yeux et dans les oreilles. Faute de raisons et d'autorité, elle use de charmes et de flatterie. Elle est creuse et vide de choses

1. Le *Discours sur l'Histoire universelle* sera le développement de cette grande pensée. Il faut relire particulièrement le chap. VIII de la IIIe partie (les Empires), où Bossuet nous montre « Dieu préparant les effets dans les causes les plus éloignées, et frappant ces grands coups dont le contre-coup porte si loin. » C'est un singulier honneur pour Balzac que d'avoir pressenti avant Bossuet cette haute manière de considérer l'histoire comme le développement dans l'espace et le temps des éternels desseins de la Providence.

2. Il faudrait aujourd'hui *plus* qu'elle ne sert; *davantage* suivi de *que* étant considéré comme une incorrection.

3. C'est-à-dire par l'apparence, par les dehors.

essentielles, bien qu'elle soit résonnante[1] de tons agréables. Elle est au moins plus délicate que forte, et, ayant sa puissance bornée, ou elle ne porte pas plus loin que les sens, ou, pour le plus, elle ne touche que légèrement le dehors de l'âme.

La vraie éloquence est bien différente de cette causeuse des places publiques, et son style est bien éloigné du jargon ambitieux des sophistes grecs. Disons que c'est une éloquence d'affaires et de service, née pour le commandement et la souveraineté, tout efficace et toute pleine de force. Disons qu'elle agit, s'il se peut, par la parole plus qu'elle ne parle; qu'elle ne donne pas seulement à ses ouvrages un visage et de la grâce, mais un cœur, de la vie et du mouvement[2].

Elle ne s'amuse point à cueillir des fleurs et à les lier ensemble; mais les fleurs naissent sous ses pas. En visant ailleurs, elle les produit. Sa mine est d'une amazone, et sa négligence même ne fait point de tort à sa dignité. Elle ne laisse pas toutefois de se parer, quand il en est besoin, quoiqu'elle soit moins curieuse de ses ornements que de ses armes[3].

*Dissertations critiques*, IIe.

1. Au temps de Balzac, les participes présents n'étaient pas encore invariables.

2. On peut rapprocher ce passage de quelques idées de Bossuet (dans sa lettre sur l'éducation du grand Dauphin) : ce grand homme voulait aussi que l'éloquence « ne fût pas une discoureuse, dont les paroles n'ont que du son ; qu'elle ne fût pas enflée et vide de choses, mais saine et vigoureuse ; qu'elle ne fût pas fardée, mais qu'elle eût un teint naturel et une vive couleur, et, pour tout éclat, celui qui sort de la vérité même. »

3. « L'éloquence, a dit Nicole (*Pensées diverses*), ne doit pas seulement causer un sentiment de plaisir, mais elle doit laisser le dard dans le cœur. » Il ajoute avec raison qu'un discours dont on ne retient rien est un mauvais discours.

# VOITURE.

(1598-1648.)

Voiture, né quatre ans après Balzac, en 1598, a, de son temps, obtenu une aussi brillante réputation que lui, par un talent d'une tout autre nature. Il avait au plus haut point l'esprit de société ; il tournait fort bien les vers : par là il mérita la faveur de ce qu'il y avait de plus grand en France, où l'on commençait alors à goûter beaucoup les choses de l'esprit. Sa réputation comme poëte ne lui a guère survécu, et ses pièces si vantées ne nous offrent aujourd'hui presque aucun charme ; mais, comme prosateur, il a laissé des pages dignes encore d'être relues. « Je ne sais, a dit La Bruyère, si l'on pourra mettre jamais dans les lettres plus de tour, d'agrément et de style que l'on n'en voit dans celles de Voiture [1]. » Son plus grand défaut est de manquer de naturel : toutefois on l'excusera, en songeant que l'on ne pouvait arriver à la grâce qu'en passant par la subtilité et la recherche. Il ne contribua pas peu par son délicat enjouement à polir, à épurer notre langue et à lui donner plus de facilité et de finesse, tandis que Balzac la rendait plus forte, plus généreuse et plus sonore. Par là, comme le précédent, il doit conserver une place dans l'histoire de notre langage et de notre littérature. Voiture mourut en 1648. Il était natif d'Amiens et il avait appartenu l'un des premiers à l'Académie française.

## Une aventure de voyage.

A mademoiselle de Rambouillet [2].

Mademoiselle, je voudrais que vous m'eussiez pu voir aujourd'hui dans un miroir, en l'état où j'étais. Vous m'eussiez vu dans les plus effrayantes montagnes du monde, au

1. M. Campenon en a donné un choix (1807). M. Ubicini, en outre, et M. A. Bou[illegible] [illegible]nprimé ses œuvres (1855).

[illegible] [illegible]oiture est adressée à M^{lle} de Rambouillet, si [illegible] Julie d'Angennes, et, depuis, M^{me} de Mon- [illegible] [illegible]'un des habitués du fameux salon de M^{me} la [illegible] [illegible]t, où l'on conversait quelquefois, il est vrai,

milieu de douze ou quinze hommes les plus horribles que l'on puisse voir, et qui ont chacun deux ou trois balafres sur le visage et deux pistolets et deux poignards à la ceinture : ce sont les bandits qui vivent dans les montagnes des confins du Piémont et de Gênes. Vous eussiez eu peur, sans doute, mademoiselle, de me voir entre ces messieurs-là, et vous eussiez cru qu'ils allaient me couper la gorge. De peur d'en être volé, je m'en étais fait escorter ; j'avais écrit, dès le soir, à leur capitaine de me venir accompagner et de se trouver en mon chemin : ce qu'il a fait, et j'en ai été quitte pour trois pistoles; mais surtout je voudrais que vous eussiez vu la mine de mon neveu[1] et de mon valet, qui croyaient que je les avais menés à la boucherie.

Au sortir de leurs mains, je suis passé par des lieux où il y avait garnison espagnole, et là, sans doute, j'ai couru plus de dangers. On m'a interrogé : j'ai dit que j'étais Savoyard; et, pour passer pour cela, j'ai parlé le plus qu'il m'a été possible comme M. de Vaugelas[2] : sur mon mauvais accent, ils m'ont laissé passer. Regardez si je ferai jamais de beaux discours qui me vaillent tant, et s'il n'eût pas été bien mal à propos qu'en cette occasion, sous ombre[3] que je suis à l'Académie, je me fusse allé piquer de parler bon français. Au sortir de là, je suis arrivé à Savone, où j'ai trouvé la mer un peu plus émue qu'il ne fallait pour le petit vaisseau que j'avais pris, et néanmoins je suis, Dieu merci, arrivé ici à bon port.

Voyez, mademoiselle, combien de périls j'ai courus dans un jour. Enfin, je suis échappé des bandits, des Espagnols et de la mer.

*Lettre* XCIV.

avec un peu d'affectation, mais le plus souvent avec beaucoup de politesse et d'esprit. Il suffit de rappeler à l'honneur de ce salon les paroles suivantes de Saint-Simon : « Cette académie de beaux esprits, de vertu et de science, était le rendez-vous de ce qu'il y avait de plus distingué en condition et en mérite, un tribunal avec qui il fallait compter, et dont la décision avait grand poids dans le monde sur la conduite et la réputation des personnes, autant que sur les ouvrages qui s'y portaient à l'examen. » On peut voir les Mémoires de Dangeau, édit. de Lemontey, au 10 mai 1690.

1. C'était Pinchesne, maltraité par Boileau, qui, au contraire, admirait beaucoup Voiture; car il n'a pas craint, dans un de ses vers, de le mettre à côté d'Horace.

2. Vaugelas, qui parlait et surtout écrivait fort bien, prononçait mal. Né à Chambéry, il avait toujours gardé quelque chose de l'accent de son pays.

3. On dit plus généralement aujourd'hui dans ce sens : *sous prétexte.*

## Défense de la conjonction *car*.

A mademoiselle de Rambouillet[1].

Mademoiselle, *Car* étant d'une si grande considération dans notre langue, j'approuve extrêmement le ressentiment que vous avez du tort qu'on lui veut faire; et je ne puis bien espérer de l'Académie dont vous me parlez, voyant qu'elle se veut établir par une si grande violence. Je ne vois rien de si digne de pitié que de faire le procès à un mot qui s'est toujours montré bon Français. Pour moi, je ne sais pour quel intérêt ils tâchent d'ôter à *Car* ce qui lui appartient, pour le donner à *Pour ce que,* ni pourquoi ils veulent dire avec trois mots ce qu'ils peuvent dire avec trois lettres. Ce qui est le plus à craindre, mademoiselle, c'est qu'après cette injustice on en entreprendra d'autres[2]. On ne fera point de difficulté d'attaquer *Mais,* et je ne sais si *Si* demeurera en sûreté. De sorte qu'après nous avoir ôté toutes les paroles qui lient les autres, les beaux esprits nous voudront réduire à ne parler que par signes. Certes, j'avoue qu'il est vrai ce que vous dites[3], qu'on ne peut mieux connaître par aucun autre exemple l'incertitude des choses humaines. Qui m'eût dit, il y a quelques années, que j'eusse dû vivre plus longtemps que *Car,* j'eusse cru qu'il m'eût promis une vie plus longue que celle des patriarches. Cependant il se trouve qu'après avoir vécu onze cents ans plein de force et de crédit, après avoir été employé dans les plus importants traités et avoir assisté toujours honorablement dans le conseil de nos rois, il tombe tout d'un coup en disgrâce et est menacé d'une fin violente[4]. Je sais que si l'on consulte là-dessus un des plus beaux

1. Dans cette lettre, Voiture prend avec beaucoup de raison la défense de l'utile particule *car,* que beaucoup voulaient alors bannir de notre langue, et qu'il n'a pas peu contribué à sauver, au profit de la clarté du style.

2. Plus régulièrement : *on n'en entreprenne d'autres.*

3. Aujourd'hui on écrirait plutôt : *j'avoue que ce que vous dites est vrai...*

4. La Bruyère, un peu après Voiture, plaignait comme lui « la persécution que le *car* avait essuyée. S'il n'eût trouvé, ajoutait-il, de la protection parmi les gens polis, n'était-il pas banni honteusement d'une langue à qui il a rendu de si longs services, sans qu'on sût quel mot lui substituer ? » Fin du ch. XIV, *de quelques usages,* où l'on peut voir regrettés quelques vieux mots qui ont péri.

esprits de notre siècle, et que j'aime extrêmement[1], il dira qu'il faut condamner cette nouveauté; qu'il faut user du *Car* de nos pères, aussi bien que de leur terre et de leur soleil; et que l'on ne doit point chasser un mot qui a été dans la bouche de Charlemagne et de saint Louis. Mais c'est vous principalement, mademoiselle, qui êtes obligée d'en prendre la protection.

*Lettre* LIII.

### Félicitations adressées au duc d'Enghien[2], vainqueur à Rocroy.

Monseigneur, à cette heure que je suis loin de votre altesse, je suis résolu de lui dire tout ce que je pense d'elle il y a longtemps, et que je n'avais osé lui déclarer, pour ne pas tomber dans les inconvénients où j'avais vu ceux qui avaient pris avec vous de pareilles libertés. Mais, monseigneur, vous en faites trop, pour le pouvoir[3] souffrir en silence; et vous seriez injuste, si vous pensiez faire les actions que vous faites sans qu'il en fût autre chose, ni que l'on prît la liberté de vous en parler. Si vous saviez de quelle sorte tout le monde est déchaîné dans Paris à discourir de vous, je suis assuré que vous en auriez honte, et que vous seriez étonné de voir avec combien peu de respect et peu de crainte de vous déplaire tout le monde s'entretient de ce que vous avez fait. A dire la vérité, monseigneur, je ne sais à quoi vous avez pensé : et ç'a été, sans mentir, trop de hardiesse, et une extrême violence à vous d'avoir, à votre âge, choqué deux ou trois vieux capitaines que vous deviez respecter, quand ce n'eût été que pour leur ancienneté; fait tuer le pauvre comte de Fontaine, qui était un des meilleurs hommes de Flandre, et à qui le prince d'Orange n'avait jamais osé toucher; pris seize pièces de canon qui appartenaient à un prince qui est oncle du roi et frère de la reine[4], avec qui vous n'aviez jamais eu de différend; et mis en désordre les meilleures troupes des Espagnols, qui vous avaient laissé passer avec tant de

1. Sans doute Balzac, qui ne s'est nullement interdit l'emploi de *car ;* peut-être aussi Vaugelas.
2. Depuis, prince de Condé, et, comme on l'appelait déjà de son temps, le grand Condé. Il venait alors, en 1643 et dans sa vingt-deuxième année, de remporter la victoire de Rocroy. On verra plus loin, dans ce volume, le récit de cette bataille fait par Bossuet.
3. Plus régulièrement : *pour qu'on puisse le...*
4. De la reine mère Anne d'Autriche, dont le frère, Philippe IV, était roi d'Espagne.

bonté. J'avais bien ouï dire que vous étiez opiniâtre comme un diable, et qu'il ne faisait pas bon vous rien disputer. Mais j'avoue que je n'eusse pas cru que vous vous fussiez emporté à ce point-là : et si vous continuez, vous vous rendrez insupportable à toute l'Europe; et ni l'empereur ni le roi d'Espagne ne pourront durer avec vous. Cependant, monseigneur, politiquement parlant, je me réjouis avec V. A. de ce que j'entends dire qu'elle a gagné la plus belle victoire et de la plus grande importance que nous ayons vue de notre siècle. La France, que vous venez de mettre à couvert de tous les orages qu'elle craignait, s'étonne qu'à l'entrée de votre vie vous ayez fait une action dont César eût voulu couronner toutes les siennes, et qui redonne aux rois vos ancêtres autant de lustre que vous en avez reçu d'eux.

*Lettre* CXL.

---

# MÉZERAY.

(1610-1683.)

Mézeray, bien que son style eût conservé, dans notre époque littéraire la plus polie, quelque chose de la négligence gauloise, n'a pas encore été surpassé comme historien de la monarchie française. Il a souvent prêté aux personnages qu'il fait parler une vigueur qui était d'ailleurs un des traits de son caractère personnel. Né en 1610 près de Falaise, il suivit d'abord la carrière des armes; mais bientôt attiré par la passion de l'histoire, il s'enferma au collége Sainte-Barbe pour se livrer à l'étude. Historiographe du roi, mais demeuré indépendant, on sait qu'il fut privé de sa pension par Colbert pour s'être exprimé trop vivement sur l'origine de quelques impôts. Il mourut en 1683, la même année que ce ministre. Dans le morceau que l'on va lire, il s'est égalé, comme l'a dit Voltaire, aux plus énergiques écrivains de la Grèce et de Rome.

---

## Bon conseil d'Armand de Biron[1] à Henri IV.

Sitôt que Henri se fut approché de Rouen, se saisissant des postes avantageux, et brûlant les moulins jusqu'aux

1. C'est le premier maréchal de Biron, le père de Charles de Biron à qui Henri IV sauva la vie au combat de Fontaine-Française.

portes, les bourgeois, extrêmement alarmés, témoignèrent si peu de résolution de se défendre, quoique le duc d'Aumale et Brissac, qui étaient dans la ville avec douze cents chevaux, tâchassent de les rassurer, et crièrent si fort au secours, qu'il fallut que le duc de Mayenne y vînt lui-même avec toute son armée. Il sembla, depuis, que le roi n'avait point prévu les dangereuses suites de cette entreprise, ni le péril presque inévitable où elle l'engagea. Et véritablement il ne s'était point imaginé que le duc de Mayenne dût amener toute son armée au secours de Rouen, ni que, s'il le voyait faire retraite, il osât passer la rivière pour l'aller chercher : il croyait même, faute d'être bien informé, son armée beaucoup plus faible et bien moins prête à marcher qu'elle n'était. En peu de jours, elle s'était merveilleusement grossie. Henri, fils du duc de Lorraine, était venu la joindre avec mille chevaux et deux mille hommes de pied; le duc de Parme y avait envoyé quatre cents chevaux et douze cents hommes de pied wallons; Christophe de Bassompierre, qui, longtemps avant la mort de Henri III, était allé faire des levées en Allemagne, y avait amené trois cornettes de reîtres; Jacques Colalte, au service du roi d'Espagne, deux régiments de lansquenets et quelque cavalerie allemande; le duc de Nemours, trois mille fantassins et la plus belle gendarmerie que l'on eût su voir; et Balagny, les meilleures troupes qu'il avait pu tirer du Cambrésis : tellement que toutes ces forces jointes ensemble faisaient près de quatre mille chevaux et plus de quinze mille hommes de pied. Le roi, étant donc bien étonné d'apprendre que cette armée avait passé la Seine à Vernon et qu'il n'y avait plus de rivière entre-deux, mande en diligence à Longueville et à d'Aumont de ramasser leurs troupes et de se rendre auprès de lui. Cependant il se retire vers Dieppe, où certes il courait grande fortune d'être accablé, si l'absence du duc de Mayenne, qui de Mantes était allé à Bains en Hainaut s'aboucher avec le duc de Parme, n'eût retardé quelques jours la célérité de cette armée. Le dessein du duc était de l'acculer en quelque coin de Normandie, et de l'y serrer de si près qu'il fût contraint de chercher son salut en l'évasion et d'abandonner ses troupes, qui, se voyant sans chef, se fussent incontinent dissipées ou rendues à son parti. Pour cet effet, il alla reprenant toutes les petites places d'alentour, s'imaginant le cerner et puis l'envelopper

Celui-ci, après être devenu maréchal de France comme son père, devait périr misérablement sur l'échafaud en 1602, condamné pour crime d'État. Armand de Biron, plus heureux, avait été tué d'un coup de canon, au siége d'Épernay, en 1592.

tout à fait. Ce qui lui semblait si facile et si indubitable qu'il écrivit partout, et même en Espagne, qu'il tenait le Béarnais enfermé en un lieu d'où il ne lui pouvait échapper à moins que de sauter dans la mer.

Ces nouvelles ayant en peu de jours été portées par toute la France, le parlement, qui était à Tours, alarmé d'ailleurs des entreprises et des menées des ligueurs qui l'environnaient de tous côtés, dépêcha au roi Paul Huraut de Valegran, maître des requêtes et depuis archevêque d'Aix, par lequel il lui proposait qu'il ne voyait plus qu'un expédient pour sauver l'Etat : c'était que, comme autrefois on avait vu à Rome deux princes associés au gouvernement de l'empire, ainsi dans cette occasion l'oncle et le neveu régnassent conjointement, l'un ayant la conduite des affaires, l'autre celle des armes, et tous deux ralliant les religions ensemble. Les capitaines de son armée, les religionnaires mêmes, dont le courage endurci par les coups de la fortune ne rebroussait pas facilement contre le danger, comparant les forces de son ennemi avec les siennes, ne voyaient pas bien quel expédient les pourrait tirer de ce péril, et appréhendaient extrêmement pour le salut du roi, duquel dépendait celui de tout l'Etat; de sorte que dans un conseil qu'il tint le cinquième de septembre, la plupart concluaient que, laissant ses troupes à terre fortifiées dans des postes où elles pourraient aisément soutenir les attaques de l'ennemi et attendre les renforts qui lui devaient arriver, il mît sa personne sacrée en sûreté, et qu'il s'embarquât au plus tôt pour prendre la route d'Angleterre ou de la Rochelle, de peur que, s'il tardait davantage, il ne se trouvât investi par mer aussi bien que par terre : ce que les vaisseaux que le duc de Parme avait tout prêts pourraient faire bien aisément, avec les barques qui descendaient de Rouen en très-grande quantité. Ils appuyaient cet avis de tant de sortes de considérations que le roi même commençait à s'ébranler, quand le maréchal de Biron, qui avait entendu ce discours avec dédain, fâché qu'il fit plus d'impression qu'il ne devait, prit la parole et d'une voix animée de colère dit au roi : « C'est donc tout de bon, sire, que l'on vous conseille de monter sur mer, comme s'il n'y avait point d'autre moyen de conserver votre royaume que de le quitter. Si vous n'étiez pas en France, il faudrait percer au travers de tous les hasards et de tous les obstacles du monde pour y venir : et maintenant que vous y êtes, on voudrait que vous en sortissiez! et vos amis seraient d'avis que vous fissiez de votre bon gré ce que le plus grand effort de vos ennemis ne vous saurait contraindre de faire. En l'état que sont les choses, sortir de France seulement pour vingt-quatre heures, c'est s'en bannir pour jamais. On peut bien dire que vos espérances s'en iront au vent avec le vaisseau qui vous emportera; et il ne faut point parler de retour : il serait aussi impossible que de la mort à la vie. Le péril, au reste, n'est pas si grand qu'on vous le dépeint. Ceux qui nous pensent envelopper sont ou ceux même que nous avons tenus enfermés si lâchement dans Paris, ou gens qui ne valent pas mieux, et qui auront plus d'affaires entre eux-mêmes que contre nous. Enfin, sire, nous sommes en France, il nous y faut enterrer : il s'agit d'un royaume, il faut l'emporter ou y perdre la vie. Et quand même il n'y aurait point d'autre sûreté pour votre sacrée personne que la fuite, je sais bien que vous aimeriez mieux mille fois mourir de pied ferme que de vous sauver par ce moyen. Votre Majesté ne souffrirait jamais qu'on dît qu'un cadet de la maison de Lorraine lui aurait fait perdre terre, encore moins qu'on la vît mendier à la porte d'un prince étranger. Non, non, sire, il n'y a ni couronne ni honneur pour vous delà la mer : si vous allez au-devant du secours d'Angleterre, il reculera; si vous vous présentez au port de la Rochelle en homme qui se sauve, vous n'y trouverez que des reproches et du mépris. Je ne puis croire, pour moi, que vous deviez plutôt fier[1] votre personne à l'inconstance des flots et à la merci de l'étranger qu'à tant de braves gentilshommes et tant de vieux soldats qui sont prêts de lui servir de rempart et de bouclier; et je suis trop serviteur de Votre Majesté pour lui dissimuler que, si elle cherchait sa sûreté ailleurs que dans leur vertu, ils seraient obligés de chercher la leur dans un autre parti que dans le sien[2]. » Par de semblables paroles le maréchal ferma la bouche à ceux qui avaient ouvert cet avis; et le roi, dont le courage suivait toujours les plus hardies résolutions et se déterminait facilement dans les plus pressantes rencontres, se résolut d'attendre l'ennemi dans un poste avantageux[3].

*Histoire de France*, liv. LXII.

1. Cet emploi actif du verbe *fier* a vieilli. On ne se sert plus guère aujourd'hui de ce mot qu'avec le pronom personnel.

2. Voltaire a cité ce discours tout entier, dans son *Dictionnaire philosophique*, au mot *Eloquence*. — On ajoutera que l'*Histoire* de Mézeray a quelque chose du mérite qui caractérise ce discours. On y trouve, comme le remarque M. de Barante, la franchise des remontrances du parlement. On se plaît aux phrases rudes que cet auteur jette de temps en temps contre les abus et les iniquités. C'est ce caractère qui donne à son ouvrage un ensemble et une fermeté que n'offrent pas des livres écrits depuis avec plus de science.

3. Telle fut l'occasion de la victoire d'Arques, remportée par Henri IV, en 1589, sur le duc de Mayenne, à six kil. de Dieppe.

# LA ROCHEFOUCAULD.

(1613-1680.)

La Rochefoucauld, que l'on connut dans sa jeunesse sous le nom de prince de Marsillac, naquit à Paris en 1613. Doué de beaucoup d'esprit naturel, de courage et d'ambition, il se mêla aux intrigues et aux combats de la Fronde, pendant la minorité de Louis XIV; mais il sut se réconcilier à propos avec la cour et devint l'objet de plusieurs faveurs du prince. Après une vieillesse tranquille et heureuse, il mourut en 1680. La vie brillante de ce grand seigneur ne l'eût pas sauvé de l'oubli; mais il avait le goût de l'observation, et le petit volume des *Maximes* que lui inspira l'étude des hommes a suffi pour l'immortaliser. Ce n'est pas que la justesse en soit inattaquable; bien au contraire : on a dit avec raison que cet auteur calomniait souvent la nature humaine. Mais la perfection du style, qui fait vivre les ouvrages, recommande au plus haut point le livre de La Rochefoucauld. On peut en dire autant de ses *Mémoires sur la régence d'Anne d'Autriche*. « Il a, selon un bon critique de notre époque [1], des endroits dignes de Pascal et de Bossuet. On y trouve une vigueur extrême de pensée, une beauté simple d'expression, et souvent une manière de relever la phrase qui est tout à fait dans le genre des maîtres. On peut certainement l'offrir comme un modèle du style concis. » Ajoutons que si l'on a dû critiquer, comme peu généreuses, plusieurs de ses réflexions[2], il en est d'autres dont on ne saurait méconnaître la vérité. Les excellents morceaux qui vont suivre prouveront assez la finesse de son jugement et son talent d'écrire.

## Devoirs de la société et de l'amitié.

La complaisance est nécessaire dans la société, mais elle doit avoir des bornes : elle devient une servitude quand elle est excessive. Il faut du moins qu'elle paraisse libre, et

1. M. Joubert : *Revue des deux Mondes*, juin 1849 : on peut voir la p. 935. Cf. *ibid.*, le n° du 15 janvier 1840, et celui du 1er août 1851, notamment à la p. 407.

2. Vain par-dessus tout et fort épris de lui, La Rochefoucauld a donné, et c'est là son tort, l'intérêt et la vanité comme les principes de nos sentiments, de nos pensées et de nos actions : on peut voir le *Journal des savants*, année 1851, p. 714.

qu'en suivant le sentiment de nos amis, ils soient persuadés que c'est aussi le nôtre que nous suivons.

Il faut être facile à[1] excuser nos amis, quand leurs défauts sont nés avec eux, et qu'ils sont moindres que leurs bonnes qualités. Il faut souvent éviter de leur faire voir qu'on les ait remarqués, et qu'on en soit choqué. On doit essayer de faire en sorte qu'ils puissent s'en apercevoir eux-mêmes, pour leur laisser le mérite de s'en corriger.

Il y a une sorte de politesse qui est nécessaire dans le commerce des honnêtes gens[2] : elle leur fait entendre raillerie, et elle les empêche d'être choqués et de choquer les autres par de certaines façons de parler trop sèches et trop dures, qui échappent souvent sans y penser quand on soutient son opinion avec chaleur.

Le commerce des honnêtes gens ne peut subsister sans une certaine sorte de confiance; elle doit être commune entre eux : il faut que chacun ait un air de sûreté et de discrétion qui ne donne jamais lieu de craindre qu'on puisse rien dire par imprudence.

On doit aller au-devant de ce qui peut plaire à ses amis, chercher les moyens de leur être utile, leur épargner des chagrins, leur faire voir qu'on les partage avec eux quand on ne peut les détourner, les effacer insensiblement, sans prétendre de les arracher[3] tout d'un coup, et mettre à la place des objets agréables ou du moins qui les occupent. On peut leur parler de choses qui les regardent, mais ce n'est qu'autant qu'ils le permettent, et on doit y garder beaucoup de mesure. Il y a de la politesse, et quelquefois même de l'humanité, à ne pas entrer trop avant dans les replis de leur cœur.

*Réflexions et Sentences.*

---

**De la conversation : comment il faut y prendre part.**

Ce qui fait que peu de personnes sont agréables dans la conversation, c'est que chacun songe plus à ce qu'il a des-

1. *Prompt à* serait présentement plus usité. On dit une chose *facile à* faire et une personne *prompte à* faire, etc.

2. On doit entendre par les *honnêtes gens* les personnes bien élevées et de bonne société. Cette expression est toujours prise dans ce sens par les écrivains du dix-septième siècle.

3. Sans prétendre *à les arracher*, ou *les arracher*, dirait-on aujourd'hui.

sein de dire qu'à ce que les autres disent, et que l'on n'écoute guère quand on a bien envie de parler.

Néanmoins il est nécessaire d'écouter ceux qui parlent[1]. Il faut leur donner le temps de se faire entendre et souffrir même qu'ils disent des choses inutiles. Bien loin de les contredire et de les interrompre, on doit au contraire entrer dans leur esprit et dans leur goût, montrer qu'on les entend, louer ce qu'ils disent autant qu'il[2] mérite d'être loué, et faire voir que c'est plutôt par choix[3] qu'on les loue que par complaisance.

Pour plaire aux autres, il faut parler de ce qu'ils aiment et de ce qui les touche, éviter les disputes sur les choses indifférentes, leur faire rarement des questions et ne leur laisser jamais croire qu'on prétend avoir plus de raison qu'eux.

On doit dire les choses d'un air plus ou moins sérieux et sur des sujets plus ou moins relevés, selon l'honneur et la capacité des personnes que l'on entretient, et leur céder aisément l'avantage de décider, sans les obliger de répondre, quand ils n'ont pas envie de parler.

Après avoir satisfait de cette sorte aux devoirs de la politesse, on peut dire ses sentiments, en montrant qu'on cherche à les appuyer de l'avis de ceux qui écoutent, sans marquer de présomption ni d'opiniâtreté.

Evitons surtout de parler souvent de nous-mêmes, et de nous donner pour exemple. Rien n'est plus désagréable qu'un homme qui se cite lui-même à tout propos[4].

Il ne faut jamais rien dire avec un air d'autorité, ni montrer aucune supériorité d'esprit[5]. Fuyons les expressions trop recherchées, les termes durs ou forcés, et ne nous servons point de paroles plus grandes que les choses.

Il n'est pas défendu de conserver ses opinions, si elles sont raisonnables. Mais il faut se rendre à la raison aussitôt qu'elle paraît, de quelque part qu'elle vienne : elle seule doit régner sur nos sentiments ; mais suivons-la sans heur-

1. Cic. *de Officiis*, liv. I, ch. 37 : Nec vero, tanquam in possessionem suam venerit, excludat alios : sed, quum reliquis in rebus tum in sermone communi, vicissitudinem non iniquam putet. — « Ne vous emparez pas de la conversation comme de votre domaine, pour en exclure les autres : là, comme dans tout le reste, il est juste que chacun ait son tour. » Cf. la suite du chapitre.

2. *Il* pour *cela* n'est plus d'usage.

3. Par jugement, avec discernement...

4. Pascal a dit dans un sens analogue : « Le *moi* est haïssable. »

5. C'est-à-dire aspirer à montrer..., vouloir paraître avoir plus d'esprit que les autres.

ter les sentiments des autres et sans faire paraître du mépris de ce qu'ils ont dit[1].

On déplaît sûrement quand on parle trop longtemps et trop souvent d'une même chose, et que l'on cherche à détourner la conversation sur des sujets dont on se croit plus instruit que les autres.

*Ibid.*

### De l'air et des manières : ils doivent être naturels.

Ce qui fait que la plupart des petits enfants plaisent, c'est qu'ils sont encore renfermés dans cet air et dans ces manières que la nature leur a donnés, et qu'ils n'en connaissent point d'autres[2]. Ils les changent et les corrompent quand ils sortent de l'enfance; ils croient qu'il faut imiter ce qu'ils voient, et ils ne le peuvent parfaitement imiter : il y a toujours quelque chose de faux et d'incertain dans cette imitation. Ils n'ont rien de fixe dans leurs manières et dans leurs sentiments : au lieu d'être en effet[3] ce qu'ils veulent paraître, ils cherchent à paraître ce qu'ils ne sont pas.

Chacun veut être un autre, et n'être plus ce qu'il est : ils cherchent une contenance hors d'eux-mêmes et un autre esprit que le leur; ils prennent des tons et des manières au hasard, sans considérer que ce qui convient à quelques-uns ne convient pas à tout le monde. On imite souvent, même sans s'en apercevoir, et on néglige ses propres biens pour des biens étrangers, qui d'ordinaire ne nous conviennent pas.

Je ne prétends pas, par ce que je dis, nous renfermer tellement en nous-mêmes, que nous n'ayons pas la liberté de suivre des exemples et de joindre à nous des qualités utiles ou nécessaires que la nature ne nous a pas données.

1. A la place de : *pour* ce qu'ils ont dit. — Il faut rapprocher de là cette pensée de Fénelon : « Il ne suffit pas d'avoir raison : c'est gâter et déshonorer la raison que de la soutenir d'une manière brusque et hautaine. »

2. Boileau a fait la même remarque dans son épître IX :

> La simplicité plaît sans étude et sans art.
> Tout charme en un enfant dont la langue sans fard,
> A peine du filet encor débarrassée,
> Sait d'un air innocent bégayer sa pensée.
> Le faux est toujours fade, ennuyeux, languissant....

3. Dans le sens de l'adverbe latin *reipsa*, réellement.

La bonne grâce et la politesse conviennent à tout le monde; mais les qualités acquises doivent avoir un certain rapport et une certaine union avec nos propres qualités, qui les étende et les augmente imperceptiblement[1].

*Ibid.*

---

**Choix de maximes.**

L'amour-propre est le plus grand de tous les flatteurs.

Quelque découverte que l'on ait faite dans le pays de l'amour-propre, il y reste encore bien des terres inconnues.

Les passions sont les seuls orateurs qui persuadent toujours : elles sont comme un art de la nature, dont les règles sont infaillibles; et l'homme le plus simple, qui a de la passion, persuade mieux que le plus éloquent qui n'en a point.

Les passions ont une injustice et un propre intérêt, qui fait qu'il est dangereux de les suivre, et qu'on s'en doit défier lors même qu'elles paraissent les plus raisonnables.

Si nous n'avions point d'orgueil, nous ne nous plaindrions point de celui des autres.

Nous n'avons pas assez de force pour suivre toute notre raison.

Il n'y a point d'accidents si malheureux dont les habiles gens ne tirent quelque avantage, ni de si heureux que les imprudents ne puissent tourner à leur préjudice.

Le silence est le parti le plus sûr pour celui qui se défie de soi-même.

Ce qui nous rend si changeants dans nos amitiés, c'est qu'il est difficile de connaître les qualités de l'âme et facile de connaître celles de l'esprit.

Tout le monde se plaint de sa mémoire, et personne ne se plaint de son jugement.

La marque d'un mérite extraordinaire est de voir que ceux qui l'envient le plus sont contraints de le louer.

Chacun dit du bien de son cœur, et personne n'en ose dire de son esprit.

1. La Rochefoucauld a dit encore ailleurs : « Nous gagnerions plus à nous laisser voir tels que nous sommes, que d'essayer de paraître ce que nous ne sommes pas. »

# DE RETZ.

(1614-1679.)

Né à Montmirail en 1614, Retz (Paul de Gondy), qui, dans un moment de faveur, obtint par l'entremise de la régente Anne d'Autriche le chapeau de cardinal, fut le principal héros de la Fronde. Chef de parti sans conviction comme sans vues élevées, devenu tel par la haine qu'il portait à Mazarin, il montra longtemps la turbulence et la frivolité de caractère qui ont marqué tristement cette époque de guerre civile. S'il n'avait donc pour lui que son rôle politique de coadjuteur de Paris, il serait peu digne de souvenir. Mais amendé par la disgrâce [1], qui fut le seul fruit de ses intrigues ambitieuses, il mérita dans les loisirs de la retraite, où le consolait l'amitié ingénieuse de madame de Sévigné, une gloire plus solide que celle qu'avait rêvée sa jeunesse, celle d'écrivain : il mourut en 1679, laissant dans ses *Mémoires* un des monuments les plus remarquables de cette éloquence naturelle dont César a offert chez les anciens le modèle le plus frappant [2].

## Commencement de la régence d'Anne d'Autriche; arrestation du duc de Beaufort; établissement du pouvoir de Mazarin.

Ce parti (celui des Importants [3]), formé dans la cour par M. de Beaufort, n'était composé que de quatre ou cinq mélancoliques, qui avaient la mine de penser creux; et cette mine, ou fit peur à M. le cardinal Mazarin, ou lui donna lieu de feindre qu'il avait peur. Le palais d'Orléans et l'hôtel de Condé, étant unis ensemble par ces intérêts, tour-

1. On sait, en effet, que de Retz, avancé en âge, répara par une conduite sage et appliquée à la piété les fautes de sa jeunesse.

2. Sur cet homme « si fidèle aux particuliers et si redoutable à l'Etat », comme l'a dit Bossuet, il faut consulter l'Oraison funèbre de Michel Le Tellier, et les Mémoires de La Rochefoucauld, qui l'a représenté comme « joignant à plusieurs belles qualités naturelles et acquises une ambition extrême. » MM. Villemain et Sainte-Beuve l'ont aussi très-bien apprécié de nos jours.

3. « Ils s'étaient fait donner ce nom, a dit M. Cousin, par leurs airs d'importance, par leur affectation de capacité et de profondeur et par leurs discours ténébreux. »

nèrent en moins de rien en ridicule la morgue qui avait donné aux amis de M. de Beaufort le nom d'Importants; et ils se servirent en même temps très-habilement des grandes apparences que M. de Beaufort, selon le style[1] de tous ceux qui ont plus de vanité que de sens, ne manqua pas de donner en toute sorte d'occasions aux moindres bagatelles. L'on tenait cabinet mal à propos, l'on donnait des rendez-vous sans sujet; les chasses mêmes paraissaient mystérieuses. Enfin l'on fit si bien, que l'on se fit arrêter au Louvre par Guitaut, capitaine des gardes de la reine. Les Importants furent chassés et dispersés, et l'on publia par tout le royaume qu'ils avaient fait une entreprise sur la vie de M. le cardinal. Ce qui a fait que je ne l'ai jamais cru est que l'on n'en a jamais vu ni déposition ni indice, quoique la plupart des domestiques de la maison de Vendôme aient été très-longtemps en prison. Vaumorin et Ganseville, auxquels j'en ai parlé cent fois dans la Fronde, m'ont juré qu'il n'y avait rien au monde de plus faux: l'un était capitaine des gardes, et l'autre écuyer de M. de Beaufort. Le marquis de Nangis, mestre de camp[2] du régiment de Navarre ou de Picardie, je ne me ressouviens pas précisément, et enragé contre la reine et contre le cardinal pour un sujet que je vous dirai incontinent, fut fort tenté d'entrer dans la cabale des Importants, cinq ou six jours devant que M. de Beaufort fût arrêté; et je le détournai de cette pensée, en lui disant que la mode, qui a du pouvoir en toutes choses, ne l'a si sensible en aucune qu'à être ou bien ou mal à la cour. Il y a des temps où la disgrâce est une manière de feu qui purifie toutes les mauvaises qualités et qui illumine toutes les bonnes; il y a des temps où il ne sied pas bien à un honnête homme d'être disgracié. Je soutins à Nangis que celui des Importants était de cette nature; et je vous marque cette circonstance pour avoir lieu de vous faire le plan de l'état où les choses se trouvèrent à la mort du feu roi. C'est par où je devais commencer, mais le fil du discours m'a emporté.

Il faut confesser, à la louange de M. le cardinal de Richelieu, qu'il avait conçu deux desseins que je trouve presque aussi vastes que ceux des César et des Alexandre. Celui d'abattre le parti de la religion avait été projeté par M. le cardinal de Retz, mon oncle; celui d'attaquer la formidable maison d'Autriche n'avait été imaginé de personne. Il a consommé le premier; à sa mort, il avait bien avancé le

1. Tour figuré et familier qui veut dire: *suivant l'usage, à la manière.....*
2. Ce grade répondait à celui de *colonel.*

second. La valeur de M. le prince (le grand Condé), qui était M. le duc en ce temps-là, fit que celle du roi[1] n'altéra point l'état des choses. La fameuse victoire de Rocroy[2] donna autant de sûreté au royaume qu'elle lui apporta de gloire; et les lauriers couvrirent le roi, qui règne aujourd'hui, dans son berceau. Le roi son père, qui n'aimait ni n'estimait la reine sa femme, lui donna, en mourant, un conseil nécessaire pour limiter l'autorité de sa régence; et il y nomma M. le cardinal Mazarin, M. le chancelier[3], M. Bouteiller et M. de Chavigny. Comme tous ces sujets étaient extrêmement odieux au public, parce qu'ils étaient tous créatures de M. le cardinal de Richelieu, ils furent sifflés par tous les laquais dans la cour de Saint-Germain, aussitôt que le roi eut expiré; et si M. de Beaufort eût eu le sens commun, ou si M. de Beauvais[4] n'eût pas été une bête mitrée, ou s'il eût plu à mon père[5] d'entrer dans les affaires, ces collatéraux de la régence auraient été infailliblement chassés avec honte, et la mémoire du cardinal de Richelieu aurait été sûrement condamnée par le parlement avec une joie publique.

La reine était adorée beaucoup plus par ses disgrâces que par son mérite. L'on ne l'avait vue que persécutée, et la souffrance, aux personnes de ce rang, tient lieu d'une grande vertu. L'on se voulait imaginer qu'elle avait eu de la patience, qui est très-souvent figurée par l'indolence. Enfin il est très-constant que l'on en espérait des merveilles.

M. le duc d'Orléans fit quelque mine de disputer la régence, et La Frette, qui était à lui, donna de l'ombrage parce qu'il arriva une heure après la mort du roi, à Saint-Germain, avec deux cents gentilshommes qu'il avait amenés de son pays. J'obligeai Nangis, dans ce moment, à offrir à la reine le régiment qu'il commandait, qui était en gar-

1. C'est-à-dire, la mort de Louis XIII.

2. On peut voir le récit de cette bataille dans le même volume, page 59.

3. Séguier (Pierre). Il occupait ce poste depuis 1635. Ce fut lui qui devint, après Richelieu, le protecteur de l'Académie française. On peut voir sur sa mort une belle lettre de M^me^ de Sévigné à sa fille, datée du 3 février 1672 (*Morceaux choisis* pour la classe de quatrième).

4. Augustin Potier, évêque de cette ville, dont la reine avait songé à faire un premier ministre, mais qui était d'une incapacité absolue.

5. Le père de l'auteur était Emmanuel de Gondy, général des galères de France.

nison à Mantes. Il le fit marcher à Saint-Germain, tout le régiment des gardes s'y rendit; l'on amena le roi à Paris. Monsieur[1] se contenta d'être lieutenant général de l'Etat; M. le prince fut déclaré chef du conseil. Le parlement confirma la régence de la reine, mais sans limitation; tous les exilés furent rappelés; tous les prisonniers furent mis en liberté, tous les criminels furent justifiés, tous ceux qui avaient perdu des charges rentrèrent; on donnait tout, on ne refusait rien, et madame de Beauvais, entre autres, eut permission de bâtir dans la place Royale. Je ne me ressouviens plus du nom de celui à qui on expédia un brevet pour un impôt sur les messes. La félicité des particuliers paraissait pleinement assurée par le bonheur public. L'union très-parfaite de la maison royale fixait le repos au dedans. La bataille de Rocroy avait anéanti pour des siècles la vigueur de l'infanterie d'Espagne. La cavalerie de l'empire ne tenait pas devant les Weimariens[2]; l'on voyait sur les degrés du trône, d'où l'âpre et redoutable Richelieu avait foudroyé plutôt que gouverné les humains, un successeur doux, bénin, qui ne voulait rien, qui était au désespoir que sa dignité de cardinal ne lui permettait pas[3] de s'humilier autant qu'il l'eût souhaité devant tout le monde, qui marchait dans les rues avec deux petits laquais derrière son carrosse. N'ai-je pas eu raison de vous dire qu'il ne sied pas bien à un honnête homme d'être mal à la cour en ce temps-là? Et n'eus-je pas encore raison de conseiller à Nangis de ne se pas brouiller, quoique, nonobstant le service qu'il avait rendu à Saint-Germain, il fût le premier homme à qui l'on eût refusé une gratification de rien qu'il demanda. Je la lui fis obtenir.

Vous ne serez pas surprise de ce qu'on le fut de la prison de M. de Beaufort, dans une cour où l'on venait de les ouvrir à tout le monde sans exception; mais vous le serez sans doute de ce que personne ne s'aperçut des suites. Ce coup de rigueur, fait dans un temps où l'autorité était si douce qu'elle était comme imperceptible, fit un grand effet, quoique cet effet fût aussi presque incroyable. Il n'y avait

1. C'était le frère de Louis XIII, Gaston, né en 1608, mort en 1660.

2. C'est-à-dire devant les anciens soldats de Bernard, duc de Saxe-Weimar. Ce général, dans la guerre de Trente ans, acquit, malgré quelques revers, beaucoup de gloire, et fut l'un des principaux soutiens du parti protestant. Il était mort en 1639 (on peut voir la 173e *Lettre* de Voiture), et le roi Louis XIII avait acheté de ses principaux officiers son armée et ses conquêtes.

3. On écrirait aujourd'hui *ne lui permit pas*.

rien de si facile que ce coup par toutes les circonstances que vous avez vues ; mais il paraissait grand ; et tout ce qui est de cette nature est heureux, parce qu'il a de la dignité et n'a rien d'odieux. Ce qui attire assez souvent je ne sais quoi d'odieux sur les actions des ministres, même les plus nécessaires, c'est que pour les faire ils sont presque toujours obligés de surmonter des obstacles dont la victoire ne manque jamais de porter avec elle de l'envie et de la haine. Quand il se présente une occasion considérable dans laquelle il n'y a rien à vaincre, parce qu'il n'y a rien à combattre, ce qui est très-rare, elle donne à leur autorité un éclat pur, innocent, non mélangé, qui ne s'établit pas seulement, mais qui leur fait même tirer, dans les suites, du mérite de tout ce qu'ils ne font pas, presque également que[1] de tout ce qu'ils font.

Quand l'on vit que le cardinal avait arrêté celui qui, cinq ou six semaines devant, avait ramené le roi à Paris avec un faste inconcevable, l'imagination de tous les hommes fut saisie d'un étonnement respectueux ; et je me souviens que Chapelain, qui enfin avait de l'esprit[2], ne pouvait se lasser d'admirer ce grand événement. L'on se croyait bien obligé au ministre de ce que toutes les semaines il ne faisait pas mettre quelqu'un en prison, et l'on attribuait à la douceur de son naturel les occasions qu'il n'avait pas de mal faire. Il faut avouer qu'il seconda fort habilement son bonheur. Il donna toutes les apparences nécessaires pour faire croire qu'on l'avait forcé à cette résolution ; que les conseils de Monsieur et de M. le prince l'avaient emporté dans l'esprit de la reine sur son avis. Il parut encore plus modéré, plus civil et plus ouvert le lendemain de l'action. L'accès était tout à fait libre, les audiences étaient aisées ; l'on dînait avec lui comme avec un particulier. Enfin, il fit si bien, qu'il se trouva sur la tête de tout le monde, dans le temps que tout le monde croyait l'avoir encore à ses côtés[3].

*Mémoires.*

1. *Presque autant que*, faudrait-il dire maintenant.

2. Et même du sens et du talent, malgré son poëme de la *Pucelle*. On peut voir sur lui les *Mémoires* de Huet (l. III), écrits en latin, et dont M. Ch. Nisard a donné une traduction française.

3. On citerait difficilement dans notre littérature un tableau plus finement touché et d'un meilleur comique. Il justifie parfaitement cet éloge de M. de Barante : « Le cardinal de Retz, plus que personne, donna du charme et de la vie à l'histoire écrite avec des impressions personnelles. » Aussi quelques familiarités de langage, propres au genre des mémoires, ne nous ont pas paru devoir empêcher que ce morceau et le suivant, d'une originalité si puissante,

**Une sédition à Paris; courage du premier président (Mathieu Molé).**

Le parlement s'étant assemblé ce jour-là[1] de très-bon matin, et devant même que l'on eût pris les armes, apprit le mouvement par les cris d'une multitude immense qui hurlait dans la salle du palais : Broussel! Broussel! et il donna arrêt par lequel il fut ordonné que l'on irait en corps et en habit au Palais-Royal redemander les prisonniers; qu'il serait décrété contre Comminges, lieutenant des gardes de la reine; qu'il serait défendu à tous gens de guerre, sous peine de la vie, de prendre des commissions pareilles, et qu'il serait informé contre ceux qui avaient donné ce conseil comme contre des perturbateurs du repos public. L'arrêt fut exécuté à l'heure même : le parlement sortit au nombre de cent soixante officiers. Il fut reçu et accompagné dans toutes les rues avec des acclamations et des applaudissements incroyables : toutes les barricades tombaient devant lui.

Le premier président parla à la reine avec toute la liberté que l'état des choses lui donnait. Il lui représenta au naturel le jeu que l'on avait fait en toutes occasions de la parole royale; les illusions honteuses, et même puériles, par lesquelles on avait éludé mille et mille fois les résolutions les plus utiles et même les plus nécessaires à l'Etat; il exagéra avec force le péril où le public se trouvait par la prise tumultuaire et générale des armes. La reine, qui ne craignait rien parce qu'elle connaissait peu, s'emporta, et elle lui répondit avec un ton de fureur plutôt que de colère : « Je sais bien qu'il y a du bruit dans la ville; mais vous m'en répondrez, messieurs du parlement, vous, vos femmes et vos enfants. » En prononçant cette dernière syllabe, elle rentra dans sa petite chambre grise et elle en ferma la porte avec force.

Le parlement s'en retournait; et il était déjà sur les degrés, quand le président de Mesmes, qui était extrêmement timide, faisant réflexion sur le péril auquel la

trouvassent place dans notre recueil. En somme, quelle que soit l'inégalité de ce style, il a au plus haut point le cachet de l'esprit français; il est vif, pittoresque, lucide, ému, impétueux. Sans doute il faut lire de Retz avec précaution, comme écrivain autant que comme historien; mais on trouve en foule chez lui des pensées profondes, des expressions énergiques et créées, d'excellentes maximes, d'admirables portraits.

1. 27 août 1648.

compagnie s'allait exposer parmi le peuple, l'exhorta à remonter et à faire encore un effort sur l'esprit de la reine. M. le duc d'Orléans, qu'ils trouvèrent dans le grand cabinet et qu'ils exhortèrent pathétiquement, les fit entrer au nombre de vingt dans la chambre grise. Le premier président fit voir à la reine toute l'horreur de Paris armé et enragé, c'est-à-dire il essaya de lui faire voir, car elle ne voulut rien écouter; elle se jeta de colère dans la petite galerie.

Le cardinal s'avança et proposa de rendre les prisonniers, pourvu que le parlement promît de ne pas continuer ses assemblées. Le premier président répondit qu'il fallait délibérer sur la proposition. On fut sur le point de le faire sur-le-champ; mais beaucoup de ceux de la compagnie ayant représenté que les peuples[1] croiraient qu'elle aurait été violentée si elle opinait au Palais-Royal, l'on résolut de s'assembler l'après-dînée au palais, et l'on pria M. le duc d'Orléans de s'y trouver.

Le parlement étant sorti du Palais-Royal, et ne disant rien au peuple de la liberté de Broussel, ne trouva d'abord qu'un morne silence au lieu des acclamations passées. Comme il fut à la barrière des Sergents[2], où était la première barricade, il y rencontra du murmure, qu'il apaisa en assurant que la reine lui avait promis satisfaction. Les menaces de la seconde furent éludées par le même moyen. La troisième, qui était à la Croix du Tirouer[3], ne se voulut pas payer de cette monnaie; et un garçon rôtisseur, s'avançant avec deux cents hommes et mettant la hallebarde dans

1. Ce pluriel, dans un sens où aujourd'hui nous mettrions le singulier, était usité au dix-septième siècle. C'est ainsi qu'on lit dans les *Mémoires* de La Rochefoucauld : « Le premier président et le président de Mesmes répliquèrent qu'il n'y avait plus lieu de délibérer, que c'était une nécessité absolue de fléchir sous la volonté des peuples, qui n'écoutaient plus la voix du magistrat..... »

2. Ce nom était autrefois commun à plusieurs barrières, en raison même des sergents qui y étaient placés pour la perception des impôts. Celle dont il s'agit se trouvait dans la rue Saint-Honoré, à la hauteur de la rue Croix des Petits-Champs. Là, on voyait encore, au commencement de ce siècle, le café dit *des Sergents*.

3. La Croix du *Tiroir* ou du *Trahoir* était placée à l'intersection des rues Saint-Honoré et de l'Arbre-Sec. Suivant les uns, ce nom venait des marchands d'étoffes, nombreux en ce lieu, qui y *tiraient*, c'est-à-dire étendaient, déployaient leurs marchandises. Selon les autres, cette croix était ainsi appelée en vertu d'un singulier privilége que possédaient les Normands condamnés à mort, celui de n'être pendus qu'auprès de la fontaine qu'on voit encore au coin des deux rues citées.

le ventre du premier président, lui dit : « Tourne, traître ; et si tu ne veux être massacré toi-même, ramène-nous Broussel ou le Mazarin et le chancelier en otage. » Vous ne doutez pas, à mon opinion, ni de la confusion ni de la terreur qui saisit presque tous les assistants ; cinq présidents au mortier et plus de vingt conseillers se jetèrent dans la foule pour s'échapper. L'unique premier président, le plus intrépide homme, à mon sens, qui ait paru dans son siècle, demeura ferme et inébranlable[1]. Il se donna le temps de rallier ce qu'il put de la compagnie ; il conserva toujours la dignité de la magistrature et dans ses paroles et dans ses démarches, et il revint au Palais-Royal au petit pas, sous le feu des injures, des menaces, des exécrations et des blasphèmes.

Cet homme avait une sorte d'éloquence qui lui était particulière. Il n'était pas congru[2] dans sa langue, mais il parlait avec une force qui suppléait à tout cela ; et il était naturellement si hardi, qu'il ne parlait jamais si bien que dans le péril. Il se passa[3] lui-même lorsqu'il revint au Palais-Royal, et il est constant qu'il toucha tout le monde, à la réserve de la reine, qui demeura inflexible.

Monsieur fit mine de se jeter à genoux devant elle ; quatre ou cinq princesses, qui tremblaient de peur, s'y jetèrent effectivement. Le cardinal, à qui un jeune conseiller des enquêtes avait dit en raillant qu'il serait assez à propos qu'il allât lui-même dans les rues voir l'état des choses, le cardinal, dis-je, se joignit au gros de la cour, et l'on tira enfin à toute peine cette parole de la bouche de la reine : « Hé bien ! messieurs du parlement, voyez donc ce qu'il est à propos de faire. » L'on s'assembla en même temps dans la grande galerie ; l'on délibéra, et l'on donna arrêt par lequel la reine serait remerciée de la liberté accordée aux prisonniers.

Aussitôt que l'arrêt fut rendu, l'on expédia les lettres de cachet, l'on transmit les paroles, et le premier président montra au peuple les copies, qu'il avait mises en forme, de l'un et de l'autre : mais l'on ne voulut pas quitter les armes que l'effet ne s'en fût ensuivi[4]. Le parlement même ne donna

1. De là cet autre mot si juste du cardinal de Retz : « Si ce n'était pas une espèce de blasphème de dire qu'il y a quelqu'un dans notre siècle plus intrépide que le grand Gustave et M. le prince (le grand Condé), je dirais que ç'a été Molé, premier président ; » et il ajoute : « Il voulait le bien de l'Etat préférablement à toutes choses, même à celui de sa famille. »

2. Pour *correct* : ce mot a vieilli.

3. Il se *surpassa* lui-même, dirions-nous plutôt aujourd'hui.

4. Ce verbe, dérivé du latin *insequi*, est aujourd'hui de peu d'usage.

point d'arrêt pour les faire poser, qu'il n'eût vu Broussel dans sa place. Il y revint le lendemain, ou plutôt il y fut porté sur la tête des peuples avec des acclamations incroyables. L'on rompit les barricades, l'on ouvrit les boutiques, et en moins de deux heures Paris parut plus tranquille que je ne l'ai jamais vu le vendredi saint[1].

*Ibid.*

---

# MOLIÈRE.

(1622-1673.)

Molière n'a pas seulement surpassé tous ses devanciers par la richesse de son invention et la force de sa verve comique; il s'est encore placé, par la franchise nerveuse et l'originalité piquante de son style, au premier rang des écrivains qui ont illustré la grande époque où il a vécu. Sa prose se recommande par un tour net et vif, admirablement approprié au génie de notre langue. Tel est, en outre, le mérite de ses vers : aussi aurons-nous l'occasion de parler de nouveau et plus longuement de Molière, en le considérant comme poëte. Bornons-nous à dire que, né à Paris en 1622, il termina sa carrière en 1673.

### L'avare dans son intérieur.

Il veut donner à dîner, mais avec peu d'argent.

*L'avare* ou *Harpagon; Valère,* son intendant; *dame Claude, Brindavoine, maître Jacques* et *La Merluche,* ses domestiques.

*Harpagon.* Allons, venez çà[2] tous, que je vous distribue mes ordres pour tantôt, et règle à chacun son emploi. Approchez, dame Claude : commençons par vous. Bon, vous voilà

1. On peut lire le même récit, non moins animé et non moins dramatique, dans les *Mémoires* de M^me de Motteville, qui, en avouant la grande frayeur que cette sédition lui a causée, nous dit ingénument « qu'elle n'eût pas cru que jamais dans ce Paris, le séjour des délices et des douceurs, on pût voir la guerre, ni des barricades, autre part que dans l'histoire et la vie de Henri III. »

2. Pour *ici.*

les armes à la main[1]. Je vous commets au soin de nettoyer partout; et surtout prenez garde de frotter les meubles trop fort, de peur de les user. Outre cela, je vous constitue, pendant le souper, au gouvernement des bouteilles, et s'il s'en écarte quelqu'une, et qu'il se casse quelque chose, je m'en prendrai à vous et le rabattrai sur vos gages.

*Maître Jacques* (*à part*). Châtiment politique !

*Harpagon*. Vous, Brindavoine, et vous, La Merluche, je vous établis dans la charge de rincer les verres et de donner à boire, mais seulement lorsque l'on aura soif, et non pas suivant la coutume de certains impertinents de laquais qui viennent provoquer les gens et les faire aviser de[2] boire lorsqu'on n'y songe pas. Attendez qu'on vous en demande plus d'une fois, et vous ressouvenez de porter toujours beaucoup d'eau.

*Maître Jacques* (*à part*). Oui, le vin pur monte à la tête.

*La Merluche*. Quitterons-nous nos souquenilles[3], monsieur?

*Harpagon*. Oui, quand vous verrez venir les personnes; et gardez bien de gâter vos habits.

*Brindavoine*. Vous savez bien, monsieur, qu'un des devants de mon pourpoint[4] est couvert d'une grande tache de l'huile de la lampe.

*La Merluche*. Et moi, monsieur, j'ai mon haut-de-chausses[5] tout troué.

*Harpagon*. Tenez toujours votre chapeau ainsi, lorsque vous servirez.

(*Dame Claude, Brindavoine et La Merluche sortent.*)

*Harpagon*. Valère, aide-moi à ceci. Oh çà! maître Jacques; approchez-vous : je vous ai gardé pour le dernier.

*Maître Jacques*. Est-ce à votre cocher, monsieur, ou bien à votre cuisinier que vous voulez parler? car je suis l'un et l'autre.

*Harpagon*. C'est à tous les deux.

*Maître Jacques*. Mais à qui des deux le premier?

*Harpagon*. Au cuisinier.

1. Elle tient en effet un balai.

2. Penser à....

3. Surtout de grosse toile dont les domestiques se couvraient, pour se garantir dans leur travail.

4. On appelait ainsi la partie de l'ancien habillement français qui couvrait le corps depuis le cou jusque vers la ceinture.

5. C'était le nom de la partie du vêtement de l'homme qui le couvrait depuis la ceinture jusqu'aux genoux.

*Maître Jacques.* Attendez donc, s'il vous plaît.

(*Maître Jacques ôte sa casaque de cocher et paraît en cuisinier.*)

*Harpagon.* Quelle cérémonie est-ce là ?

*Maître Jacques.* Vous n'avez qu'à parler.

*Harpagon.* Je me suis engagé, maître Jacques, à donner ce soir à souper.

*Maître Jacques* (*à part*). Grande merveille !

*Harpagon.* Dis-moi un peu, nous feras-tu[1] bonne chère ?

*Maître Jacques.* Oui, si vous me donnez bien de l'argent.

*Harpagon.* Que diable ! toujours de l'argent ! Il semble qu'ils n'aient rien autre chose à dire ! de l'argent ! de l'argent ! de l'argent ! Ah ! ils n'ont que ce mot-là à la bouche, de l'argent ! Toujours parler d'argent ! Voilà leur épée de chevet[2], de l'argent !

*Valère.* Je n'ai jamais vu de réponse plus impertinente que celle-là. Voilà une belle merveille que de faire bonne chère avec bien de l'argent ! c'est la chose la plus aisée du monde, et il n'y a si pauvre esprit qui n'en fît autant. Mais pour agir en habile homme, il faut parler de faire bonne chère avec peu d'argent.

*Maître Jacques.* Bonne chère avec peu d'argent ?

*Valère.* Oui.

*Maître Jacques* (*à Valère*). Par ma foi, monsieur l'intendant, vous nous obligerez de nous faire voir ce secret et de prendre mon office de cuisinier : aussi bien vous mêlez-vous céans[3] d'être le factotum.

*Harpagon.* Taisez-vous. Qu'est-ce qu'il nous faudra ?

*Maître Jacques.* Voilà monsieur votre intendant qui vous fera bonne chère pour peu d'argent.

*Harpagon.* Ah ! je veux que tu me répondes.

*Maître Jacques.* Combien serez-vous de gens à table ?

*Harpagon.* Nous serons huit ou dix ; mais il ne faut prendre que huit. Quand il y a à manger pour huit, il y en a bien pour dix.

*Valère.* Cela s'entend.

*Maître Jacques.* Eh bien ! il faudra quatre grands potages et cinq assiettes. Potages... Entrées...

*Harpagon.* Que diable ! voilà pour traiter toute une ville entière !

*Maître Jacques.* Rôt...

1. *Faire* sous-entendu.

2. Expression proverbiale : c'est une arme toujours présente, dont on use en toute occasion.

3. Pour *ici dedans* : mot vieilli.

*Harpagon* (*mettant la main sur la bouche de maître Jacques*). Ah! traître, tu manges tout mon bien.

*Maître Jacques.* Entremets...

*Harpagon* (*mettant encore la main sur la bouche de maître Jacques*). Encore!

*Valère* (*à maître Jacques*). Est-ce que vous avez envie de faire crever [1] tout le monde? et monsieur a-t-il invité les gens pour les assassiner à force de mangeaille! Allez-vous-en lire un peu les préceptes de la santé, et demander aux médecins s'il y a rien de plus préjudiciable à l'homme que de manger avec excès.

*Harpagon.* Il a raison.

*Valère.* Apprenez, maître Jacques, vous et vos pareils, que c'est un coupe-gorge qu'une table remplie de trop de viandes [2]; que, pour bien se montrer ami de ceux que l'on invite, il faut que la frugalité règne dans les repas qu'on donne, et que, suivant le dire d'un ancien, *il faut manger pour vivre et non pas vivre pour manger.*

*Harpagon.* Ah! que cela est bien dit! Approche, que je t'embrasse pour ce mot. Voilà la plus belle sentence que j'aie entendue de ma vie: *Il faut vivre pour manger, et non pas manger pour vi...* Non, ce n'est pas cela. Comment est-ce que tu dis?

*Valère. Qu'il faut manger pour vivre, et non pas vivre pour manger.*

*Harpagon* (*à maître Jacques*). Oui, entends-tu? (*A Valère.*) Qui est le grand homme qui a dit cela?

*Valère.* Je ne me souviens pas maintenant de son nom.

*Harpagon.* Souviens-toi de m'écrire ces mots. Je les veux faire graver en lettres d'or sur la cheminée de ma salle.

*Valère.* Je n'y manquerai pas; et pour votre souper, vous n'avez qu'à me laisser faire, je réglerai tout cela comme il faut.

*Harpagon.* Fais donc.

*Maître Jacques.* Tant mieux! j'en aurai moins de peine.

*Harpagon* (*à Valère*). Il faudra de ces choses dont on ne mange guère, et qui rassasient d'abord: quelque bon haricot [3] bien gras, avec quelque pâté en pot, bien garni de marrons.

*Valère.* Reposez-vous sur moi.

1. Cette expression, familière au temps de Molière, ne serait plus tolérée aujourd'hui.

2. Ce terme était alors le synonyme de *nourriture, mets* (du latin *vesci*).

3. Sorte de ragoût.

*Harpagon.* Maintenant, maître Jacques, il faut nettoyer mon carrosse.

(*Maître Jacques remet sa casaque.*)

*Maître Jacques.* Attendez. Ceci s'adresse au cocher. Vous dites ?...

*Harpagon.* Qu'il faut nettoyer mon carrosse, et tenir mes chevaux tout prêts pour conduire à la foire...

*Maître Jacques.* Vos chevaux, monsieur! Ma foi, ils ne sont point en état de marcher. Je ne vous dirai point qu'ils sont sur la litière : les pauvres bêtes n'en ont point, et ce serait fort mal parler; mais vous leur faites observer des jeûnes si austères, que ce ne sont plus rien que des idées ou des fantômes, des façons de chevaux.

*Harpagon.* Les voilà bien malades ! ils ne font rien.

*Maître Jacques.* Et pour ne rien faire, monsieur, est-ce qu'il ne faut rien manger? Il leur vaudrait bien mieux, les pauvres animaux, travailler beaucoup et manger de même. Cela me fend le cœur, de les voir ainsi exténués. Car, enfin, j'ai une telle tendresse pour mes chevaux, qu'il me semble que c'est moi-même, quand je les vois pâtir. Je m'ôte tous les jours, pour eux, les choses de la bouche; et c'est être, monsieur, d'un naturel trop dur que de n'avoir nulle pitié de son prochain.

*Harpagon.* Le travail ne sera pas grand d'aller jusqu'à la foire.

*Maître Jacques.* Non, je n'ai point le courage de les mener, et je ferais conscience de leur donner des coups de fouet en l'état où ils sont. Comment voudriez-vous qu'ils traînassent un carrosse : ils ne peuvent pas se traîner eux-mêmes.

*Valère.* Monsieur, j'obligerai le voisin le Picard à se charger de les conduire; aussi bien nous fera-t-il ici besoin[1] pour apprêter le souper.

*Maître Jacques.* Soit. J'aime mieux encore qu'ils meurent sous la main d'un autre que sous la mienne.

L'*Avare* (1668), acte III, sc. 1, 2 et 5.

1. Nous sera-t-il ici nécessaire...

## Singulière apologie de la musique et de la danse.

*M. Jourdain* (*bourgeois de Paris*), *un maître à danser, un maître de musique.*

*Le maître de musique.* Ce sont deux arts[1] qui ont une étroite liaison ensemble.

*Le maître à danser.* Et qui ouvrent l'esprit d'un homme aux belles choses.

*M. Jourdain.* Est-ce que les gens de qualité apprennent aussi la musique?

*Le maître de musique.* Oui, monsieur.

*M. Jourdain.* Je l'apprendrai donc. Mais je ne sais quel temps je pourrai prendre; car, outre le maître d'armes qui me montre, j'ai arrêté encore un maître de philosophie qui doit commencer ce matin.

*Le maître de musique.* La philosophie est quelque chose; mais la musique, monsieur, la musique...

*Le maître à danser.* La musique et la danse... La musique et la danse, c'est là tout ce qu'il faut.

*Le maître de musique.* Il n'y a rien qui soit si utile dans un État que la musique.

*Le maître à danser.* Il n'y a rien qui soit si nécessaire aux hommes que la danse.

*Le maître de musique.* Sans la musique, un État ne peut subsister.

*Le maître à danser.* Sans la danse, un homme ne saurait rien faire.

*Le maître de musique.* Tous les désordres, toutes les guerres qu'on voit dans le monde, n'arrivent que pour n'apprendre pas la musique.

*Le maître à danser.* Tous les malheurs des hommes, tous les revers funestes dont les histoires sont remplies, les bévues des politiques, les manquements[2] des grands capitaines, tout cela n'est venu que faute de savoir danser.

*M. Jourdain.* Comment cela?

*Le maître de musique.* La guerre ne vient-elle pas du manque d'union entre les hommes?

*M. Jourdain.* Cela est vrai.

1. La musique et la danse.

2. Expression qui a vieilli, pour *fautes, erreurs.* On disait aussi *manquement* (pour *manque*) *de foi, de mémoire* : voy. Molière, *Éc. des fem.*, IV, 8, et *Impr. de Versailles*, Ire sc.

*Le maître de musique.* Et si tous les hommes apprenaient la musique, ne serait-ce pas le moyen de s'accorder ensemble, et de voir dans le monde la paix universelle?

*M. Jourdain.* Vous avez raison.

*Le maître à danser.* Lorsqu'un homme a commis quelque faute de conduite, soit dans les affaires de sa famille, ou dans le gouvernement d'un Etat ou le commandement d'une armée, ne dit-on pas toujours : « Un tel a fait un mauvais pas dans une telle affaire? »

*M. Jourdain.* Oui, on dit cela.

*Le maître à danser.* Et faire un mauvais pas peut-il procéder d'autre chose que de ne savoir pas danser?

*M. Jourdain.* Cela est vrai, et vous avez raison tous deux.

*Le maître à danser.* C'est pour vous faire voir l'excellence et l'utilité de la danse et de la musique.

*Le Bourgeois Gentilhomme* (1670), acte 1er, sc. 2.

---

# PASCAL.

(1623-1662.)

L'illustration de Pascal a été, en quelque sorte, renouvelée de nos jours par les nombreuses publications dont il a été le sujet. On ne s'en étonnera pas, s'il est vrai, comme il faut le reconnaître avec Vauvenargues, « qu'il ait été l'homme de la terre qui sut mettre la vérité dans un plus beau jour et raisonner avec le plus de force. » Né à Clermont-Ferrand en 1623, il précéda tous les grands prosateurs du règne de Louis XIV, et ne fut dépassé par aucun d'eux : sa courte carrière, vouée aux découvertes scientifiques aussi bien qu'aux travaux des lettres, ne lui a permis toutefois que de laisser deux ouvrages, les *Provinciales* et les *Pensées*. Aucun livre n'atteste plus que le premier la puissance du style : car c'est par le style seul qu'a vécu et que demeurera immortelle cette œuvre de polémique religieuse, qui autrement eût péri depuis longtemps comme beaucoup d'autres. Les *Pensées*, quoique restées imparfaites, ont mis le comble à la gloire de Pascal comme écrivain. L'empreinte du génie marque ces pages inachevées; dans ces pierres d'attente, dans ces premières assises du monument qu'il voulait élever à la religion chrétienne, on peut apercevoir quelle en eût été la grandeur[1]. Pascal mourut à l'âge de 39 ans, le 19 août 1662.

1. Boileau préférait Pascal à tous les prosateurs de son temps.

### Lutte de la violence contre la vérité.

C'est une étrange et longue guerre que celle où la violence essaye d'opprimer la vérité. Tous les efforts de la violence ne peuvent affaiblir la vérité, et ne servent qu'à la relever davantage. Toutes les lumières de la vérité ne peuvent rien pour arrêter la violence et ne font que l'irriter encore plus. Quand la force combat la force, la plus puissante détruit la moindre; quand on oppose les discours aux discours, ceux qui sont véritables et convaincants confondent et dissipent ceux qui n'ont que la vanité et le mensonge : mais la violence et la vérité ne peuvent rien l'une sur l'autre. Qu'on ne prétende pas de là néanmoins que les choses soient égales; car il y a cette extrême différence, que la violence n'a qu'un cours borné par l'ordre de Dieu, qui en conduit les effets à la gloire de la vérité qu'elle attaque; au lieu que la vérité subsiste éternellement[1], et triomphe enfin de ses ennemis, parce qu'elle est éternelle et puissante comme Dieu même[2].

*Douzième Provinciale* (fin).

Madame de Sévigné nous raconte à ce sujet une anecdote qui témoigne de l'admiration qu'il professait pour lui : « Despréaux, dit-elle en rendant compte d'un diner chez M. de Lamoignon, soutint les anciens, à la réserve d'un seul moderne qui surpassait, à son goût, et les vieux et les nouveaux. » Fort interrogé sur cet auteur, il finit par le nommer : c'était Pascal. Lettre du 15 janvier 1690. — De nos jours on peut citer, parmi ses nombreux appréciateurs, M. Villemain, qui a traité « de Pascal considéré comme écrivain et comme moraliste; » M. Havet, qui a donné une édition nouvelle des *Pensées* de Pascal, précédée d'une étude; M. Sainte-Beuve, qui lui a consacré tout un livre, le troisième de son *Port-Royal*, et M. Cousin, qui parle ainsi dans son remarquable ouvrage sur les *Pensées* de Pascal : « Il est venu à cette heureuse époque de la littérature et de la langue où l'art se joignait à la nature dans une juste mesure pour produire des œuvres accomplies. Avant lui et après lui, cette parfaite harmonie, qui dure si peu dans la vie littéraire d'un peuple, ou n'est pas encore ou bientôt n'est plus.... » Le texte original des *Pensées* avait été fort altéré par ses premiers éditeurs : M. Prosper Faugère l'a rétabli scrupuleusement dans son excellente édition.

1. Balzac avait dit avant Pascal : « La vérité n'est sujette ni à la vieillesse ni à la mort : elle doit durer plus que le temps. »

2. « Vous avez lu cent fois, dit M. Villemain dans l'éloquent morceau sur Pascal que contiennent ses *Mélanges*, le passage où cet écrivain décrit avec une admirable énergie la longue et étrange guerre de la violence et de la vérité.... Démosthène, Chrysostome ou

### L'homme ne sait pas vivre dans le présent.

Nous ne nous tenons jamais au temps présent. Nous anticipons l'avenir comme trop lent à venir, comme pour hâter son cours; ou nous rappelons le passé, pour l'arrêter comme trop prompt : si imprudents, que nous errons dans les temps qui ne sont pas nôtres, et ne pensons point au seul qui nous appartient; et si vains, que nous songeons à ceux qui ne sont plus rien, et échappons[1] sans réflexion le seul qui subsiste. C'est que le présent, d'ordinaire, nous blesse : nous le cachons à notre vue, parce qu'il nous afflige. Et, s'il nous est agréable, nous regrettons de le voir échapper : nous tâchons de le soutenir par l'avenir, et pensons à disposer les choses qui ne sont pas en notre puissance, pour un temps où nous n'avons aucune assurance d'arriver.

Que chacun examine ses pensées : il les trouvera toujours occupées au passé et à l'avenir. Nous ne pensons presque point au présent; et, si nous y pensons, ce n'est que pour en prendre la lumière[2], pour disposer de l'avenir. Le présent n'est jamais notre fin : le passé et le présent sont nos moyens; le seul avenir est notre fin. Ainsi nous ne vivons jamais, mais nous espérons de vivre[3]; et, nous disposant toujours à être heureux, il est inévitable que nous ne le soyons jamais.

*Pensées.*

Bossuet, inspirés par la tribune, ont-ils rien de plus fort et de plus sublime que ces paroles jetées à la fin d'une lettre polémique? »

1. C'est-à-dire : laissons échapper, ou plutôt, dissipons. Cet emploi actif du verbe *échapper*, et le sens métaphorique qu'il présente ici, ne subsistent plus. *Echapper*, en terme de manége, c'était pousser un cheval à toute bride, le faire partir au plus vite.

2. En tirer des conjectures....

3. Manilius avait dit la même chose, au début du livre IV de ses *Astronomiques*, en peignant les chimériques illusions qui dévorent la vie humaine :

Victuros agimus semper, nec vivimus unquam;

Et Voltaire a traduit ainsi ce vers :

Nous ne vivons jamais, nous attendons la vie.

### Du véritable bien de l'homme : où doit-il le chercher?

Le présent ne nous satisfaisant jamais, l'espérance nous pipe[1], et de malheur en malheur nous mène jusqu'à la mort, qui en est un comble éternel[2].

Qu'est-ce donc que nous crie cette avidité et cette impuissance, sinon qu'il y a eu autrefois dans l'homme un véritable bonheur, dont il ne lui reste maintenant que la marque et la trace toute vide, et qu'il essaye inutilement de remplir de tout ce qui l'environne, recherchant des choses absentes le secours qu'il n'obtient pas des présentes, mais qui en sont toutes incapables[3], parce que ce gouffre infini ne peut être rempli que par un objet infini et immuable, c'est-à-dire que par Dieu même.

Lui seul est son véritable bien; et depuis qu'il l'a quitté, c'est une chose étrange qu'il n'y a rien dans la nature qui n'ait été capable de lui en tenir la place, astres, ciel, terre, élément, plantes, animaux, insectes, fièvre, peste, guerre, famine, vices[4]. Et depuis qu'il a perdu le vrai bien, tout également peut lui paraître tel, jusqu'à sa destruction propre, quoique si contraire à Dieu, à la raison et à la nature tout ensemble....

C'est en vain, ô hommes, que vous cherchez dans vous-mêmes le remède à vos misères. Toutes vos lumières ne peuvent arriver qu'à connaître que ce n'est point dans vous-mêmes que vous trouverez ni la vérité ni le bien. Les philosophes vous l'ont promis, et ils n'ont pu le faire. Ils ne savent ni quel est votre véritable bien, ni quel est votre véritable état. Comment auraient-ils donné des remèdes à

1. Ce verbe fort goûté de Montaigne et de Pascal a, peu après eux, presque entièrement cessé d'être en usage, quoiqu'il fût plus vif et plus gracieux que *tromper*. *Pipeur*, *piperie*, méritaient bien aussi d'être conservés.

2. Cette attente du bonheur, toujours déçue, a été bien exprimée par ce vers latin de Pétrarque :

Major pars hominum exspectando moritur.

Les enfants sont, à cet égard, plus heureux que les hommes faits : « Ils n'ont, dit La Bruyère, ni passé ni avenir; et, ce qui ne nous arrive guère, ils jouissent du présent. »

3. « Mais *dont elles* sont toutes incapables, » devrait-on lire, ce semble, remarque le savant éditeur de Pascal, M. Prosper Faugère.

4. On peut voir Juvénal, *Sat.*, XV, 9; Corneille, *Polyeucte*, V, 3; et Bossuet, IIe partie, III, du *Disc. sur l'hist. univ.* : « Tout était Dieu, excepté Dieu lui-même. »

vos maux, puisqu'ils ne les ont pas seulement connus? Vos maladies principales sont l'orgueil, qui vous soustrait[1] de Dieu, la concupiscence, qui vous attache à la terre; et ils n'ont fait autre chose qu'entretenir au moins l'une de ces maladies. S'ils vous ont donné Dieu pour objet, ce n'a été que pour exercer votre superbe[2]. Ils vous ont fait penser que vous lui étiez semblables et conformes par votre nature. Et ceux qui ont vu la vanité de cette prétention vous ont jeté dans l'autre précipice, en vous faisant entendre que votre nature était pareille à celle des bêtes, et vous ont porté à chercher votre bien dans les concupiscences[3] qui sont le partage des animaux.

Ce n'est pas là le moyen de vous guérir de vos injustices, que ces sages n'ont point connues....

Dieu a voulu racheter les hommes, et ouvrir le salut à ceux qui le chercheraient. Mais les hommes s'en rendent si indignes, qu'il est juste que Dieu refuse à quelques-uns, à cause de leur endurcissement, ce qu'il accorde aux autres par une miséricorde qui ne leur est pas due. S'il eût voulu surmonter l'obstination des plus endurcis, il l'eût pu en se découvrant si manifestement à eux qu'ils n'eussent pu douter de la vérité de son essence, comme il paraîtra au dernier jour, avec un tel éclat de foudres et un tel renversement de la nature, que les morts ressusciteront, et les plus aveugles le verront.

Ce n'est pas en cette sorte qu'il a voulu paraître dans son avénement de douceur; parce que tant d'hommes se rendant indignes de sa clémence, il a voulu les laisser dans la privation du bien qu'ils ne veulent pas. Il n'était donc pas juste qu'il parût d'une manière manifestement divine et absolument capable de convaincre tous les hommes; mais il n'était pas juste aussi qu'il vînt d'une manière si cachée, qu'il ne pût être reconnu de ceux qui le chercheraient sincèrement. Il a voulu se rendre parfaitement connaissable à ceux-là; et ainsi, voulant paraître à découvert à ceux qui le cherchent de tout leur cœur et caché à ceux qui le fuient de tout leur cœur, il tempère sa connaissance, en sorte qu'il a donné des marques de soi visibles à ceux qui le cherchent et obscures à ceux qui ne le cherchent pas. Il y a assez de lumière pour ceux qui ne désirent que de voir, et assez d'obscurité pour ceux qui ont une disposition contraire.

*Idem.*

1. *Eloigne, dérobe la connaissance....*
2. Synonyme d'*orgueil*. Il est à regretter que la langue n'ait pas retenu ce substantif si expressif.
3. Pluriel aujourd'hui peu usité, pour *appétits, désirs grossiers.*

### Pensées recueillies dans Pascal.

Il n'est point de vertu sans sacrifice.

Malgré la vue de toutes nos misères, qui nous touchent, qui nous tiennent à la gorge, nous avons un instinct que nous ne pouvons réprimer, qui nous élève.

L'homme ne sait à quel rang se mettre. Il est visiblement égaré, et tombé de son vrai lieu sans le pouvoir retrouver[1]. Il le cherche partout avec inquiétude et sans succès dans des ténèbres impénétrables.

Nous sommes si présomptueux, que nous voudrions être connus de toute la terre, et même des gens qui viendront quand nous ne serons plus; et nous sommes si vains, que l'estime de cinq ou six personnes qui nous environnent nous amuse et nous contente.

Les belles actions cachées sont les plus estimables.

Diseur de bons mots, mauvais caractère.

Je n'admire point l'excès d'une vertu comme de la valeur, si je ne vois en même temps l'excès de la vertu opposée, comme en Epaminondas, qui avait l'extrême valeur et l'extrême bénignité[2].

Voulez-vous qu'on croie du bien de vous? n'en dites point.

Si la première règle est de parler avec vérité, la seconde est de parler avec discrétion.

Quand on voit le style naturel, on est tout étonné et ravi; car on s'attendait de voir un auteur, et on trouve un homme.

La vraie nature de l'homme, son vrai bien, et la vraie vertu, et la vraie religion, sont choses dont la connaissance est inséparable.

Il n'y a que la religion chrétienne qui rende l'homme aimable et heureux tout ensemble[3].

1. Un poëte contemporain a exprimé la même pensée dans ce beau vers :

> L'homme est un dieu tombé qui se souvient des cieux.

2. Montesquieu a dit, dans un sens analogue, « qu'une belle action était celle où il y avait de la force et de la bonté. »

3. De même, Montesquieu : « La religion chrétienne, qui ne semble avoir pour but que la félicité de l'autre vie, fait encore notre bonheur dans celle-ci. »

# NICOLE.

(1625-1695.)

Nicole, qui fut l'un des maîtres de Racine, représente une excellente école d'éducation et de style, celle de Port-Royal. Né à Chartres en 1625, il enseigna les belles-lettres pendant quelques années; et à partir de 1655, il fut, dans plusieurs travaux, le collaborateur du célèbre Arnauld. Toutefois le caractère de ces deux écrivains illustres était bien différent : l'un, opiniâtre et fougueux, semblait appelé par sa nature aux luttes de la controverse; l'autre n'aspirait qu'au repos, dont il ne lui fut jamais donné de jouir. Nous laissons de côté les ouvrages de polémique qu'inspirèrent à Nicole les querelles interminables auxquelles il a été mêlé. Ceux qu'il a composés sur la morale sont les seuls qui doivent ici nous intéresser. Tels sont de nombreux traités sur *la soumission à la volonté de Dieu*, sur *les jugements téméraires, la civilité chrétienne, la connaissance de soi-même, l'amour-propre, etc.*; et principalement son *Essai sur les moyens de conserver la paix avec les hommes* [1]. La pensée de Nicole est toujours sage; son style est pur, lumineux, doux et soutenu. C'est un des auteurs dont la lecture est le plus profitable non-seulement à l'esprit, mais au cœur. Il mourut en 1695.

### Vanité de l'ambition humaine.

Je me souviens qu'un jour on montra à une personne de grande qualité et de grand esprit un ouvrage d'ivoire d'une extraordinaire délicatesse[2]. C'était un petit homme monté sur une colonne si déliée que le moindre vent était capable

1. Tous ces ouvrages ont été réunis sous le titre d'*Essais de morale*. Bayle, assez peu louangeur en général, comme on sait, a dit de Nicole que c'était « l'une des plus belles plumes de l'Europe. »

2. Cette merveille rappelle le souvenir d'un objet semblable dont parle M^me de Sévigné dans une de ses lettres à M^me de Grignan (4 décembre 1673) : « On disait l'autre jour à M. le Dauphin qu'il y avait un homme à Paris qui avait fait pour chef-d'œuvre un petit chariot traîné par des puces. M. le Dauphin dit à M. le prince de Conti : Mon cousin, qui est-ce qui a fait les harnais ? — Quelque araignée du voisinage, dit le prince. Cela n'est-il pas joli? »

de briser tout cet ouvrage, et l'on ne pouvait assez admirer l'adresse avec laquelle l'ouvrier avait su le tailler. Cependant, au lieu d'être surprise comme les autres, elle témoigna qu'elle était tellement frappée de l'inutilité de cet ouvrage et de la perte du temps de celui qui s'y était occupé, qu'elle ne pouvait appliquer son esprit à cette industrie que les autres y admiraient. Je trouvai ce sentiment fort juste; mais je pensai en même temps qu'on le pouvait appliquer à bien des choses de plus grande conséquence. Toutes ces grandes fortunes par lesquelles les ambitieux s'élèvent, comme par différents degrés, sur la tête des peuples et des grands, ne sont soutenues que par des appuis aussi délicats et aussi fragiles en leur genre que l'étaient ceux de cet ouvrage d'ivoire. Il ne faut qu'un tour d'imagination dans l'esprit d'un prince, une vapeur maligne qui s'élèvera dans ceux qui l'environnent, pour ruiner tout cet édifice d'ambition : et, après tout, il est bâti sur la vie de cet ambitieux. Lui mort, voilà sa fortune renversée et anéantie. Et qu'y a-t-il de plus fragile et de plus faible que la vie d'un homme? Encore, en conservant avec quelque soin ce petit ouvrage, on le peut garder tant que l'on veut; mais, quelque soin qu'on prenne à conserver sa vie, il n'y a aucun moyen d'empêcher qu'elle ne finisse bientôt.

*De la faiblesse de l'homme*, c. 4.

## Du discernement à apporter dans nos lectures et les objets de nos études.

Il faut considérer que l'étude est la culture et la nourriture de notre esprit. Ce que nous lisons entre dans notre mémoire, et y est reçu comme un aliment qui nous nourrit et comme une semence qui produit dans les occasions des pensées et des désirs. Si l'on ne prend point indifféremment toute sorte d'aliments, et si l'on évite avec soin tous ceux qui nous peuvent nuire, si l'on ne sème pas dans ses terres toutes sortes de semences, mais seulement celles qui sont utiles, combien doit-on encore apporter plus de discernement à ce qui sert de nourriture à notre esprit, et ce qui doit être la semence de nos pensées? Car ce que nous lisons aujourd'hui avec indifférence se réveillera dans les occasions, et nous fournira, sans même que nous nous en apercevions, des pensées qui seront une source de bien ou de mal. Mais, dans la nourriture du corps, l'on distingue d'ordinaire par le goût même ce qui nuit à la santé. Il n'en est pas de même dans les aliments de l'âme. Nous n'avons point naturellement de goût spirituel[1], qui distingue les bons aliments des mauvais. Nous trouvons même quelquefois les poisons plus agréables que les meilleures nourritures, tant notre goût spirituel est corrompu. Et ainsi il faut suppléer par une attention toute particulière à cette corruption de notre esprit, et c'est une des manières dont nous devons pratiquer cet avertissement du Sage[2] : « Appliquez-vous avec tout le soin possible à la garde de votre cœur; » ce qui nous doit porter à veiller avec soin sur tout ce qui entre dans un vase si précieux.

*De la manière d'étudier chrétiennement*, c. 5 et 6.

---

**Combien il faut fuir l'esprit de contradiction, ménager les opinions des autres et être indulgent pour leurs torts.**

L'impatience qui porte à contredire les autres avec chaleur ne vient que de ce que nous ne souffrons qu'avec peine qu'ils aient des sentiments différents des nôtres. C'est parce que ces sentiments sont contraires à notre sens qu'ils nous blessent, et non pas parce qu'ils sont contraires à la vérité. Si nous avions pour but de profiter[3] à ceux que nous contredisons, nous prendrions d'autres mesures et d'autres voies. Nous ne voulons que les assujettir à nos opinions et nous élever au-dessus d'eux : ou plutôt nous voulons tirer, en les contredisant, une petite vengeance du dépit qu'ils nous ont fait en choquant notre sens. De sorte qu'il y a tout ensemble dans ce procédé, et de l'orgueil qui nous cause ce dépit, et du défaut de charité qui nous porte à nous en venger par une contradiction indiscrète, et de l'hypocrisie qui nous fait couvrir tous ces sentiments corrompus du prétexte de l'amour de la vérité et du désir charitable de

1. Dans le style religieux, ce terme est opposé à *corporel*, et signifie ce qui regarde la conduite de l'âme, l'intérieur de la conscience.

2. Ce mot désigne Salomon, considéré comme auteur des *Proverbes*, qui font partie des livres saints, et où l'on trouve en effet (IV, 23) la maxime citée par Nicole. « Plusieurs savants ne regardent, d'ailleurs, les *Proverbes*, dit l'abbé Guénée dans ses *Lettres de quelques Juifs*, que comme un choix de sentences et de maximes recueillies, pour la plupart, dans les écrits de ce prince. »

3. *D'être utiles :* acception tombée en désuétude.

désabuser les autres, au lieu que nous ne recherchons en effet[1] qu'à nous satisfaire nous-mêmes. Et ainsi on nous peut très-justement appliquer ce que dit le Sage, que « les avertissements que donne un homme qui veut faire injure sont faux et trompeurs : » *Est correptio mendax in ira contumeliosi*[2]. Ce n'est pas qu'il dise toujours des choses fausses; mais c'est qu'en voulant paraître avoir le dessein de nous servir en nous corrigeant de quelque défaut, il n'a que le dessein de déplaire et d'insulter.

Nous devons donc regarder cette impatience, qui nous porte à nous élever sans discernement contre tout ce qui nous paraît faux, comme un défaut très-considérable, et qui est souvent beaucoup plus grand que l'erreur prétendue dont nous voudrions délivrer les autres. Ainsi, comme nous nous devons à nous-mêmes la première charité, notre premier soin doit être de travailler sur nous-mêmes, et de tâcher de mettre notre esprit en état de supporter sans émotion les opinions des autres qui nous paraissent fausses, afin de ne les combattre jamais que dans le désir de leur être utiles.

Or, si nous n'avions que cet unique désir, nous reconnaîtrions sans peine qu'encore que toute erreur soit un mal, il y en a néanmoins beaucoup qu'il ne faut pas s'efforcer de détruire, parce que le remède serait souvent pire que le mal, et que, s'attachant à ces petits maux, on se mettrait hors d'état de remédier à ceux qui sont vraiment importants. C'est pourquoi, encore que Jésus-Christ fût *plein de toute vérité*, comme dit saint Jean[3], on ne voit point qu'il ait entrepris d'ôter aux hommes d'autres erreurs que celles qui regardaient Dieu et les moyens de leur salut. Il savait tous leurs égarements dans les choses de la nature. Il connaissait mieux que personne en quoi consistait la véritable éloquence. La vérité de tous les événements passés lui était parfaitement connue. Cependant il n'a point donné charge à ses apôtres ni de combattre les erreurs des hommes dans la physique, ni de leur apprendre à bien parler, ni de les désabuser d'une infinité d'erreurs de fait dont leurs histoires étaient remplies.

Nous ne sommes pas obligés d'être plus charitables que les apôtres. Et ainsi, lorsque nous apercevons qu'en contredisant certaines opinions qui ne regardent que des choses humaines, nous choquons plusieurs personnes, nous les aigrissons, nous les portons à faire des jugements témé-

1. Véritablement, *reipsa*.
2. *Ecclésiaste*, XIX, 28.
3. *Evang.*, I, 14.

raires et injustes; non-seulement nous pouvons nous dispenser de combattre ces opinions, mais même nous y sommes souvent obligés par la loi de la charité...

Il ne faut pourtant pas porter les maximes que nous avons proposées jusqu'à faire généralement scrupule, dans la conversation, de témoigner que l'on n'approuve pas quelques opinions de ceux avec qui on vit. Ce serait détruire la société au lieu de la conserver, parce que cette contrainte serait trop gênante et que chacun aimerait mieux se tenir en son particulier. Il faut donc réduire cette réserve aux choses plus essentielles et auxquelles on voit que les gens prennent plus d'intérêt; et encore y aurait-il des voies pour les contredire de telle sorte qu'il serait impossible qu'ils s'en offensassent. Et c'est à quoi il faut particulièrement s'étudier, le commerce de la vie ne pouvant même subsister si l'on n'a la liberté de témoigner que l'on n'est pas du sentiment des autres.

Ainsi c'est une chose très-utile que d'étudier avec soin comment on peut proposer ses sentiments d'une manière si douce, si retenue et si agréable que personne ne s'en puisse choquer. Les gens du monde le pratiquent admirablement à l'égard des grands, parce que la cupidité leur en fait trouver les moyens. Et nous les trouverions aussi bien qu'eux si la charité était aussi agissante en nous que la cupidité l'est en eux, et qu'elle nous fît autant appréhender de blesser nos frères, que nous devons regarder comme nos supérieurs dans le royaume de Jésus-Christ, qu'ils appréhendent de blesser ceux qu'ils ont intérêt de ménager pour leur fortune.

Cette pratique est si importante et si nécessaire dans tout le cours de la vie qu'il faudrait avoir un soin particulier de s'y exercer; car souvent ce ne sont pas tant nos sentiments qui choquent les autres que la manière fière, présomptueuse, passionnée, méprisante, insultante, avec laquelle nous les proposons. Il faudrait donc apprendre à contredire civilement et avec humilité, et regarder les fautes que l'on y fait comme très-considérables.

Il est difficile de renfermer dans des règles et des préceptes particuliers toutes les diverses manières de contredire les opinions des autres sans les blesser. Ce sont les circonstances qui les font naître, et la crainte charitable de choquer nos frères qui nous les fait trouver. Mais il y a certains défauts généraux qu'il faut avoir en vue d'éviter, et qui sont les sources ordinaires de ces mauvaises manières. Le premier est l'ascendant, c'est-à-dire une manière impérieuse de dire ses sentiments, que peu de gens peuvent souffrir, tant parce qu'elle représente l'image d'une âme fière et hautaine, dont on a naturellement de l'aversion, que parce qu'il semble que l'on veuille dominer sur les esprits et s'en rendre le maître...

C'est encore un fort grand défaut que de parler d'un air décisif, comme si ce qu'on dit ne pouvait être raisonnablement contesté; car l'on choque ceux à qui l'on parle de cet air, ou en leur faisant sentir qu'ils contestent une chose indubitable, ou en faisant paraître qu'on leur veut ôter la liberté de l'examiner et d'en juger par leur propre lumière[1], ce qui leur paraît une domination injuste. Ceux qui ont cet air affirmatif témoignent non-seulement qu'ils ne doutent pas de ce qu'ils avancent, mais aussi qu'ils ne veulent pas qu'on en puisse douter. Or c'est trop exiger des autres et s'attribuer trop à soi-même. Chacun veut être juge de ses opinions et ne les recevoir que parce qu'il les approuve. Tout ce que ces personnes gagnent donc par là est que l'on s'applique encore plus qu'on ne ferait aux raisons de douter de ce qu'ils disent, parce que cette manière de parler excite un désir secret de les contredire et de trouver que ce qu'ils proposent avec tant d'assurance n'est pas certain, ou ne l'est pas au point qu'ils se l'imaginent.

Il ne suffit pas, pour conserver la paix avec les hommes, d'éviter de les blesser; il faut encore savoir souffrir d'eux, lorsqu'ils font des fautes à notre égard : car il est impossible de conserver la paix intérieure, si l'on est si sensible à tout ce qu'ils peuvent faire et dire de contraire à nos inclinations et à nos sentiments; et il est difficile même que le mécontentement intérieur que nous avons conçu n'éclate au dehors et ne nous dispose à agir envers ceux qui nous auront choqué, d'une manière capable de les choquer à leur tour, ce qui augmente peu à peu les différends et les porte souvent aux extrémités.

Il faut donc tâcher d'arrêter les divisions et les querelles dans leur naissance même ; et l'amour-propre ne manque jamais de nous suggérer, sur ce sujet, que le moyen d'y réussir serait de corriger ceux qui nous incommodent, et de les rendre raisonnables en leur faisant connaître qu'ils ont tort d'agir avec nous comme ils font. C'est ce qui nous rend si sujets à nous plaindre du procédé des autres et à faire remarquer leurs défauts, ou pour les corriger de ce qui nous déplaît en eux, ou pour les en punir par le dépit que nos plaintes leur peuvent causer et par le blâme qu'elles leur attirent.

Mais si nous étions nous-mêmes vraiment raisonnables, nous verrions sans peine que ce dessein d'établir la paix

1. Le pluriel, dans ce sens, serait aujourd'hui plus usité.

sur la réformation des autres est ridicule, par cette raison même que le succès en est impossible. Plus nous nous plaindrons du procédé des autres, plus nous les aigrirons contre nous sans les corriger. Nous nous ferons passer pour délicats, fiers, orgueilleux ; et le pis est que cette opinion qu'on aura de nous ne sera pas tout à fait injuste, puisqu'en effet ces plaintes ne viennent que de délicatesse et d'orgueil.

La prudence nous oblige donc à prendre une route toute contraire, à quitter absolument le dessein chimérique de corriger tout ce qui nous déplaît dans les autres, et à tâcher d'établir notre paix et notre repos sur notre propre réformation et sur la modération de nos passions. Nous ne disposons ni de l'esprit ni de la langue des hommes ; nous ne rendrons compte de leurs actions qu'autant que nous y aurons donné occasion : mais nous rendrons compte de nos actions, de nos paroles et de nos pensées. Nous sommes chargés de travailler sur nous-mêmes et de nous corriger de nos défauts ; et si nous le faisions comme il faut, rien de ce qui viendrait du dehors ne serait capable de nous troubler...

Nous ne nous mettons pas en colère, lorsqu'on s'imagine que nous avons la fièvre quand nous sommes assurés de ne pas l'avoir. Pourquoi donc s'aigrit-on contre ceux qui croient que nous avons commis des fautes que nous n'avons point commises ou qui nous attribuent des défauts que nous n'avons pas, puisque leur jugement peut encore moins nous rendre coupables de ces fautes et nous donner ces défauts que la pensée d'un homme qui croit que nous avons la fièvre n'est capable de nous la donner effectivement ?

C'est, dira-t-on, qu'on ne méprise pas une personne qui a la fièvre, et que c'est un mal qui ne nous rend pas vils aux yeux du monde ; qu'ainsi le jugement de ceux qui nous l'attribuent ne nous blesse pas : mais que ceux qui nous imputent des défauts y joignent ordinairement le mépris et causent la même idée et le même mouvement dans les autres.

C'est, en effet, la véritable cause de ce sentiment, mais cette cause n'en fait que mieux connaître l'injustice. Car si nous nous faisions justice à nous-mêmes, nous reconnaîtrions sans peine que ceux qui nous attribuent des défauts que nous n'avons pas ne nous en attribuent pas aussi un grand nombre d'autres que nous avons effectivement ; et qu'ainsi nous gagnons à tous ces jugements dont nous nous plaignons, quelque faux qu'ils soient. Les jugements des hommes nous seraient infiniment moins favorables s'ils étaient entièrement conformes à la vérité, et si ceux qui les font connaissaient tous nos véritables maux. S'ils nous font donc quelque petite injustice, ils nous font grâce en mille manières, et nous ne voudrions pour rien qu'ils nous traitassent avec une exacte justice.

*Des moyens de conserver la paix avec les hommes* [1], extrait de la 1re partie, ch. VII, IX, et de la 2e partie, ch. I et III.

---

# Mme DE SÉVIGNÉ.

(1626-1696.)

La célébrité que beaucoup s'épuisent à poursuivre en vain, madame de Sévigné a su l'obtenir sans contrainte et sans effort pénible. C'est en conversant, de Paris ou de la Bretagne, avec ses amis absents et surtout avec sa fille, c'est en les entretenant des nouvelles de la cour élégante de Louis XIV, ou des sentiments dont son âme de mère était remplie, qu'elle a rencontré la gloire. Par un rare privilége, elle en a joui de son vivant. On se passait, on se disputait ses lettres : souvent même on les surprenait avant qu'elles fussent fermées, pour en tirer des copies. Le temps n'a fait que sanctionner le jugement de son époque. Grâce à elle, grâce à sa plume naturelle et fine, délicate et ferme; courant toujours et ne s'égarant jamais, la Lettre, écrite jusqu'alors avec emphase, négligence ou affectation, est devenue l'un des genres dont la littérature française a le plus

1. Madame de Sévigné, dans ses Lettres, revient très-fréquemment sur la *belle morale* de Nicole, dont elle ne cesse de recommander l'étude à sa fille. Il lui semble que c'est de la *même étoffe que Pascal : elle y trouve tout;* son admiration se plaît à varier les formes d'un éloge toujours senti. (Lettres des 21 juin, 5 et 22 juillet 1671, etc.)— L'écrit dont nous avons donné un extrait était principalement la lecture favorite de cette femme d'un esprit si charmant, mais d'une âme si forte et si élevée. « Je suis ravie, dit-elle, du Traité *des moyens de conserver la paix avec les hommes:* il nous découvre ce que nous n'avons pas l'esprit de démêler ou la sincérité d'avouer; » et plus loin elle nous apprend encore qu'elle fait tous ses efforts afin d'y profiter, résolue qu'elle est, pour balancer les fâcheux effets du temps qui fuit, de travailler à son cœur et à ses sentiments, et de regagner par les bonnes qualités ce qu'on perd en vieillissant du côté des agréables. (Lettres des 7 octobre, 1er et 4 novembre 1671.) A ce suffrage il faut ajouter celui de Voltaire, qui appelle ce livre « un chef-d'œuvre auquel, en son genre, on ne trouve rien d'égal dans l'antiquité. » On pourrait y joindre aussi les suffrages d'excellents critiques de nos jours : c'est, a-t-on remarqué, un ouvrage si court, si nourrissant et si pratique, qu'on voudrait, avec madame de Sévigné, le faire passer tout entier dans sa substance et se l'assimiler en quelque sorte.

droit d'être fière. Un autre avantage des lettres de madame de Sévigné, c'est qu'elles nous font bien connaître et fort admirer le siècle qu'elle a honoré par ses talents. Elles nous donnent aussi de leur auteur, malgré quelques mots sur lesquels on a fondé des accusations très-injustes de dureté et d'égoïsme, l'idée la plus favorable à tout égard. En effet, à la vivacité si brillante qui la distingue, à son enjouement si hardi et si spirituel, quel tendre dévouement aux maux de ceux qui l'entourent, quelles solides qualités d'un cœur droit, généreux et vraiment chrétien ne joint-elle pas ? On peut dire que ses lettres ne charment pas seulement l'esprit du lecteur, mais qu'elles le purifient et l'élèvent[1]. Née à Paris le 5 février 1626, Mme de Sévigné mourut en 1696, la même année que La Bruyère.

---

## A madame de Grignan.

### Réception de Louis XIV à Chantilly ; mort de Vatel.

Je fais ici mon paquet. J'avais dessein de vous conter que le roi arriva hier au soir à Chantilly : il courut un cerf au clair de la lune ; les lanternes firent des merveilles ; le feu d'artifice fut un peu effacé par la clarté de notre amie[2] ; mais enfin, le soir, le souper, le jeu, tout alla à merveille. Le temps qu'il a fait aujourd'hui nous faisait espérer une suite digne d'un si agréable commencement. Mais voici ce que j'apprends en entrant ici, dont je ne puis me remettre, et qui fait que je ne sais plus ce que je vous mande : c'est qu'enfin Vatel, le grand Vatel, maître d'hôtel de M. Fou-

1. Sur cette femme qui fut, comme l'a dit M. Villemain, « un grand écrivain dans le siècle de Bossuet, » on peut voir les *Eloges* imprimés de madame Tastu et de M. Caboche, et surtout le travail si riche et si complet de M. Walckenaer : « Mémoires touchant la vie et les écrits de Marie de Rabutin-Chantal, marquise de Sévigné. » MM. Nisard et Sainte-Beuve l'ont aussi appréciée récemment avec beaucoup de justesse. Déjà de son temps, Mme de La Fayette l'avait peinte avec autant de finesse que de grâce. Il suffirait de rappeler pour son éloge que, sur la fin de sa belle vie, M. Royer-Collard, cet excellent juge des ouvrages d'esprit, lisait chaque soir, après une page de Tacite, quelque lettre de madame de Sévigné. Contentons-nous d'ajouter que les étrangers ont partagé notre admiration pour madame de Sévigné : on sait qu'un des auteurs anglais les plus ingénieux, Horace Walpole, lui rendait une espèce de culte, en l'invoquant, comme son modèle de prédilection, sous le nom de *Notre-Dame des Rochers.*

2. Cette amie est la *lune*, nommée tout à l'heure.

quet, qui l'était présentement de M. le prince, cet homme d'une capacité distinguée de toutes les autres, dont la bonne tête était capable de contenir tout le soin d'un Etat; cet homme donc que je connaissais, voyant que ce matin à huit heures la marée n'était pas arrivée, n'a pu soutenir l'affront dont il a cru qu'il allait être accablé, et, en un mot, il s'est poignardé. Vous pouvez penser l'horrible désordre qu'un si terrible accident a causé dans cette fête. Songez que la marée est peut-être arrivée comme il expirait. Je n'en sais pas davantage présentement : je pense que vous trouvez que c'est assez. Je ne doute pas que la confusion n'ait été grande; c'est une chose fâcheuse à une fête de cinquante mille écus[1]....

Il est dimanche 26 avril; cette lettre ne partira que mercredi; mais ce n'est pas une lettre, c'est une relation que Moreuil vient de me faire, à votre intention, de ce qui s'est passé à Chantilly touchant Vatel. Je vous écrivis vendredi qu'il s'était poignardé; voici l'affaire en détail : le roi arriva le jeudi au soir; la promenade, la collation dans un lieu tapissé de jonquilles, tout cela fut à souhait. On soupa, il y eut quelques tables où le rôti manqua, à cause de plusieurs dîners à quoi[2] l'on ne s'était pas attendu; cela saisit Vatel, il dit plusieurs fois : « Je suis perdu d'honneur; voici un affront que je ne supporterai pas. » Il dit à Gourville : « La tête me tourne, il y a douze nuits que je n'ai dormi; aidez-moi à donner des ordres; » Gourville le soulagea en ce qu'il put. Le rôti qui avait manqué, non pas à la table du roi, mais aux vingt-cinquièmes, lui revenait toujours à l'esprit. Gourville le dit à M. le prince. M. le prince alla jusque dans la chambre de Vatel et lui dit : « Vatel, tout va bien; rien n'était si beau que le souper du roi. » Il répondit : « Monseigneur, votre bonté m'achève; je sais que le rôti a manqué à deux tables. — Point du tout, dit M. le prince; ne vous fâchez point; tout va bien. » Minuit vint, le feu d'artifice ne réussit pas, il fut couvert d'un nuage : il coûtait seize mille francs. A quatre heures du matin, Vatel s'en va partout, il trouve tout endormi, il rencontre un petit pourvoyeur qui lui apportait seulement

1. Si l'on en croit les *Mémoires* de Gourville, cette fête ne coûta pas au prince de Condé moins de deux cent mille livres.

2. Pour *auxquels* : forme alors usitée, *quoi* ne s'employant pas seulement au neutre, mais se rapportant indifféremment au masculin et au féminin et même au pluriel. « C'est la pensée, dit Pascal, qui fait l'être de l'homme et sans *quoi* on ne le peut concevoir; » et le même encore : « Je manque à faire plusieurs choses *à quoi* je suis obligé. »

deux charges de marée; il lui demande : « Est-ce là tout? — Oui, monsieur. » Il ne savait pas que Vatel avait envoyé à tous les ports de mer. Vatel attend quelque temps; les autres pourvoyeurs ne vinrent point; sa tête s'échauffait, il crut qu'il n'aurait point d'autre marée; il trouva Gourville, il lui dit : « Monsieur, je ne survivrai point à cet affront-ci. » Gourville se moqua de lui. Vatel monte à sa chambre, met son épée contre la porte, et se la passe au travers du cœur; mais ce ne fut qu'au troisième coup, car il s'en donna deux qui n'étaient point mortels; il tombe mort. La marée cependant arrive de tous côtés : on cherche Vatel pour la distribuer, on va à sa chambre, on heurte, on enfonce la porte, on le trouve noyé dans son sang; on court à M. le prince, qui fut au désespoir. M. le duc pleura; c'était sur Vatel que tournait tout son voyage de Bourgogne. M. le prince le dit au roi fort tristement : on dit que c'était à force d'avoir de l'honneur à sa manière; on le loua fort, on loua et l'on blâma fort son courage[1]. Le roi dit qu'il y avait cinq ans qu'il retardait de venir à Chantilly, parce qu'il comprenait l'excès de cet embarras. Il dit à M. le prince qu'il ne devait avoir que deux tables, et ne point se charger de tout; il jura qu'il ne souffrirait plus que M. le prince en usât ainsi : mais c'était trop tard pour le pauvre Vatel. Cependant Gourville tâcha de réparer la perte de Vatel; elle fut réparée : on dîna très-bien, on fit collation, on soupa, on se promena, on joua, on fut à la chasse; tout était parfumé de jonquilles, tout était enchanté.

Lettres des 24 et 26 avril 1671.

---

## A la même.

Séjour de madame de Sévigné dans sa terre des Rochers.

Enfin, ma fille, me voici dans ces pauvres Rochers : peut-on revoir ces allées, ces devises, ce petit cabinet, ces livres, cette chambre, sans mourir de tristesse? Il y a des souvenirs agréables, mais il y en a de si vifs et de si tendres, qu'on a peine à les supporter : ceux que j'ai de vous

1. Ce courage, il faut bien l'avouer, n'est que déplorable. La narration de madame de Sévigné est excellente; mais, quant à l'héroïsme prétendu de Vatel, il n'est aucune personne sensée qui puisse lui accorder des éloges.

sont de ce nombre. Ne comprenez-vous point bien l'effet que cela peut faire dans un cœur comme le mien?

Si vous continuez de vous bien porter, ma chère enfant, je ne vous irai voir que l'année qui vient. La Bretagne et la Provence ne sont pas compatibles; c'est une chose étrange que les grands voyages : si l'on était toujours dans le sentiment qu'on a quand on arrive, on ne sortirait jamais du lieu où l'on est; mais la Providence fait qu'on oublie. Dieu permet cet oubli afin que l'on fasse des voyages en Provence. Celui que j'y ferai me donnera la plus grande joie que je puisse recevoir dans ma vie; mais quelles pensées tristes, de ne point voir de fin à votre séjour! J'admire et je loue de plus en plus votre sagesse; quoiqu'à vous dire le vrai, je sois fortement touchée de cette impossibilité, j'espère qu'en ce temps-là nous verrons les choses d'une autre manière; il faut bien l'espérer, car, sans cette consolation, il n'y aurait qu'à mourir. J'ai quelquefois des rêveries dans ces bois, d'une telle noirceur, que j'en reviens plus changée que d'un accès de fièvre.

Il me paraît que vous ne vous êtes point trop ennuyée à Marseille. Ne manquez pas de me mander comme vous aurez été reçue à Grignan. Ils avaient fait ici une manière d'entrée à mon fils; Vaillant avait mis plus de quinze cents hommes sous les armes, tous fort bien habillés, un ruban neuf à la cravate; ils vont en très-bon ordre nous attendre à une lieue des Rochers. Voici un bel incident : M. l'abbé[1] avait mandé que nous arriverions le mardi, et puis tout d'un coup il l'oublie : ces pauvres gens attendent le mardi jusqu'à dix heures du soir; et quand ils sont tous retournés chacun chez eux, bien tristes et bien confus, nous arrivons paisiblement le mercredi, sans songer qu'on eût mis une armée en campagne pour nous recevoir : ce contre-temps nous a fâchés; mais quel remède? Voilà par où nous avons débuté.

Mes petits arbres sont d'une beauté surprenante; Pilois[2] les élève jusqu'aux nues avec une probité admirable : tout de bon, rien n'est si beau que ces allées que vous avez vues naître. Vous savez que je vous donnai une manière de devise qui vous convenait : voici un mot que j'ai écrit sur un arbre pour mon fils, qui est revenu de Candie : *Vago di fama*[3]; n'est-il point joli pour n'être qu'un mot? Je fis

1. De Coulanges.
2. Jardinier des Rochers.
3. Amoureux de renommée. — Madame de Sévigné, suivant le goût de son temps, affectionne les citations italiennes. « J'ai très-

écrire encore hier en l'honneur des paresseux : *Bella cosa far niente*[1]. Hélas! ma fille, que mes lettres sont sauvages! Où est le temps que je parlais de Paris comme les autres? C'est purement de mes nouvelles que vous aurez; et voyez ma confiance, je suis persuadée que vous aimez mieux celles-là que les autres... Ma fille, aimez-moi toujours : c'est ma vie, c'est mon âme que votre amitié : je vous le disais l'autre jour; elle fait toute ma joie et toutes mes douleurs. Je vous avoue que le reste de ma vie est couvert d'ombre et de tristesse, quand je songe que je la passerai si souvent éloignée de vous.

Extrait de la lettre du 31 mai 1671.

## A la même.

Inquiétudes de madame de Sévigné pour sa fille et son fils. Mort du jeune duc de Longueville.

Il m'est impossible de me représenter l'état où vous avez été, ma chère enfant, sans une extrême émotion[2]; et quoique je sache que vous en êtes quitte, Dieu merci, je ne puis tourner les yeux sur le passé sans une horreur qui me trouble. Hélas! que j'étais mal instruite d'une santé qui m'est si chère! Qui m'eût dit en ce temps-là : « Votre fille est plus en danger que si elle était à l'armée, » j'étais bien loin de le croire. Faut-il donc que je me trouve cette tristesse avec tant d'autres qui sont présentement dans mon cœur! Le péril extrême où se trouve mon fils; la guerre qui s'échauffe tous les jours; les courriers qui n'apportent plus que la mort de quelqu'un de nos amis ou de nos connaissances, et qui peuvent apporter pis; la crainte que l'on a des mauvaises nouvelles, et la curiosité qu'on a de les apprendre; la désolation de ceux qui sont outrés de douleur, et avec qui je passe une partie de ma vie; l'inconcevable

bien appris l'italien, » remarque-t-elle quelque part; aussi aimait-on lire l'*Arioste* ou le *Tasse* avec elle : voy. lett. du 21 juin 1671, à madame de Grignan. Elle dit encore ailleurs qu'elle avait eu à cet égard d'excellents maîtres.

1. La belle chose que de ne rien faire. — Rappelons à ce sujet une pensée très-juste de Balzac : « La paresse n'a rien de commun avec l'oisiveté : celle-ci réveille, aiguise, purifie les sens; celle-là les endort et les émousse. »

2. Madame de Grignan venait d'être fort malade.

état de ma tante, et l'envie que j'ai de vous voir : tout cela me déchire, me tue, et me fait mener une vie si contraire à mon humeur et à mon tempérament, qu'en vérité il faut que j'aie une bonne santé pour y résister. Vous n'avez jamais vu Paris comme il est : tout le monde pleure, ou craint de pleurer : l'esprit tourne à la pauvre madame de Nogent[1]; madame de Longueville fait fendre le cœur, à ce qu'on dit : je ne l'ai point vue, mais voici ce que je sais.

Mademoiselle de Vertus était retournée depuis deux jours à Port-Royal, où elle est presque toujours : on est allé la querir avec M. Arnauld, pour dire cette nouvelle. Mademoiselle de Vertus n'avait qu'à se montrer; ce retour si précipité marquait bien quelque chose de funeste. En effet, dès qu'elle parut : « Ah! mademoiselle, comment se porte monsieur mon frère[2]? » Sa pensée n'osa aller plus loin. « Madame, il se porte bien de sa blessure. — Il y a eu un combat! Et mon fils? » On ne lui répondit rien. « Ah! mademoiselle, mon fils, mon cher enfant, répondez-moi, est-il mort? — Madame, je n'ai point de paroles pour vous répondre. — Ah! mon cher fils! est-il mort sur-le-champ[3]? n'a-t-il pas eu un seul moment? Ah! mon Dieu! quel sacrifice! » Et là-dessus elle tombe sur son lit; et tout ce que la plus vive douleur peut faire, et par des convulsions, et par des évanouissements, et par un silence mortel, et par des cris étouffés, et par des larmes amères, et par des élans vers le ciel, et par des plaintes tendres et pitoyables, elle a tout éprouvé. Elle voit certaines gens, elle prend des bouillons, parce que Dieu le veut; elle n'a aucun repos; sa santé, déjà très-mauvaise, est visiblement altérée : pour moi, je lui souhaite la mort, ne comprenant pas qu'elle puisse vivre après une telle perte.

**Extrait de la lettre du 20 juin 1672.**

1. Son mari s'était noyé au passage du Rhin : on peut consulter les lettres de madame de Sévigné des 17 et 19 juin 1672.

2. Le grand Condé. Il fut, dans ce célèbre passage, blessé à la main : on peut voir les lettres précédemment citées.

3. Pour plus de détails sur sa mort, qui fut causée par sa témérité, on peut voir une autre lettre de madame de Sévigné à sa fille, datée du 3 juillet 1672.

# BOSSUET.

(1627-1704.)

On peut appliquer à Bossuet le jugement porté par Quintilien sur Démosthène : c'est qu'il fut la règle de l'éloquence elle-même [1]. Né à Dijon en 1627, quelques années avant Louis XIV, il accompagna, comme pour les célébrer dignement, toutes les splendeurs de ce règne ; nommé évêque de Meaux, il mourut en 1704 au moment où la prospérité et la gloire du vieux roi avaient trouvé leur terme. C'est pour l'éducation du grand Dauphin, confié à ses soins, qu'il a composé plusieurs de ses immortels ouvrages : jamais il n'écrivit que pour remplir un devoir. Entre tant de pages, également inspirées par la vertu et le génie, notre choix était bien difficile. Au moins nous sommes-nous attaché à montrer sous toutes ses faces, autant que possible, la richesse de cette prodigieuse nature, et à emprunter des modèles aux genres les plus divers où a excellé Bossuet. Signaler par là ses nombreux chefs-d'œuvre à l'attention des jeunes gens, pour qu'ils en prennent une connaissance plus approfondie, tel est le but que nous avons voulu atteindre [2].

## Éloquence et mission de saint Paul [3].

N'attendez pas de l'Apôtre ni qu'il vienne flatter les oreilles par des cadences harmonieuses, ni qu'il veuille charmer les esprits par de vaines curiosités. Saint Paul rejette tous les artifices de la rhétorique. Son discours, bien loin de couler avec cette douceur agréable, avec cette éga-

1. ...Lex orandi fuit Demosthenes, X, 1.

2. Il faut lire l'éloge qu'ont fait de Bossuet La Bruyère, dans son discours de réception à l'Académie française, et Massillon, dans son oraison funèbre du Dauphin ; en outre, son oraison funèbre par La Rue et son histoire par Bausset et par M. Floquet. Parmi ceux qui ont parlé dignement de ce grand homme, on signalera encore Voltaire, Vauvenargues, Thomas, La Harpe, et de nos jours, l'abbé Maury, Dussault, Châteaubriand, MM. Villemain, Cousin, de Barante, Patin, Saint-Marc Girardin, Nisard et Sainte-Beuve. Santeul, dans un beau vers, a proclamé Bossuet la colonne du christianisme :

Per quem religio manet inconcussa, sacerdos.

3. On a remarqué avec raison que, dans les traits par lesquels est caractérisée l'éloquence de ce grand apôtre, il y en a plus d'un que

lité tempérée que nous admirons dans les orateurs, paraît inégal et sans suite à ceux qui ne l'ont pas assez pénétré; et les délicats de la terre, qui ont, disent-ils, les oreilles fines, sont offensés de la dureté de son style irrégulier. Mais, mes frères, n'en rougissons pas. Le discours de l'Apôtre est simple, mais ses pensées sont toutes divines. S'il ignore la rhétorique, s'il méprise la philosophie, Jésus-Christ lui tient lieu de tout; et son nom qu'il a toujours à la bouche, ses mystères qu'il traite si divinement, rendront sa simplicité toute-puissante. Il ira, cet ignorant dans l'art de bien dire, avec cette locution[1] rude, avec cette phrase qui sent l'étranger, il ira en cette Grèce polie, la mère des philosophes et des orateurs, et, malgré la résistance du monde, il y établira plus d'églises que Platon n'y a gagné de disciples par cette éloquence qu'on a crue divine. Il prêchera Jésus dans Athènes, et le plus savant de ses sénateurs passera de l'aréopage en l'école de ce barbare[2]. Il poussera encore plus loin ses conquêtes; il abattra aux pieds du Sauveur la majesté des faisceaux romains en la personne d'un proconsul, et il fera trembler dans leurs tribunaux les juges devant lesquels on le cite. Rome même entendra sa voix; et un jour cette ville maîtresse se tiendra bien plus honorée d'une lettre du style de Paul, adressée à ses concitoyens, que de tant de fameuses harangues qu'elle a entendues de son Cicéron.

Et d'où vient cela, chrétiens? C'est que Paul a des moyens pour persuader que la Grèce n'enseigne pas, et que Rome n'a pas appris. Une puissance surnaturelle, qui se plaît à relever ce que les superbes méprisent, s'est répandue et mêlée dans l'auguste simplicité de ses paroles. De là vient que nous admirons dans ses admirables Epîtres une certaine vertu[3] plus qu'humaine, qui persuade contre les règles,

l'on pourrait appliquer justement à celle de Bossuet. « Jamais éloquence ne fut en effet, comme l'a écrit M. de Barante, plus dégagée de tout artifice, de tout calcul. C'est une grande âme qui se montre toute à nu, et qui entraîne tout avec elle. Les mots, l'art de les disposer, l'harmonie des sons, la noblesse ou la vulgarité des expressions, rien n'importe à Bossuet; sa pensée est si forte, que tout lui est bon pour l'exprimer. Il a dans sa simplicité une sorte de rudesse qui semble braver le lecteur et rejeter dédaigneusement tout ce qui plaît ou qui séduit. » — « Bossuet, le plus éloquent des hommes, a dit aussi M. Villemain, parla sur un ton à la fois sublime et populaire qui n'appartient qu'à lui. »

1. On dirait aujourd'hui, dans ce sens, *élocution*.

2. *Actes des Apôtres*, ch. XVII.

3. Ce mot est pris ici dans le sens de *force*, conformément à l'étymologie du mot latin *virtus* (vis).

ou plutôt qui ne persuade pas tant qu'elle captive les entendements; qui ne flatte pas les oreilles, mais qui porte ses coups droit au cœur. De même qu'on voit un grand fleuve qui retient encore, coulant dans la plaine, cette force violente et impétueuse qu'il avait acquise aux montagnes d'où il tire son origine; ainsi cette vertu céleste qui est contenue dans les écrits de saint Paul, même dans cette simplicité de style, conserve toute la vigueur qu'elle apporte du ciel, d'où elle descend[1].

C'est par cette vertu divine que la simplicité de l'Apôtre a assujetti toutes choses. Elle a renversé les idoles, établi la croix de Jésus, persuadé à un million d'hommes de mourir pour en défendre la gloire; enfin, dans ses admirables Épîtres, elle a expliqué de si grands secrets, qu'on a vu les plus sublimes esprits, après s'être exercés longtemps dans les plus hautes spéculations où pouvait aller la philosophie, descendre de cette vaine hauteur, où ils se croyaient élevés, pour apprendre à bégayer humblement dans l'école de Jésus-Christ, sous la discipline de Paul.

Aimons donc, aimons, chrétiens, la simplicité de Jésus, aimons l'Evangile avec sa bassesse, aimons Paul dans son style rude et profitons d'un si grand exemple. Ne regardons pas les prédications comme un divertissement de l'esprit; n'exigeons pas des prédicateurs les agréments de la rhétorique, mais la doctrine des Ecritures. Que si notre délicatesse, si notre dégoût les contraint à chercher des ornements étrangers, pour nous attirer par quelque moyen à l'Evangile du Sauveur Jésus, distinguons l'assaisonnement de la nourriture solide. Au milieu des discours qui plaisent, ne jugeons rien de digne de nous que les enseignements qui édifient; et accoutumons-nous tellement à aimer Jésus-Christ tout seul dans la pureté naturelle de ses vérités toutes saintes, que nous voyions encore régner dans l'Eglise cette première simplicité, qui a fait dire au divin apôtre : *Quum infirmor, tunc potens sum :* « Je suis puissant parce que je suis faible; » mes discours sont forts, parce qu'ils sont simples; c'est leur simplicité innocente qui a confondu la sagesse humaine[2].

Extrait du *Panégyrique de saint Paul*, fin du premier point.

1. Remarquez la parfaite symétrie de tous les termes de cette admirable comparaison.

2. Il est curieux de comparer à ce passage ce que dit Fénelon sur l'éloquence de saint Paul dans ses *Dialogues sur l'éloquence*, au commencement du dialogue III. On peut rapprocher aussi de là cette pensée de d'Aguesseau : « L'éloquence n'est pas seulement une production de l'esprit; c'est un ouvrage du cœur. »

## Oraison funèbre de la reine d'Angleterre.

(Exorde et fragments.)

De quelle manière Dieu instruit les rois. — Révolution d'Angleterre. — Courage de la reine dans une tempête.

Tel a été le sort de l'Angleterre. Mais que, dans cette effroyable confusion de toutes choses, il est beau de considérer ce que la grande Henriette a entrepris pour le salut de ce royaume; ses voyages, ses négociations, ses traités, tout ce que sa prudence et son courage opposaient à la fortune de l'État; et enfin sa constance, par laquelle n'ayant pu vaincre la violence de la destinée, elle en a si noblement soutenu l'effort! Tous les jours elle ramenait quelqu'un des rebelles;.... presque tous ceux qui lui parlaient se rendaient à elle; et si Dieu n'eût point été inflexible, si l'aveuglement des peuples n'eût pas été incurable, elle aurait guéri les esprits, et le parti le plus juste aurait été le plus fort.

On sait, messieurs, que la reine a souvent exposé sa personne dans ces conférences secrètes; mais j'ai à vous faire voir de plus grands hasards. Les rebelles s'étaient saisis des arsenaux et des magasins; et, malgré la défection de tant de sujets, malgré l'infâme désertion de la milice même, il était encore plus aisé au roi[1] de lever des soldats que de les armer. Elle abandonne, pour avoir des armes et des munitions, non-seulement ses joyaux, mais encore le soin de sa vie. Elle se met en mer au mois de février, malgré l'hiver et les tempêtes; et sous prétexte de conduire en Hollande la princesse royale sa fille aînée[2], qui avait été mariée à Guillaume, prince d'Orange[3], elle va pour engager les États dans les intérêts du roi, lui gagner des officiers, lui amener des munitions. L'hiver ne l'avait pas effrayée, quand elle partit d'Angleterre; l'hiver ne l'arrête pas onze

1. A Charles Ier d'Angleterre, dans sa guerre contre le Parlement, en 1642. Charles Ier avait épousé en 1625 Henriette de France, fille de Henri IV : c'était le dernier enfant de ce prince.

2. Henriette-Marie Stuart, qui mourut en 1660.

3. Guillaume II de Nassau, mort en 1650, père de Guillaume III, stathouder de Hollande, qui devint roi d'Angleterre, en 1688, après que Jacques II, son beau-père, eût été détrôné.

mois après, quand il faut retourner auprès du roi : mais le succès n'en fut pas semblable. Je tremble au seul récit de la tempête furieuse dont sa flotte fut battue durant dix jours. Les matelots furent alarmés jusqu'à perdre l'esprit, et quelques-uns d'entre eux se précipitèrent dans les ondes. Elle, toujours intrépide autant que les vagues étaient émues, rassurait tout le monde par sa fermeté; elle excitait ceux qui l'accompagnaient à espérer en Dieu, qui faisait toute sa confiance; et, pour éloigner de leur esprit les funestes idées de la mort qui se présentaient de tous côtés, elle disait, avec un air de sérénité qui semblait déjà ramener le calme, que les reines ne se noyaient pas. Hélas! elle est réservée à quelque chose de bien plus extraordinaire! et, pour s'être sauvée du naufrage, ses malheurs n'en seront pas moins déplorables.

*Oraison funèbre de la reine d'Angleterre*[1] (1669).

## Oraison funèbre de la duchesse d'Orléans[2].

(Fragments.)

La mort de Madame prouve que tout est vain si nous regardons le cours de notre vie mortelle, que tout est précieux et important si nous regardons le terme où elle aboutit et les destinées immortelles qui nous sont réservées.

« Nous mourons tous, » disait cette femme dont l'Ecriture a loué la prudence au second livre des Rois[3], « et

1. « Nous avons, disait déjà un contemporain (Saint-Évremond), quelques pièces particulières en français, d'une beauté admirable : telles sont les oraisons funèbres de la reine d'Angleterre et de Madame par M. de Condom. » — Bossuet avait auparavant célébré la mémoire de plusieurs autres personnes distinguées, entre lesquelles il faut citer Anne d'Autriche.

2. Henriette d'Angleterre, fille de Henriette de France et de Charles Ier, roi d'Angleterre. Née en 1644, elle avait épousé, en 1661, Monsieur, duc d'Orléans, frère de Louis XIV : ce qui fait qu'on l'appelait aussi Madame. Elle mourut à Saint-Cloud, le 30 juin 1670, empoisonnée, selon Saint-Simon, par le chevalier de Lorraine, officier de la maison du duc d'Orléans, qu'elle avait fait exiler.

3. Les *Rois* forment quatre livres qui contiennent l'histoire des Juifs pendant cinq siècles environ, depuis Samuel. Ils viennent, dans la division de l'Ancien Testament, après les livres de Josué et de Ruth.

nous allons sans cesse au tombeau, ainsi que des eaux qui se perdent sans retour. » En effet, nous ressemblons tous à des eaux courantes. De quelque superbe distinction que se flattent les hommes, ils ont tous une même origine; et cette origine est petite. Leurs années se poussent successivement comme des flots : ils ne cessent de s'écouler, tant qu'enfin, après avoir fait un peu plus de bruit et traversé un peu plus de pays les uns que les autres, ils vont tous ensemble se confondre dans un abîme où l'on ne reconnaît plus ni princes, ni rois, ni toutes ces autres qualités superbes qui distinguent les hommes; de même que ces fleuves tant vantés demeurent sans nom et sans gloire, mêlés dans l'Océan avec les rivières les plus inconnues...

Mais voyons ce dernier combat[1], en nous affermissant toutefois, pour ne point déshonorer par nos larmes une si belle victoire. Voulez-vous voir combien la grâce, qui a fait triompher Madame, a été puissante; voyez combien la mort a été terrible. Que d'années elle va ravir à cette jeunesse! que de joie elle enlève à cette fortune! que de gloire elle ôte à ce mérite! D'ailleurs peut-elle venir ou plus prompte ou plus cruelle? C'est ramasser toutes ses forces, c'est unir tout ce qu'elle a de plus redoutable que de joindre, comme elle fait, aux plus vives douleurs l'attaque la plus imprévue. Mais quoique, sans menacer et sans avertir, elle se fasse sentir tout entière dès le premier coup, elle trouve la princesse prête. La grâce, plus active encore, l'a déjà mise en défense. Ni la gloire ni la jeunesse n'auront un soupir. Un regret immense de ses péchés ne lui permet pas de regretter autre chose. Elle demande le crucifix sur lequel elle avait vu expirer sa belle-mère[2], comme pour y recueillir les impressions de confiance et de piété que cette âme vraiment chrétienne y avait laissées avec les derniers soupirs. A la vue d'un si grand objet, n'attendez pas de cette princesse des discours étudiés et magnifiques : une sainte simplicité fait ici toute la grandeur. Elle s'écrie : « O mon Dieu, pourquoi n'ai-je pas toujours mis en vous ma confiance? » Elle s'afflige, elle se rassure, elle confesse humblement et avec tous les sentiments d'une profonde douleur que de ce jour seulement elle commence à connaître Dieu. Qu'elle nous parut alors au-dessus de ces lâches chrétiens qui s'imaginent avancer leur mort quand ils préparent leur confession, qui ne reçoivent les saints sacrements que par force, dignes

1. La mort presque soudaine de la duchesse d'Orléans, qui n'avait que vingt-six ans.

2. Anne d'Autriche, morte quatre ans auparavant, en 1666

certes de recevoir pour leur jugement ce mystère de piété qu'ils ne reçoivent qu'avec répugnance. Madame appelle les prêtres plutôt que les médecins. Elle demande d'elle-même les sacrements de l'Eglise, la pénitence avec componction, l'eucharistie avec crainte et puis avec confiance, la sainte onction des mourants avec un pieux empressement. Ne croyez pas que ses excessives et insupportables douleurs aient tant soit peu troublé sa grande âme. Nous n'avons vu en elle ni cette ostentation par laquelle on veut tromper les autres, ni ces émotions d'une âme alarmée par lesquelles on se trompe soi-même. Tout fut simple, tout fut solide, tout fut tranquille; tout partit d'une âme soumise, et d'une source sanctifiée par le Saint-Esprit.

*Oraison funèbre de la duchesse d'Orléans* (1670).

## Oraison funèbre du prince de Condé[1].

Le prince de Condé à la bataille de Rocroy[2]. — Sa retraite. — Sa mort pleine de grandeur et d'humilité. Elle doit nous enseigner le néant de la gloire humaine.

A la nuit qu'il fallut passer en présence des ennemis, comme un vigilant capitaine, le duc d'Enghien[3] reposa le dernier, mais jamais il ne reposa plus paisiblement. A la veille d'un si grand jour, et dès la première bataille, il est tranquille, tant il se trouve dans son naturel; et on sait que le lendemain, à l'heure marquée, il fallut réveiller d'un profond sommeil cet autre Alexandre[4]. Le voyez-vous

1. Louis II de Bourbon, *le héros*, comme l'appelle habituellement Saint-Simon, né en 1621, arrière-petit-fils de Louis Ier de Condé, qui périt en 1569 à Jarnac.—Cette oraison funèbre fut prononcée à Notre-Dame, le 10 mars 1687 : Condé était mort le 9 décembre de l'année précédente. Bourdaloue rendit le même hommage à Condé un mois après. Madame de Sévigné, dans une lettre au comte de Bussy (1687), a fait l'analyse de cette seconde oraison funèbre, qu'elle semble presque préférer à celle de Bossuet : jugement que la postérité ne saurait confirmer.

2. Cette victoire, qui sauva la France et prépara la grandeur du règne de Louis XIV, fut remportée cinq jours après la mort de Louis XIII.

3. Le duc d'Enghien, depuis le grand Condé : ce prince n'était alors âgé que de vingt-deux ans.

4. Alexandre, au rapport de Plutarque, avait eu besoin en effet d'être réveillé, le matin de la bataille d'Arbelles.

comme il vole ou à la victoire ou à la mort? Aussitôt qu'il eut porté de rang en rang l'ardeur dont il était animé, on le vit presque en même temps pousser l'aile droite des ennemis, soutenir la nôtre ébranlée, rallier les Français à demi vaincus, mettre en fuite l'Espagnol victorieux, porter partout la terreur, et étonner[1] de ses regards étincelants[2] ceux qui échappaient à ses coups.

Restait cette redoutable infanterie de l'armée d'Espagne, dont les gros bataillons serrés, semblables à autant de tours, mais à des tours qui sauraient réparer leurs brèches, demeuraient inébranlables au milieu de tout le reste en déroute et lançaient des feux de toutes parts. Trois fois le jeune vainqueur s'efforça de rompre ces intrépides combattants; trois fois il fut repoussé par le valeureux comte de Fontaines[3], qu'on voyait porté dans sa chaise, et, malgré ses infirmités, montrer qu'une âme guerrière est maîtresse du corps qu'elle anime; mais enfin il faut céder. C'est en vain qu'au travers des bois, avec sa cavalerie toute fraîche, Beck[4] précipite sa marche pour tomber sur nos soldats épuisés; le prince l'a prévenu, les bataillons enfoncés demandent quartier; mais la victoire va devenir plus terrible pour le duc d'Enghien que le combat.

Pendant qu'avec un air assuré il s'avance pour recevoir la parole de ces braves gens, ceux-ci, toujours en garde, craignent la surprise de quelque nouvelle attaque; leur effroyable décharge met les nôtres en furie : on ne voit plus que carnage; le sang enivre le soldat, jusqu'à ce que ce grand prince, qui ne put voir égorger ces lions comme de timides brebis, calma les courages émus et joignit au plaisir de vaincre celui de pardonner. Quel fut alors l'étonnement de ces vieilles troupes et de leurs braves officiers, lorsqu'ils virent qu'il n'y avait plus de salut pour eux qu'entre les

1. C'est-à-dire, consterner, épouvanter... *Étonner* avait autrefois beaucoup plus de force qu'aujourd'hui. On le voit encore par le passage où Bossuet, dans son *Discours sur l'histoire universelle*, rappelle les victoires remportées par le roi d'Epire sur les Romains : « Les éléphants de Pyrrhus les *etonnèrent*. »

2. Ce trait est parfaitement historique : Condé avait le regard si vif et si perçant, comme l'attestent les contemporains, qu'on avait peine à en soutenir l'éclat.

3. Ou *de Fuentes*, qui commandait l'infanterie espagnole : il avait quatre-vingt-trois ans. Condé, en apprenant sa mort, dit qu'il voudrait être mort comme lui, s'il n'avait vaincu.

4. Jean, baron de Beck, lieutenant-général du roi d'Espagne et gouverneur du duché de Luxembourg, se distingua à la bataille de Thionville, en 1640. Il mourut des suites de plusieurs blessures qu'il reçut à la bataille de Lens, en 1648.

bras du vainqueur! De quels yeux regardèrent-ils le jeune prince, dont la victoire avait relevé la haute contenance, à qui la clémence ajoutait de nouvelles grâces! Qu'il eût encore volontiers sauvé la vie au brave comte de Fontaines! mais il se trouva par terre parmi ces milliers de morts dont l'Espagne sent encore la perte. Elle ne savait pas que le prince qui lui fit perdre tant de ses vieux régiments à la bataille de Rocroy en devait achever les restes dans les plaines de Lens. Ainsi la première victoire fut le gage de beaucoup d'autres. Le prince fléchit le genou, et dans le champ de bataille il rend au Dieu des armées la gloire qu'il lui envoyait. Là, on célébra Rocroy délivré[1], les menaces d'un redoutable ennemi tournées à sa honte, la régence affermie, la France en repos, et un règne qui devait être si beau, commencé par un si heureux présage.

*Oraison funèbre du prince de Condé* (1687).

**Le corps humain, ouvrage d'un dessein profond et admirable.**

Tout est ménagé, dans le corps humain, avec un artifice merveilleux[2]. Le corps reçoit de tous côtés les impressions des objets, sans être blessé : on lui a donné des organes pour éviter ce qui l'offense ou le détruit; et les corps environnants, qui font sur lui ce mauvais effet, font encore celui de lui causer de l'éloignement. La délicatesse des parties, quoiqu'elle aille à une finesse inconcevable, s'accorde avec la force et avec la solidité. Le jeu des ressorts n'est pas moins aisé que ferme : à peine sentons-nous battre notre cœur, nous qui sentons les moindres mouvements du dehors, si peu qu'ils viennent à nous; les artères vont, le sang circule, les esprits coulent, toutes les parties s'incorporent leur nourriture sans troubler notre sommeil, sans distraire nos pensées, sans exciter tant soit peu notre sentiment : tant Dieu a mis de règle et de proportion, de délicatesse et de douceur, dans de si grands mouvements.

Ainsi nous pouvons dire avec assurance que, de toutes les proportions qui se trouvent dans les corps, celles du

1. *Rocroy* est une ville forte du département des Ardennes (Champagne).

2. Un médecin célèbre (Dodart : il était attaché à la personne de Louis XIV), dont l'éloge a été fait par Fontenelle, admirait beaucoup l'exactitude physiologique de la description qu'on va lire. — On peut comparer, à ce sujet, Fénelon, *Lettres sur la religion*, II.

corps organique sont les plus parfaites et les plus palpables.

Tant de parties si bien arrangées, et si propres aux usages pour lesquels elles sont faites; la disposition des valvules, le battement du cœur et des artères; la délicatesse des parties du cerveau, et la variété de ses mouvements, d'où dépendent tous les autres; la distribution du sang et des esprits; les effets différents de la respiration, qui ont si grand usage dans le corps : tout cela est d'une économie, et s'il est permis d'user de ce mot, d'une mécanique si admirable, qu'on ne la peut voir sans ravissement, ni assez admirer la sagesse qui en a établi les règles.

Il n'y a genre de machine qu'on ne trouve dans le corps humain. Pour sucer quelque liqueur, les lèvres servent de tuyau et la langue sert de piston. Au poumon est attachée la trachée-artère, comme une espèce de flûte douce d'une fabrique particulière, qui, s'ouvrant plus ou moins, modifie l'air et diversifie les tons. La langue est un archet, qui, battant sur les dents et sur le palais, en tire des sons exquis. L'œil a ses humeurs et son cristallin, où les réfractions se ménagent avec plus d'art que dans les verres les mieux taillés; il a aussi sa prunelle, qui s'allonge et se resserre pour rapprocher les objets, comme les lunettes de longue vue. L'oreille a son tambour, où une peau, aussi delicate que bien tendue, résonne au mouvement d'un petit marteau que le moindre bruit agite; elle a, dans un os fort dur, des cavités pratiquées pour faire retentir la voix, de la même sorte qu'elle retentit parmi les rochers et dans les échos. Les vaisseaux ont leurs soupapes ou valvules, tournées en tout sens; les os et les muscles ont leurs poulies et leurs leviers : les proportions qui font et les équilibres, et la multiplication des forces mouvantes, y sont observées dans une justesse où rien ne manque. Toutes les machines sont simples, le jeu en est aisé, et la structure si délicate que toute autre machine est grossière en comparaison.

A rechercher de près les parties, on y voit de toute sorte de tissus; rien n'est mieux filé, rien n'est mieux passé, rien n'est serré plus exactement. Nul ciseau, nul tour, nul pinceau ne peut approcher de la tendresse avec laquelle la nature tourne et arrondit ses sujets. Tout ce que peut faire la séparation et le mélange des liqueurs, leur précipitation, leur digestion, leur fermentation, et le reste, est pratiqué si habilement dans le corps humain, qu'auprès de ces opérations la chimie la plus fine n'est qu'une ignorance.

*De la Connaissance de Dieu et de soi-même*[1], chap. IV, § 2.

1. Cet ouvrage est aussi désigné par un autre titre, celui d'*Intro-*

### Les animaux sont-ils doués de raisonnement[1] ?

Il y a une raison qui fait que le plus grand poids emporte le moindre ; qu'une pierre enfonce dans l'eau plutôt que du bois ; qu'un arbre croît en un lieu plutôt qu'en un autre ; et que chaque arbre tire de la terre, parmi une infinité de sucs, celui qui est propre pour le nourrir. Mais cette raison n'est pas dans toutes ces choses : elle est en celui qui les a faites et qui les a ordonnées.

Si les arbres poussent leurs racines autant qu'il est convenable pour les soutenir ; s'ils étendent leurs branches à proportion, et se couvrent d'une écorce si propre à les défendre contre les injures de l'air ; si la vigne, le lierre et les autres plantes qui sont faites pour s'attacher aux grands arbres ou aux rochers en choisissent si bien les petits creux, et s'entortillent si proprement aux endroits qui sont capables de les appuyer ; si les feuilles et les fruits de toutes les plantes se réduisent à des figures si régulières, et s'ils prennent au juste, avec la figure, le goût et les autres qualités qui suivent de la nature de la plante, tout cela se fait par raison : mais, certes, cette raison n'est pas dans les arbres.

On a beau exalter l'adresse de l'hirondelle, qui se fait un nid si propre, ou des abeilles, qui ajustent avec tant de symétrie leurs petites niches[2] : les grains d'une grenade ne

*duction à la philosophie.* — « Bossuet, dit M. Vinet dans sa *Chrestomathie française,* n'est pas seulement un orateur sublime et un magnifique historien : il est le premier dans l'éloquence didactique, où les Français sont les premiers. Plusieurs de ses écrits d'enseignements et de controverse sont égaux dans leur genre à ses Oraisons funèbres. Son *Histoire des variations* est un chef-d'œuvre de composition et de style. Dans son traité *de la Connaissance de Dieu et de soi-même,* il parle le plus beau et le meilleur langage dont jamais homme se soit servi. »

1. En signalant ce passage comme l'un des plus distingués du livre par la clarté et l'analyse, M. de Barante fait observer « qu'aucun métaphysicien n'a raisonné sur cette question d'une manière aussi remarquable. » — Ce qui crée en philosophie, de même qu'en tout autre genre, l'originalité suprême de Bossuet, c'est, dirons-nous avec M. Cousin, « ce bon sens souverain, capable de tout comprendre et de tout unir, » qui devrait le faire appeler, ajoute-t-il, si l'on donnait des noms d'école, comme au moyen âge, *le docteur infaillible.* (*Des Pensées de Pascal.*)

2. De ce passage on peut rapprocher les graves considérations de Buffon sur la différence absolue qui sépare l'instinct de l'animal et l'intelligence de l'homme. On peut voir son article des *Oiseaux imi-*

sont pas ajustés moins proprement[1]; et toutefois on ne s'avise pas de dire que les grenades ont de la raison.

Tout se fait, dit-on, à propos dans les animaux; mais tout se fait peut-être encore plus à propos dans les plantes. Leurs fleurs tendres et délicates, et durant l'hiver enveloppées comme dans un petit coton, se déploient dans la saison la plus bénigne; les feuilles les environnent comme pour les garder; elles se tournent en fruits dans leur saison, et ces fruits servent d'enveloppes aux grains, d'où doivent sortir de nouvelles plantes. Chaque arbre porte des semences propres à engendrer son semblable : en sorte que d'un orme il vient toujours un orme, et d'un chêne toujours un chêne. La nature agit en cela comme sûre de son effet. Ces semences, tant qu'elles sont vertes et crues, demeurent attachées à l'arbre pour prendre leur maturité : elles se détachent d'elles-mêmes quand elles sont mûres; elles tombent au pied de leurs arbres, et les feuilles tombent dessus. Les pluies viennent; les feuilles pourrissent et se mêlent avec la terre, qui, ramollie par les eaux, ouvre son sein aux semences, que la chaleur du soleil, jointe à l'humidité, fera germer en son temps. Certains arbres, comme les ormeaux et une infinité d'autres, renferment leurs semences dans des matières légères que le vent emporte; la race s'étend bien loin par ce moyen, et peuple les montagnes voisines. Il ne faut donc plus s'étonner si tout se fait à propos dans les animaux : cela est commun à toute la nature. Il ne sert de rien de prouver que leurs mouvements ont de la suite, de la convenance et de la raison; mais s'ils connaissent cette convenance et cette suite, si cette raison est en eux ou dans celui qui les a faits, c'est ce qu'il fallait examiner.

Ceux qui trouvent que les animaux ont de la raison, parce qu'ils prennent pour se nourrir et se bien porter les moyens convenables, devraient dire aussi que c'est par raisonnement que se fait la digestion.... Toute la nature est pleine de convenances et disconvenances, de proportions et

*tateurs :* « Aucun des oiseaux n'est susceptible de la perfectibilité d'espèce; ils ne sont aujourd'hui que ce qu'ils ont été, que ce qu'ils seront toujours, et jamais rien de plus, parce que, leur éducation étant purement individuelle, ils ne peuvent transmettre à leurs petits que ce qu'ils ont eux-mêmes reçu de leurs père et mère : au lieu que l'homme reçoit l'éducation de tous les siècles.... » On peut comparer aussi ce que Buffon a dit des *castors*, qui ont été célébrés par le poëte Roucher dans le cinquième chant de son poëme des *Mois*.

1. Cet adverbe a, dans la langue de Bossuet, le sens de l'adverbe latin *apte :* il désigne l'exact rapport d'un objet avec son but et sa fin.

disproportions, selon lesquelles les choses, ou s'ajustent ensemble, ou se repoussent l'une l'autre : ce qui montre, à la vérité, que tout est fait par intelligence, mais non pas que tout soit intelligent.

Même ouvrage, chap. V, § 2.

---

### Borner ses désirs à une vie obscure.

Orgueil humain, de quoi te plains-tu avec tes inquiétudes? de n'être rien dans le monde? Quel personnage y faisait Jésus? Quelle figure y faisait Marie? C'était la merveille du monde, le spectacle de Dieu et des anges. Et que faisaient-ils? Quel nom avaient-ils sur la terre? Et tu veux avoir un nom et une action qui éclate? Tu ne connais pas Marie ni Jésus. Je veux un emploi pour faire connaître mes talents, qu'il ne faut pas enfouir. Je l'avoue, quand Jésus t'emploie et te donne de ces utiles talents dont il te déclare qu'il te redemande compte; mais ce talent enfoui avec Jésus-Christ et caché en lui n'est-il pas assez beau à ses yeux? Va, tu es un homme rempli de vanité, et tu cherches dans ton action, que tu crois pieuse et utile, une pâture à ton amour-propre.

Je sèche, je n'ai rien à faire; ou mes emplois trop bas me déplaisent, je veux m'en tirer et en tirer ma famille. Et Marie et Jésus songent-ils à s'élever? Regarde ce divin charpentier avec la scie, avec le rabot, durcissant ses tendres mains dans le maniement d'instruments si grossiers et si rudes. Ce n'est point un docte pinceau qu'il manie; il aime mieux l'exercice d'un métier plus humble et plus nécessaire à la vie : ce n'est point une docte plume qu'il exerce par de beaux écrits; il s'occupe, il gagne sa vie; il accomplit, il loue, il bénit la volonté de Dieu dans son humiliation.

Et qu'a-t-il fait au seul moment où il s'échappa d'entre les mains de ses parents pour les affaires de son père céleste? Quelle œuvre fit-il alors, si ce n'est l'œuvre du salut des hommes? Et tu dis : Je n'ai rien à faire, quand l'ouvrage du salut des hommes est en partie entre tes mains! N'y a-t-il point d'ennemis à réconcilier, de différends à pacifier, de querelles à finir, où le Sauveur dit : « Vous aurez sauvé votre frère[1]! » N'y a-t-il point de misérable qu'il faille empêcher de se livrer au murmure, au blasphème, au déses-

1. Saint Matthieu, chap. XVIII, v. 15.

poir? Et quand tout cela te serait ôté, n'as-tu pas l'affaire de ton salut, qui est pour chacun de nous la véritable œuvre de Dieu? Va au temple; échappe-toi[1], s'il le faut, à ton père et à ta mère; renonce à la chair et au sang, et dis avec Jésus: « Ne faut-il pas que nous travaillions à l'œuvre que Dieu notre père nous a confiée[2]? » Tremblons, humilions-nous de ne trouver rien dans nos emplois qui soit digne de nous occuper.

*Élévations sur les mystères*[3], XXe semaine, 10e élévation.

---

### Bossuet aux membres de l'Académie française[4].

Vous êtes, messieurs, un conseil réglé et perpétuel, dont le crédit, établi sur l'approbation publique, peut réprimer les bizarreries de l'usage et tempérer les déréglements de cet empire trop populaire. Telle est l'institution de l'Académie[5] : elle est née pour élever la langue française à la perfection de la langue grecque et de la langue latine. Aussi

1. On se bornerait à dire aujourd'hui dans ce sens, *échappe...*

2. Saint Jean, chap. IX, v. 4.

3. « En lisant les *Élévations sur les mystères* et les *Méditations sur l'Evangile*, observe M. de Bausset dans son Histoire de Bossuet, on apprend à connaître Dieu, les hommes et soi-même; et ces deux ouvrages peuvent tenir lieu d'un grand nombre de livres sur la religion et la morale. » La Harpe a dit justement : « Ceux qui n'ont pas lu les *Méditations* et les *Elévations* ne connaissent pas tout Bossuet. »

4. Louis XIII, ou plutôt Richelieu, fonda l'Académie française en 1635. Le cardinal avait représenté au monarque, pour le porter à créer cette institution qui devait être durable, parce qu'elle était parfaitement en harmonie avec l'esprit français, « qu'une des principales marques de la félicité d'un Etat était que les sciences et les lettres y fleurissent en honneur, aussi bien que les armes, puisqu'elles sont un des principaux instruments de la vertu. » — Le vieux Caton, remarque à ce sujet un des académiciens les plus distingués de nos jours, disait déjà, en parlant de la race ingénieuse et forte d'où est sortie notre France : Duas res gallica gens industriosissime persequitur, rem militarem et argute loqui; « la nation gauloise est singulièrement habile à pratiquer deux choses, le métier des armes et le beau langage. »

5. Massillon devait parler à peu près de même, dans son discours de réception à l'Académie, en 1719 : « Le cardinal de Richelieu, à qui il était donné de penser au-dessus des autres hommes, comprit que l'inconstance de la nation avait besoin d'un frein, et que le goût n'aurait pas chez nous une destinée plus invariable que les usages, s'il n'établissait des juges pour le fixer. »

a-t-on vu par vos ouvrages qu'on peut, en parlant français, joindre la délicatesse et la pureté attique à la majesté romaine. C'est ce qui fait que toute l'Europe apprend vos écrits; et, quelque peine qu'ait l'Italie d'abandonner tout à fait l'empire, elle est prête à vous céder celui de la politesse et des sciences. Par vos travaux et par votre exemple, les véritables beautés du style se découvrent de plus en plus dans les ouvrages français, puisqu'on y voit la hardiesse, qui convient à la liberté, mêlée à la retenue, qui est l'effet du jugement et du choix. La licence est restreinte par les préceptes; et, toutefois, vous prenez garde qu'une trop scrupuleuse régularité, qu'une délicatesse trop molle n'éteigne le feu des esprits et n'affaiblisse la vigueur du style. Ainsi nous pouvons dire, messieurs, que la justesse est devenue par vos soins le partage de notre langue, qui ne peut plus rien endurer d'affecté ni de bas: si bien qu'étant sortie des jeux de l'enfance et de l'ardeur d'une jeunesse emportée, formée par l'expérience et réglée par le bon sens, elle semble avoir atteint la perfection qui donne la consistance.

*Remercîment à l'Académie*[1].

1. C'est ce qu'on appelle à présent un *discours de réception*. Celui-ci datait de 1671. — Un des principaux bienfaits de l'Académie française, qui a si glorieusement justifié toutes les espérances de son fondateur, a été, suivant l'observation de Bossuet lui-même, de fixer notre idiome, « qui devenait jusque-là barbare dans le cours de peu d'années. » Tel fut le fruit des modestes mais très-utiles discussions grammaticales qui occupaient cette assemblée dans le principe, et dont il nous reste un témoignage curieux dans les *Remarques* de Vaugelas *sur la langue française*.

# FLÉCHIER.

(1632-1710.)

Né en 1632, à Pernes, dans le comtat d'Avignon, d'une famille d'artisans, Fléchier fut l'un de ceux qui, sous un roi habile à juger les hommes et à les placer à leur rang, se créèrent leur noblesse par leur supériorité personnelle et montrèrent que le mérite allait devenir en France le premier des titres. On a de lui des Sermons, des Panégyriques, des Mémoires ingénieux et d'estimables Histoires; mais c'est surtout dans l'oraison funèbre qu'il s'est distingué. Charmés de sa parole harmonieuse, les contemporains, par une de ces illusions que l'éloignement dissipe, ont été jusqu'à le comparer à Bossuet. Il suffit de dire, à son éloge, qu'il s'est une fois rapproché de ce modèle: une fois son éloquence, souvent trop ornée, a puisé dans l'importance du sujet et la sincérité du deuil public une sérieuse et véritable grandeur. Fléchier, après avoir célébré dans sa jeunesse la gloire de Louis XIV [1], eut la douleur de mourir au moment où tous les fléaux réunis semblaient conspirer la ruine d'une monarchie qu'il avait vue si brillante. Il était depuis 1687 évêque de Nîmes.

1. Sa réputation avait commencé par de beaux vers latins sur le carrousel dont Louis XIV donna le spectacle aux Parisiens en 1662, sorte de fête empruntée à l'Italie et qui avait remplacé les tournois. Fléchier aima beaucoup et cultiva longtemps la poésie latine et française. On retrouve quelque chose de ce goût dans sa diction si patiemment élaborée: « Il ne sortait rien de sa plume qui ne fût travaillé, a dit le Père de La Rue; et ses lettres, ses moindres billets, avaient du nombre et de l'art. » On regrette qu'il se soit trop assujetti à poursuivre l'un et l'autre. — Au sujet de cet auteur, on peut consulter avec fruit une notice de Dussault et l'*Essai* de M. Villemain *sur l'oraison funèbre*. Ajoutons que M. A. Didier a, tout récemment, apprécié et annoté Fléchier avec autant de soin que de justesse.

2. Il était né à Sedan, en 1611.

## Oraison funèbre de Turenne.

(Fragments.)

La jeunesse de Turenne[1] : débuts glorieux de sa carrière. Sa dernière campagne. Sa mort; regrets qu'elle excite.

Avant sa quatorzième année, il commença à porter les armes. Des siéges et des combats servirent d'exercice à son enfance, et ses premiers divertissements furent des victoires. Sous la discipline du prince d'Orange[2], son oncle maternel, il apprit l'art de la guerre en qualité de simple soldat, et ni l'orgueil ni la paresse ne l'éloignèrent d'aucun des emplois où la peine et l'obéissance sont attachées. On le vit, en ce dernier rang de la milice, ne refuser aucune fatigue et ne craindre aucun péril; faire par honneur ce que les autres faisaient par nécessité, et ne se distinguer d'eux que par un plus grand attachement au travail et par une plus noble application à tous ses devoirs[3]. Ainsi commençait une vie dont les suites devaient être si glorieuses. Depuis ce temps, il a vécu pour la gloire et pour le salut de l'Etat. Il a rendu tous les services qu'on peut attendre d'un esprit ferme et agissant quand il se trouve dans un corps robuste et bien constitué. Il a eu dans la jeunesse toute la prudence d'un âge avancé, et dans un âge avancé toute la vigueur de la jeunesse. Ses jours ont été pleins, selon les termes de l'Ecriture; et, comme il ne perdit pas ses jeunes années dans la mollesse et dans la volupté, il n'a pas été contraint de passer les dernières dans l'oisiveté et dans la faiblesse[4].

Il passe le Rhin[5] et trompe la vigilance d'un général habile et prévoyant[6]; il observe les mouvements des ennemis; il relève le courage des alliés; il ménage la foi suspecte et chancelante des voisins; il ôte aux uns la volonté, aux autres les moyens de nuire; et, profitant de toutes ces conjonc-

1. Il était né à Sedan en 1611.

2. Maurice de Nassau, qui, mort en 1625, à l'âge de 63 ans, laissa la réputation d'un des premiers capitaines de son siècle.

3. On rapprocherait avec intérêt de ce morceau le portrait que Tite-Live a tracé d'Annibal (lib. XXI, cap. 15).

4. Cicéron a dit avec énergie : « Adolescentia libidinosa et intemperans effœtum corpus tradit senectuti. »

5. 1675.

6. De Montécuculli, général au service de l'Autriche, qui parut digne d'avoir été opposé à Condé et à Turenne. Né en 1608, il mourut en 1681.

tures importantes qui préparent les grands et glorieux événements, il ne laisse rien à la fortune de ce que le conseil et la prudence humaine lui peuvent ôter. Déjà frémissait dans son camp l'ennemi confus et déconcerté. Déjà prenait l'essor, pour se sauver dans les montagnes, cet aigle dont le vol hardi avait d'abord effrayé nos provinces[1]. Ces foudres de bronze que l'enfer a inventés pour la destruction des hommes tonnaient de tous côtés pour favoriser et pour précipiter cette retraite; et la France en suspens attendait le succès d'une entreprise qui, selon toutes les règles de la guerre, était infaillible.

Hélas! nous savions tout ce que nous pouvions espérer, et nous ne pensions pas à ce que nous devions craindre. La Providence divine nous cachait un malheur plus grand que la perte d'une bataille. Il en devait coûter une vie que chacun de nous eût voulu racheter de la sienne propre. O Dieu terrible, mais juste en vos conseils sur les enfants des hommes, vous disposez et des vainqueurs et des victoires! Vous immolez à votre souveraine grandeur de grandes victimes, et vous frappez quand il vous plaît ces têtes illustres que vous avez tant de fois couronnées.

Turenne meurt; tout se confond, la fortune chancelle, la victoire se lasse, la paix s'éloigne, les bonnes intentions des alliés se ralentissent, le courage des troupes est abattu par la douleur et ranimé par la vengeance; tout le camp demeure immobile[2]. Les blessés pensent à la perte qu'ils ont faite, et non aux blessures qu'ils ont reçues. Les pères mourants envoient leurs fils pleurer sur leur général mort[3]. L'armée en deuil est occupée à lui rendre les devoirs funèbres; et la renommée, qui se plaît à répandre dans l'univers les accidents extraordinaires, va remplir toute l'Europe du récit glorieux de la vie de ce prince et du triste regret de sa mort. Que de soupirs alors, que de plaintes, que de louanges retentissent dans les villes, dans

1. Allusion à l'aigle qui figure dans les armes et sur les drapeaux de l'Autriche. — L'aigle est ici personnifié; ce qui explique l'emploi du genre masculin : car ce substantif doit être toujours considéré comme féminin lorsqu'il se prend dans le sens d'armoiries ou d'enseignes de guerre.

2. Ce passage a été étudié d'une manière exacte et même un peu minutieuse par l'abbé Le Batteux, dans ses *Éléments de littérature*.

3. Le même coup qui tua Turenne avait emporté le bras de Saint-Hilaire, lieutenant général de l'artillerie. Son fils s'était jeté sur lui avec des sanglots. « Ce n'est pas moi qu'il faut pleurer, » s'écria Saint-Hilaire; et montrant Turenne étendu : « Voilà ce qu'il faut pleurer éternellement, voilà ce qui est irréparable. »

la campagne! L'un, voyant croître ses moissons, bénit la mémoire de celui à qui il doit l'espérance de sa récolte; l'autre, qui jouit encore en repos de l'héritage qu'il a reçu de ses pères, souhaite une éternelle paix à celui qui l'a sauvé des désordres et des cruautés de la guerre. Ici l'on offre le sacrifice adorable de Jésus-Christ pour l'âme de celui qui a sacrifié sa vie et son sang au bien public; là on lui dresse une pompe funèbre, où l'on s'attendait à lui dresser un triomphe. Chacun choisit l'endroit qui lui paraît le plus éclatant dans une si belle vie. Tous entreprennent son éloge; et chacun, s'interrompant lui-même par ses soupirs et par ses larmes, admire le passé, regrette le présent et tremble pour l'avenir. Ainsi tout le royaume pleure la mort de son défenseur; et la perte d'un seul homme est une calamité publique[1].

*Oraison funèbre de Turenne* (1676).

## Oraison funèbre du duc de Montausier[2].

(Fragment.)

Caractère du duc de Montausier : franchise qui convient à son éloge.

Je viens vous faire admirer un homme qui ne se détourna jamais de ses devoirs, qui, pour maintenir la raison, se roidit contre la coutume, qui n'eut jamais d'autre intérêt que celui de la vérité et de la justice, et qui, ayant eu part à toutes les prospérités du siècle[3], n'en a point eu à ses corruptions; un homme d'une vertu antique et nouvelle, qui a su joindre la politesse du temps à la bonne foi de nos pères, en qui la fortune n'a fait que donner du crédit au mérite, qui a sanctifié l'honneur et la probité par les règles et les principes du christianisme, qui s'est élevé par une austère sagesse au-dessus des craintes et des complaisances humaines, et qui, toujours prêt à donner à la vertu les louanges qui lui sont dues, a fait craindre à l'iniquité le jugement et la censure; vaillant dans la guerre, savant dans

1. Mascaron a bien décrit aussi, dans son oraison funèbre, cet hommage spontané de la douleur publique : « On vit, dit-il, dans les villes par où son corps a passé les mêmes sentiments que l'on avait vus autrefois dans l'empire romain, lorsque les cendres de Germanicus furent portées de la Syrie au tombeau des Césars... » (Tacite, *Annales*, III, 4.)

2. Charles de Saint-Maure, fameux par sa probité sévère, gouverneur du grand Dauphin, mort en 1690, à quatre-vingts ans. Montesquieu disait de lui que « son caractère avait quelque chose des anciens philosophes et de cet excès de leur raison. »

3. C'est-à-dire, du monde : acception propre à l'éloquence sacrée.

la paix; respecté, parce qu'il était juste; aimé, parce qu'il était bienfaisant; et quelquefois craint, parce qu'il était sincère et irréprochable....

Ne craignez point que l'amitié ou la reconnaissance me préviennent. Nous parlons devant Dieu en Jésus-Christ, dit l'Apôtre[1]; et je puis dire comme lui[2] : « Vous savez, mes frères, que la flatterie jusqu'ici n'a pas régné dans les discours que je vous ai faits. » Oserais-je dans celui-ci, où la franchise et la candeur font le sujet de nos éloges, employer la fiction et le mensonge? Ce tombeau s'ouvrirait, ces ossements se rejoindraient et se ranimeraient pour me dire : « Pourquoi viens-tu mentir pour moi, qui ne mentis jamais pour personne? Ne me rends pas un honneur que je n'ai pas mérité, à moi qui n'en voulus jamais rendre qu'au vrai mérite. Laisse-moi reposer dans le sein de la vérité, et ne viens pas troubler ma paix par la flatterie que je hais. Ne dissimule pas mes défauts, et ne m'attribue pas mes vertus; loue seulement la miséricorde de Dieu qui a voulu m'humilier par les uns et me sanctifier par les autres.... »

On lui dit mille fois que la franchise n'était pas une vertu de la cour; que la vérité n'y faisait que des ennemis; qu'il fallait, pour y réussir, savoir, selon les temps, ou déguiser ses passions ou flatter celles des autres; qu'il y avait un art innocent de séparer les pensées d'avec les paroles, et que la probité pouvait souffrir ces complaisances mutuelles, qui, étant devenues volontaires, ne blessent presque plus la bonne foi et maintiennent la paix et la politesse du monde. Ces conseils lui parurent lâches. Il allait porter son encens avec peine sur les autels de la fortune, et revenait chargé du poids des pensées qu'un silence contraint avait retenues. Ce commerce continuel de mensonges ingénieux pour se tromper, injurieux pour se nuire, officieux pour se corrompre; cette hypocrisie universelle, par laquelle chacun travaille à cacher de véritables défauts ou à produire de fausses vertus; ces airs mystérieux qu'on se donne pour couvrir son ambition ou pour relever son crédit : tout cet esprit de dissimulation et d'imposture ne convint pas à sa vertu. Ne pouvant s'autoriser encore contre l'usage, il fit connaître à ses amis qu'il allait à l'armée faire sa cour, qu'il lui coûtait moins d'exposer sa vie que de dissimuler ses sentiments, et qu'il n'achèterait jamais ni de faveur, ni de fortune, aux dépens de sa probité.

*Oraison funèbre du duc de Montausier*[3] (1690).

1. Saint Paul, IIe *Epit. aux Corinth.*, II, 17.
2. Id., Ire *Epit. aux Thessal.*, II, 5.
3. C'est là l'oraison funèbre de Fléchier que l'on peut, à une

### Ce qu'on appelle l'esprit : combien c'est peu de chose[1].

Qu'est-ce que l'esprit, dont les hommes paraissent si vains? Si nous le considérons selon la nature, c'est un feu qu'une maladie et qu'un accident amortissent sensiblement; c'est une heureuse conformation d'organes qui s'usent; c'est la partie la plus vive et la plus subtile de l'âme, qui s'appesantit, et qui semble vieillir avec le corps; c'est une finesse de raison qui s'évapore, et qui est d'autant plus faible et plus sujette à s'évanouir, qu'elle est plus délicate et plus épurée. Si nous le considérons selon Dieu, c'est une partie de nous-mêmes, plus curieuse que savante, qui s'égare dans ses pensées. C'est une puissance orgueilleuse qui est souvent contraire à l'humilité et à la simplicité chrétienne, et qui, laissant souvent la vérité pour le mensonge, n'ignore que ce qu'il faudrait savoir, et ne sait que ce qu'il faudrait ignorer.

*Oraison funèbre de madame de Montausier* (1672).

---

### De l'envie : la médisance et la calomnie sont ses armes.

L'envie est une passion désordonnée qui ne peut souffrir ni grâce ni vertu dans les âmes : il n'y a point d'autorité, point de réputation, point de bonheur qu'elle n'étouffât, si elle pouvait, dès leur naissance. Comme elle n'a pas toujours la force en main, elle s'aide de tous les artifices de la langue : soit qu'elle cherche à détruire un crédit qui lui fait ombrage, à ternir une gloire qui brille un peu trop à son gré, à ruiner une fortune dont les débris peuvent servir à grossir la sienne, à décrier une probité qui lui fait obstacle dans ses prétentions, quoique injustes; le moyen ordinaire et le ressort presque universel dont elle se sert, c'est la médisance et la calomnie : ce sont les préventions qu'elle donne, ce sont les piéges qu'elle tend, ce sont les coups qu'elle frappe contre l'honneur et le repos de ses rivaux.

longue distance de la précédente, mentionner le plus favorablement, avec celles de Marie-Thérèse d'Autriche et du premier président de Lamoignon, qui fut aussi célébré par Bourdaloue.

1. D'Aguesseau, dans sa mercuriale sur *la Nécessité de la science*, a donné de l'esprit une définition à peu près semblable à celle de Fléchier.

Quelle joie secrète pour les ambitieux, d'entendre les mauvais discours qu'on tient de ceux dont ils voudraient occuper la place! Quel plaisir même pour ceux qui, par crainte ou par bienséance, n'osent médire des personnes qu'ils n'aiment pas, de les entendre décrier, sans hasarder de se décrier eux-mêmes! La médisance, ce vice détestable, convertit en poison tout ce que l'innocence la plus pure lui oppose pour le combattre; à l'imitation de ce peuple furieux et insensé, elle se venge de la lumière qui l'éblouit en décochant une grêle de pierres contre le soleil[1] : c'est un monstre à cent visages différents, qui contrefait le langage de l'amitié, de la compassion, de la louange et de la piété même. La médisance règne en tous lieux, et fait de la société comme un champ de bataille, où mille coups mortels à l'honneur, portés de toutes parts, sont le jeu de ces bouches à deux langues que la sagesse déteste.

*Sermon sur la Médisance*[2].

1. C'est Diodore de Sicile qui nous parle de ce peuple : on peut voir sa *Bibliothèque historique*, t. I, p. 131 (édit. Didot) Un poëte du dix-huitième siècle, Le Franc de Pompignan, a puisé dans le même fait l'idée d'une belle strophe, en déplorant la mort de J. B. Rousseau :

> Le Nil a vu sur ses rivages
> Les noirs habitants des déserts
> Insulter par leurs cris sauvages
> L'astre éclatant de l'univers.
> Cris impuissants! fureurs bizarres!
> Tandis que ces monstres barbares
> Poussaient d'insolentes clameurs,
> Le dieu, poursuivant sa carrière,
> Versait des torrents de lumière
> Sur ses obscurs blasphémateurs.

2. On peut ici comparer Massillon à Fléchier. Celui-là a fait également, dans un sermon sur la médisance, le tableau des désordres que cause « ce mal inquiet qui trouble la société, qui désunit les amitiés les plus étroites, qui est la source des haines et des vengeances, cette ennemie de la paix, de la douceur et de la politesse. »

# M^ME DE MAINTENON.

(1635-1719.)

La Bruyère a dit, avec vérité, qu'il ne manquait parfois aux femmes que la correction du style pour écrire mieux que les hommes. Ce mérite rare de la correction et de la pureté du style, M^me de Maintenon l'a joint, non moins que M^me de Sévigné, à l'agrément et à la délicatesse du langage : on peut ajouter, à un goût et à un bon sens exquis [1]. Par ces qualités, qui s'alliaient naturellement chez elle à une conduite pleine de sagesse et de distinction [2], M^me de Maintenon s'éleva, de la position la plus humble, au rang le plus envié. Son nom de famille était d'Aubigné : mais si la maison où elle naquit en 1635 était d'une excellente noblesse, la pauvreté de ses parents était extrême. Orpheline dès son enfance, elle fut mariée jeune au poëte Scarron, très-célèbre dans le genre burlesque et doué d'une humeur joviale qui résista jusqu'au bout aux maux physiques dont il était assiégé. Bientôt il laissa sa femme veuve ; et celle-ci, quoique demeurée sans fortune, continua à voir la meilleure compagnie, qui la recherchait pour son esprit et pour ses vertus, au nombre desquelles fut toujours la plus exacte piété. Elle avait une modeste pension de la cour; elle y obtint ensuite un emploi, et cette circonstance, qui la rapprochait de la personne de Louis XIV, donna à ce prince l'occasion d'apprécier la supériorité de son intelligence et de sa raison. Il lui accorda de plus en plus sa confiance et finit par l'épouser après la mort de Marie-Thérèse d'Autriche. M^me de Maintenon (elle devait ce nom à une terre qu'elle avait acquise) profita de sa brillante situation pour réaliser plusieurs belles œuvres de charité : la principale fut la création de Saint-Cyr [3]. Malgré la faiblesse de sa santé dont elle se plaignait souvent, elle ne termina sa longue carrière qu'en 1719, après avoir passé ses dernières années dans l'établissement qu'elle avait fondé [4].

1. M^me de Sévigné s'est plu elle-même à rendre hommage à *l'esprit aimable et merveilleusement droit* de M^me de Maintenon.

2. Elle nous a dit qu'avant tout *elle voulait être estimée*; et elle y réussit toujours.

3. C'était une maison d'éducation pour les jeunes filles nobles sans fortune; elle a subsisté jusqu'à la révolution.

4. Voltaire a été plus juste pour M^me de Maintenon que beaucoup de ses contemporains, en disant « qu'elle rejetait bien loin ce qui

### Au comte d'Aubigné, son frère.

Notre bonheur dépend de nous-mêmes.

On n'est malheureux que par sa faute. Ce sera toujours mon texte, et ma réponse à vos lamentations. Songez, mon cher frère[1], au voyage d'Amérique, aux malheurs de notre enfance, à ceux de notre jeunesse[2], et vous bénirez la Providence, au lieu de murmurer contre la fortune. Il y a dix ans que nous étions bien éloignés l'un et l'autre du point où nous sommes aujourd'hui. Nos espérances étaient si peu de chose, que nous bornions nos vues à trois mille livres de rente. Nous en avons à présent quatre fois plus, et nos souhaits ne seraient pas encore remplis ! Nous jouissons de cette heureuse médiocrité que vous vantiez si fort. Soyons contents. Si les biens nous viennent, recevons-les de la main de Dieu ; mais n'ayons pas des vues trop vastes[3]. Nous avons le nécessaire et le commode ; tout le reste n'est que cupidité. Tous ces désirs de grandeur partent du vide d'un cœur inquiet. Toutes vos dettes sont payées ; vous pouvez

avait la plus légère apparence d'intrigue et de cabale, » et en trouvant dans son style « un caractère de naturel et de vérité qu'il est presque impossible de contrefaire. » — Parmi tant de publications dont Mme de Maintenon a été le sujet, nous citerons avant tout celle de M. le duc de Noailles, qui résume et efface toutes les précédentes : *Histoire de Mme de Maintenon et des principaux événements du règne de Louis XIV*, 1848. On consultera aussi avec intérêt, sur Mme de Maintenon, un ouvrage récent de M. Théophile Lavallée, l'*Histoire de la maison de Saint-Cyr*, et sur ses œuvres, une série d'articles de M. Saint-Marc Girardin dans le *Journal des Débats* (octobre 1856).

1. Charles, comte d'Aubigné, né en 1634, aussi peu sensé que sa sœur était raisonnable : ce qui fit que, malgré beaucoup d'esprit et de talents réels, il ne vécut jamais content ni estimé.

2. On peut voir, dans le livre cité de M. de Noailles (t. I, chap. 3), dans quel état de gêne, voisin de la misère, étaient tombés les parents de la jeune Françoise d'Aubigné, et combien, par ces motifs, ses premières années et celles de son frère furent errantes et tourmentées.

3. A cette époque, l'auteur de cette lettre n'était encore que la gouvernante des enfants du roi et de Mme de Montespan. Mais il est certain que, par la suite, la brillante fortune de madame de Maintenon ne l'éblouit pas, et *que son élévation ne changea point son cœur*, comme le lui écrivait dans une lettre fort remarquable, datée du 20 avril 1714, le duc de Richelieu, petit-neveu du cardinal et père du maréchal de France.

vivre délicieusement, sans en faire de nouvelles. Que désirez-vous de plus? Faut-il que des projets de richesse et d'ambition vous coûtent la perte de votre repos et de votre santé? Lisez la vie de saint Louis, vous verrez combien les grandeurs de ce monde sont au-dessous des désirs du cœur de l'homme. Il n'y a que Dieu qui puisse le rassasier. Je vous le répète, vous n'êtes malheureux que par votre faute. Vos inquiétudes détruisent votre santé, que vous devriez conserver, quand ce ne serait que parce que je vous aime. Travaillez sur votre humeur : si vous pouvez la rendre moins bilieuse et moins sombre, ce sera un grand point de gagné. Ce n'est point l'ouvrage des réflexions seules : il y faut de l'exercice, de la dissipation, une vie unie et réglée. Vous ne penserez pas bien tant que vous vous porterez mal; dès que le corps est dans l'abattement, l'âme est sans vigueur [1]. Adieu, écrivez-moi plus souvent, et sur un ton moins lugubre.

**Lettres** [2].

---

### Au même.

Elle lui donne de sages conseils.

Où prenez-vous que je vous aie écrit une lettre mélancolique [3]? Je n'ai aucun sujet de l'être, et naturellement personne ne l'est moins que moi. Je vous ai parlé de la mort, parce que j'y pense souvent. Je m'y prépare avec gaieté. Je

1. Le bon sens élevé qui caractérise cette lettre se montrait dans toutes les paroles de Mme de Maintenon. C'est à cette qualité que le roi Louis XIV rendait hommage lorsque, demandant son avis sur quelque affaire importante, il lui disait plaisamment : « Qu'en pense votre *solidité?* » On retrouve dans ses lettres « ce langage doux, juste, en bons termes, naturellement éloquent et court, » que Saint-Simon, son ennemi, a loué dans ses conversations.

2. On peut rapprocher de cette lettre, qui est de 1676, celle que Mme de Maintenon écrivit sur la mort de son frère au duc de Noailles, le 9 juin 1703 : on y voit « qu'il ne lui avait donné, en toute sa vie, d'autre joie que celle d'être mort saintement. »

3. Allusion à une de ses lettres précédentes, où elle lui disait, entre autres choses : « Votre dissipation me perce le cœur. Séparez-vous des plaisirs : ils coûtent toujours cent fois plus que les besoins. Soyez délicat sur le choix de vos amis ; votre fortune et votre salut dépendent également des premiers pas que vous ferez dans le monde. Je vous parle en amie. Appliquez-vous à votre devoir. Aimez Dieu, soyez honnête homme ; prenez patience, et rien ne vous manquera. »

voudrais vous porter à vous y préparer. Ma tendresse fait des vœux continuels pour votre salut. C'est peu d'être philosophe, il faut être chrétien.

Le roi ira à Chambord le 15 de septembre, de là à Fontainebleau jusqu'au 15 de novembre. Prenez ce temps-là pour venir à Paris. N'écoutez point les sots discours de nos envieux. Vous avez du bien et du repos : tout le reste n'est qu'un jouet d'enfant. Après ceux qui ont les premières places, je ne connais rien de plus malheureux que ceux qui les envient : si vous saviez ce que c'est ! Si je vis assez pour marier ma nièce, elle le sera bien[1], et cette idée me console de la perte de ma liberté. Vous ne me parlez point de son baptême : est-elle nommée? Qui l'a tenue ? Est-elle jolie ? Comment s'appelle-t-elle ? Je lui voudrais un joli nom[2]...

*Ibid.*

---

### Au même, alors gouverneur de Cognac, en Poitou.

Elle lui recommande la tolérance envers les protestants.

On m'a porté sur votre compte, mon cher frère, des plaintes qui ne vous font pas honneur. Vous maltraitez les huguenots, vous en cherchez les moyens, vous en faites naître les occasions : cela n'est pas d'un homme de qualité. Ayez pitié de gens plus malheureux que coupables : ils sont dans des erreurs où nous avons été nous-mêmes, et d'où la violence ne nous eût jamais tirés. Henri IV a professé la même religion, et plusieurs grands princes; ne les inquiétez donc point : il faut attirer les hommes par la douceur et la charité; Jésus-Christ nous en a donné l'exemple, et telle est l'intention du roi. C'est à vous à contenir tout le monde dans l'obéissance; c'est aux évêques et aux curés à faire

1. On ne mettrait plus *le* aujourd'hui pour représenter un participe non exprimé ; mais au dix-septième siècle ce tour libre et rapide était autorisé par l'usage.

2. Elle fut nommée *Amable;* et, dans la suite, elle épousa le duc de Noailles, d'abord appelé comte d'Ayen, dont la carrière militaire fut brillante, et qui, après être parvenu, en 1733, à la dignité de maréchal de France qu'avait aussi possédée son père, mourut en 1766. Les bons avis de Mme de Maintenon avaient été fort utiles à Mlle d'Aubigné, qui ne laissait pas d'avoir quelque penchant à la fierté, comme sa tante le lui a reproché dans une de ses lettres où elle lui disait très-justement : « Vous serez insupportable, si vous ne devenez humble. »

des conversions par la doctrine et par l'exemple. Ni Dieu ni le roi ne vous ont donné charge d'âmes : sanctifiez la vôtre, et soyez sévère pour vous seul.

*Ibid.* [1]

---

### A l'abbé Gobelin[2].

Elle le prie de diriger sa conduite, sans tenir compte de sa nouvelle élévation.

Je vous conjure de vous défaire du style que vous avez avec moi, qui ne m'est point agréable et qui peut m'être nuisible. Je ne suis point plus grande dame que j'étais dans la rue des Tournelles, où vous me disiez fort bien mes vérités. Si la faveur où je suis met tout le monde à mes pieds, elle ne doit pas faire cet effet-là sur un homme chargé de ma conscience, et à qui je demande très-instamment de me conduire, sans aucun égard, dans le chemin qu'il croit le plus sûr pour mon salut. Où trouverai-je la vérité, si je ne la trouve en vous? et à qui puis-je être soumise qu'à vous, ne voyant dans tout ce qui m'approche que respects, adulations, complaisances? Parlez-moi et écrivez-moi sans tour, sans cérémonie, sans insinuation, et surtout, je vous en prie, sans respect. Ne craignez jamais de m'importuner. Je veux faire mon salut : je vous en charge ; et je reconnais que personne n'a tant de besoin d'aide que j'en ai. Ne me parlez jamais des obligations que vous m'avez : regardez-moi comme dépouillée de tout ce qui m'environne; attachée au monde, mais voulant me donner à Dieu. Voilà mes véritables sentiments.

*Ibid.*

1. Cette lettre, que l'on rapporte à l'année 1682, jette beaucoup de jour sur les sentiments et la conduite de Mme de Maintenon relativement à la révocation de l'édit de Nantes, qu'on lui a souvent attribuée en partie. L'édit de Nantes, publié en 1598 par Henri IV, accordait aux calvinistes la liberté de conscience, l'exercice de leur culte et l'admission aux charges et aux fonctions publiques. Il fut révoqué par Louis XIV en 1685 ; et cet acte fit sortir de France un grand nombre de familles qui professaient la religion protestante.

2. Celui-ci était le confesseur de Mme de Maintenon, à qui Louis XIV, comme nous l'avons indiqué dans la notice, s'était uni par un mariage secret : on rapporte la date de ce mariage à l'année 1685, et cette lettre est datée du 1er juillet 1686.

### A madame de La Maisonfort.

Il n'y a de véritable paix que pour l'âme remplie de Dieu.

Il ne vous est pas mauvais de vous trouver dans des troubles d'esprit : vous en serez plus humble, et vous sentirez par votre expérience que nous ne trouvons nulle ressource en nous, quelque esprit que nous ayons. Vous ne serez jamais contente, ma chère fille[1], que lorsque vous aimerez Dieu de tout votre cœur : ce que je ne dis pas par rapport à la profession où vous vous êtes engagée. Salomon vous a dit, il y a longtemps, qu'après avoir cherché, trouvé et goûté de tous les plaisirs[2], il confessait que tout n'est que vanité et affliction d'esprit, hors aimer Dieu et le servir[3]. Que ne puis-je vous donner toute mon expérience! Que ne puis-je vous faire voir l'ennui qui dévore les grands, et la peine qu'ils ont à remplir leurs journées! Ne voyez-vous pas que je meurs de tristesse dans une fortune qu'on aurait eu peine à imaginer[4], et qu'il n'y a que le secours de Dieu

1. Mme de La Maisonfort, à qui est écrite cette lettre (1691 ou 1692), venait d'embrasser, non toutefois sans quelque hésitation, la vie religieuse. Née d'une famille ancienne mais pauvre du Berry, et chanoinesse de Poussay en Lorraine, cette personne, d'un rare mérite, avait été attachée à la maison de Saint-Cyr par l'amitié de Mme de Maintenon, qui même un moment jeta les yeux sur elle pour la placer à la tête de l'établissement qu'elle avait fondé. Ces bonnes dispositions échouèrent plus tard contre l'attachement que Mme de La Maisonfort montra pour Mme de Guyon, dont elle était la parente : elle fut éloignée de Saint-Cyr. Plusieurs lettres pieuses de Bossuet lui sont adressées.

2. Si l'on peut dire *goûter de tous les plaisirs*, on ne dira pas également bien *chercher et trouver de tous les plaisirs* : c'est une de ces légères incorrections auxquelles fait allusion La Bruyère, mais qui sont d'ailleurs très-rares chez Mme de Maintenon, comme chez Mme de Sévigné.

3. C'est ce que l'on voit dans plusieurs parties des ouvrages de Salomon, et notamment dans le chap. II de l'*Ecclésiaste*.

4. Allusion au mariage secret qui l'avait unie à Louis XIV. Cette haute fortune de Mme de Maintenon eut son principe dans sa vertu, ce moyen de parvenir trop peu mis en usage ; car, comme elle l'a dit elle-même : « Rien n'est plus habile qu'une conduite irréprochable. » — J'oserai donc réclamer contre le jugement sévère d'un célèbre écrivain de nos jours qui, en peignant « les femmes illustres du dix-septième siècle, » a représenté celle-ci comme « ne consultant ni le devoir ni son cœur, mais l'opinion ; ne poursuivant qu'un seul et bien misérable objet, la considération, sans vertu et sans amour ..»

qui m'empêche d'y succomber? J'ai été jeune et j'ai goûté des plaisirs; dans un âge un peu avancé, j'ai passé des années dans le commerce de l'esprit, je suis venue à la faveur; et je vous proteste, ma chère fille, que tous les états laissent un vide affreux, une inquiétude, une lassitude, une envie de connaître autre chose, parce qu'en tout cela rien ne satisfait entièrement. On n'est en repos que lorsqu'on s'est donné à Dieu, mais avec cette volonté déterminée dont je vous parle quelquefois : alors on sent qu'il n'y a plus rien à chercher, qu'on est arrivé à ce qui seul est bon sur la terre; on a des chagrins, mais on a aussi une solide consolation, et la paix au fond du cœur au milieu des plus grandes peines.

*Ibid.*

---

# RACINE.

(1639-1699.)

Jean Racine, le plus accompli de nos poëtes, eût sans aucun doute pris place, s'il avait recherché cette gloire, entre nos premiers prosateurs : on le reconnaîtra par ses lettres, quelques œuvres polémiques et des fragments d'histoire, fort bien écrits, qu'il nous a laissés, surtout par l'éloge qu'il a fait de Pierre Corneille. Rien de plus curieux que de voir les grands hommes jugés par les grands hommes, puisque ceux-ci peuvent seuls les comprendre tout entiers et les apprécier avec une justesse parfaite. Racine, né trois ans après que la merveille du *Cid* avait ouvert en France des voies nouvelles à l'art dramatique, paya ainsi à celui qui lui avait frayé la carrière un noble tribut de reconnaissance. L'éloquence de son éloge a sa source dans la sincérité de son admiration; et ce témoignage de haute équité honore d'autant plus Racine, que l'on s'était trop souvent armé contre lui des succès de son illustre devancier, en s'appuyant, pour le rabaisser lui-même, sur les noms glorieux de Cinna et de Polyeucte. Né à la Ferté-Milon en 1639, Racine mourut en 1699.

## Corneille jugé par Racine.

.....L'Académie a regardé la mort de M. Corneille comme un des plus rudes coups qui la pût frapper[1]; car bien que,

1. Condillac, dans l'*Art d'écrire*, se proposant de montrer com-

depuis un an, une longue maladie nous eût privés de sa présence, et que nous eussions perdu en quelque sorte l'espérance de le revoir jamais dans nos assemblées, toutefois il vivait, et l'Académie, dont il était le doyen[1], avait au moins la consolation de voir dans la liste où sont les noms de tous ceux qui la composent, de voir, dis-je, immédiatement au-dessous du nom sacré de son auguste protecteur[2], le fameux nom de Corneille.

Et qui d'entre nous ne s'applaudirait pas en lui-même, et ne ressentirait pas un secret plaisir d'avoir pour confrère un homme de ce mérite? Vous, monsieur, qui non-seulement étiez son frère[3], mais qui avez couru longtemps une même carrière avec lui, vous savez les obligations que lui a notre poésie ; vous savez en quel état se trouvait la scène française lorsqu'il commença à travailler. Quel désordre ! quelle irrégularité ! Nul goût, nulle connaissance des véritables beautés du théâtre. Les auteurs aussi ignorants que les spectateurs, la plupart des sujets extravagants et dénués de vraisemblance, point de mœurs, point de caractères[4] ; la diction encore plus vicieuse que l'action, et dont les pointes et de misérables jeux de mots faisaient le principal ornement; en un mot, toutes les règles de l'art, celles mêmes de l'honnêteté et de la bienséance, partout violées. Dans cette enfance ou, pour mieux dire, dans ce chaos du poëme dramatique parmi nous, votre illustre frère, après avoir quelque temps cherché le bon chemin et lutté, si je l'ose ainsi dire, contre le mauvais goût de son siècle, enfin,

ment se fait l'analyse de la pensée dans les langues formées et perfectionnées, a choisi pour objet d'étude la plus grande partie de ce morceau.

1. Il n'y avait été admis toutefois qu'en 1647, comme successeur de Maynard, onze ans après avoir donné le *Cid*.

2. Le roi. Le fondateur de l'Académie, Richelieu, en fut naturellement le premier protecteur. Le chancelier Séguier fut son successeur en cette qualité. Mais après la mort de celui-ci, en 1672, Louis XIV ne dédaigna pas de prendre pour lui ce titre.

3. Thomas Corneille, auteur estimable, connu surtout par ses tragédies, entre lesquelles *Timocrate*, *Ariane* et le *comte d'Essex* ont eu beaucoup de réputation.—Quant à Pierre Corneille, « la France, dit Voltaire, lui donna le surnom de *Grand* non-seulement pour le distinguer de son frère, mais du reste des hommes. »

4. C'est-à-dire point de convenance dans les mœurs, point de vérité dans la peinture des caractères. — Sur les *mœurs*, qui, dans l'art dramatique, embrassent, comme dit Marmontel, le naturel, l'habitude et les accidents passagers qui se combinent avec l'un et l'autre, on peut voir un morceau intéressant de cet auteur dans les *Eléments de littérature* (article *Mœurs*).

inspiré d'un génie extraordinaire et aidé de la lecture des anciens, fit voir sur la scène la raison, mais la raison accompagnée de toute la pompe, de tous les ornements dont notre langue est capable, accorda heureusement la vraisemblance et le merveilleux, et laissa bien loin derrière lui tout ce qu'il avait de rivaux, dont la plupart, désespérant de l'atteindre, et n'osant plus entreprendre de lui disputer le prix, se bornèrent à combattre la voix publique déclarée pour lui, et essayèrent en vain, par leurs discours et par leurs frivoles critiques, de rabaisser un mérite qu'ils ne pouvaient égaler[1].

La scène retentit encore des acclamations qu'excitèrent à leur naissance le *Cid*, *Horace*, *Cinna*, *Pompée*, tous ces chefs-d'œuvre représentés depuis sur tant de théâtres, traduits en tant de langues, et qui vivront à jamais dans la bouche des hommes. A dire le vrai, où trouvera-t-on un poëte qui ait possédé à la fois tant de grands talents, tant d'excellentes parties, l'art, la force, le jugement, l'esprit? Quelle noblesse, quelle économie dans les sujets! Quelle véhémence dans les passions, quelle gravité dans les sentiments! Quelle dignité, et en même temps quelle prodigieuse variété dans les caractères! Combien de rois, de princes, de héros de toutes nations nous a-t-il représentés; toujours tels qu'ils doivent être, toujours uniformes avec eux-mêmes, et jamais ne se ressemblant les uns les autres! Parmi tout cela, une magnificence d'expression proportionnée aux maîtres du monde qu'il fait souvent parler[2], capable néanmoins de s'abaisser quand il veut, et de descendre jusqu'aux plus simples naïvetés du comique, où il est encore inimitable. Enfin, ce qui lui est surtout particulier, une certaine force, une certaine élévation qui surprend, qui enlève, et qui rend jusqu'à ses défauts, si on lui en peut reprocher quelques-uns, plus estimables que les vertus des autres : personnage véritablement né pour la gloire de son pays; comparable, je ne dis pas à tout ce que l'ancienne Rome a eu d'excellents poëtes tragiques, puis-

1. Corneille fait allusion à ces injustices de l'opinion publique dans une de ses *Lettres*, adressée à Saint-Evremond (1666), où il le remercie « de l'honorer de son estime en un temps où il semble qu'il y ait un parti pris pour ne lui en laisser aucune. »

2. On sait que Racine disait à son fils, en lui développant les beautés du *Cid* et d'*Horace* : « Corneille fait des vers cent fois plus beaux que les miens. » Il est certain que nul n'a égalé les plus beaux vers de Corneille. De là ce mot de Montesquieu, comparant Racine et Corneille : « Le premier est un plus grand auteur, mais l'autre un plus grand esprit. »

qu'elle confesse elle-même qu'en ce genre[1] elle n'a pas été fort heureuse, mais aux Eschyle, aux Sophocle, aux Euripide, dont la fameuse Athènes ne s'honore pas moins que des Thémistocle, des Périclès, des Alcibiade, qui vivaient en même temps qu'eux[2].

Oui, monsieur, que l'ignorance rabaisse tant qu'elle voudra l'éloquence et la poésie, et traite les habiles écrivains de gens inutiles dans les États, nous ne craindrons point de le dire à l'avantage des lettres et de ce corps fameux dont vous faites maintenant partie, du moment que des esprits sublimes, passant de bien loin les bornes communes, se distinguent, s'immortalisent par des chefs-d'œuvre comme ceux de M. votre frère, quelque étrange inégalité que, durant leur vie, la fortune mette entre eux et les plus grands héros, après leur mort cette différence cesse. La postérité, qui se plaît, qui s'instruit dans les ouvrages qu'ils lui ont laissés, ne fait point de difficulté de les égaler à tout ce qu'il y a de plus considérable parmi les hommes, fait marcher de pair l'excellent poëte et le grand capitaine. Le même siècle qui se glorifie aujourd'hui d'avoir produit Auguste ne se glorifie guère moins d'avoir produit Horace et Virgile. Ainsi, lorsque, dans les âges suivants, on parlera avec étonnement des victoires prodigieuses et de toutes les grandes choses qui rendront notre siècle l'admiration de tous les siècles à venir, Corneille, n'en doutons point, Corneille tiendra sa place parmi toutes ces merveilles. La France se souviendra avec plaisir que sous le règne du plus grand de ses rois a fleuri le plus grand de ses poëtes. On croira même ajouter quelque chose à la gloire de notre auguste monarque, lorsqu'on dira qu'il a estimé, qu'il a honoré de ses bienfaits cet excellent génie; que même deux jours avant sa mort, et lorsqu'il ne lui restait plus qu'un rayon de connaissance, il lui envoya encore des marques de sa libéralité[3], et qu'enfin les dernières paroles de Corneille ont été des remercîments pour Louis le Grand.

Voilà, monsieur, comme la postérité parlera de votre

1. Ou plutôt, en général, dans les compositions du théâtre : « In comœdia maxime claudicamus, » a dit Quintilien, X, 1.

2. On remarquera cette admiration, ce goût de l'antiquité, qui, comme l'a déjà indiqué un trait de ce même discours, ont éclairé et soutenu la marche de nos plus grands écrivains.

3. Corneille avait rendu riches les libraires et les comédiens sans l'être devenu lui-même. Bien plus, il finit par connaître la détresse, et l'argent lui manqua tout à fait dans sa dernière maladie. Boileau, l'ayant appris, en fit aussitôt prévenir le roi, qui s'empressa d'envoyer deux cents louis à ce grand homme.

illustre frère; voilà une partie des excellentes qualités qui l'ont fait connaître à toute l'Europe. Il en avait d'autres qui, bien que moins éclatantes aux yeux du public, ne sont peut-être pas moins dignes de nos louanges, je veux dire, homme de probité et de piété, bon père de famille, bon parent, bon ami. Vous le savez, vous qui avez toujours été uni avec lui d'une amitié qu'aucun intérêt, non pas même aucune émulation pour la gloire, n'a pu altérer. Mais ce qui nous touche de plus près, c'est qu'il était encore un très-bon académicien : il aimait, il cultivait nos exercices; il y apportait surtout cet esprit de douceur, d'égalité, de déférence même, si nécessaire pour entretenir l'union dans les compagnies. L'a-t-on jamais vu se préférer à aucun de ses confrères? L'a-t-on jamais vu vouloir tirer ici aucun avantage des applaudissements qu'il recevait dans le public? Au contraire, après avoir paru en maître, et pour ainsi dire régné sur la scène, il venait, disciple docile, chercher à s'instruire dans nos assemblées, laissait, pour me servir de ses propres termes, laissait ses lauriers à la porte de l'Académie, toujours prêt à soumettre son opinion à l'avis d'autrui, et, de tous tant que nous sommes, le plus modeste à parler, à prononcer, je dis même sur des matières de poésie [1].....

Extrait du discours prononcé à l'Académie française, le 2 janvier 1685, pour la réception de Thomas Corneille [2].

1. Ce passage a été dignement apprécié par ce vers de Voltaire (IIIe de ses *Discours sur l'homme*) :

C'est ainsi qu'un grand cœur sait penser d'un grand homme.

2. Outre Thomas Corneille, qui succédait à son frère, Racine reçut dans cette séance un littérateur fort inconnu, Bergeret, en remplacement de l'historien Géraud de Cordemoy. — En prononçant, lorsqu'il entra à l'Académie en 1673, son discours de réception, qui n'a pas été conservé, Racine avait été beaucoup moins heureux. Suivant son fils, ce remercîment, très-simple et très-court, fut lu d'une voix si basse, que presque personne ne l'entendit. Au contraire, Fléchier, qui fut admis le même jour, eut un très-brillant succès. « Racine, qui en cette occasion, dit d'Alembert, s'était éclipsé devant le prédicateur, prit sa revanche dans ce nouveau discours, l'un des plus beaux qui aient été prononcés à l'Académie française. » On rapporte que Louis XIV, à qui Racine était venu le lire, lui dit avec cette dignité pleine de justesse qui manquait rarement à ses paroles : « Je le louerais davantage si je n'y étais tant loué. » De cette appréciation de Corneille il sera curieux de rapprocher sa *Vie* par son neveu Fontenelle et son *Eloge* par Victorin Fabre, enfin et surtout le travail que M. Guizot a publié sur ce grand homme.

## Éloge de Louis XIV[1].

La fortune a pris, ce semble, plaisir à élever ce prince au plus haut degré de la gloire où puissent monter les hommes, si toutefois on peut dire que la fortune ait eu quelque part dans ses succès, qui n'ont été que la suite infaillible d'une conduite toute merveilleuse. En effet, jamais capitaine n'a été plus caché dans ses desseins, ni plus clairvoyant dans ceux de ses ennemis. Il a toujours vu en toutes choses ce qu'il fallait voir, toujours fait ce qu'il fallait faire. Avant que la guerre fût commencée, il avait aguerri ses troupes dès longtemps par de continuels exercices, par l'exacte discipline qu'il leur faisait observer. Il a toujours prévenu ses ennemis par la promptitude de ses exploits. Dans le temps qu'ils faisaient des préparatifs pour l'attaquer, il les a souvent réduits à la nécessité de se défendre, et leur a quelquefois enlevé trois villes pendant qu'ils délibéraient d'en assiéger une.

Il ne s'est point trompé dans ses mesures. Quand il entra dans la Franche-Comté[2], il avait pris ses précautions si justes du côté de l'Allemagne, qu'en une province ouverte de toutes parts les ennemis ne purent, dans une occasion si pressante, se faire un passage pour y jeter le moindre secours. Il n'a point fait de conquêtes qu'il n'ait méditées longtemps auparavant, et où il ne se soit acheminé comme par degrés[3]. En prenant Condé et Bouchain, il se mit en état d'assiéger Valenciennes et Cambrai; par la prise d'Aire, il s'ouvrit le chemin à Saint-Omer; et c'est en partie à la conquête de Saint-Guillain qu'il doit la conquête de Gand et d'Ypres.

Jamais prince n'observa si religieusement sa parole; il

1. Racine a fait aussi l'éloge de Louis XIV dans le discours dont nous venons de donner un extrait.

2. On peut lire, dans le *Siècle de Louis XIV* par Voltaire, un récit de la première conquête de cette province.

3. La correspondance de Louis XIV donnée en grande partie dans ses *Œuvres* publiées en 1806, confirme en tout point cet éloge : on y trouve les *Instructions* qu'il rédigea pour le grand Dauphin et le roi d'Espagne (Philippe V); il y a, en outre, beaucoup de lettres de Louis XIV à sa famille, à ses généraux, à ses ministres, beaucoup d'ordres remarquables, comme dit Saint-Simon, par la netteté et la précision. Partout on peut constater, ce qui est le caractère des hommes de génie, que Louis XIV ne négligeait aucun détail, qu'il voulait tout voir et tout savoir, et qu'il y réussissait.

l'a toujours exactement tenue à ses ennemis mêmes : et dans la paix d'Aix-la-Chapelle[1], il aima mieux, en rendant la Franche-Comté, renoncer à la plus glorieuse et à la plus utile de ses conquêtes que de manquer à la parole qu'il avait donnée de la rendre. Ce n'est pas une chose concevable que, dans la fidélité qu'il a gardée à ses alliés, il a toujours eu plus de soin de leurs intérêts que des siens propres.

Dans le projet de paix qu'il envoya à Nimègue, il y avait pour premier article qu'avant toutes choses on restituerait aux Suédois tout ce qui avait été pris sur eux : et quoiqu'il vît toute l'Europe en armes contre lui, ce ne fut qu'à l'instante prière des mêmes Suédois qu'il souffrit que la paix se fît avec la Hollande avant la restitution. Jamais un mouvement de colère ne lui a fait faire une fausse démarche. Quand l'Angleterre, qui s'était liée avec lui, se détacha tout à coup de ses intérêts, il ne s'emporta ni en plaintes ni en reproches; il n'en témoigna au roi d'Angleterre aucune froideur ; et, en lui montrant au contraire qu'il était toujours persuadé de son amitié, il l'engagea à demeurer toujours son ami.

Il a appelé aux emplois de la guerre les hommes qui étaient les plus dignes, et n'a jamais laissé une belle action sans récompense[2] : aussi jamais prince ne fut servi avec tant d'ardeur par ses soldats. Cette ardeur a passé à de tels excès, qu'il a eu besoin de toute son autorité pour la réprimer. Quand il a pu voir une chose par ses yeux, il ne s'est point fié aux yeux d'autrui. Il a toujours reconnu lui-même les places qu'il a voulu attaquer; et, en cette noble fonction de capitaine, il a eu plusieurs fois des hommes tués et blessés à côté de lui. Judicieux dans toutes ses entreprises, intrépide dans le péril, infatigable dans le travail, on ne saurait rien lui reprocher que d'avoir souvent exposé sa personne avec trop peu de précaution.

Cependant il est merveilleux que, parmi les soins d'une guerre qui a dû, ce semble, l'occuper tout entier, ce prince soit encore entré dans le détail du gouvernement de son

1. Cette paix fut conclue entre Louis XIV et l'Espagne, 1668.

2. Louis XIV écrivait au comte de Coligny, après la bataille de Saint-Gothard, 1664 : « Je désire que vous témoigniez aux officiers et soldats qui se sont distingués le gré que je leur sais, les assurant que je connais le mérite de leurs services et qu'ils ne doivent pas douter que je n'en garde le souvenir. » Et dans une autre lettre adressée au duc de Beaufort, qui venait de vaincre les corsaires algériens, 1665, il disait encore : « Je veux savoir si le capitaine des Lauriers a laissé femme et enfants, pour les gratifier, étant bien aise que l'on voie que ceux qui meurent en me servant vivent toujours dans mon souvenir. »

État, et qu'on l'ait vu aussi appliqué aux besoins particuliers de ses sujets que si toutes ses pensées avaient été renfermées au dedans de son royaume. De là vient que, dans un temps que toute l'Europe était en feu, la France ne laissait pas de jouir de toute la tranquillité et de tous les avantages d'une paix profonde : jamais elle ne fut si florissante, jamais la justice ne fut exercée avec tant d'exactitude, jamais les sciences, jamais les beaux-arts n'y ont été cultivés avec tant de soin. Il a lui seul plus fait bâtir de somptueux édifices que tous les rois qui l'ont précédé. Il n'est pas croyable combien de citadelles il a fait construire, combien il en a réparé, de combien de nouveaux bastions il a fortifié ses places. Les Français, il y a quinze ans, passaient pour n'avoir aucune connaissance de la navigation ; ils pouvaient à peine mettre en mer six vaisseaux de guerre et quatre galères : maintenant la France compte dans ses ports vingt-six galères et cent vingt gros vaisseaux, et un nombre prodigieux d'autres bâtiments ; elle s'est rendue si savante dans la marine, qu'elle donne aujourd'hui aux étrangers et des pilotes et des matelots.

Il n'y a point de génie un peu élevé au-dessus des autres, dans quelque profession que ce soit, que le roi, par ses largesses, n'ait excité à travailler[1]. Aussi la France, sous son règne, ne se ressent en rien ni de l'air grossier de nos pères, ni de la rudesse qu'une longue guerre apporte d'ordinaire avec soi : on y voit briller une politesse que les nations étrangères prennent pour modèle et s'efforcent d'imiter. Mais ce ne sont point les seuls bienfaits du roi qui ont produit tant de miracles, et qui ont porté toutes choses à ce degré de perfection : la finesse de son discernement y a plus contribué que ses libéralités : les plus grands génies, les plus savants artistes, ont remarqué que, pour trouver le plus haut point de leur art, il leur suffisait d'étudier le goût de ce prince[2]. La plupart des chefs-d'œuvre qu'on admire dans ses palais doivent leur naissance aux idées qu'il en a fournies. Toutes ces grâces, toute cette disposition si merveilleuse, qui surprend, qui enchante dans ses magnifiques

1. Voltaire rend ce même témoignage à Louis XIV dans sa lettre à milord Hervey, que l'on trouvera dans les *Morceaux choisis* à l'usage de la classe de seconde.

2. Aussi un de nos critiques a-t-il fait tout récemment cette judicieuse remarque : « Le bon sens public ne s'est pas abusé, lorsqu'il a dit *le siècle de Louis XIV*. C'est que Louis XIV a mérité d'être regardé comme le centre de tout ce qui s'est fait, dit, écrit pour lui, par lui, autour de lui. » Voy. notamment, à ce sujet, l'*Histoire de la Littérature française*, par M. Nisard, t. II, l. III, c. 7.

jardins, n'est bien souvent que l'effet de quelque ordre qu'il a donné en les visitant[1].

Il est donc juste que les sciences, que les beaux-arts s'emploient à éterniser la mémoire d'un prince à qui ils sont tant redevables : il est juste que les écrivains les plus illustres le prennent pour objet de toutes leurs veilles; que les peintres et les sculpteurs s'exercent sur un si noble sujet[2].

*Précis historique des campagnes de Louis XIV*[3].

1. Louis XIV, en effet, avait fourni plus d'une idée à Le Nôtre, le créateur des jardins de Versailles, des Tuileries, de Saint-Cloud, de Saint-Germain, etc.; et celui-ci s'en applaudissait, parlant toujours de son maître et de son roi avec un vif enthousiasme, et ne rendant pas moins justice à son goût qu'à sa douceur et à sa bonté.

2. Cf. Boileau, *Art poétique,* fin du chant IV :

Muses, dictez sa gloire à tous vos nourrissons, etc.

3. Dans l'intervalle de tranquillité qui suivit la paix de Nimègue (1678), Louis XIV avait agréé le projet d'un ouvrage où les événements mémorables de la guerre que cette paix venait de terminer seraient représentés dans une suite d'estampes dessinées et gravées par les premiers artistes. Un *Précis historique* devait être placé au début de ce livre : Racine, qui avait reçu avec Boileau, l'année précédente, la charge d'historiographe du roi, fut naturellement chargé, à ce titre, de rédiger ce travail, sur l'origine et les destinées singulières duquel on peut voir l'avertissement mis en tête du t. V, dans l'édition des *Œuvres de Racine* donnée par M. Aimé Martin.

# LA BRUYÈRE.

(1646-1696.)

Né en 1646 à Dourdan (Seine-et-Oise), La Bruyère, dont les talents devaient tant occuper la postérité, vécut, par l'effet de sa modestie, presque obscur : de là beaucoup d'incertitude sur tout ce qui le concerne et même sur la date de sa naissance[1]. Il avait cependant été attaché à la cour; mais chargé d'enseigner l'histoire au petit-fils du grand Condé, qui tira trop peu de fruit des leçons d'un tel maître, il ne profita de sa situation auprès du prince, qu'il ne quitta plus, que comme d'un poste favorable d'observation, pour étudier et peindre les sentiments et les passions des hommes, surtout leurs prétentions et leurs travers. Ce fut en 1696, trois ans après avoir été reçu, non sans lutte et sans peine, à l'Académie française que mourut ce rare écrivain, qui, à côté de quelques tours laborieux et de quelques remarques subtiles, offre une abondance incroyable de justes et piquantes réflexions, de pensées solides et de formes heureuses[2].

## De l'esprit de conversation.

L'esprit de la conversation consiste bien moins à en montrer beaucoup qu'à en faire trouver aux autres; celui qui sort de votre entretien content de soi et de son esprit l'est de vous parfaitement[3]. Les hommes n'aiment point à vous

1. Nous l'avons fixée d'après les dernières recherches de M. Walckenaer.

2. Il faut voir sur La Bruyère une courte mais belle appréciation de Vauvenargues, l'agréable notice de Suard, écrite en 1782, un chapitre du *Génie du Christianisme*, l'*Eloge* de Victorin Fabre, couronné par l'Académie française en 1810; enfin, plus récemment, un article de M. Sainte-Beuve (*Revue des deux mondes*, 1er juillet 1836), et l'étude publiée par M. Walckenaer en tête des *Caractères*, qu'il a éclaircis par d'excellentes notes (1845). Une édition classique de M. Helleu mérite aussi d'être rappelée (1864).

3. C'est ainsi que nous charment les bons auteurs, et, en particulier, La Bruyère. Quintilien l'a fait très-justement observer, VIII, 2 : « Auditoribus (on peut dire aussi *lectoribus*) grata sunt hæc, quæ quum intellexerunt, acumine suo delectantur, et gaudent, quasi non audiverint sed quasi invenerint. »

admirer, ils veulent plaire : ils cherchent moins à être instruits, et même réjouis, qu'à être goûtés et applaudis; et le plaisir le plus délicat est de faire celui d'autrui.

Il ne faut pas qu'il y ait trop d'imagination dans nos conversations ni dans nos écrits : elle ne produit souvent que des idées vaines et puériles, qui ne servent point à perfectionner le goût et à nous rendre meilleurs; nos pensées doivent être prises dans le bon sens et la droite raison, et doivent être un effet de notre jugement[1].

C'est une grande misère que de n'avoir pas assez d'esprit pour bien parler, ni assez de jugement pour se taire. Voilà le principe de toute impertinence.

Dire d'une chose modestement, ou qu'elle est bonne ou qu'elle est mauvaise, et les raisons pourquoi elle est telle, demande du bon sens et de l'expression : c'est une affaire. Il est plus court de prononcer d'un ton décisif, et qui emporte la preuve de ce qu'on avance, ou qu'elle est exécrable, ou qu'elle est miraculeuse.

Rien n'est moins selon Dieu et selon le monde que d'appuyer tout ce que l'on dit dans la conversation, jusqu'aux choses les plus indifférentes, par de longs et fastidieux serments. Un honnête homme, qui dit oui et non, mérite d'être cru : son caractère jure pour lui, donne créance à ses paroles, et lui attire toute sorte de confiance.

Celui qui dit incessamment qu'il a de l'honneur et de la probité, qu'il ne nuit à personne, qu'il consent que le mal qu'il fait aux autres lui arrive, et qui jure pour le faire croire, ne sait pas même contrefaire l'homme de bien.

Il y a parler bien, parler aisément, parler juste, parler à propos : c'est pécher contre ce dernier genre que de s'étendre sur un repas magnifique, que l'on vient de faire, devant des gens qui sont réduits à épargner leur pain; de dire merveilles de sa santé devant des infirmes; d'entretenir de ses richesses, de ses revenus et de ses ameublements un homme qui n'a ni rentes ni domicile; en un mot, de parler de son bonheur devant des misérables : cette conversation est trop forte pour eux, et la comparaison qu'ils font alors de leur état au vôtre est odieuse[1].

*Caractères.*

1. « Est eloquentiæ, lit-on en effet dans l'*Orator* de Cicéron, chap. 21, sicut reliquarum rerum, fundamentum sapientia. » M. de Châteaubriand a dit de même : « L'imagination et l'esprit ne sont point, comme on le suppose, la base du véritable talent : c'est le jugement et le bon sens. »

2. On peut rapprocher ce passage d'un morceau de La Rochefou-

### Les parvenus : leur bonheur, leur malheur.

Ni les troubles, *Zénobie*[1], qui agitent votre empire, ni la guerre que vous soutenez virilement contre une nation puissante depuis la mort du roi votre époux, ne diminuent rien de votre magnificence : vous avez préféré à toute autre contrée les rives de l'Euphrate pour y élever un superbe édifice : l'air y est sain et tempéré, la situation en est riante ; un bois sacré l'ombrage du côté du couchant ; les dieux de Syrie, qui habitent quelquefois la terre, n'y auraient pu choisir une plus belle demeure ; la campagne autour est couverte d'hommes qui taillent et qui coupent, qui vont et qui viennent, qui roulent ou qui charrient le bois du Liban, l'airain et le porphyre ; les grues[1] et les machines gémissent dans l'air, et font espérer, à ceux qui voyagent vers l'Arabie[2], de revoir à leur retour en leurs foyers ce palais achevé, et dans cette splendeur où vous désirez de le porter, avant de l'habiter vous et les princes vos enfants. N'y épargnez rien, grande reine : employez-y l'or et tout l'art des plus excellents ouvriers ; que les Phidias et les Zeuxis de votre siècle déploient toute leur science sur vos plafonds et sur vos lambris ; tracez-y de vastes et de délicieux jardins, dont l'enchantement soit tel qu'ils ne paraissent pas faits de la main des hommes ; épuisez vos trésors et votre industrie sur cet ouvrage incomparable ; et, après que vous y aurez mis, Zénobie, la dernière main, quelqu'un de ces pâtres qui habitent les sables voisins de Palmyre, devenu riche par le péage de vos rivières, achètera un jour à deniers comptants cette royale maison pour l'embellir et la rendre plus digne de lui et de sa fortune.

Ce palais, ces meubles, ces jardins, ces belles eaux, vous enchantent, et vous font récrier d'une première vue sur une

cauld, intitulé « de la Conversation, » et que nous avons donné dans ce recueil, page 16.

1. Cette reine de Palmyre, veuve d'Odénat, se fit appeler souveraine de l'Orient et s'immortalisa par la lutte vigoureuse qu'elle soutint contre les Romains. Vaincue par Aurélien, elle finit toutefois par orner le triomphe de cet empereur, l'an 273 de J. C. ; et le célèbre Longin, son ministre, paya de sa vie les généreux conseils de résistance qu'il lui avait donnés.

2. Expression heureusement familière, qui nous transporte au milieu des ouvriers, en nous montrant les instruments dont ils se servent pour élever les pierres.

3. Détail pittoresque qui achève d'animer toute cette description.

maison si délicieuse, et sur l'extrême bonheur du maître qui la possède : il n'est plus, il n'en a pas joui si agréablement ni si tranquillement que vous; il n'y a jamais eu un jour serein ni une nuit tranquille; il s'est noyé de dettes pour la porter à ce degré de beauté où elle vous ravit : ses créanciers l'en ont chassé; il a tourné la tête, et il l'a regardée de loin une dernière fois; et il est mort de saisissement[1].

*Ibid.*

## Le bon roi.

Quand vous voyez quelquefois un nombreux troupeau qui, répandu sur une colline vers le déclin d'un beau jour, paît tranquillement le thym et le serpolet, ou qui broute dans une prairie une herbe menue et tendre qui a échappé à la faux du moissonneur, le berger soigneux et attentif est debout auprès de ses brebis; il ne les perd pas de vue, il les suit, il les conduit, il les change de pâturages : si elles se dispersent, il les rassemble; si un loup avide paraît, il lâche son chien, qui le met en fuite; il les nourrit, les défend; l'aurore le trouve déjà en pleine campagne, d'où il ne se retire qu'avec le soleil. Quels soins! quelle vigilance! quelle servitude! Quelle condition vous paraît la plus délicieuse et la plus libre, ou du berger ou des brebis? Le troupeau est-il fait pour le berger, ou le berger pour le troupeau? Image naïve des peuples et du prince qui les gouverne, s'il est bon prince[2].

*Ibid.*

## Les nouvellistes.

Le peuple, paisible dans ses foyers au milieu des siens, et dans le sein d'une grande ville où il n'a rien à craindre

1. Suard a cité et analysé ce bel apologue « pour donner à la fois, dit-il, par un seul passage, une idée du grand talent de La Bruyère et un exemple frappant de la puissance des contrastes dans le style. »

2. M. Helleu, dans l'édition citée, page 90, rapproche judicieusement ce célèbre passage de quelques lignes tirées de la *Politique selon les Ecritures* de Bossuet (livre III) : « Dieu a choisi David, et l'a tiré d'après les brebis pour paître Jacob son serviteur, et Israël son héritage. Il n'a fait que changer de troupeau : au lieu de paître des brebis, il paît des hommes. Paître, dans la langue sainte, c'est gouverner, et le nom de pasteur signifie le prince : tant ces choses sont unies. »

ni pour ses biens ni pour sa vie, respire le feu et le sang, s'occupe de guerres, de ruines, d'embrasements et de massacres; souffre impatiemment que des armées qui tiennent la campagne ne viennent point à se rencontrer; ou, si elles sont une fois en présence, qu'elles ne combattent point; ou, si elles se mêlent, que le combat ne soit pas sanglant, et qu'il y ait moins de dix mille hommes sur la place[1]. Il va même souvent jusques à oublier ses intérêts les plus chers, le repos et la sûreté, par l'amour qu'il a pour le changement, et par le goût de la nouveauté ou des choses extraordinaires. Quelques-uns consentiraient à voir une autre fois les ennemis aux portes de Dijon ou de Corbie[2], à voir tendre des chaînes et faire des barricades[3], pour le seul plaisir d'en dire ou d'en apprendre la nouvelle.

Démophile, à ma droite, se lamente et s'écrie : Tout est perdu! c'est fait de l'Etat; il est du moins sur le penchant de sa ruine. Comment résister à une si forte et si générale conjuration[4]? Quel moyen, je ne dis pas d'être supérieur, mais de suffire seul à tant et de si puissants ennemis? Un héros, un Achille y succomberait. On a fait, ajoute-t-il, de lourdes fautes; je sais bien ce que je dis, je suis du métier. J'ai vu la guerre, et l'histoire m'en a beaucoup appris. Il parle là-dessus avec admiration d'Olivier le Daim[5] et de Jacques Cœur[6] : C'étaient là des hommes, dit-il, c'étaient

1. Telle est en effet la disposition du cœur humain, que Lucrèce a signalée dans de beaux vers (II, 1-6), ainsi traduits par Voltaire :

> On voit avec plaisir, dans le sein du repos,
> Des mortels malheureux lutter contre les flots;
> On aime à voir de loin deux terribles armées
> Dans les champs de la mort aux combats animées :
> Non que le mal d'autrui soit un plaisir si doux;
> Mais son danger nous plait, quand il est loin de nous.

2. Cette ville fut prise en 1636 par les Impériaux, dans la guerre de Trente ans.

3. Autrefois à Paris les rues se fermaient avec des chaînes de fer, dont les séditieux, en cas de troubles, faisaient usage pour se barricader. Voy dans ce volume le morceau de Retz, intitulé : *Une sédition à Paris*, page 25.

4. Pour *coalition*.

5. Ou *le Diable*. Fils d'un paysan de Flandre, il fut d'abord barbier de Louis XI, et ensuite son principal ministre. Il fut pendu en 1484, au commencement du règne de Charles VIII, après en avoir fait pendre beaucoup d'autres.

6. Riche et fameux commerçant de Bourges, qui devint *argentier* (trésorier de l'épargne) de Charles VII : ce prince le combla d'honneurs, mais finit par le sacrifier. Jeté en prison, Jacques Cœur

des ministres. Il débite ses nouvelles, qui sont toutes les plus tristes et les plus désavantageuses que l'on pourrait feindre : tantôt un parti des nôtres a été attiré dans une embuscade, et taillé en pièces ; tantôt quelques troupes, renfermées dans un château, se sont rendues aux ennemis à discrétion et ont passé[1] par le fil de l'épée. Et si vous lui dites que ce bruit est faux et qu'il ne se confirme point, il ne vous écoute pas ; il ajoute que tel général a été tué ; et bien qu'il soit vrai qu'il n'a reçu qu'une légère blessure, et que vous l'en assuriez, il déplore sa mort, il plaint sa veuve, ses enfants, l'Etat ; il se plaint lui-même : *il a perdu un bon ami et une grande protection.* Il dit que la cavalerie allemande est invincible ; il pâlit au seul nom des cuirassiers de l'empereur. Si l'on attaque cette place, continue-t-il, on lèvera le siége. Ou l'on demeurera sur la défensive sans livrer de combat ; ou, si on le livre, on le doit perdre ; et, si on le perd, voilà l'ennemi sur la frontière. Et comme Démophile le fait voler, le voilà dans le cœur du royaume : il entend déjà sonner le beffroi des villes et crier à l'alarme ; il songe à son bien et à ses terres. Où conduira-t-il son argent, ses meubles, sa famille ? où se réfugiera-t-il : en Suisse ou à Venise ?

Mais, à ma gauche, Basilide met tout d'un coup sur pied une armée de trois cent mille hommes ; il n'en rabattrait pas une seule brigade ; il a la liste des escadrons et des bataillons, des généraux et des officiers ; il n'oublie pas l'artillerie ni le bagage. Il dispose absolument de toutes ces troupes ; il en envoie tant en Allemagne et tant en Flandre ; il réserve un certain nombre pour les Alpes, un peu moins pour les Pyrénées, et il fait passer la mer à ce qui lui reste. Il connaît les marches de ces armées, il sait ce qu'elles feront et ce qu'elles ne feront pas ; vous diriez qu'il ait l'oreille du prince ou le secret du ministre. Si les ennemis viennent de perdre une bataille où il soit demeuré sur la place quelque neuf à dix mille hommes des leurs, il en compte jusqu'à trente mille, ni plus ni moins ; car ses nombres sont toujours fixes et certains, comme de celui[2] qui est bien informé. S'il apprend le matin que nous avons perdu une bicoque, non-seulement il envoie s'excuser à ses amis qu'il a la veille conviés à dîner, mais même ce jour-là il ne dîne point ; et s'il soupe, c'est sans appétit. Si les

réussit à s'échapper et mourut, après une carrière très-agitée, en 1461 : il a trouvé, de nos jours, plusieurs biographes.

1. Nous dirions aujourd'hui : ont *été* passées par le fil de l'épée.

2. Ellipse pour : « comme sont les nombres, ou, comme étant les nombres, de celui.... »

nôtres assiégent une place très-forte, très-régulière, pourvue de vivres et de munitions, qui a une bonne garnison, commandée par un homme d'un grand courage, il dit que la ville a des endroits faibles et mal fortifiés, qu'elle manque de poudre, que son gouverneur manque d'expérience, et qu'elle capitulera après huit jours de tranchée ouverte. Une autre fois, il accourt tout hors d'haleine, et après avoir respiré un peu : Voilà, s'écrie-t-il, une grande nouvelle! ils sont défaits et à plate couture; le général, les chefs, du moins une bonne partie, tout est tué, tout a péri. Voilà, continue-t-il, un grand massacre, et il faut convenir que nous jouons d'un grand bonheur. Il s'assied, il souffle, après avoir débité sa nouvelle, à laquelle il ne manque qu'une circonstance, qui est qu'il est certain qu'il n'y a point eu de bataille. Il assure, d'ailleurs, qu'un tel prince renonce à la ligue et quitte ses confédérés; qu'un autre se dispose à prendre le même parti. Il croit fermement, avec la populace, qu'un troisième est mort : il nomme le lieu où il est enterré; et quand on est détrompé aux halles et aux faubourgs, il parie encore pour l'affirmative. Il sait, par une voie indubitable, que le Grand Seigneur arme *puissamment*[1], ne veut point de paix, et que son vizir va se montrer une autre fois aux portes de Vienne : il frappe des mains, et il tressaille sur cet événement, dont il ne doute plus. La triple alliance[2] chez lui est un Cerbère, et les ennemis autant de monstres à assommer. Il ne parle que de lauriers, que de palmes, que de triomphes et que de trophées. Il dit dans le discours familier : *Notre auguste héros, notre grand potentat, notre invincible monarque.* Réduisez-le, si vous pouvez, à dire simplement : *Le roi a beaucoup d'ennemis; ils sont puissants, ils sont unis, ils sont aigris. Il les a vaincus, j'espère toujours qu'il les pourra vaincre.* Ce style, trop ferme et trop décisif pour Démophile, n'est pour Basilide ni assez pompeux ni assez exagéré : il a bien d'autres expressions en tête; il travaille aux inscriptions des arcs et des pyramides qui doivent orner la ville capitale un jour d'entrée; et, dès qu'il entend dire que les armées sont en présence ou qu'une place est investie, il fait déplier sa robe et la mettre à l'air, afin qu'elle soit toute prête pour la cérémonie de la cathédrale[3].

*Ibid.*

1. Mot que souligne La Bruyère, pour montrer sans doute que c'était là une forme de langage affectionnée par les nouvellistes.
2. L'Angleterre, la Hollande et l'empire.
3. Il est curieux de voir Montesquieu traçant le même caractère : « Les nouvellistes, dit-il, s'assemblent dans un jardin magnifique

### La maladie, la vieillesse et la mort. Réflexions à ce sujet.

Irène se transporte à grands frais en Épidaure, voit Esculape dans son temple, et le consulte sur tous ses maux. D'abord elle se plaint qu'elle est lasse et recrue[1] de fatigue; et le dieu prononce que cela lui arrive par la longueur du chemin qu'elle vient de faire : elle dit qu'elle est le soir sans appétit; l'oracle lui ordonne de dîner peu : elle ajoute qu'elle est sujette à des insomnies, et il lui prescrit de n'être au lit que pendant la nuit : elle lui demande pourquoi elle devient pesante, et quel remède? l'oracle répond qu'elle doit se lever avant midi, et quelquefois se servir de ses jambes pour marcher : elle lui déclare que le vin lui est nuisible; l'oracle lui dit de boire de l'eau : qu'elle a des indigestions, et il ajoute qu'elle fasse diète[2]. Ma vue s'affaiblit, dit Irène : Prenez des lunettes, dit Esculape. Je m'affaiblis moi-même, continue-t-elle, et je ne suis ni si forte ni si saine[3] que j'ai été : C'est, dit le dieu,

(les Tuileries), où leur oisiveté est toujours occupée. Ils sont très-inutiles à l'État, et leurs discours de cinquante ans n'ont pas un effet différent de celui qu'aurait pu produire un silence aussi long : cependant ils se croient considérables, parce qu'ils s'entretiennent de projets magnifiques et traitent de grands intérêts. La base de leurs conversations est une curiosité frivole et ridicule; il n'y a point de cabinet si mystérieux qu'ils ne prétendent pénétrer; ils ne sauraient consentir à ignorer quelque chose ... A peine ont-ils épuisé le présent, qu'ils se précipitent dans l'avenir; et, marchant au-devant de la Providence, ils la préviennent sur toutes les démarches des hommes. Ils conduisent un général par la main; et, après l'avoir loué de mille sottises qu'il n'a pas faites, ils lui en préparent mille autres qu'il ne fera pas. Ils font voler les armées comme les grues et tomber les murailles comme des cartons : ils ont des ponts sur toutes les rivières, des routes secrètes dans toutes les montagnes, des magasins immenses dans les sables brûlants : il ne leur manque que le bon sens. » On peut aussi comparer Molière dans la scène 1re de la *Comtesse d'Escarbagnas*.

1. Harassée.... Ce vieux mot parait venir du verbe latin *recrudescere* dans le sens d'*empirer*. Ménage, dans son *Dictionnaire étymologique*, cite à ce terme, et pour l'expliquer, cette phrase de Jules Scaliger : « Equos defectos Galli *recrus* vocant, quasi recruduerint. »

2. « La diète et l'exercice, a dit aussi Descartes, dans une de ses *Lettres*, sont, à mon avis, les meilleurs de tous les remèdes.... cependant après ceux de l'âme. » — Ces prescriptions n'ont rien de bien nouveau : mais le simple bon sens qui les dicte produit justement un très-piquant contraste avec la folie des plaintes d'Irène, qui trouve extraordinaire de vieillir.

3. *Sain*, au dix-septième siècle, voulait dire, conformément à son étymologie latine, bien portant, en bonne santé

que vous vieillissez. Mais quel moyen de guérir de cette langueur? Le plus court, Irène, c'est de mourir, comme ont fait votre mère et votre aïeule. Fils d'Apollon, s'écrie Irène, quel conseil me donnez-vous? Est-ce là toute cette science que les hommes publient et qui vous fait révérer de toute la terre? Que m'apprenez-vous de rare et de mystérieux? et ne savais-je pas tous ces remèdes que vous m'enseignez? Que n'en usiez-vous donc, répond le dieu, sans venir me chercher de si loin, et abréger vos jours par un long voyage!

La mort n'arrive qu'une fois, et se fait sentir à tous les moments de la vie; il est plus dur de l'appréhender que de la souffrir.

L'inquiétude, la crainte, l'abattement, n'éloignent pas la mort, au contraire[1]. Je doute seulement que le ris excessif convienne aux hommes qui sont mortels.

Pensons que, comme nous soupirons présentement pour la florissante jeunesse qui n'est plus et ne reviendra point, la caducité suivra, qui nous fera regretter l'âge viril où nous sommes encore, et que nous n'estimons pas assez.

L'on craint la vieillesse, que l'on n'est pas sûr de pouvoir atteindre.

L'on espère de vieillir, et l'on craint la vieillesse; c'est-à-dire, l'on aime la vie et l'on fuit la mort.

C'est plus tôt fait de céder à la nature et de craindre la mort, que de faire de continuels efforts, s'armer de raisons et de réflexions, et être continuellement aux prises avec soi-même pour ne la pas craindre.

Si de tous les hommes les uns mouraient, les autres non, ce serait une désolante affliction que de mourir.

Une longue maladie semble être placée entre la vie et la mort, afin que la mort même devienne un soulagement et à ceux qui meurent et à ceux qui restent.

Le regret qu'ont les hommes du mauvais emploi du temps qu'ils ont déjà vécu ne les conduit pas toujours à faire, de celui qui leur reste à vivre, un meilleur usage.

La vie est un sommeil[2] : les vieillards sont ceux dont le sommeil a été plus long; ils ne commencent à se réveiller

1. Descartes parlant, dans une autre lettre, d'une affection grave dont il avait été atteint dans sa jeunesse : « Je crois, dit-il, que l'inclination que j'ai toujours eue à regarder les choses qui se présentaient du biais qui me les pouvait rendre le plus agréables, et à faire que mon principal contentement ne dépendît que de moi seul, est cause que cette indisposition, qui m'était comme naturelle, s'est peu à peu entièrement passée. »

2. Pascal a dit : « La vie est un songe un peu moins inconstant. »

que quand il faut mourir. S'ils repassent alors sur tout le cours de leurs années, ils ne trouvent souvent ni vertus ni actions louables qui les distinguent les unes des autres; ils confondent leurs différents âges; ils n'y voient rien qui marque assez pour mesurer le temps qu'ils ont vécu. Ils ont eu un songe confus, informe, et sans aucune suite; ils sentent néanmoins, comme ceux qui s'éveillent, qu'ils ont dormi longtemps.

Il n'y a pour l'homme que trois événements : naître, vivre et mourir : il ne se sent pas naître, il souffre à mourir, et il oublie de vivre.

*Ibid.*

---

# FÉNELON.

(1651-1715.)

Né en 1651 au château de Fénelon, en Périgord, Fénelon fut un des derniers représentants de ce grand siècle, qu'il contribua tant à illustrer, et ne précéda Louis XIV au tombeau que de peu de mois. L'ardeur de la charité avait pensé l'entraîner, jeune, dans la carrière périlleuse des missions étrangères : retenu en France par la délicatesse de sa santé, il devint le précepteur du duc de Bourgogne; et l'on sait quel prodigieux succès sa patience ingénieuse et habile obtint dans cette éducation, qui transforma en un prince accompli celui qui avait, dit-on, le germe de tous les vices. Le *Télémaque* fut composé pour concourir à cette œuvre dont les fruits, par l'effet d'une mort prématurée, furent perdus pour la France. Outre ce livre pénétré de l'esprit antique et des inspirations supérieures de la sagesse chrétienne, Fénelon a laissé d'excellents traités philosophiques et religieux, d'éloquents sermons et plusieurs autres ouvrages, produit spontané de l'imagination la plus riche et la plus facile. Relégué par la disgrâce à Cambrai plutôt qu'élevé à cet archevêché par la faveur du souverain, il consacra sa vieillesse aux jouissances de l'amitié dont son âme tendre était avide [1], à l'exercice d'une bienfaisance devenue proverbiale et à la pieuse direction de son diocèse. En visitant chaque année toutes les paroisses de la Flandre, l'ancien maître de l'héritier des rois ne dédaignait pas d'y monter en chaire pour expliquer l'Évangile à quelques villageois ou faire le catéchisme aux enfants [2].

1. « Les vrais amis, écrivait-il en 1714, font toute la douceur et toute l'amertume de la vie. » On peut voir particulièrement ses lettres au chevalier Destouches.

2. Outre les portraits que La Bruyère, Saint-Simon, d'Aguesseau

### De l'existence de Dieu[1].

(Fragment.)

#### Structure générale de l'univers, description de la terre en particulier.

Jetons les yeux sur cette terre qui nous porte; regardons cette voûte immense des cieux qui nous couvre, ces abîmes d'air et d'eau qui nous environnent et ces astres qui nous éclairent. Un homme qui vit sans réflexion ne pense qu'aux espaces qui sont auprès de lui, ou qui ont quelque rapport à ses besoins : il ne regarde la terre entière que comme le plancher de sa chambre, et le soleil qui l'éclaire pendant le jour que comme la bougie qui l'éclaire pendant la nuit : ses pensées se renferment dans le lieu étroit qu'il habite. Au contraire, l'homme accoutumé à faire des réflexions étend ses regards plus loin, et considère avec curiosité les abîmes presque infinis dont il est environné de toutes parts. Un vaste royaume ne lui paraît alors qu'un petit coin de la terre; la terre elle-même n'est à ses yeux qu'un point dans la masse de l'univers : et il admire de s'y voir placé, sans savoir comment il y a été mis.

Qui est-ce qui a suspendu ce globe de la terre? qui est-ce qui en a posé les fondements? Rien n'est, ce me semble, plus vil qu'elle; les plus malheureux la foulent aux pieds. Mais c'est pourtant pour la posséder qu'on donne tous les plus grands trésors. Si elle était plus dure, l'homme ne pourrait en ouvrir le sein pour la cultiver. Si elle était moins dure, elle ne pourrait le porter; il enfoncerait partout, comme il enfonce dans le sable ou dans un bour-

et Vauvenargues nous ont laissés de Fénelon (celui de Saint-Simon doit être modifié à quelques égards), on devra lire sur lui les discours de La Harpe et de l'abbé Maury, une notice de M. Villemain, des articles de M. Sainte-Beuve et de M. de Sacy, surtout l'histoire si complète que lui a consacrée le cardinal de Bausset. En 1850, il a paru encore des *Lettres* et *Opuscules* de ce grand écrivain, jusque-là non édités et très-dignes de l'être.

1. « Le *Traité de l'existence de Dieu* est l'un des ouvrages les plus importants de Fénelon par le sujet et l'étendue. L'auteur y répand des trésors d'élégance; il peint la nature, il en égale les richesses et les couleurs par l'éclat de son style : souvent il laisse échapper cette abondance de sentiments tendres et passionnés, langage naturel de son cœur. Quelques endroits sont animés de cette logique lumineuse et pressante dont il donna tant d'exemples dans ses débats avec Bossuet. » (Notice de M. Villemain.) On peut rapprocher de plusieurs chapitres de ce traité les Lettres philosophiques de Fénelon, « ce que nous avons, dit La Harpe, de plus éloquent en philosophie. »

bier. C'est du sein inépuisable de la terre que sort tout ce qu'il y a de plus précieux. Cette masse informe, vile et grossière prend toutes les formes les plus diverses, et elle seule devient tour à tour tous les biens que nous lui demandons. Cette boue si sale se transforme en mille beaux objets qui charment les yeux : en une seule année elle devient branches, boutons, feuilles, fleurs, fruits et semences, pour renouveler ses libéralités en faveur des hommes. Rien ne l'épuise : plus on déchire ses entrailles, plus elle est libérale. Après tant de siècles pendant lesquels tout est sorti d'elle, elle n'est point encore usée : elle ne ressent aucune vieillesse; ses entrailles sont encore pleines des mêmes trésors. Mille générations ont passé dans son sein : tout vieillit, excepté elle seule; elle se rajeunit chaque année au printemps. Elle ne manque jamais aux hommes; mais les hommes insensés se manquent à eux-mêmes, en négligeant de la cultiver; c'est par leur paresse et par leurs désordres qu'ils laissent croître les ronces et les épines en la place des vendanges et des moissons : ils se disputent un bien qu'ils laissent perdre[1]. Les conquérants laissent en friche la terre pour la possession de laquelle ils ont fait périr tant de milliers d'hommes et ont passé leur vie dans une si terrible agitation. Les hommes ont devant eux des terres immenses qui sont vides et incultes; et ils renversent le genre humain pour un coin de cette terre si négligée.

La terre, si elle était bien cultivée nourrirait cent fois plus d'hommes qu'elle n'en nourrit. L'inégalité même des terroirs, qui paraît d'abord un défaut, se tourne en ornement et en utilité. Les montagnes se sont élevées et les vallons sont descendus en la place que le Seigneur leur a marquée. Ces diverses terres, suivant les divers aspects du soleil, ont leurs avantages. Dans ces profondes vallées, on voit croître l'herbe fraîche pour nourrir les troupeaux; auprès d'elles s'ouvrent de vastes campagnes, revêtues de riches moissons. Ici des coteaux s'élèvent comme en amphithéâtre et sont couronnés de vignobles et d'arbres fruitiers; là de hautes montagnes vont porter leur front glacé jusque dans les nues, et les torrents qui en tombent sont les sources des rivières. Les rochers qui montrent leur cime escarpée soutiennent la terre des montagnes, comme les os du corps humain en soutiennent les chairs. Cette variété fait le

1. Cf. Pline l'ancien, liv. I, chap. 63 : « Hæc (terra) benigna, mitis, indulgens, ususque mortalium ancilla... quas non ad delicias, quasque non ad contumelias servit homini!... » Le rapprochement de ces deux morceaux fera sentir le goût excellent et sûr de l'auteur français.

charme des paysages, et en même temps elle satisfait aux divers besoins des peuples.

Il n'y a point de terroir si ingrat qui n'ait quelque propriété. Les marais desséchés deviennent fertiles; les sables ne couvrent d'ordinaire que la surface de la terre; et quand le laboureur a la patience d'enfoncer, il trouve un terroir neuf, qui se fertilise à mesure qu'on le remue et qu'on l'expose aux rayons du soleil. Au milieu des pierres et des rochers, on trouve d'excellents pâturages; il y a, dans leurs cavités, des veines que les rayons du soleil pénètrent, et qui fournissent aux plantes, pour nourrir les troupeaux, des sucs très-savoureux. Les côtes mêmes qui paraissent les plus stériles et les plus sauvages offrent souvent des fruits délicieux, ou des remèdes très-salutaires, qui manquent dans les plus fertiles pays.

D'ailleurs, c'est par un effet de la providence divine que nulle terre ne porte tout ce qui sert à la vie humaine; car le besoin invite les hommes au commerce pour se donner mutuellement ce qui leur manque, et ce besoin est le lien naturel de la société entre les nations : autrement tous les peuples du monde seraient réduits à une seule sorte d'habits et d'aliments; rien ne les inviterait à se connaître et à s'entrevoir.

Tout ce que la terre produit, se corrompant, rentre dans son sein, et devient le germe d'une nouvelle fécondité. Ainsi elle reprend tout ce qu'elle a donné, pour le rendre encore. Ainsi, plus elle donne, plus elle reprend; et elle ne s'épuise jamais, pourvu qu'on sache, dans la culture, lui rendre ce qu'elle a donné. Confiez à la terre des grains de blé : en se pourrissant ils germent, et cette mère féconde vous rend avec usure plus d'épis qu'elle n'a reçu de grains. Creusez dans ses entrailles : vous y trouverez la pierre et le marbre pour les plus superbes édifices. Mais qui est-ce qui a renfermé tant de trésors dans son sein, à condition qu'ils se reproduisent sans cesse? Voyez tant de métaux précieux et utiles, tant de minéraux destinés à la commodité de l'homme. Admirez les plantes qui naissent de la terre : elles fournissent des aliments aux sains et des remèdes aux malades. Leurs espèces et leurs vertus sont innombrables : elles ornent la terre; elles donnent de la verdure, des fleurs odoriférantes et des fruits délicieux. Voyez-vous ces vastes forêts qui paraissent aussi anciennes que le monde? Ces arbres s'enfoncent dans la terre par leurs racines, comme leurs branches s'élèvent vers le ciel : leurs racines les défendent contre les vents, et vont chercher, comme par de petits tuyaux souterrains, tous les sucs destinés à la nourriture de leur tige : la tige elle-même se revêt d'une dure écorce, qui met le bois tendre à l'abri des injures de l'air; les branches distribuent en divers canaux la séve que les racines avaient réunie dans le tronc. En été, ces rameaux nous protégent de leur ombre contre les rayons du soleil; en hiver, ils nourrissent la flamme qui conserve en nous la chaleur naturelle. Leur bois n'est pas seulement utile pour le feu : c'est une matière douce, quoique solide et durable, à laquelle la main de l'homme donne sans peine toutes les formes qu'il lui plaît, pour les plus grands ouvrages de l'architecture et de la navigation. De plus, les arbres et les plantes, en laissant tomber leurs fruits ou leurs graines, se préparent autour d'eux une nombreuse postérité[1].

1re partie, chap. 2.

---

## Comparaison de Démosthène et d'Isocrate.

Vous avez mis Démosthène avec Isocrate[2]; en cela vous avez fait tort au premier : le second est un froid orateur, qui n'a songé qu'à polir ses pensées et qu'à donner de l'harmonie à ses paroles[3]; il n'a eu qu'une basse idée de l'éloquence, et il l'a presque toute mise dans l'arrangement des mots[4]. Un homme qui a employé, selon les uns, dix ans, et selon les autres, quinze[5], à ajuster les périodes de son *Panégyrique*, qui est un discours sur les besoins de la

1. Le charme de ce passage de Fénelon suffirait déjà pour montrer que Saint-Simon n'a été que juste et vrai pour lui, lorsqu'il l'a peint « doué d'une éloquence naturelle, douce et fleurie. » Vauvenargues rend hommage à la grâce de son élocution, quand il dit « qu'on voudrait penser comme Pascal, écrire comme Bossuet, parler comme Fénelon. » Toutefois on s'était trop borné à louer chez lui l'onction et l'abondance, l'aménité et la mélodie, la touchante parure du discours. La puissance et la vigueur ne lui ont certes pas fait défaut. Longtemps ces qualités de Fénelon avaient été un peu laissées dans l'ombre : l'abbé Maury les a mises dans tout leur jour, en montrant qu'il avait su atteindre jusqu'à la plus haute éloquence.

2. L'auteur suppose ici une conversation entre deux personnes, dont l'une, celle qui parle en ce moment, a un goût et des connaissances aussi solides que l'esprit de l'autre est dénué de justesse et superficiel.

3. Cicéron signale Isocrate comme ayant introduit le premier l'harmonie dans la prose (Cf. *Orat.*, c. LII.

4. Ce jugement porté sur Isocrate, qu'un ingénieux helléniste appelait « la plus nette perle du langage attique, » peut paraître trop sévère; mais l'opinion exprimée ensuite sur Démosthène est d'une grande vérité.

5. On peut voir, à ce sujet, Quintilien, *Inst. or.*, X, 4.

Grèce, était d'un secours bien faible et bien lent pour la république contre les entreprises du roi de Perse. Démosthène parlait bien autrement contre Philippe. Vous pouvez voir la comparaison que Denys d'Halicarnasse fait de ces deux orateurs[1], et les défauts essentiels qu'il remarque dans Isocrate. On ne voit dans celui-ci que des discours fleuris et efféminés, que des périodes faites avec un travail infini pour amuser l'oreille, pendant que Démosthène émeut, échauffe et entraîne les cœurs. Il est trop vivement touché des intérêts de sa patrie pour s'amuser à tous les jeux d'esprit d'Isocrate; c'est un raisonnement serré et pressant, ce sont les sentiments généreux d'une âme qui ne conçoit rien que de grand, c'est un discours qui croît et qui se fortifie à chaque parole par des raisons nouvelles, c'est un enchaînement de figures hardies et touchantes : vous ne sauriez le lire sans voir qu'il porte la république dans le fond de son cœur; c'est la nature qui parle elle-même dans ses transports; l'art est si achevé, qu'il n'y paraît point; rien n'égala jamais sa rapidité et sa véhémence[2].

*Dialogues sur l'éloquence*[3], dial. I.

### En quoi consiste l'art de peindre?

Peindre, c'est non-seulement décrire les choses, mais en représenter les circonstances d'une manière si vive et si sensible, que l'auditeur s'imagine presque les voir. Par exemple, un froid historien qui raconterait la mort de Didon se contenterait de dire : Elle fut si accablée de douleur après le départ d'Enée, qu'elle ne put supporter la vie ; elle monta au haut de son palais; elle se mit sur un bûcher, et se tua elle-même. En écoutant ces paroles, vous apprenez le fait, mais vous ne le voyez pas. Ecoutez Virgile, il le mettra devant vos yeux. N'est-il pas vrai que, quand il ramasse toutes les circonstances de ce désespoir, qu'il vous montre Didon

1. Dans plusieurs passages de ses *Jugements sur les orateurs*, ouvrage dont M. Gros a donné une traduction distinguée sous ce titre : *Examen critique des écrivains de la Grèce*.

2. Cf. Longin, *Traité du Sublime*, chap. XXXVIII; Cicéron, *Brutus*, chap. IX, *Orat.*, chap. VII; Quintilien, *Inst. or.*, l. X, chap. I, etc. — Fénelon lui-même, dans sa *Lettre à l'Académie*, § IV, a fait encore l'éloge de Démosthène.

3. « Ces trois *dialogues*, a dit M. Villemain, composés à la manière de Platon, sont remplis de raisonnements empruntés à ce philosophe, et surtout écrits avec une grâce qui semble lui avoir été dérobée. Nous n'avons dans notre langue aucun traité de l'art oratoire qui renferme plus d'idées saines, ingénieuses et neuves. »

furieuse, avec un visage où la mort est déjà peinte, qu'il la fait parler à la vue de ce portrait et de cette épée, votre imagination vous transporte à Carthage? Vous croyez voir la flotte des Troyens qui fuit le rivage, et la reine que rien n'est capable de consoler : vous entrez dans tous les sentiments qu'eurent alors les véritables spectateurs. Ce n'est plus Virgile que vous écoutez; vous êtes trop attentif aux dernières paroles de la malheureuse Didon pour penser à lui. Le poëte disparaît; on ne voit plus que ce qu'il fait voir, on n'entend plus que ceux qu'il fait parler[1]. Voilà la force de l'imitation et de la peinture. De là vient qu'un peintre et un poëte ont tant de rapport[2] : l'un peint pour les yeux, l'autre pour les oreilles; l'un et l'autre doivent porter les objets dans l'imagination des hommes.

*Ibid.*, dial. II.

---

## Horace et Virgile.

### Caractère de ces deux poëtes.

*Virgile.* Que nous sommes tranquilles et heureux sur ces gazons toujours fleuris, au bord de cette onde si pure, auprès de ce bois odoriférant[3] !

*Horace.* Si vous n'y prenez garde, vous allez faire une églogue. Les ombres n'en doivent point faire. Voyez Homère, Hésiode, Théocrite : couronnés de lauriers, ils entendent chanter leurs vers; mais ils n'en font plus[4].

1. Cf. Virgile, *En.*, l. IV, v. 504 et suiv.

2. *Ut pictura poesis*, a dit Horace (*Art poét.*, 361). Cette assimilation de la poésie avec la peinture, on le comprend aisément, ne saurait être rigoureuse, et Lessing a fort bien montré dans son *Laocoon* que la principale différence qui séparait ces deux arts était que la poésie peint une action progressive et la peinture une action permanente.

3. Cf. Virgile, *En.*, VI, 473 :

> In nemus umbriferum... ;

et, *id.*, v. 638 :

> Devenere locos lætos et amœna vireta
> Fortunatorum nemorum...

Le style de Fénelon est partout nourri et animé d'idées et d'images empruntées aux poëtes anciens. « L'antiquité lui échappait de toutes parts, » a dit M. Villemain.

4. Virgile et Horace lui-même n'ont pas laissé toutefois de représenter les poëtes se plaisant encore à chanter dans les enfers. Cf. *En.*, VI, 644, et *Od.*, II, 13.

*Virgile*. J'apprends avec joie que les vôtres sont encore après tant de siècles les délices des gens de lettres. Vous ne vous trompiez pas quand vous disiez dans vos odes, d'un ton si assuré : Je ne mourrai pas tout entier[1].

*Horace*. Mes ouvrages ont résisté au temps, il est vrai; mais il faut vous aimer autant que je le fais[2] pour n'être point jaloux de votre gloire. On vous place d'abord après Homère[3].

*Virgile*. Nos muses ne doivent point être jalouses l'une de l'autre : leurs genres sont si différents! Ce que vous avez de merveilleux, c'est la variété. Vos Odes sont tendres, gracieuses, souvent véhémentes, rapides, sublimes. Vos Satires sont simples, naïves, courtes, pleines de sel : on y trouve une profonde connaissance de l'homme, une philosophie très-sérieuse, avec un tour plaisant qui redresse les mœurs des hommes et qui les instruit en se jouant[4]. Votre Art poétique montre que vous aviez toute l'étendue des connaissances acquises, et toute la force de génie nécessaire pour exécuter les plus grands ouvrages, soit pour le poëme épique, soit pour la tragédie.

*Horace*. C'est bien à vous à parler de variété, vous qui avez mis dans vos Eglogues la tendresse naïve de Théocrite!

1. Non omnis moriar, multaque pars mei
Vitabit Libitinam.... (*Od.*, III, 30.)

Cf. *id.*, II, 20; III, 25. Malherbe, dans son ode à la reine régente Marie de Médicis, a dit aussi :

Apollon à portes ouvertes
Laisse indifféremment cueillir
Les belles feuilles toujours vertes
Qui gardent les noms de vieillir :
Mais l'art d'en faire des couronnes
N'est pas su de toutes personnes;
Et trois ou quatre seulement,
Au nombre desquels on me range,
Peuvent donner une louange
Qui demeure éternellement.

2. Voy. dans les *Odes*, I, 3, la preuve de cette affection touchante. Cf. les *Satires* d'Horace, I, 5, 39.

3. C'est-à-dire, *immédiatement après* Homère. Properce, dans l'enthousiasme de l'admiration, avait même salué l'apparition de l'*Enéide* par ces vers patriotiques (*Elég.*, II, 34) :

Cedite romani scriptores, cedite graii;
Nescio quid majus nascitur Iliade.

4. Ces mots rappellent cette devise de la comédie : *Castigat ridendo mores;* on dit qu'elle est l'œuvre du poëte Santeul. Horace lui-même, dans son *Art poét.*, v. 333 :

Aut prodesse volunt aut delectare poetæ,
Aut simul et jucunda et idonea dicere vitæ.

Voy. enfin l'*épître à Horace*, dans les extraits de Voltaire.

Vos Géorgiques sont pleines des peintures les plus riantes : vous embellissez et vous passionnez toute la nature. Enfin, dans votre Enéide, le bel ordre, la magnificence, la force et la sublimité d'Homère éclatent partout.

*Virgile.* Mais je n'ai fait que le suivre pas à pas.

*Horace.* Vous n'avez point suivi Homère quand vous avez traité les amours de Didon. Ce quatrième livre est tout original[1]. On ne peut pas même vous ôter la louange d'avoir fait la descente d'Enée aux enfers plus belle que n'est l'évocation des âmes qui est dans l'Odyssée[2].

*Virgile.* Mes derniers livres sont négligés : je ne prétendais pas les laisser si imparfaits; vous savez que je voulus les brûler.

*Horace.* Quel dommage si vous l'eussiez fait! C'était une délicatesse excessive : on voit bien que l'auteur des Géorgiques aurait pu finir l'Enéide avec le même soin. Je regarde moins cette dernière exactitude que l'essor du génie, la conduite de tout l'ouvrage, la force et la hardiesse des peintures. A vous parler ingénument, si quelque chose vous empêche d'égaler Homère, c'est d'être plus poli, plus châtié, plus fini, mais moins simple, moins fort, moins sublime : car d'un seul trait il met la nature toute nue devant les yeux.

*Virgile.* J'avoue que j'ai dérobé quelque chose à la simple nature[3], pour m'accommoder au goût d'un peuple magnifique et délicat sur toutes les choses qui ont rapport à la politesse. Homère semble avoir oublié le lecteur pour ne songer qu'à peindre en tout la vraie nature. En cela je lui cède.

*Horace.* Vous êtes toujours ce modeste Virgile qui eut tant de peine à se produire à la cour d'Auguste. Je vous ai

1. Virgile a emprunté cependant plus d'un trait, qu'il a su perfectionner, à l'auteur des *Argonautiques*, Apollonius de Rhodes, liv. III; et il a profité aussi des travaux antérieurs du vieux poëte latin Névius.

2. « Dans l'Odyssée, remarque un ingénieux éditeur des *Dialogues* de Fénelon, M. Ch. Galuski, Ulysse raconte à Alcinoüs sa descente aux enfers, tandis que dans Virgile celle d'Enée, se passant en action, est d'un effet plus saisissant. De plus, Ulysse ne se propose que de consulter le devin Tirésias sur son retour à Ithaque; chez Virgile, au contraire, au motif de piété filiale qui guide Enée s'ajoute l'intérêt de Rome, dont Anchise lui révèle les destinées, en lui faisant passer en revue la suite de ses descendants. »

3. Cela veut dire, *j'ai sacrifié* quelque chose de la simplicité de la nature; mais l'expression de Fénelon manque ici un peu de netteté. — De ces distinctions très-justes entre Homère et Virgile, ou plus généralement, entre les différents âges de l'épopée, on peut rapprocher une leçon (la 11e) du *Tableau de la littérature au moyen âge*, par M. Villemain.

dit librement ce que je pense sur vos ouvrages : dites-moi de même les défauts des miens. Quoi donc! me croyez-vous incapable de les reconnaître?

*Virgile.* Il y a, ce me semble, quelques endroits de vos Odes qui pourraient être retranchés sans rien ôter au sujet, et qui n'entrent point dans votre dessein. Je n'ignore pas le transport que l'ode doit avoir[1]; mais il y a des choses écartées qu'un beau transport ne va point chercher. Il y a aussi quelques endroits passionnés et merveilleux, où vous remarquerez peut-être quelque chose qui manque, ou pour l'harmonie, ou pour la simplicité de la passion. Jamais homme n'a donné un tour plus heureux que vous à la parole, pour lui faire signifier un beau sens avec brièveté et délicatesse; les mots deviennent tout nouveaux par l'usage que vous en faites[2]. Mais tout n'est pas également coulant: il y a des choses que je croirais un peu trop tournées.

*Horace.* Pour l'harmonie, je ne m'étonne pas que vous soyez si difficile. Rien n'est si doux et si nombreux que vos vers; leur cadence seule attendrit et fait couler les larmes des yeux.

*Virgile.* L'ode demande une autre harmonie toute différente, que vous avez trouvée presque toujours, et qui est plus variée que la mienne.

*Horace.* Enfin, je n'ai fait que de petits ouvrages. J'ai blâmé ce qui est mal; j'ai montré les règles de ce qui est bien : mais je n'ai rien exécuté de grand comme votre poëme héroïque[3].

*Virgile.* En vérité, mon cher Horace, il y a déjà trop longtemps que nous nous donnons des louanges : pour d'honnêtes gens, j'en ai honte. Finissons.

*Dialogues des morts,* L.

1. Chez elle un beau désordre est un effet de l'art,

a dit en effet Boileau, IIe chant de l'*Art poétique.*

2. C'est la traduction de cette remarque d'Horace dans son *Art poét.*, v. 47 :

> Dixeris egregie, notum si callida verbum
> Reddiderit junctura novum....

3. On rapprochera avec intérêt ces observations, placées dans la bouche de Virgile et d'Horace par un juge si plein de délicatesse et de goût, d'un autre ouvrage de Fénelon, de la *Lettre sur les occupations de l'Académie française,* § 5.

# FONTENELLE.

(1657-1757).

Fontenelle est de tous les écrivains modernes celui qui a fourni la plus longue carrière : il naquit en 1657 et mourut centenaire en 1757. Originaire de Rouen et neveu du grand Corneille, il voulut d'abord marcher sur les traces de son oncle et travailler pour le théâtre : mais ses compositions dramatiques ne réussirent que fort peu; et, pour ses vers en général, si quelques-uns eurent de son vivant plus de succès, on peut dire qu'à l'exception d'un petit nombre de pièces légères ils ne le méritaient pas davantage : Fontenelle manquait de naturel et de cette émotion vraie qui est l'âme de la poésie. La réputation qu'il chercha dans presque tous les genres, il la trouva enfin, solide et véritable, dans l'alliance de la littérature avec la science, qu'il sut mettre à la portée du vulgaire des lecteurs. Doué d'une singulière aptitude à tout comprendre et à tout expliquer, il excella dans l'emploi de cette prose fine, agréable et sobrement ornée qui, s'appliquant à des sujets jusque-là interdits au plus grand nombre, ne contribua pas peu à en propager la connaissance. Admis jeune à l'Académie des sciences, il devint à quarante ans secrétaire perpétuel de cette compagnie; et ce fut en cette qualité qu'il prononça ses *Éloges* des savants, qui forment son principal titre littéraire. Il y fait preuve d'un savoir très-étendu et très-varié, d'une raison éclairée et saine : en outre, dépouillant presque toujours sur ces matières le bel esprit, dont ailleurs il ne s'est pas assez dégagé, il écrit avec facilité, avec clarté, avec élégance. L'Académie française l'avait admis dans son sein en 1691 : il y siégea soixante-six ans. Cet homme, le plus universel de son siècle [1], fut en même temps, par sa conversation piquante et délicate, l'ornement du monde, où son caractère réservé et circonspect lui permit de vivre très-goûté et très-heureux [2].

1. « Fontenelle, dit Voltaire, a ressemblé à ces terres heureusement situées qui portent toutes les espèces de fruits. »

2. On a de Garat un *Éloge* de Fontenelle, couronné en 1784; mais il vaut mieux rappeler l'ouvrage où M. Flourens, membre de l'Académie française et secrétaire perpétuel de l'Académie des sciences, a jugé avec tant de compétence celui qui a tout abordé, depuis la pastorale jusqu'aux mathématiques transcendantes : *Fontenelle, ou de la Philosophie moderne, relativement aux sciences physiques*; voy. particulièrement les chap. 6, 7 et 8. Cf. Villemain, *Tableau de la littérature au* XVIII$^{e}$ *siècle* (13$^{e}$ leçon). M. Sainte-Beuve a aussi parlé de lui.

## Ancien état de l'Amérique.

Remettez-vous dans l'esprit l'état où était l'Amérique avant qu'elle eût été découverte par Christophe Colomb[1]. Ses habitants vivaient dans une ignorance extrême. Loin de connaître les sciences, ils ne connaissaient pas les arts les plus simples et les plus nécessaires; ils n'avaient point d'autres armes que l'arc; ils n'avaient jamais conçu que les hommes pussent être portés par des animaux; ils regardaient la mer comme un grand espace défendu aux hommes, qui se joignait au ciel, et au delà duquel il n'y avait rien. Il est vrai qu'après avoir passé des années entières à creuser le tronc d'un gros arbre avec des pierres tranchantes, ils se mettaient sur la mer dans ce tronc et allaient terre à terre portés par le vent et par les flots. Mais comme ce vaisseau était sujet à être souvent renversé, il fallait qu'ils se missent aussitôt à la nage pour le rattraper. Qui leur eût dit qu'il y avait une sorte de navigation incomparablement plus parfaite; qu'on pouvait traverser cette étendue infinie d'eaux, de tel côté et de tel sens qu'on voulait; qu'on s'y pouvait arrêter sans mouvement au milieu des flots émus; qu'on était maître de la vitesse avec laquelle on allait; qu'enfin cette mer, quelque vaste qu'elle fût, n'était point un obstacle à la communication des peuples, pourvu seulement qu'il y eût des peuples au delà : vous pouvez compter qu'ils ne l'eussent jamais cru. Cependant le spectacle du monde le plus étrange et le moins attendu se présente à eux : de grands corps énormes qui paraissent avoir des ailes blanches[2], qui volent sur la mer, qui vomissent du feu de toutes parts, et qui viennent jeter sur le rivage des gens inconnus, tout écaillés de fer, disposant comme ils veulent des monstres qui courent sous eux, et tenant en leurs mains des foudres dont ils terrassent tout ce qui leur résiste. D'où sont-ils venus? qui a pu les amener par-dessus les mers? qui a mis le feu à leur disposition? sont-ce les enfants du soleil? car assurément ce ne sont pas des hommes. Je ne sais si vous

1. C'est-à-dire, avant 1492. On sait qu'Améric Vespuce, navigateur florentin, dans un voyage postérieur de quelques années à celui du Génois Colomb, aborda aussi dans le nouveau monde, auquel il a eu l'honneur de donner son nom.

2. De même Voltaire a dit, *Alzire*, I, 1 :

> L'appareil inouï pour ces mortels nouveaux
> De nos châteaux ailés qui volent sur les eaux....

entrez comme moi dans la surprise des Américains; mais jamais il ne peut y en avoir eu une pareille dans le monde.

*Entretiens sur la pluralité des mondes*, IIe soir.

---

## Folles opinions relatives aux éclipses.

Dans toutes les Indes orientales on croit que, quand le soleil et la lune s'éclipsent, c'est qu'un certain dragon, qui a les griffes fort noires, les étend sur ces astres dont il veut se saisir; et vous voyez pendant ce temps-là les rivières couvertes de têtes d'Indiens qui se sont mis dans l'eau jusqu'au cou, parce que c'est une situation très-propre, selon eux, à obtenir du soleil et de la lune qu'ils se défendent bien contre le dragon. En Amérique, on était persuadé que le soleil et la lune étaient fâchés quand ils s'éclipsaient, et Dieu sait ce qu'on ne faisait pas pour se raccommoder avec eux. Mais les Grecs, qui étaient si raffinés, n'ont-ils pas cru longtemps que la lune était ensorcelée, et que des magiciennes la faisaient descendre du ciel pour jeter sur les herbes une certaine écume malfaisante[1]? Et nous, n'avons-nous pas eu belle peur pour nous-mêmes, à une certaine éclipse de soleil, qui à la vérité fut totale[2]? Une infinité de gens ne se tinrent-ils pas enfermés dans des caves? En vérité, tout cela est trop honteux pour les hommes : il devrait y avoir un arrêt du genre humain qui défendît qu'on parlât jamais d'éclipse, de peur que l'on ne conserve la mémoire des sottises qui ont été faites ou dites sur ce chapitre-là. Mais ne faudrait-il pas aussi que le même arrêt abolît la mémoire de toutes choses, et défendît qu'on parlât jamais de rien : car je ne sache rien au monde qui ne soit le monument de quelque sottise des hommes.

*Ibid.*

1. On peut voir, à ce sujet, la *Magicienne* de Théocrite et la huitième églogue de Virgile, v. 69.
2. En 1654.

### Éloge de d'Argenson.

(Fragment.)

M. d'Argenson[1] voulait entrer dans le service; mais des convenances d'affaires domestiques lui firent prendre la charge de lieutenant général au présidial[2] d'Angoulême, qui lui venait de son aïeul maternel. Les magistrats que le roi envoya tenir les grands jours[3] en quelques provinces le connurent dans leur voyage, et sentirent bientôt que son génie et ses talents étaient trop à l'étroit sur un si petit théâtre. Ils l'exhortèrent vivement à venir à Paris, et il y fut obligé par quelques démêlés qu'il eut avec sa compagnie. La véritable cause n'en était peut-être que cette même supériorité de génie et de talents un peu trop mise au jour et trop exercée. A Paris il fut bientôt connu de M. de Pontchartrain, alors contrôleur général, qui, pour s'assurer de ce qu'il valait, n'eut besoin ni d'employer toute la finesse de sa pénétration, ni de le faire passer par beaucoup d'essais sur des affaires de finances dont il lui confiait le soin. On l'obligea à se faire maître des requêtes[4], sur la foi de son mérite; et, au bout de trois

1. D'autres personnages de ce nom se sont acquis de la célébrité. Quant à celui dont parle ici Fontenelle, Marc-René Voyer d'Argenson, né en 1652, il mourut en 1721. Dans cette famille, qui donna plusieurs ministres au pays, on s'honorait non-seulement de protéger, mais de cultiver les lettres. Le petit-fils de Marc-René possédait notamment une bibliothèque admirable, que le comte d'Artois acheta en 1781, et qui est devenue publique aujourd'hui : c'est la *Bibliothèque de l'Arsenal.*

2. C'était, dans nos anciennes provinces, un tribunal qui jugeait en dernier ressort pour certains cas et certaines sommes : hors de là, on pouvait appeler aux parlements. Le président de ce tribunal avait le titre de lieutenant général.

3. Sorte d'*assises extraordinaires :* c'était un certain nombre de juges, choisis d'ordinaire à Paris et investis par une délégation temporaire d'une compétence universelle et sans appel, que nos rois envoyaient de temps en temps dans les provinces pour réparer les erreurs ou remédier à l'insuffisance de la justice locale. De là l'effroi que répandaient les *grands jours,* qu'on désignait ainsi, remarque Dupleix dans son *Histoire de France,* « par quelque allusion au grand jour du jugement dernier. » L'usage en était fort ancien et subsista jusque dans la seconde partie du dix-septième siècle. Nous avons de Fléchier un récit piquant de nos derniers *grands jours,* qui eurent lieu à Clermont-Ferrand en 1665.

4. Le nom de ces fonctionnaires venait de ce qu'ils rapportaient

ans, il fut lieutenant général de police de la ville de Paris, en 1697.

Les citoyens d'une ville bien policée jouissent de l'ordre qui y est établi, sans songer combien il en coûte de peines à ceux qui l'établissent ou le conservent, à peu près comme tous les hommes jouissent de la régularité des mouvements célestes sans en avoir aucune connaissance; et même, plus l'ordre d'une police ressemble par son uniformité à celui des corps célestes, plus il est insensible; et par conséquent il est toujours d'autant plus ignoré qu'il est plus parfait. Mais qui voudrait le connaître et l'approfondir en serait effrayé. Entretenir perpétuellement dans une ville telle que Paris une consommation immense dont une infinité d'accidents peuvent toujours tarir quelques sources; réprimer la tyrannie des marchands à l'égard du public, et en même temps animer leur commerce; empêcher les usurpations mutuelles des uns sur les autres, souvent difficiles à démêler; reconnaître dans une foule infinie tous ceux qui peuvent si aisément y cacher une industrie pernicieuse et en purger la société; ignorer ce qu'il vaut mieux ignorer que punir, et ne punir que rarement et utilement; être présent partout sans être vu ; enfin mouvoir ou arrêter à son gré une multitude immense et tumultueuse, et être l'âme toujours agissante et presque inconnue de ce grand corps : voilà quelles sont en général les fonctions du magistrat de la police. Il ne semble pas qu'un homme seul y puisse suffire, ni par la quantité des choses dont il faut être instruit, ni par celles des vues qu'il faut suivre, ni par l'application qu'il faut apporter, ni par la variété des conduites qu'il faut tenir et des caractères qu'il faut prendre : mais la voix publique répondra si M. d'Argenson a suffi à tout.

Sous lui, la propreté, la tranquillité, l'abondance, la sûreté de la ville furent portées au plus haut degré. Aussi le feu roi[1] se reposait-il entièrement de Paris sur ses soins. Il eût rendu compte d'un inconnu qui s'y serait glissé dans les ténèbres : cet inconnu, quelque ingénieux qu'il fût à se cacher, était toujours sous ses yeux ; et si enfin quelqu'un lui échappait, du moins, ce qui fait pres-

les requêtes des parties dans le conseil du roi, ce que les personnes revêtues de ce titre font aujourd'hui près du conseil d'Etat. D'abord au nombre de trois, sous le roi Jean, puis de huit sous ses successeurs, les *maîtres des requêtes* furent considérablement multipliés par les Valois, comme nous l'apprend Pasquier dans ses *Recherches de la France,* II, 3.

1. C'est-à-dire Louis XIV.

que un effet égal, personne n'eût osé se croire bien caché. Il avait mérité que, dans certaines occasions importantes, l'autorité souveraine et indépendante des formalités appuyât ses démarches; car la justice serait quelquefois hors d'état d'agir, si elle n'osait jamais se débarrasser de tant de sages liens dont elle s'est chargée elle-même. Environné et accablé dans ses audiences d'une foule de gens, du menu peuple pour la plus grande partie, peu instruits même de ce qui les amenait, vivement agités d'intérêts très-légers et souvent très-mal entendus, accoutumés à mettre à la place du discours un bruit insensé, il n'avait ni l'inattention ni le dédain qu'auraient pu s'attirer les personnes ou les matières; il se donnait tout entier aux détails les plus vils, ennoblis à ses yeux par leur liaison nécessaire avec le bien public; il se conformait aux façons de penser les plus basses et les plus grossières; il parlait à chacun sa langue, quelque étrangère qu'elle lui fût; il accommodait la raison à l'usage de ceux qui la connaissaient le moins; il conciliait avec bonté des esprits farouches, et n'employait la décision d'autorité qu'au défaut de la conciliation. Quelquefois, des contestations peu susceptibles ou peu dignes d'un jugement sérieux, il les terminait par un trait de vivacité plus convenable et aussi efficace. Il s'égayait à lui-même, autant que la magistrature le permettait, des fonctions souverainement ennuyeuses et désagréables, et il leur prêtait, de son propre fonds, de quoi le soutenir dans un si rude travail.

La cherté étant excessive dans les années 1709 et 1710[1], le peuple, injuste parce qu'il souffrait, s'en prenait en partie à M. d'Argenson, qui cependant tâchait par toutes sortes de voies de remédier à cette calamité. Il y eut quelques émotions[2] qu'il n'eût été ni prudent ni humain de punir trop sévèrement. Le magistrat les calma, et par la sage hardiesse qu'il eut de les braver, et par la confiance que la populace, quoique furieuse, avait toujours en lui. Un jour, assiégé dans une maison où une troupe nombreuse voulait mettre le feu, il en fit ouvrir la porte, se présenta, parla et apaisa tout. Il savait quel est le pouvoir d'un magistrat sans armes; mais on a beau le savoir, il faut un grand courage pour s'y fier..... Il n'a jamais man-

1. On peut voir à ces années, dans les Mémoires de Saint-Simon, quelle fut la détresse publique. Cf. le *Prædium rusticum* du père Vanière, vers la fin du liv. VIII :

> Quis dolor heu, luctusque fuit, quæ cura futuri!...
> Quum neque vastatis seges ulla repullulat agris, etc.

2. C'est-à-dire mouvements séditieux, *émeutes*...

qué de se trouver aux incendies, et d'y arriver des premiers. Dans ces moments si pressants et dans cette affreuse confusion, il donnait les ordres pour le secours, et en même temps il en donnait l'exemple, quand le péril était assez grand pour le demander. A l'embrasement des chantiers de la porte Saint-Bernard[1], il fallait, pour prévenir un embrasement général, traverser un espace de chemin occupé par les flammes. Les gens du port et les détachements du régiment des gardes hésitaient à tenter ce passage : M. d'Argenson le franchit le premier, et se fit suivre des plus braves, et l'incendie fut arrêté. Il eut une partie de ses habits brûlés, et fut plus de vingt heures sur pied dans une action continuelle. Il était fait pour être Romain, et pour passer du sénat à la tête d'une armée.

Il avait une gaieté naturelle et une vivacité d'esprit heureuse et féconde en traits, qui seules auraient fait une réputation à un homme oisif. Elles rendaient témoignage qu'il ne gémissait pas sous le poids énorme qu'il portait. Quand il n'était question que de plaisir, on eût dit qu'il n'avait étudié toute sa vie que l'art si difficile, quoique frivole, des agréments et du badinage. Il ne connaissait point à l'égard du travail la distinction des jours et des nuits; les affaires avaient seules le droit de disposer de son temps, et il n'en donnait à tout le reste que ce qu'elles lui laissaient de moments vides, au hasard et irrégulièrement. Il dictait à trois ou quatre secrétaires à la fois, et souvent chaque lettre eût mérité par sa matière d'être faite à part, et semblait l'avoir été. Il a quelquefois accommodé à ses propres dépens des procès, même considérables; et un trait rare en fait de finances, c'est d'avoir refusé, à un renouvellement de bail, cent mille écus qui lui étaient dus par un usage établi : il les fit porter au trésor royal..... Autant que par sa sévérité, ou plutôt par son apparence de sévérité, il savait se rendre redoutable au peuple dont il faut être craint, autant, par ses manières et par ses bons offices, il savait se faire aimer de ceux que la crainte ne mène pas. Les personnes dont j'entends parler ici sont en si grand nombre et si importantes, que j'affaiblirais son éloge en y faisant entrer la reconnaissance que je lui dois, et que je conserverai toujours pour sa mémoire.

*Histoire de l'Académie des sciences*[2] (*Éloges des académiciens*).

1. Cette porte était située sur le quai de la Tournelle, un peu au-dessous du pont désigné par ce nom.

2. Dans son *Histoire de l'Académie des sciences*, qui renferme les *Eloges des académiciens* et passe pour le modèle du genre, Fontenelle

### Homère et Ésope.

*Homère.* En vérité, toutes les fables que vous venez de me réciter ne peuvent être assez admirées. Il faut que vous ayez beaucoup d'art pour déguiser ainsi en petits contes les instructions les plus importantes que la morale puisse donner, et pour couvrir vos pensées sous des images aussi justes et aussi familières que celles-là.

*Esope.* Il m'est bien doux d'être loué sur cet art par vous qui l'avez si bien entendu.

*Homère.* Moi? je ne m'en suis jamais piqué.

*Esope.* Quoi! n'avez-vous pas prétendu cacher de grands mystères dans vos ouvrages?

*Homère.* Hélas! point du tout.

*Esope.* Cependant tous les savants de mon temps le disaient: il n'y avait rien dans l'Iliade, ni dans l'Odyssée, à quoi ils ne donnassent les allégories les plus belles du monde. Ils soutenaient que tous les secrets de la théologie, de la physique, de la morale, et des mathématiques mêmes, étaient renfermés dans ce que vous aviez écrit. Véritablement il y avait quelque difficulté à les développer: où l'un trouvait un sens moral, l'autre en trouvait un physique; mais, après cela, ils convenaient que vous aviez tout su et tout dit à qui le comprenait bien[1].

*Homère.* Sans mentir, je m'étais bien douté que de certaines gens ne manqueraient point d'entendre finesse où je n'en avais point entendu. Comme il n'est rien tel que

s'est dégagé des défauts dont ne sont pas exempts ses autres ouvrages, l'affectation et la subtilité: car il y a eu, comme on l'a fort bien dit, deux hommes en lui, l'un qui, faute de ce goût élevé que le cœur inspire, s'est attiré les justes railleries de Racine, de Boileau et de La Bruyère; l'autre, et c'est celui qui doit nous occuper, disciple de Descartes, mais sans abdiquer son indépendance, que Vauvenargues a honoré de ses éloges, dont l'esprit s'est montré vaste, lumineux, universel, et qui a peint avec vérité les physionomies de ses savants confrères, en présentant avec intérêt une analyse fidèle de leurs écrits.

1. Telle était en effet l'expression de l'admiration des anciens pour Homère, à qui l'on a pu appliquer ces vers par lesquels Lucrèce célèbre Epicure (III, 1057):

> Qui genus humanum ingenio superavit, et omnes
> Præstrinxit, stellas exortus uti æthereus sol.

On peut voir un bel éloge d'Homère considéré comme moraliste dans l'une des *Epitres* d'Horace, I, 2, et un autre de Manilius, *Astronom.*, II.

de prophétiser des choses éloignées, en attendant l'événement, il n'est rien tel aussi que de débiter des fables en attendant l'allégorie.

*Esope.* Il fallait que vous fussiez bien hardi pour vous reposer sur vos lecteurs du soin de mettre des allégories dans vos poëmes. Où en eussiez-vous été si on les eût pris au pied de la lettre ?

*Homère.* Hé bien ! ce n'eût pas été un grand malheur.

*Esope.* Quoi ! ces dieux qui s'estropient les uns les autres ; ce *foudroyant* Jupiter qui, dans une assemblée de divinités, menace l'*auguste* Junon de la battre ; ce Mars qui, étant blessé par Diomède, crie, dites-vous, comme neuf ou dix mille hommes, et n'agit pas comme un seul (car, au lieu de mettre tous les Grecs en pièces, il s'amuse à s'aller plaindre de sa blessure à Jupiter) : tout cela eût été bon sans allégorie ?

*Homère.* Pourquoi non ? Vous vous imaginez que l'esprit humain ne cherche que le vrai : détrompez-vous. L'esprit humain et le faux sympathisent extrêmement. Si vous avez la vérité à dire, vous ferez fort bien de l'envelopper dans des fables ; elle en plaira beaucoup plus. Si vous voulez dire des fables, elles pourront bien plaire sans contenir aucune vérité. Ainsi, le vrai a besoin d'emprunter la figure du faux pour être agréablement reçu dans l'esprit humain : mais le faux y entre bien sous sa propre figure ; car c'est le lieu de sa naissance et sa demeure ordinaire, et le vrai y est étranger. Je vous dirai bien plus. Quand je me fusse tué à imaginer des fables allégoriques, il eût bien pu arriver que la plupart des gens auraient pris la fable comme une chose qui n'eût point trop été hors d'apparence, et auraient laissé là l'allégorie[1].

*Esope.* Cela me fait trembler : je crains furieusement que l'on ne croie que les bêtes aient parlé, comme elles font dans mes apologues.

*Homère.* Voilà une plaisante peur.

*Esope.* Hé quoi ! si l'on a bien cru que les dieux aient pu tenir les discours que vous leur avez fait tenir, pourquoi ne croira-t-on pas que les bêtes aient parlé de la manière dont je les ai fait parler ?

1. Ceci était dirigé contre les admirateurs exclusifs de l'antiquité qui prétendaient trouver un sens moral et philosophique dans toutes les fictions d'Homère. M^me Dacier, dans son enthousiasme pour le poëte qu'elle avait traduit (1699), ne craignait pas de le comparer, comme législateur, à Moïse lui-même. Ce curieux épisode de l'histoire du dix-septième siècle est très-agréablement raconté dans la *Querelle des Anciens et des Modernes* de M. H. Rigaud.

*Homère.* Ah ! ce n'est pas la même chose. Les hommes veulent bien que les dieux soient aussi fous qu'eux[1] ; mais ils ne veulent pas que les bêtes soient aussi sages.

*Dialogues des morts anciens,* V.

# MASSILLON.

**(1663-1742.)**

**Aucun auteur n'est plus capable que Massillon** d'apprendre à s'exprimer avec facilité, avec grâce et abondance : il achève en quelque sorte la culture des esprits, en leur offrant beaucoup de qualités accessibles qui les fécondent et qui les polissent. Appropriée au caractère de son imagination douce et pathétique, sa diction est sobrement ornée, élégante et pure, harmonieuse et sans effort. Aucun n'a parlé aux passions un langage plus propre à les captiver et à les soumettre; aucun n'a mieux connu le cœur humain et ne l'a peint avec plus d'éloquence. Par là, cet orateur mérita d'être admiré de Louis XIV, vieillissant, et qui avait entendu de si grands hommes. Le jeune roi Louis XV reçut ensuite de lui les plus belles leçons qui aient jamais été adressées à un roi. On sait combien elles furent stériles; toutefois Massillon mourut avant que la sagesse du cardinal de Fleury eût cessé d'être un frein pour ce prince : il n'eut pas la douleur de voir les désordres scandaleux qui signalèrent la seconde partie de son règne. Depuis longtemps, au reste, le vénérable prélat vivait loin de la cour, dans son évêché de Clermont, qui avait été, en 1717, la récompense de ses talents. Les soins de son diocèse, tous les devoirs scrupuleusement observés de l'épiscopat, et les pratiques journalières d'une charité sans bornes, avaient rempli ses dernières années et mis le comble à sa gloire[2]. Né dans la Provence en 1663, il mourut en 1742.

1. Il n'y a pas lieu de s'étonner qu'Homère, en représentant les divinités du paganisme comme aussi folles que les hommes, ait encouru le blâme des philosophes. On sait que Platon ne pardonnait pas à Homère cette irrévérence (*Républ.*, III), et qu'après avoir répandu sur sa tête des essences et des parfums, après l'avoir couronné de bandelettes comme un homme divin, il l'invitait à sortir de sa république.

2. L'éloge de Massillon a été composé par d'Alembert, en 1774. On peut rapprocher de cet éloge une lettre de Mme de Maintenon au duc de Noailles, du 11 mars 1704. Outre La Harpe, il faut voir en-

### Oraison funèbre de Louis XIV[1].

(Exorde.)

La grandeur de Dieu.

Dieu seul est grand[2], mes frères, et dans ces derniers moments surtout où il préside à la mort des rois de la terre; plus leur gloire et leur puissance ont éclaté, plus, en s'évanouissant alors, elles rendent hommage à sa grandeur suprême : Dieu paraît tout ce qu'il est, et l'homme n'est plus rien de tout ce qu'il croyait être.

Oui, mes frères, la grandeur et les victoires du roi que nous pleurons ont été autrefois assez publiées : la magnificence des éloges a égalé celle des événements; les hommes ont tout dit, il y a longtemps, en parlant de sa gloire. Que nous reste-t-il ici ? que d'en parler pour notre instruction.

Ce roi, la terreur de ses voisins, l'étonnement de l'univers, le père des rois[3], plus grand que tous ses ancêtres, plus magnifique que Salomon dans toute sa gloire, a reconnu comme lui que tout était vanité. Le monde a été ébloui de l'éclat qui l'environnait; ses ennemis ont envié sa puissance; les étrangers sont venus des îles les plus éloignées baisser les yeux devant la gloire de sa majesté[4]; ses sujets lui ont presque dressé des autels, et le prestige qui se formait autour de lui n'a pu le séduire lui-même.

Vous l'aviez rempli, ô mon Dieu, de la crainte de votre nom ; vous l'aviez écrit sur le livre éternel, dans la suc-

core sur cet orateur l'abbé Maury, qui le loue beaucoup et ne le critique guère moins, *Essai sur l'éloquence de la chaire*, chap. 58. Si le premier, en faisant de lui, dans le sermon, *le modèle par excellence*, le juge avec un peu de faveur, le second, en revanche, est exagéré dans quelques-unes de ses censures. Cf. Châteaubriand, *Génie du Christianisme*, IIIe partie, livre IV, chap. 3.

1. Parmi les oraisons funèbres que prononça Massillon, on remarque aussi celle du fils unique de Louis XIV.

2. « C'est, a dit Châteaubriand, un beau mot que celui-là, prononcé en regardant le cercueil de Louis-le-Grand, » *Génie du Christianisme*, IIIe partie, l. IV, ch. III.

3. Cette expression biblique rappelle que Louis XIV vit l'un de ses petits-fils monter sur le trône d'Espagne, en 1700, sous le nom de Philippe V.

4. Allusion à l'ambassade que ce prince reçut de Siam : « Pays, dit Voltaire, où l'on avait ignoré jusqu'alors que la France existât. » *Siècle de Louis XIV*, ch. XII.

cession des saints rois qui devaient gouverner vos peuples; vous l'aviez revêtu de grandeur et de magnificence. Mais ce n'était pas assez, il fallait encore qu'il fût marqué du caractère propre de vos élus: vous avez récompensé sa foi par des tribulations et par des disgrâces. L'usage chrétien des prospérités peut nous donner droit au royaume des cieux; mais il n'y a que l'affliction et la violence[1] qui nous l'assurent.

Voyons-nous des mêmes yeux, mes frères, la vicissitude des choses humaines? Sans remonter aux siècles de nos pères, quelles leçons Dieu n'a-t-il pas données au nôtre? Nous avons vu toute la race royale presque éteinte; les princes, l'espérance et l'appui du trône, moissonnés à la fleur de l'âge; l'époux et l'épouse auguste, au milieu de leurs plus beaux jours, enfermés dans le même cercueil, et les cendres de l'enfant suivre tristement et augmenter l'appareil lugubre de leurs funérailles[2]; le roi, qui avait passé d'une minorité orageuse au règne le plus glorieux dont il soit parlé dans nos histoires, retomber de cette gloire dans des malheurs presque supérieurs à ses anciennes prospérités, se relever encore plus grand de toutes ces pertes, et survivre à tant d'événements divers pour rendre gloire à Dieu et s'affermir dans la foi des biens immuables.

Ces grands objets passent devant nos yeux comme des scènes fabuleuses : le cœur se prête pour un moment au spectacle; l'attendrissement finit avec la représentation; et il semble que Dieu n'opère ici-bas tant de révolutions, que pour se jouer dans l'univers, et nous amuser plutôt que nous instruire.

*Oraison funèbre de Louis XIV* (1715).

1. C'est-à-dire la violence que l'on se fait pour supporter l'adversité avec courage....

2. Le duc de Bourgogne, petit-fils de Louis XIV, mourut en 1712, quelques jours seulement après sa femme, la dauphine Marie-Adélaïde de Savoie. Le duc de Bretagne, leur fils, les suivit de près et mourut le 8 mars de la même année. Le jeune duc d'Anjou, qui fut depuis Louis XV, survécut seul, et encore fut-il à la même époque en très-grand danger. La cour fut singulièrement frappée de ces pertes. Par elles, dit Saint-Simon, qui nous a laissé un récit touchant de ces catastrophes, « s'éclipsèrent joie, plaisirs, amusements même, et toutes espèces de grâces : si la cour subsista encore, ce ne fut plus que pour languir. »

### Panégyrique de saint Louis.

(Fragment.)

Gouvernement de saint Louis : ses vertus civiles et militaires.

Le saint roi rendit aux peuples, avec la tranquillité, la joie et l'abondance : les familles virent renaître ces siècles heureux qu'elles avaient tant regrettés ; les villes reprirent leur premier éclat ; les arts, facilités par les largesses du prince, attirèrent chez nous les richesses des étrangers : le royaume, déjà si abondant de son propre fonds, se vit encore enrichi de l'abondance de nos voisins. Les Français vivaient heureux ; et, sous un si bon roi, tout ce qu'ils pouvaient souhaiter à leurs enfants, c'était un successeur qui lui fût semblable[1].

C'est le privilége, et en même temps le devoir des grands, de préparer non-seulement à leur siècle, mais aux siècles à venir, des secours publics aux misères publiques : notre saint roi connut ce devoir, et jamais prince ne fit plus d'usage d'un si heureux privilége. Que de maisons saintes dotées ! que de lieux de miséricorde élevés par ses libéralités ! que d'établissements utiles entrepris par ses soins ! il n'est point de genre de misère à laquelle ce pieux roi n'ait laissé pour tous les âges suivants une ressource publique. Ville heureuse, qui le vîtes autrefois régner, au milieu de vos murs s'élèvent encore et subsisteront toujours des édifices sacrés, les fruits immortels de sa charité et de son amour pour son peuple. Mais l'enceinte de cette capitale ne renferma pas tous les soins bienfaisants de sa magnificence et de sa piété. Obligé souvent de visiter ses provinces et de se montrer à ses sujets les plus éloignés, il laissa partout des monuments durables de sa miséricorde et de sa bonté ; et encore aujourd'hui on ne marque ses voyages dans les divers endroits du royaume que comme autrefois les Juifs marquaient ceux des patriarches dans la Palestine, c'est-à-dire par les lieux de religion qu'il éleva à la gloire du Dieu de ses pères. Ses trésors pouvaient à peine suffire à ses pieuses largesses ; et tout roi qu'il était, il se croyait les dépenses les moins superflues interdites, tandis qu'il lui restait encore des misères à soulager.

A la tête des armées, ce n'était plus ce roi pacifique, accessible à ses sujets, assis sous le bois de Vincennes avec une affabilité que la simplicité du lieu rendait encore plus respectable ; réglant les intérêts des familles, récon-

1. Le même prince a été dignement loué par ce peu de mots de Montesquieu : « La foi, la justice et la grandeur d'âme montèrent sur le trône avec Louis IX. »

ciliant les pères avec les enfants, démêlant les passions de l'équité, assurant les droits de la veuve et de l'orphelin, paraissant plutôt un père au milieu de sa famille qu'un roi à la tête de ses sujets, entrant dans des détails dont des subalternes se seraient crus déshonorés, et ne trouvant indigne d'un prince et indécent à la majesté des rois que d'ignorer les besoins de leurs peuples. Ce n'était plus, dis-je, ce roi pacifique et clément : c'était un héros toujours plus intrépide à mesure que le péril augmentait; plus magnanime dans la défaite que dans la victoire ; terrible à ses ennemis, lors même qu'il était leur captif. Elevé sur un trône que les troubles de la minorité avaient affaibli, avec quelle valeur en rétablit-il la gloire et la majesté ! En subjuguant ainsi les ennemis domestiques, notre pieux héros s'exerçait à combattre un jour les ennemis de la foi. Il voyait avec douleur les armes des princes chrétiens employées à s'exterminer les uns les autres, et leurs tristes divisions augmenter tous les jours l'insolence et les conquêtes des nations infidèles. Poussé d'un zèle saint, il sort, comme un autre Abraham, de sa terre et de la maison de ses pères ; il s'arrache à toutes les délices du trône, et, à la tête de ses plus vaillants sujets, il vole venger la gloire de Jésus-Christ outragée par des barbares, qui foulaient encore aux pieds une partie des lieux saints de la Palestine et menaçaient d'envahir le reste, que la valeur des Français venait de conquérir depuis peu. Terre infortunée qui, arrosée du sang de Jésus-Christ, et consacrée par les mystères qui ont opéré le salut de tous les hommes, gémissez pourtant encore, malgré tous les efforts de nos pères, sous une dure servitude, pour servir sans doute de monuments jusqu'à la fin à la vérité des prédictions du Sauveur ; terre infortunée, vous rappelâtes alors, en voyant ce pieux héros armé pour la délivrance de la sainte Jérusalem, vous rappelâtes vos anciens jours de gloire et d'allégresse; vous parûtes animée d'une nouvelle espérance, vous crûtes revoir les Josué, les Gédéon, les David, a la tête de vos tribus, qui venaient briser votre joug et vous délivrer de la servitude et de l'oppression d'un peuple incirconcis. Mais le temps de votre délivrance n'était pas encore arrivé; le crime de vos pères n'était pas encore expié; et le Seigneur ne voulait que glorifier son serviteur en l'éprouvant, et point du tout mettre fin à vos malheurs et à votre ignominie.

*Panégyrique de saint Louis*[1] (Extrait de la première partie).

1. On pourrait rapprocher ici de Massillon la plupart des grands orateurs de la chaire chrétienne : Bourdaloue, qui, au jugement de

# D'AGUESSEAU.

(1668-1751.)

Né à Limoges en 1668, d'une ancienne et honorable famille, François d'Aguesseau eut le bonheur de trouver dans son père un excellent maître qui forma également son cœur et son esprit. Les leçons qu'il reçut de lui, en développant les rares dispositions qu'il devait à la nature, le firent paraître de bonne heure propre aux fonctions les plus importantes. Dès sa vingt-deuxième année, avocat général au parlement de Paris, et procureur général six ans après, il fut l'un de ceux qui, au moment où se resserrait de jour en jour le cercle des illustrations du grand règne, répandirent sur la vieillesse de Louis XIV un dernier éclat. Sous la régence du duc d'Orléans, il devint chancelier de France, et, sauf d'assez longs intervalles d'honorable disgrâce, il continua sous Louis XV à occuper ce poste jusque dans une vieillesse avancée. D'utiles réformes apportées à notre législation signalèrent le pouvoir de d'Aguesseau; et malgré quelques faiblesses politiques, qui attestent que son caractère était plus droit et plus scrupuleux qu'il n'était ferme et décisif, il mérite à jamais d'être proposé en modèle aux magistrats. Comme orateur et comme écrivain, il a joui, parmi ses contemporains, de la plus brillante réputation. On estime encore ses ouvrages, entre lesquels on remarque ses *Mercuriales :* néanmoins on regrette qu'une absence trop générale de simplicité, de naturel et de verve se mêle à ce que sa pensée a toujours au fond de sain et de substantiel[1].

Maury, excelle dans ce genre, Fléchier, Fénelon, etc. (le cardinal de Retz a aussi traité ce sujet), qui ont prononcé, d'après un usage dont la trace a subsisté jusque dans notre siècle, des panégyriques de ce saint roi. Mais il vaut mieux voir en quels termes ce prince, « qui fut un prodige de raison et de vertu dans un siècle de fer, » a été loué par Voltaire. « Louis IX, dit l'auteur de l'*Essai sur les mœurs et l'esprit des nations*, chap. 58, paraissait un prince destiné à réformer l'Europe, si elle avait pu l'être; à rendre la France triomphante et policée, et à être en tout le modèle des hommes. Sa piété, qui était celle d'un anachorète, ne lui ôta aucune vertu de roi. Une sage économie ne déroba rien à sa libéralité. Il sut accorder une politique profonde avec une justice exacte; et peut-être est-il le seul souverain qui mérite cette louange : prudent et ferme dans le conseil, intrépide dans les combats sans être emporté, compatissant comme s'il n'avait jamais été que malheureux. Il n'est pas donné à l'homme de porter plus loin la vertu. » Cf. M. de Châteaubriand, dans ses *Etudes historiques*, analyse raisonnée de l'histoire de France : *Louis IX*.

1. Il serait difficile de dire, observe M. Sainte-Beuve, quelle

### Conseils de d'Aguesseau à son fils aîné sur la religion.

Vous venez, mon cher fils, d'achever le cercle ordinaire de l'étude des humanités et de la philosophie; vous l'avez rempli avec succès : je vous en félicite de tout mon cœur, je m'en félicite moi-même, ou plutôt nous devons l'un et l'autre en rendre grâces à Dieu, de qui viennent tous les biens dans l'ordre de la nature comme dans celui de la grâce.....

L'étude de la religion, mon fils, doit être le fondement, le motif et la règle de toutes les autres.

Deux choses peuvent être renfermées sous ce nom : la première est l'étude des preuves de la vérité de la religion chrétienne; la seconde est l'étude de la doctrine qu'elle enseigne, et qui est ou l'objet de notre foi ou la règle de notre conduite.

L'une et l'autre sont absolument nécessaires à tout homme qui veut avoir une foi éclairée et rendre à Dieu ce culte spirituel, cet hommage de l'être raisonnable à son auteur, qui est le premier et le principal devoir des créatures intelligentes; mais l'une et l'autre sont encore plus essentielles à ceux qui sont destinés à vivre au milieu de la corruption du siècle présent, et qui désirent sincèrement d'y conserver leur innocence, en résistant au torrent du libertinage qui s'y répand avec plus de licence que jamais, et qui serait bien capable de faire trembler un père qui vous aime tendrement, si je ne croyais, mon cher fils, que vous le craignez vous-même.

Vous ne sauriez mieux réussir à l'éviter qu'en vous attachant aux deux vues générales que je viens de vous mar-

science, quelle langue et quelle littérature d'Aguesseau ne savait pas. Dès lors il n'est point surprenant que l'originalité de l'esprit et du style ait été chez lui un peu étouffée sous le poids de tant de connaissances, si bien digérées qu'elles pussent être. — Pour plus de détails sur d'Aguesseau, consulter son *Histoire* par M. Boullée, qu'il sera bon, il est vrai, de contrôler par ce que le duc de Saint-Simon nous apprend de l'illustre chancelier. On a remarqué justement de Saint-Simon que, tout en étant un témoin passionné, il n'en est pas moins des plus véridiques, et, si l'on peut ainsi parler, des plus authentiques; car il a de la véracité jusqu'au milieu de ses violences : dans ses *Mémoires*, il a mêlé quelques critiques sévères aux grandes louanges qu'il accorde à d'Aguesseau. Cf. l'*Éloge* de ce magistrat par Thomas. — Parmi les éditions qui ont été données des Œuvres de d'Aguesseau, on signalera particulièrement la savante édition publiée par M. Pardessus, Paris, 1819, 16 vol in-8°.

quer : l'une, de vous convaincre toujours de plus en plus du bonheur que vous avez d'être né dans la seule véritable religion, en vous appliquant à considérer les caractères éclatants qui en démontrent la vérité; l'autre, de vous remplir le cœur et l'esprit des préceptes qu'elle renferme, et qui sont la route assurée pour parvenir au souverain bien, que les anciens philosophes ont tant cherché et que la religion seule peut nous faire trouver.

Par rapport au premier point, c'est-à-dire l'étude des preuves de la vérité de la religion, je ne crois pas avoir besoin de vous avertir, mon cher fils, que la persuasion, ou la conviction à laquelle on peut parvenir en cette matière par l'étude et par le raisonnement, ne doit jamais être confondue ni même comparée avec la foi, qui est un don de Dieu, une grâce singulière qu'il accorde à qui lui plaît, et qui exige d'autant plus notre reconnaissance, que nous ne la devons qu'à la bonté de ce Dieu, qui a bien voulu prévenir en nous la lumière de la raison même par celle de la foi.

Mais quoique cette conviction et cette espèce de foi humaine qu'on acquiert par l'étude des preuves de la religion chrétienne soient d'un ordre fort inférieur à la foi divine, qui est le principe de notre sanctification[1], et quoique la simplicité d'un paysan, qui croit fermement tous les mystères de la religion parce que Dieu les lui fait croire, soit infiniment préférable à toute la doctrine d'un savant, qui n'est convaincu de la vérité de la religion que comme il l'est de la certitude d'une proposition de géométrie ou d'un fait dont il a des preuves incontestables, il est néanmoins très-utile d'envisager avec attention et de réunir avec soin toutes les marques visibles et éclatantes dont il a plu à Dieu de revêtir et de caractériser, pour ainsi dire, la véritable religion.

Non-seulement cette étude affermit et fortifie notre foi, mais elle nous remplit d'une juste reconnaissance envers Dieu, qui a fait tant de prodiges, et dans l'ancienne loi et dans la nouvelle, soit pour révéler aux hommes la véritable manière de l'adorer et de le servir, soit pour les convaincre de la vérité et de la certitude de cette révélation.

1. Là-dessus Malebranche a fort bien dit aussi, dans sa *Recherche de la vérité :* « La méthode la plus courte et la plus assurée pour découvrir la vérité, c'est d'écouter plutôt notre foi que notre raison, et tendre à Dieu, non tant par nos forces naturelles, qui depuis le péché sont toutes languissantes, que par le secours de la foi, par laquelle seule Dieu veut nous conduire dans cette lumière immense de la vérité qui dissipera toutes nos ténèbres. »

On ne saurait trop se remplir de ces pensées et de ces sentiments, dans l'âge où vous êtes, mon cher fils.

Vous allez entrer dans le monde, et vous n'y trouverez que trop de jeunes gens qui se font un faux honneur de douter de tout, et qui croient s'élever en se mettant au-dessus de la religion. Quelque soin que vous preniez pour éviter les mauvaises compagnies, comme je suis persuadé que vous le ferez, et quelque attention que vous ayez dans le choix de vos amis, il sera presque impossible que vous soyez jamais assez heureux pour ne rencontrer jamais quelqu'un de ces prétendus esprits forts qui blasphèment ce qu'ils ignorent. Il sera donc fort important pour vous d'avoir fait de bonne heure un grand fonds de religion, et de vous être mis hors d'état de pouvoir être ébranlé ou même embarrassé par des objections qui ne paraissent spécieuses à ceux qui les proposent que parce qu'elles flattent l'orgueil de l'esprit ou la dépravation du cœur, qui voudraient pouvoir se mettre au large, en secouant le joug de la religion.

Ce n'est pas, mon cher fils, que je veuille vous conseiller d'entrer en lice avec ceux qui voudraient disputer avec vous sur la religion : le meilleur parti, pour l'ordinaire, est de ne point leur répondre, et de ne leur faire sentir son improbation que par son silence. Vous devez même éviter avec soin de paraître vouloir dogmatiser : c'est un caractère qui ne convient point à un jeune homme, et qui ne sert qu'à donner à des libertins le plaisir de le tourner en ridicule, et quelquefois même la religion avec lui. Mais c'est une grande satisfaction pour un jeune homme aussi bien né que vous l'êtes, de s'être mis en état de sentir la frivolité des raisonnements qu'on se donne la liberté de faire contre la religion, et de bien comprendre que le système de l'incrédulité est infiniment plus difficile à soutenir que celui de la foi, puisque les incrédules sont réduits à oser dire, ou qu'il n'y a point de Dieu, ce qui est évidemment absurde; ou que Dieu n'a rien révélé aux hommes, ce qui est démenti par tant de démonstrations et de faits qu'il est impossible d'y résister : en sorte que quiconque a bien médité toutes ces preuves trouve qu'il est non-seulement plus sûr, mais plus facile de croire que de ne pas croire, et rend grâces à Dieu d'avoir bien voulu que la plus importante de toutes les vérités fût aussi la plus certaine, et qu'il ne fût pas plus possible de douter de la vérité de la religion chrétienne, qu'il l'est de douter s'il y a eu un César ou un Alexandre...

Pour ce qui est de l'étude de la doctrine que la religion nous enseigne, et qui est l'objet de notre foi ou la règle de notre conduite, c'est l'étude de toute notre vie, mon cher fils : vous en êtes déjà aussi instruit qu'on le peut être à votre âge, et je vois avec joie que vous travaillez à vous en instruire de plus en plus; je ne puis donc que vous exhorter à vous y appliquer sans relâche.

Il ne me reste, après cela, que de prier Dieu qu'il répande sa bénédiction sur l'étude que vous en ferez, qu'il vous préserve de cet esprit de curiosité qui se perd en voulant approfondir des questions vaines, inutiles ou même dangereuses, et qu'il vous inspire ce goût solide de la vérité, qui la cherche avec ardeur, mais avec simplicité, et qui s'occupe tout entier des vérités utiles, bien moins pour les connaître que pour les pratiquer.

*Instructions sur les études propres à former un magistrat :* 1re instruction, 1716.

---

### L'amour de son état.

Le plus précieux et le plus rare de tous les biens est l'amour de son état. Il n'y a rien que l'homme connaisse moins que le bonheur de sa condition. Heureux s'il croyait l'être, et malheureux souvent parce qu'il veut être trop heureux, il n'envisage jamais son état dans son véritable point de vue.

Le désir lui présente de loin l'image trompeuse d'une parfaite félicité; l'espérance, séduite par ce portrait ingénieux, embrasse avidement un fantôme qui lui plaît. Par une espèce de possession anticipée, l'âme jouit d'un bien qu'elle n'a pas encore; mais elle le perdra aussitôt qu'elle aura commencé de le posséder véritablement, et le dégoût abattra l'idole que le désir avait élevé.

L'homme est presque toujours également malheureux, et par ce qu'il désire, et par ce qu'il possède. Jaloux de la fortune des autres dans le temps qu'il est l'objet de leur jalousie, toujours envieux et toujours envié, s'il fait des vœux pour changer d'état, le ciel irrité ne les exauce souvent que pour le punir. Transporté loin de lui par ses désirs, et vieux dans sa jeunesse, il méprise le présent; et courant après l'avenir, il veut toujours vivre et ne vit jamais[1].

Tel est le caractère dominant des mœurs de notre siècle : une inquiétude généralement répandue dans toutes les pro-

1. Revoir plus haut le morceau de Pascal, intitulé : *Du véritable bien de l'homme.*

fessions, une agitation que rien ne peut fixer, ennemie du repos, incapable du travail, portant partout le poids d'une inquiète et ambitieuse oisiveté; un soulèvement universel de tous les hommes contre leur condition, une espèce de conspiration générale dans laquelle ils semblent être tous convenus de sortir de leur caractère; toutes les professions confondues, les dignités avilies, les bienséances violées; la plupart des hommes hors de leur place, méprisant leur état et le rendant méprisable. Toujours occupés de ce qu'ils veulent être et jamais de ce qu'ils sont, pleins de vastes projets, le seul qui leur échappe est celui de vivre contents de leur état.

Ire *Mercuriale* [1], prononcée en 1698.

1. Deux fois l'année, à l'ouverture des parlements, en novembre et après Pâques, les procureurs ou avocats généraux, et quelquefois les chanceliers, pour entretenir la discipline d'une vie sévère parmi les magistrats, prononçaient des harangues où ils leur rappelaient leurs devoirs et au besoin leur reprochaient leurs fautes. Ces discours, comme les assemblées où ils étaient tenus, s'appelaient *mercuriales*. Ils tiraient ce nom du jour où ils avaient lieu : c'était le mercredi ; et comme, dans ces occasions, les censeurs publics, suivant l'expression de M. Henrion de Pansey, se censuraient eux-mêmes, le mot de *mercuriales* eut bientôt parmi nous l'acception de *réprimandes*. Sur cet usage, on peut voir les *Recherches* de Pasquier, IV, 27, et ses *Lettres*, XI, I : t. I, p. 138, et t. II, p. 289, de ses *Œuvres choisies*, Didot, 1849. — « La mercuriale, dit aussi d'Aubigné (*Hist.*, t. I, l. II, chap. 10), est une censure des juges établie par Louis XII. »

# MONTESQUIEU.

(1689-1755.)

Lorsque Montesquieu naquit, la dynastie des Stuarts venait de succomber en Angleterre, et Jacques II cherchait un asile auprès de Louis XIV; lorsqu'il mourut, Louis XVI était dans sa première année, et la guerre désastreuse de Sept ans allait éclater : déjà fermentaient dans la France ces vagues désirs de réformes qui aboutirent à des bouleversements. Montesquieu fut un des hommes qui auraient pu épargner à notre pays ces douloureuses épreuves. Esprit hardi mais sage, ami du progrès sans rompre avec le passé, magistrat érudit et homme vertueux, il a écrit pour éclairer ses semblables et pour les rendre meilleurs. Après un livre frivole, où des parties sérieuses portaient l'empreinte de son génie, il s'est immortalisé par plusieurs productions, entre lesquelles se distingue l'*Esprit des Lois.* Souvent on a loué la richesse d'imagination et de savoir qui se montre dans ce dernier ouvrage : on peut dire qu'aucun, dans le dix-huitième siècle, ne renferme plus de vues justes et fécondes, de principes vrais et lumineux , et plus de ces pensées efficaces, susceptibles de se réaliser par des applications pratiques [1].

## Les Troglodites [2].

Il y avait en Arabie un petit peuple, appelé Troglodite, qui descendait de ces anciens Troglodites, qui, si nous en croyons les historiens, ressemblaient plutôt à des bêtes qu'à des hommes. Ceux-ci n'étaient point si contrefaits; ils n'é-

1. Parmi les auteurs qui ont dignement parlé de Montesquieu, on signalera Châteaubriand, *Génie du Christianisme,* IIIe partie, l. IV, chap. 5; M. Villemain, dans l'*Eloge* qu'il lui a consacré et que l'Académie française a couronné en 1816 (son éloge avait été fait une première fois par d'Alembert), en outre dans le *Tableau de la littérature au dix-huitième siècle,* 14e et 15e leçons; M. Walckenaer, auteur de l'excellente notice que contient sur cet auteur la *Biographie universelle;* M. Berryer, dans ses *Leçons et modèles d'éloquence judiciaire.*

2. Il faudrait plutôt écrire *Troglodytes,* pour se conformer à l'étymologie (τρώγλη, δύω, qui habite dans une caverne). La contrée que ce peuple habitait s'étend au-dessous de l'Egypte, le long du golfe Arabique. On peut voir Pline, 5, 8; 37, 10.

taient point velus comme des ours, ils ne sifflaient point; ils avaient deux yeux : mais ils étaient si méchants et si féroces, qu'il n'y avait parmi eux aucun principe d'équité ni de justice.

Ils avaient un roi d'une origine étrangère, qui, voulant corriger la méchanceté de leur naturel, les traitait sévèrement; mais ils conjurèrent contre lui, le tuèrent et exterminèrent toute la famille royale. Le coup étant fait, ils s'assemblèrent pour choisir un gouvernement; et après bien des discussions, ils créèrent des magistrats. Mais à peine les eurent-ils élus, qu'ils[1] leur devinrent insupportables, et ils les massacrèrent encore.

Ce peuple, libre de ce nouveau joug, ne consulta que son naturel sauvage. Tous les particuliers convinrent qu'ils n'obéiraient plus à personne; que chacun veillerait uniquement à ses intérêts, sans consulter ceux des autres. Cette résolution unanime flattait extrêmement tous les particuliers. Ils disaient : « Qu'ai-je à faire d'aller me tuer à travailler pour des gens dont je ne me soucie point? Je penserai uniquement à moi. Je vivrai heureux; que m'importe que les autres le soient? Je me procurerai tous mes besoins[2], et pourvu que je les aie, je ne me soucie point que tous les autres Troglodites soient misérables. » On était dans le mois où l'on ensemence les terres; chacun dit : « Je ne labourerai mon champ que pour qu'il me fournisse le blé qu'il me faut pour me nourrir; une plus grande quantité me serait inutile : je ne prendrai point de la peine pour rien. »

Les terres de ce petit royaume n'étaient pas de même nature : il y en avait d'arides et de montagneuses, et d'autres qui, dans un terrain bas, étaient arrosées de plusieurs ruisseaux. Cette année la sécheresse fut très-grande, de manière que les terres qui étaient dans les lieux élevés manquèrent absolument, tandis que celles qui purent être arrosées furent très-fertiles : ainsi les peuples des montagnes périrent presque tous de faim, par la dureté des autres, qui leur refusèrent de partager la récolte. L'année suivante fut très-pluvieuse : les lieux élevés se trouvèrent d'une fertilité extraordinaire, et les terres basses furent submergées. La moitié du peuple cria une seconde fois famine; mais ces misérables trouvèrent des gens aussi durs qu'ils l'avaient été eux-mêmes.

Cependant une maladie cruelle ravagea la contrée. Les

1. C'est-à-dire les magistrats.
2. Tout ce qui est nécessaire à mes besoins. L'expression pèche ici par excès de concision.

Troglodites périrent tous; de tant de familles il n'en resta que deux qui échappèrent aux malheurs de la nation.

Il y avait dans ce pays deux hommes bien singuliers : ils avaient de l'humanité; ils connaissaient la justice; ils aimaient la vertu. Ils travaillaient avec une sollicitude commune pour l'intérêt commun; ils n'avaient de différends que ceux qu'une douce et tendre amitié faisait naître; et, dans l'endroit du pays le plus écarté, séparés de leurs compatriotes indignes de leur présence, ils menaient une vie heureuse et tranquille : la terre semblait produire d'elle-même, cultivée par ces vertueuses mains.

Toute leur attention était d'élever leurs enfants à la vertu. Ils leur représentaient sans cesse les malheurs de leurs compatriotes, et leur mettaient devant les yeux cet exemple si triste. Ils leur faisaient surtout sentir que l'intérêt des particuliers se trouve toujours dans l'intérêt commun; que vouloir s'en séparer, c'est vouloir se perdre; que la vertu n'est point une chose qui doive nous coûter; qu'il ne faut point la regarder comme un exercice pénible, et que la justice pour autrui est une charité pour nous.

Ils eurent bientôt la consolation des pères vertueux, qui est d'avoir des enfants qui leur ressemblent. Le jeune peuple qui s'éleva sous leurs yeux s'accrut par d'heureux mariages : le nombre augmenta, l'union fut toujours la même; et la vertu, bien loin de s'affaiblir dans la multitude, fut fortifiée au contraire par un plus grand nombre d'exemples. Qui pourrait représenter ici le bonheur de ces Troglodites? Un peuple si juste devait être chéri des dieux. Dès qu'il ouvrit les yeux pour les connaître, il apprit à les craindre; et la religion vint adoucir dans les mœurs ce que la nature y avait laissé de trop rude.

On allait au temple pour demander les faveurs des dieux : ce n'était[1] pas les richesses et une onéreuse abondance; de pareils souhaits étaient indignes des heureux Troglodites; ils ne savaient les désirer que pour leurs compatriotes; ils n'étaient au pied des autels que pour demander la santé de leurs pères, l'union de leurs frères, l'amour et l'obéissance de leurs enfants.

Le soir, lorsque les troupeaux quittaient les prairies et que les bœufs fatigués avaient ramené la charrue, ils s'assemblaient, et, dans un repas frugal, ils chantaient les injustices des premiers Troglodites et leurs malheurs, la vertu renaissante avec un nouveau peuple et sa félicité; ils célébraient la grandeur des dieux, leurs faveurs toujours

1. Aujourd'hui la grammaire exigerait : *Ce n'étaient pas les richesses.*

présentes aux hommes qui les implorent, et leur colère inévitable à ceux qui ne les craignent pas; ils décrivaient ensuite les délices de la vie champêtre et le bonheur d'une condition toujours parée de l'innocence. Bientôt ils s'abandonnaient à un sommeil que les soins et les chagrins n'interrompaient jamais.

La nature ne fournissait pas moins à leurs désirs qu'à leurs besoins. Dans ce pays heureux, la cupidité était étrangère; ils se faisaient des présents où celui qui donnait croyait toujours avoir l'avantage. Le peuple Troglodite se regardait comme une seule famille : les troupeaux étaient presque toujours confondus; la seule peine qu'on s'épargnait ordinairement, c'était de les partager.

Tant de prospérités ne furent pas regardées sans envie. Les peuples voisins s'assemblèrent, et, sous un vain prétexte, ils résolurent d'enlever leurs troupeaux. Dès que cette résolution fut connue, les Troglodites envoyèrent au-devant d'eux des ambassadeurs, qui leur parlèrent ainsi : « Que vous ont fait les Troglodites? Ont-ils dérobé vos bestiaux, ravagé vos campagnes? Non; nous sommes justes, et nous craignons les dieux. Que demandez-vous donc de nous? Voulez-vous de la laine pour faire vos habits? Voulez-vous du lait de nos troupeaux, ou des fruits de notre terre? Mettez bas les armes, venez au milieu de nous, et nous vous donnerons de tout cela. Mais nous jurons, par ce qu'il y a de plus sacré, que, si vous entrez dans nos terres comme ennemis, nous vous regarderons comme un peuple injuste, et que nous vous traiterons comme des bêtes farouches. »

Ces paroles furent renvoyées avec mépris; ces peuples sauvages entrèrent armés dans la terre des Troglodites, qu'ils ne croyaient défendue que par leur innocence. Mais ils[1] étaient bien disposés à la défense : ils avaient mis leurs femmes et leurs enfants au milieu d'eux; ils furent étonnés de l'injustice de leurs ennemis et non pas de leur nombre. Une ardeur nouvelle s'était emparée de leur cœur : l'un voulait mourir pour son père, un autre pour sa femme et ses enfants, celui-ci pour ses frères, celui-là pour ses amis, tous pour le peuple Troglodite. La place de celui qui expirait était d'abord prise par un autre, qui, outre la cause commune, avait encore une mort particulière à venger. Tel fut le combat de l'injustice et de la vertu. Ces peuples lâches, qui ne cherchaient que le butin, n'eurent pas honte de fuir; et ils cédèrent à la vertu des Troglodites, même sans en être touchés.

1. Ce pronom *ils* désigne les Troglodites.

Comme le peuple grossissait tous les jours, les Troglodites crurent qu'il était à propos de se choisir un roi. Ils convinrent qu'il fallait déférer la couronne à celui qui était le plus juste, et ils jetèrent tous les yeux sur un vieillard vénérable par son âge et par une longue vertu. Il n'avait pas voulu se trouver à cette assemblée; il s'était retiré dans sa maison, le cœur serré de tristesse. Lorsqu'on lui envoya des députés pour lui apprendre le choix qu'on avait fait de lui : « A Dieu ne plaise, dit-il, que je fasse ce tort aux Troglodites, que l'on puisse croire qu'il n'y a personne parmi eux de plus juste que moi! Vous me déférez la couronne, et, si vous le voulez absolument, il faudra bien que je la prenne; mais comptez que je mourrai de douleur d'avoir vu, en naissant, les Troglodites libres, et de les voir aujourd'hui assujettis. » A ces mots, il se mit à répandre un torrent de larmes. « Malheureux jour! disait-il, et pourquoi ai-je tant vécu? » Puis il s'écria d'une voix sévère : « Je vois bien ce que c'est, ô Troglodites! votre vertu commence à vous peser. Dans l'état où vous êtes, n'ayant point de chef, il faut que vous soyez vertueux malgré vous; sans cela vous ne sauriez subsister, et vous tomberiez dans le malheur de vos premiers pères. Mais ce joug vous paraît trop dur : vous aimez mieux être soumis à un prince, et obéir à ses lois moins rigides que vos mœurs. Vous savez que pour lors vous pourrez contenter votre ambition, acquérir des richesses et languir dans une lâche volupté, et que, pourvu que vous évitiez de tomber dans les grands crimes, vous n'aurez pas besoin de la vertu. » Il s'arrêta un moment, et ses larmes coulèrent plus que jamais. « Et que prétendez-vous que je fasse? Comment se peut-il que je commande quelque chose à un Troglodite? Voulez-vous qu'il fasse une action vertueuse parce que je la lui commande, lui qui la ferait tout de même sans moi, et par le seul penchant de la nature? O Troglodites! je suis à la fin de mes jours; mon sang est glacé dans mes veines; je vais bientôt revoir vos sacrés aïeux; pourquoi voulez-vous que je les afflige, et que je sois obligé de leur dire que je vous ai laissés sous un autre joug que celui de la vertu[1]! »

*Lettres persanes*, XI.

1. On pourra lire dans l'*Éloge de Montesquieu* de M. Villemain une page d'excellente critique sur cet épisode : « Ces trois périodes, dit l'éminent écrivain, présentent tout le tableau de l'histoire du monde. Mais ce qui honore la sagesse de Montesquieu, c'est qu'ils renferment le plus bel éloge de la vie sociale.... Montesquieu fonde le bonheur sur la justice, affermissant les droits de chacun, pour l'indépendance de tous. »

### Parallèle de Charles XII et d'Alexandre.

Ce prince (Charles XII), qui ne fit usage que de ses seules forces, détermina sa chute en formant des desseins qui ne pouvaient être exécutés que par une longue guerre : ce que son royaume ne pouvait soutenir.

Ce n'était pas un Etat qui fût dans la décadence qu'il entreprit de renverser, mais un empire naissant. Les Moscovites se servirent de la guerre qu'il leur faisait comme d'une école. A chaque défaite ils s'approchaient de la victoire; et, perdant au dehors, ils apprenaient à se défendre au dedans.

Charles se croyait le maître du monde dans les déserts de la Pologne, où il errait, et dans lesquels la Suède était comme répandue[1], pendant que son principal ennemi se fortifiait contre lui, le serrait, s'établissait sur la mer Baltique, détruisait ou prenait la Livonie.

La Suède ressemblait à un fleuve dont on coupait les eaux dans sa source, pendant qu'on les détournait dans son cours.

Ce ne fut point Pultava qui perdit Charles : s'il n'avait pas été détruit dans ce lieu, il l'aurait été dans un autre. Les accidents de la fortune se réparent aisément : on ne peut pas parer à des événements qui naissent continuellement de la nature des choses.

Mais la nature ni la fortune ne furent jamais si fortes contre lui que lui-même.

Il ne se réglait point sur la disposition actuelle des choses, mais sur un certain modèle qu'il avait pris : encore le suivait-il très-mal. Il n'était point Alexandre; mais il aurait été le meilleur soldat d'Alexandre.

Le projet d'Alexandre ne réussit que parce qu'il était sensé. Les mauvais succès des Perses dans les invasions qu'ils firent de la Grèce, les conquêtes d'Agésilas et la retraite des Dix mille avaient fait connaître au juste la supériorité des Grecs dans leur manière de combattre et dans le genre de leurs armes; et l'on savait bien que les Perses étaient trop grands pour se corriger.

1. Peu d'hommes, on le remarquera ici, comme en beaucoup d'autres passages, ont été dans leur style aussi grands *peintres* que Montesquieu. M. Villemain dit à ce sujet : « Si nul publiciste n'a plus de sens et de justesse que lui, nul écrivain aussi n'a plus de trait et de saillie. » Il faut même ajouter que sa vive expression, son tour ingénieux et pittoresque, ont trompé beaucoup de lecteurs sur le sérieux et la solidité de ses réflexions.

Ils ne pouvaient plus affaiblir la Grèce par des divisions : elle était alors réunie sous un chef qui ne pouvait avoir de meilleur moyen pour lui cacher sa servitude que de l'éblouir par la destruction de ses ennemis éternels et par l'espérance de la conquête de l'Asie.

Un empire cultivé par la nation du monde la plus industrieuse, et qui travaillait les terres par principe de religion, fertile et abondant en toutes choses, donnait à un ennemi toutes sortes de facilités pour y subsister.

On pouvait juger par l'orgueil de ces rois, toujours vainement mortifiés par leurs défaites, qu'ils précipiteraient leur chute en donnant toujours des batailles, et que la flatterie ne permettrait jamais qu'ils pussent douter de leur grandeur.

Et non-seulement le projet était sage, mais il fut sagement exécuté. Alexandre, dans la rapidité de ses actions, dans le feu de ses passions même, avait, si j'ose me servir de ce terme, une saillie de raison qui le conduisait, et que ceux qui ont voulu faire un roman de son histoire, et qui avaient l'esprit plus gâté que lui, n'ont pu nous dérober. Parlons-en tout à notre aise.

Il ne partit qu'après avoir assuré la Macédoine contre les peuples barbares qui en étaient voisins et achevé d'accabler les Grecs : il ne se servit de cet accablement que pour l'exécution de son entreprise; il rendit impuissante la jalousie des Lacédémoniens; il attaqua les provinces maritimes; il fit suivre à son armée de terre les côtes de la mer, pour n'être point séparé de sa flotte; il se servit admirablement bien de la discipline contre le nombre; il ne manqua point de subsistances, et, s'il est vrai que la victoire lui donna tout, il fit aussi tout pour se procurer la victoire.

Dans le commencement de son entreprise, c'est-à-dire dans un temps où un échec pouvait le renverser, il mit peu de chose au hasard : quand la fortune le mit au-dessus des événements, la témérité fut quelquefois un de ses moyens. Lorsqu'avant son départ il marche contre les Triballiens et les Illyriens, vous voyez une guerre comme celle que César fit depuis dans les Gaules. Lorsqu'il est de retour dans la Grèce, c'est comme malgré lui qu'il prend et détruit Thèbes; campé auprès de leur ville, il attend que les Thébains veuillent faire la paix : ils précipitent eux-mêmes leur ruine. Lorsqu'il s'agit de combattre les forces maritimes des Perses, c'est plutôt Parménion qui a de l'audace, c'est plutôt Alexandre qui a de la sagesse. Son industrie fut de séparer les Perses des côtes de la mer et de les réduire à abandonner eux-mêmes leur marine, dans laquelle ils étaient supérieurs. Tyr était, par principe, attachée aux Perses, qui ne pouvaient se passer de son commerce et de sa marine : Alexandre la détruisit. Il prit l'Egypte, que Darius avait laissée dégarnie de troupes, pendant qu'il assemblait des armées innombrables dans un autre univers.

Le passage du Granique fit qu'Alexandre se rendit maître des colonies grecques : la bataille d'Issus lui donna Tyr et l'Egypte : la bataille d'Arbèles lui donna toute la terre.

Après la bataille d'Issus, il laisse fuir Darius, et ne s'occupe qu'à affermir et à régler ses conquêtes; après la bataille d'Arbèles, il le suit de si près, qu'il ne lui laisse aucune retraite dans son empire. Darius n'entre dans ses villes et dans ses provinces que pour en sortir : les marches d'Alexandre sont si rapides, que vous croyez voir l'empire de l'univers plutôt le prix de la course, comme dans les jeux de la Grèce, que le prix de la victoire.

C'est ainsi qu'il fit ses conquêtes : voyons comment il les conserva.

Il résista à ceux qui voulaient qu'il traitât les Grecs comme maîtres et les Perses comme esclaves : il ne songea qu'à unir les deux nations, et à faire perdre les distinctions du peuple conquérant et du peuple vaincu; il abandonna, après la conquête, tous les préjugés qui lui avaient servi à la faire; il prit les mœurs des Perses, pour ne pas désoler les Perses en leur faisant prendre les mœurs des Grecs : c'est ce qui fit qu'il marqua tant de respect pour la femme et pour la mère de Darius, et qu'il montra tant de continence. Qu'est-ce que ce conquérant qui est pleuré de tous les peuples qu'il a soumis? Qu'est-ce que cet usurpateur sur la mort duquel la famille qu'il a renversée du trône verse des larmes? C'est un trait de cette vie dont les historiens ne nous disent pas que quelque autre conquérant puisse se vanter.

Rien n'affermit plus une conquête que l'union qui se fait des deux peuples par les mariages. Alexandre prit des femmes de la nation qu'il avait vaincue[1] : il voulut que ceux de sa cour en prissent aussi; le reste des Macédoniens suivit cet exemple. Les Francs et les Bourguignons permirent ces mariages; les Visigoths les défendirent en Espagne, et ensuite ils les permirent; les Lombards ne les permirent pas seulement, mais même les favorisèrent : quand les Romains voulurent affaiblir la Macédoine, ils y établirent qu'il ne pourrait se faire d'union par mariage entre les peuples des provinces.

1. Il épousa, suivant la loi des Perses, qui permettait d'avoir plusieurs femmes, Statire, fille de Darius, et Roxane, fille d'un satrape.

Alexandre, qui cherchait à unir les deux peuples, songea à faire dans la Perse un grand nombre de colonies grecques: il bâtit une infinité de villes, et il cimenta si bien toutes les parties de ce nouvel empire, qu'après sa mort, dans le trouble et la confusion des plus affreuses guerres civiles, après que les Grecs se furent, pour ainsi dire, anéantis eux-mêmes, aucune province de Perse ne se révolta.

Pour ne point épuiser la Grèce et la Macédoine, il envoya à Alexandrie une colonie de Juifs : il ne lui importait quelles mœurs eussent ces peuples, pourvu qu'ils lui fussent fidèles.

Il ne laissa pas seulement aux peuples vaincus leurs mœurs : il leur laissa encore leurs lois civiles, et souvent même les rois et les gouverneurs qu'il avait trouvés. Il mettait les Macédoniens à la tête des troupes et les gens du pays à la tête du gouvernement: aimant mieux courir le risque de quelque infidélité particulière (ce qui lui arriva quelquefois) que d'une révolte générale. Il respecta les traditions anciennes et tous les monuments de la gloire ou de la vanité des peuples. Les rois de Perse avaient détruit les temples des Grecs, des Babyloniens et des Egyptiens : il les rétablit. Peu de nations se soumirent à lui, sur les autels desquelles il ne fît des sacrifices : il semblait qu'il n'eût conquis que pour être le monarque particulier de chaque nation et le premier citoyen de chaque ville. Les Romains conquirent tout pour tout détruire : il voulut tout conquérir pour tout conserver ; et, quelque pays qu'il parcourût, ses premières idées, ses premiers desseins, furent toujours de faire quelque chose qui pût en augmenter la prospérité et la puissance. Il en trouva les premiers moyens dans la grandeur de son génie; les seconds, dans sa frugalité et son économie particulière; les troisièmes, dans son immense prodigalité pour les grandes choses. Sa main se fermait pour les dépenses privées : elle s'ouvrait pour les dépenses publiques. Fallait-il régler sa maison : c'était un Macédonien. Fallait-il payer les dettes des soldats, faire part de sa conquête aux Grecs, faire la fortune de chaque homme de son armée : il était Alexandre.

Il fit deux mauvaises actions : il brûla Persépolis et tua Clitus. Il les rendit célèbres par son repentir : de sorte qu'on oublia ses actions criminelles, pour se souvenir de son respect pour la vertu; de sorte qu'elles furent considérées plutôt comme des malheurs que comme des choses qui lui fussent propres; de sorte que la postérité trouva la beauté de son âme presque à côté de ses emportements et de ses faiblesses; de sorte qu'il fallut le plaindre, et qu'il n'était plus possible de le haïr.

Je vais le comparer à César : quand César voulut imiter les rois d'Asie, il désespéra les Romains pour une chose de pure ostentation; quand Alexandre voulut imiter les rois d'Asie, il fit une chose qui entrait dans le plan de sa conquête.

*Esprit des lois*[1], X, 13 et 14.

1. Dès sa première jeunesse, Montesquieu n'avait pas seulement étudié les lois en jurisconsulte; il les avait approfondies en philosophe, s'appliquant à saisir leurs motifs et à démêler leurs rapports au milieu de tant de contradictions : non content, dans ce but, de s'adresser aux livres, il avait parcouru les principaux pays de l'Europe, en sorte que l'ouvrage qu'il leur a consacré fut l'emploi d'une partie importante de sa vie. « Dans le cours de vingt années, a-t-il dit lui-même, je l'ai vu commencer, croître, s'avancer et finir. » Il parut en 1748, et il eut, en un an et demi, vingt-deux éditions. Malgré quelques critiques fondées qu'on en a faites, on peut dire avec M. Walckenaer : « Seul il eût suffi à la gloire de cet écrivain, et il a donné seul la mesure de la force et de la grandeur de son génie. » Voici en quels termes Rivarol, ce grand improvisateur, a parlé aussi de Montesquieu (voy. la *Revue des deux mondes*, 1er juin 1849) : « Son regard d'aigle pénètre à fond les objets, et les traverse en y jetant la lumière. Toute autre lecture languit auprès de celle d'un si ferme et si lumineux génie, et je n'ouvre jamais l'*Esprit des lois* que je n'y puise ou de nouvelles idées ou de hautes leçons de style. » Ajoutons qu'un honneur solide de l'auteur fut de montrer, à une époque égarée par de faux systèmes, que le culte de la philosophie n'avait rien d'inconciliable avec le respect de la religion.

# VOLTAIRE.

(1694-1778.)

Peu d'hommes ont plus que Voltaire remué par leur génie et rempli de leur nom le monde : aucun n'a plus fortement agi sur son temps. Pour lui on a épuisé les censures et les éloges ; on se bornera à dire qu'il a justifié pleinement les unes et les autres. Il suffisait pourtant à sa gloire d'être le talent le plus universel, le plus brillant et le plus fécond écrivain du dix-huitième siècle : son ardente ambition voulut encore renouveler les opinions humaines ; il déclara la guerre aux plus saintes, aux plus inébranlables vérités. A cette lutte, qui troubla sa vie et pèse sur sa mémoire, furent consacrées surtout les années de sa longue vieillesse : elles lui permirent de voir les commencements du règne de Louis XVI, après que sa jeunesse avait vu la fin de celui de Louis XIV. Né en effet le 20 février 1694 à Châtenay, près de Paris, il ne mourut qu'en 1778, à Paris. Émule, dans la prose, des maîtres de notre époque classique, Voltaire s'est, toutefois, élevé rarement au ton de la haute éloquence. Ses passions étaient plus vives et plus mobiles que ses convictions profondes et arrêtées. Le ton de légèreté et d'ironie, qui lui est trop ordinaire, se concilie peu d'ailleurs avec les grands mouvements de l'âme. Mais il excelle dans le style simple et tempéré : son langage, facile et animé d'une douce chaleur, offre les principales qualités de l'esprit français, la netteté, la clarté, l'élégance et la finesse [1].

## Retraite de Schullembourg [2].

Auguste [3] confia pour quelque temps le commandement de son armée au comte de Schullembourg, général très-habile, et qui avait besoin de toute son expérience à la tête

1. Vauvenargues a écrit une belle page sur Voltaire, où il le célèbre « comme ayant porté chez les étrangers, dès sa jeunesse, la réputation de nos lettres, dont il a reculé toutes les bornes. » Consult. de plus, au sujet de Voltaire, Châteaubriand, *Génie du Christianisme*, III^e partie, liv. III, chap. 6 ; M. Villemain, *Tableau de la littérature au dix-huitième siècle ;* les ouvrages de MM. de Barante et Victorin Fabre sur la littérature française de cette même époque, etc.

2. Ce général, né près de Magdebourg en 1661, avait d'abord servi le Danemark, puis la Pologne où régnait Sobieski. Après avoir sauvé en 1704 les débris de l'armée saxonne du roi Auguste, il devait encore s'illustrer longtemps dans la guerre : mort en 1747.

3. Deuxième du nom, électeur de Saxe et ensuite roi de Pologne,

d'une armée découragée. Il songea plus à conserver les troupes de son maître qu'à vaincre : il faisait la guerre avec adresse, et les deux rois[1], avec vivacité. Il leur déroba des marches, occupa des passages avantageux, sacrifia quelque cavalerie pour donner le temps à son infanterie de se retirer en sûreté. Il sauva ses troupes par des retraites glorieuses devant un ennemi avec lequel on ne pouvait guère alors acquérir que cette espèce de gloire.

À peine arrivé dans le palatinat de Posnanie, il apprend que les deux rois, qu'il croyait à cinquante lieues de lui, avaient fait ces cinquante lieues en neuf jours. Il n'avait que huit mille fantassins et mille cavaliers ; il fallait se soutenir contre une armée supérieure, contre le nom du roi de Suède et contre la crainte naturelle que tant de défaites inspiraient aux Saxons. Il avait toujours prétendu, malgré l'avis des généraux allemands, que l'infanterie pouvait résister en pleine campagne, même sans chevaux de frise[2], à la cavalerie[3] ; il en osa faire ce jour-là l'expérience contre cette cavalerie victorieuse, commandée par deux rois et par l'élite des généraux suédois. Il se posta si avantageusement qu'il ne put être entouré. Son premier rang mit le genou en terre : il était armé de piques et de fusils; les soldats extrêmement serrés présentaient aux chevaux des ennemis une espèce de rempart hérissé de piques et de baïonnettes; le second rang, un peu courbé sur les épaules du premier, tirait par-dessus; et le troisième debout faisait feu en même temps derrière les deux autres[4]. Les Suédois fondirent avec leur impétuosité ordinaire sur les Saxons, qui les attendirent sans s'ébranler : les coups de fusil, de pique et de baïonnette effarouchèrent les chevaux, qui se cabraient au lieu d'avancer. Par ce moyen, les Suédois n'attaquèrent

élu comme successeur de Sobieski (1697) : depuis il s'était allié avec Pierre le Grand contre Charles XII, avait été battu par ce prince et déposé en 1704 par la diète de Varsovie, qui le remplaça par Stanislas Leczinski, le futur beau-père de Louis XV. Mais Auguste chassa bientôt son rival; et, après de nouveaux revers qui suivirent ses succès, la bataille de Pultava (1709) le remit définitivement en possession du trône jusqu'à sa mort, arrivée en 1733.

1. C'est-à-dire Stanislas Leczinski, et celui à qui il devait la couronne, Charles XII, roi de Suède, alors au comble de la fortune.

2. On désigne ainsi de grosses pièces de bois, armées de pieux pointus et ferrés, dont on se sert pour couvrir un bataillon ou défendre une brèche.

3. C'est ce dont on ne peut plus douter, après les grandes guerres qui ont signalé le commencement de ce siècle et la fin du précédent.

4. On remarquera l'emploi de cette manœuvre, alors nouvelle, et qui, si fréquemment répétée depuis, est aujourd'hui d'un usage général.

qu'en désordre, et les Saxons se défendirent en gardant leurs rangs.

Il en fit un bataillon carré long; et, quoique chargé de cinq blessures, il se retira en bon ordre en cette forme, au milieu de la nuit, dans la petite ville de Gurau, à trois lieues du champ de bataille. A peine commençait-il de respirer dans cet endroit, que les deux rois paraissent tout à coup derrière lui.

Au delà de Gurau, en tirant vers le fleuve de l'Oder, était un bois épais, au travers duquel le général saxon sauva son infanterie fatiguée. Les Suédois, sans se rebuter, le poursuivirent par le bois même, avançant avec difficulté dans des routes à peine praticables pour des gens de pied. Les Saxons n'eurent traversé le bois que cinq heures avant la cavalerie suédoise. Au sortir de ce bois coule la rivière de Parts, au pied d'un village nommé Rutzen. Schullembourg avait envoyé en diligence rassembler des bateaux : il fait passer la rivière à sa troupe, qui était déjà diminuée de moitié. Charles arrive dans le temps que Schullembourg était à l'autre bord. Jamais vainqueur n'avait poursuivi si vivement son ennemi. La réputation de Schullembourg dépendait d'échapper au roi de Suède; le roi, de son côté, croyait sa gloire intéressée à prendre Schullembourg et le reste de son armée : il ne perd point de temps; il fait passer sa cavalerie à un gué. Les Saxons se trouvaient enfermés entre cette rivière de Parts et le grand fleuve de l'Oder, qui prend sa source dans la Silésie, et qui est déjà profond et rapide en cet endroit.

La perte de Schullembourg paraissait inévitable; cependant, après avoir sacrifié peu de soldats, il passa l'Oder pendant la nuit. Il sauva ainsi son armée, et Charles ne put s'empêcher de dire : « Aujourd'hui Schullembourg nous a vaincus. »

C'est ce même Schullembourg qui fut depuis général des Vénitiens, et à qui la république a érigé une statue dans Corfou, pour avoir défendu contre les Turcs ce rempart de l'Italie. Il n'y a que les républiques qui rendent de tels honneurs: les rois ne donnent que des récompenses.

Mais ce qui faisait la gloire de Schullembourg n'était guère utile au roi Auguste. Ce prince abandonna encore une fois la Pologne à ses ennemis; il se retira en Saxe, et fit réparer avec précipitation les fortifications de Dresde, craignant déjà, non sans raison, pour la capitale de ses Etats héréditaires.

*Histoire de Charles XII* [1], liv. III.

1. « Le héros suédois, a dit M. Villemain, ne vaut pas Alexandre;

## Charles XII à Bender[1].

Le canon tirait contre la maison; mais, les pierres étant fort molles, il ne faisait que des trous et ne renversait rien. Le kan des Tartares et le bacha, qui voulaient prendre le roi en vie, honteux de perdre du monde et d'occuper une armée entière contre soixante personnes, jugèrent à propos de mettre le feu à la maison pour obliger le roi à se rendre. Ils firent lancer sur le toit, contre les portes et contre les fenêtres, des flèches entortillées de mèches allumées : la maison fut en flammes en un moment; le toit tout embrasé était près de fondre sur les Suédois. Le roi donna tranquillement ses ordres pour éteindre le feu : trouvant un petit baril plein de liqueur, il prend le baril lui-même, et, aidé de deux Suédois, il le jette à l'endroit où le feu était le plus violent; il se trouva que ce baril était rempli d'eau-de-vie; mais la précipitation inséparable d'un tel embarras empêcha d'y penser. L'embrasement redoubla avec plus de rage: l'appartement du roi était consumé; la grande salle où les Suédois se tenaient était remplie d'une fumée affreuse mêlée de tourbillons de feu qui entraient par les portes des appartements voisins; la moitié du toit était abîmée dans la maison même; l'autre tombait en dehors en éclatant dans les flammes.

Un garde, nommé Walberg, osa, dans cette extrémité, crier qu'il fallait se rendre. « Voilà un étrange homme, dit le roi, qui s'imagine qu'il n'est pas plus beau d'être brûlé que d'être prisonnier. » Un autre garde, nommé Rosen, s'avisa de dire que la maison de la chancellerie, qui n'était qu'à cinquante pas, avait un toit de pierres, et était

mais Voltaire est bien supérieur à Quinte-Curce. — L'ouvrage, ajoute sur cette histoire le même critique, est dans un goût parfait d'élégance rapide et de simplicité. Nulle part notre langue n'a plus de prestesse et d'agilité; nulle part on ne trouve mieux ce vif et clair langage que le vieux Caton attribuait à la nation gauloise au même degré que le génie de la guerre. » Quant au passage que nous avons choisi, il suffira de rappeler que Montesquieu, qui jugeait Voltaire avec beaucoup de sévérité, trouvait cependant admirable le récit de la retraite de Schullembourg : c'est, disait-il, « l'un des morceaux les plus vifs qui aient jamais été écrits. »

1. Après la défaite de Charles XII à Pultava (1709), le roi suédois s'était retiré à Bender. Le sultan, à l'instigation du czar Pierre I<sup>er</sup>, envoya ses janissaires pour s'emparer de sa personne. Charles, qui n'avait autour de lui que soixante hommes, osa résister à l'armée des Turcs.

à l'épreuve du feu, qu'il fallait faire une sortie, gagner cette maison et s'y défendre. « Voilà un vrai Suédois ! » s'écria le roi ; il embrassa ce garde, et le créa colonel sur-le-champ. « Allons, mes amis, dit-il, prenez avec vous le plus de poudre et de plomb que vous pourrez, et gagnons la chancellerie l'épée à la main. »

Les Turcs, qui cependant entouraient cette maison tout embrasée, voyaient avec une admiration mêlée d'épouvante que les Suédois n'en sortaient point ; mais leur étonnement fut encore plus grand lorsqu'ils virent ouvrir les portes et le roi et les siens fondre sur eux en désespérés. Charles et ses principaux officiers étaient armés d'épées et de pistolets : chacun tira deux coups à la fois, à l'instant que la porte s'ouvrit, et, dans le même clin d'œil, jetant leurs pistolets et s'armant de leurs épées, ils firent reculer les Turcs plus de cinquante pas ; mais, le moment d'après, cette petite troupe fut entourée. Le roi, qui était en bottes, selon sa coutume, s'embarrassa dans ses éperons et tomba. Vingt et un janissaires se jettent aussitôt sur lui ; il jette en l'air son épée pour s'épargner la douleur de la rendre. Les Turcs l'emmenèrent au quartier du bacha ; les uns le tenaient sous les jambes, les autres sous les bras, comme on porte un malade que l'on craint d'incommoder.

Au moment que le roi se vit saisi, la violence de son tempérament et la fureur où un combat si long et si terrible avait dû le mettre firent place tout à coup à la douceur et à la tranquillité ; il ne lui échappa pas un mot d'impatience, pas un coup d'œil de colère ; il regardait les janissaires en souriant, et ceux-ci le portaient en criant *Allah*, avec une indignation mêlée de respect. Ses officiers furent pris en même temps et dépouillés par les Turcs et par les Tartares. Ce fut le 12 février de l'an 1713 qu'arriva cet étrange événement, qui eut encore des suites singulières.

*Ibid.* liv. VI.

---

### Au marquis d'Argenson[1].

**Une lettre de recommandation.**

Que direz-vous de moi, monsieur ? Vous me faites sentir vos bontés de la manière la plus bienveillante ; vous ne

1. René-Louis Voyer, marquis d'Argenson, ministre des affaires étrangères, était resté l'ami de Voltaire, dont il avait été le condisciple au collége de Louis-le-Grand.

semblez me laisser de sentiments que ceux de la reconnaissance, et il faut avec cela que je vous importune encore. Non, ne me croyez pas assez hardi ; mais voici le fait. Un grand garçon, bien fait, aimant les vers, ayant de l'esprit, ne sachant que faire, s'avise de se faire présenter, je ne sais comment, à Cirey[1]. Il m'entend parler de vous comme de mon ange gardien. « Oh ! oh ! dit-il, s'il vous fait du bien, il m'en fera donc : écrivez-lui en ma faveur. — Mais, monsieur, considérez que j'abuserais... — Eh bien ! abusez, dit-il. Je voudrais être à lui, s'il va en ambassade ; je ne lui demande rien, je le servirai à tout ce qu'il voudra. Je suis diligent, je suis bon garçon, je suis de fatigue ; enfin donnez-moi une lettre pour lui. » Moi, qui suis bonhomme, je lui donne la lettre. Dès qu'il la tient, il se croit trop heureux. — « Je verrai M. d'Argenson ! » — Et voilà mon grand garçon qui vole à Paris.

J'ai donc, monsieur, l'honneur de vous en avertir. Il se présentera à vous avec une belle mine et une chétive recommandation. Pardonnez-moi cette importunité ; ce n'est pas ma faute. Je n'ai pu résister au plaisir de me vanter de vos bontés, et un passant a dit : « J'en retiens part. »

S'il arrivait en effet que ce jeune homme fût sage, serviable, instruit, et, qu'allant en ambassade, vous eussiez besoin de lui, informez-vous-en au noviciat des jésuites : il a été deux ans novice.

Pour moi, je vivrai pour vous être à jamais attaché avec la plus respectueuse et la plus tendre reconnaissance.

*Lettres*, mars 1739.

1. Village de Champagne où Voltaire établit quelque temps sa résidence.

# BUFFON.

(1707-1788.)

Né à Montbar en Bourgogne, en 1707, Buffon fut parmi nous l'historien de la nature, comme Aristote l'avait été chez les Grecs et Pline chez les Latins; mais, avec plus de richesse que le premier, il eut plus d'exactitude que le second : la direction du Jardin des plantes, qu'il reçut de Louis XV à trente-deux ans, détermina sa vocation et lui ouvrit la voie où il ne cessa de marcher avec autant d'efforts que de gloire. Auparavant, Buffon s'était livré à l'étude des sciences : son puissant génie s'attacha dès lors à pénétrer dans tous les secrets de l'art d'écrire, dont il nous a si parfaitement tracé les lois. Par là, en donnant à son grand ouvrage l'immortalité du style, il se plaça au nombre des quatre hommes dont l'influence et le nom dominent le dix-huitième siècle : aussi admiré que Voltaire, que Rousseau, que Montesquieu, moins discuté que celui-ci, plus respecté que les deux autres. Sa calme et majestueuse destinée eut quelque chose de spécial dans cette époque, dont les sourdes agitations ne parvinrent pas jusqu'à sa laborieuse retraite; et, par une dernière faveur du sort, il s'éteignit, plein d'honneurs et de jours, la veille de cette révolution qui eût épouvanté sa vieillesse et qui devait immoler son fils unique [1].

## Barbarie des âges antiques; effets de la civilisation.

Que pouvons-nous dire de ces siècles de barbarie qui se sont écoulés en pure perte pour nous? ils sont ensevelis

1. L'éloge de Buffon a été fait par Vicq d'Azyr, qui fut son successeur à l'Académie française, et par Condorcet. Cuvier l'a dignement apprécié dans la *Biographie universelle.* Il faut encore consulter sur lui Châteaubriand, *Génie du Christianisme,* IIIe partie, liv. IV, c. 5; M. Villemain, *Tableau de la littérature au dix-huitième siècle,* 22e leçon; M. Geruzez, *Nouveaux essais d'histoire littéraire,* et l'*Histoire de ses travaux et de ses idées,* par M. Flourens, etc. Le Brun a consacré deux de ses odes les plus remarquables à Buffon, et l'on rapporte que Mirabeau lui appliquait l'éloge que Quintilien a fait d'Homère : « Hunc nemo in magnis sublimitate, in parvis proprietate superavit. Idem lætus ac pressus, jucundus et gravis, tum copia, tum brevitate mirabilis : nec poetica modo sed oratoria virtute eminentissimus. » *Inst. orat.,* X, 1.

pour jamais dans une nuit profonde; l'homme d'alors, replongé dans les ténèbres de l'ignorance, a, pour ainsi dire, cessé d'être homme[1] : car la grossièreté, suivie de l'oubli des devoirs, commence par relâcher les liens de la société, la barbarie achève de les rompre; les lois méprisées ou proscrites; les mœurs dégénérées en habitudes farouches; l'amour de l'humanité, quoique gravé en caractères sacrés, effacé dans les cœurs; l'homme enfin sans éducation, sans morale, réduit à mener une vie solitaire et sauvage, n'offre, au lieu de sa haute nature, que celle d'un être dégradé au-dessous de l'animal.

Néanmoins, après la perte des sciences, les arts utiles auxquels elles avaient donné naissance se sont conservés : la culture de la terre devenue plus nécessaire à mesure que les hommes se trouvaient plus nombreux, plus serrés; toutes les pratiques qu'exige cette même culture, tous les arts que supposent la construction des édifices, la fabrication des idoles et des armes, la texture[2] des étoffes, etc., ont survécu à la science; ils se sont répandus de proche en proche, perfectionnés de loin en loin; ils ont suivi le cours des grandes populations : l'ancien empire de la Chine s'est élevé le premier, et presque en même temps celui des Atlantes en Afrique; ceux du continent de l'Asie, celui de l'Egypte, d'Ethiopie, se sont successivement établis, et enfin celui de Rome, auquel notre Europe doit son existence civile. Ce n'est donc que depuis environ trente siècles que la puissance de l'homme s'est réunie à celle de la nature, et s'est étendue sur la plus grande partie de la terre : les trésors de sa fécondité jusqu'alors étaient enfouis, l'homme les a mis au grand jour; ses autres richesses, encore plus profondément enterrées, n'ont pu se dérober à ses recherches, et sont devenues le prix de ses travaux. Partout, lorsqu'il s'est conduit avec sagesse, il a suivi les leçons de la nature, profité de ses exemples, employé ses moyens, et choisi dans son immensité tous les objets qui pouvaient lui servir ou lui plaire. Par son intelligence, les animaux ont été apprivoisés, subjugués, domptés, réduits à lui obéir à jamais; par ses travaux, les marais ont été des-

1. Buffon reconnaît en effet, conformément à ce que nous enseigne la sainte Ecriture, que l'homme était né dans un état et pour un sort bien différents de ceux où la faute d'Adam nous a fait tomber. Malgré sa chute, il se conserva, chez les premières générations humaines, des lumières qui, effacées peu à peu, aboutirent enfin à la nuit des temps barbares.

2. Le *tissage* serait aujourd'hui, dans ce sens, une locution plus usitée.

séchés, les fleuves contenus, leurs cataractes effacées, les forêts éclaircies, les landes cultivées; par sa réflexion, les temps ont été comptés, les espaces mesurés, les mouvements célestes reconnus, combinés, représentés, le ciel et la terre comparés, l'univers agrandi et le Créateur dignement adoré; par son sort émané de la science, les mers ont été traversées, les montagnes franchies, les peuples rapprochés, un nouveau monde découvert, mille autres terres isolées sont devenues son domaine; enfin la face entière de la terre porte aujourd'hui l'empreinte de la puissance de l'homme, laquelle, quoique subordonnée à celle de la nature, souvent a fait plus qu'elle[1], ou du moins l'a si merveilleusement secondée, que c'est à l'aide de nos mains qu'elle s'est développée dans toute son étendue, et qu'elle est arrivée par degrés au point de perfection et de magnificence où nous la voyons aujourd'hui.

*Époques de la nature*[2], VII° et dernière époque.

---

## Le cheval.

La plus noble conquête que l'homme ait jamais faite est celle de ce fier et fougueux animal qui partage avec lui les fatigues de la guerre et la gloire des combats : aussi intrépide que son maître, le cheval voit le péril et l'affronte ; il se fait au bruit des armes, il l'aime, il le cherche, et s'anime de la même ardeur. Il partage aussi ses plaisirs : à la chasse, aux tournois, à la course, il brille, il étincelle.

1. C'est-à-dire *que la nature*. La phrase semble un peu embarrassée par la répétition trop fréquente du pronom démonstratif.

2. Dans l'instabilité progressive de la science, les hypothèses que contient ce livre ont pour la plupart été délaissées ; mais on n'en répétera pas moins, après M. Villemain : « Rien dans notre langue ne surpasse l'élévation et la gravité philosophique, ni les divisions, les détails et le style de cette histoire conjecturale. » On sait que les *Epoques de la nature* (elles eurent d'abord leur place dans les Suppléments de l'Histoire naturelle, mais les éditeurs récents les ont justement placées en tête de l'ouvrage), écrites par Buffon à soixante-dix ans, ont été onze fois recopiées ; aussi l'auteur avait-il coutume de dire dans sa vieillesse la plus avancée « qu'il apprenait tous les jours à écrire. » Par là il a mérité ce jugement de La Harpe, qui a placé ses ouvrages entre *les titres de la gloire nationale* : « Il est du petit nombre des écrivains originaux qui ont donné à l'idiome qu'ils maniaient le caractère de leur génie, en même temps qu'ils l'appropriaient à des sujets nouveaux. »

Mais, docile autant que courageux, il ne se laisse point emporter à son feu, il sait réprimer ses mouvements : non-seulement il fléchit sous la main de celui qui le guide, mais il semble consulter ses désirs ; et, obéissant toujours aux impressions qu'il en reçoit, il se précipite, se modère ou s'arrête, et n'agit que pour y satisfaire. C'est une créature qui renonce à son être pour n'exister que par la volonté d'un autre, qui sait même la prévenir, qui, par la promptitude et la précision de ses mouvements, l'exprime et l'exécute ; qui sent autant qu'on le désire, et ne rend qu'autant qu'on le veut ; qui, se livrant sans réserve, ne se refuse à rien, sert de toutes ses forces, s'excède, et même meurt pour mieux obéir[1]....

Le cheval est de tous les animaux celui qui, avec une grande taille, a le plus de proportion et d'élégance dans les parties de son corps : car, en lui comparant les animaux qui sont immédiatement au-dessus et au-dessous, on verra que l'âne est mal fait, que le lion a la tête trop grosse, que le bœuf a les jambes trop minces et trop courtes pour la grosseur de son corps, que le chameau est difforme, et que les plus gros animaux, le rhinocéros et l'éléphant, ne sont pour ainsi dire que des masses informes. Le grand allongement des mâchoires est la principale cause de la différence entre la tête des quadrupèdes et celle de l'homme : c'est aussi le caractère le plus ignoble de tous ; cependant, quoique les mâchoires du cheval soient fort allongées, il n'a pas comme l'âne un air d'imbécillité, ou de stupidité comme le bœuf. La régularité des proportions de sa tête lui donne, au contraire, un air de légèreté qui est bien soutenu par la beauté de son encolure[2]. Le cheval semble vouloir se mettre au-dessus de son état de quadrupède en élevant sa tête : dans cette noble attitude, il regarde l'homme face à face. Ses yeux sont vifs et bien ouverts, ses oreilles sont bien faites et d'une juste grandeur, sans être courtes comme celles du taureau ou trop longues comme celles de l'âne ; sa crinière accompagne bien sa tête, orne son cou et lui donne un air de force et de fierté ; sa queue traînante et touffue couvre et termine avantageusement l'extrémité de son corps : mais l'attitude de la tête et du

1. On pourra rapprocher de cette belle description celle que Bossuet et Châteaubriand ont faite également du cheval : le premier, dans les *Méditations sur l'Evangile*, 103e jour ; le second, dans l'*Itinéraire de Paris à Jérusalem*, IIIe partie.

2. Voy. la peinture du cheval dans Virgile, *Géorgiq.*, III, v. 75 et suiv. Cf. Molière, les *Fâcheux*, II, 7. Ce dernier passage se trouve dans le même volume, page 208.

cou contribue plus que celle de toutes les autres parties du corps à donner au cheval un noble maintien.

*Histoire naturelle* [1] : quadrupèdes domestiques.

### La fauvette.

Le triste hiver, saison de mort, est le temps du sommeil, ou plutôt de la torpeur de la nature : les insectes sans vie, les reptiles sans mouvement, les végétaux sans verdure et sans accroissement, tous les habitants de l'air détruits ou relégués, ceux des eaux renfermés dans des prisons de glace, et la plupart des animaux terrestres confinés dans les cavernes, les antres et les terriers, tout nous présente les images de la langueur et de la dépopulation; mais le retour des oiseaux au printemps est le premier signal et la douce annonce du réveil de la nature vivante, et les feuillages renaissants, et les bocages revêtus de leur nouvelle parure, sembleraient moins frais et moins touchants sans les nouveaux hôtes qui viennent les animer.

De ces hôtes des bois, les fauvettes sont les plus nombreuses comme les plus aimables; vives, agiles, légères et sans cesse remuées [2], tous leurs mouvements ont l'air du sentiment, tous leurs accents le ton de la joie. Ces jolis oiseaux arrivent au moment où les arbres développent leurs feuilles et commencent à laisser épanouir leurs fleurs; ils se dispersent dans toute l'étendue de nos campagnes : les uns viennent habiter nos jardins; d'autres préfèrent les avenues et les bosquets; plusieurs espèces s'enfoncent dans les grands bois, et quelques-unes se cachent au milieu des roseaux. Ainsi les fauvettes remplissent tous

1. Ce monument, auquel Buffon consacra environ cinquante années d'une santé et d'une application presque continues (il avait, a dit Voltaire, l'âme d'un sage dans le corps d'un athlète), n'était pas de ceux qu'une vie d'homme suffit à achever. — Les trois premiers volumes in-4° de l'*Histoire naturelle* avaient paru en 1749, un an après l'*Esprit des lois*, « comme si, remarque M. Villemain, le génie français eût voulu marquer sans intervalle son ambition de tout soumettre à l'analyse, de tout embellir par la parole. » Trente-six volumes furent publiés jusqu'en 1788. On sait quelle impulsion l'étude des sciences naturelles a reçue de cet ouvrage; à Buffon l'on a dû peut-être Cuvier.

2. Ce participe passé est ici plus vif et plus original que le participe présent, qui serait plus ordinaire et aussi plus régulier, *se remuant.*

les lieux de la terre, et les animent par les mouvements et les accents de leur tendre gaieté.

La fauvette à tête noire est de toutes les fauvettes celle qui a le chant le plus agréable et le plus continu : il tient un peu de celui du rossignol, et l'on en jouit plus longtemps; car, plusieurs semaines après que ce chantre du printemps s'est tu, l'on entend les bois résonner partout du chant de ces fauvettes; leur voix est facile, pure et légère, et leur chant s'exprime par une suite de modulations peu étendues, mais agréables, flexibles et nuancées : ce chant semble tenir de la fraîcheur des lieux où il se fait entendre; il en peint la tranquillité, il en exprime même le bonheur : car les cœurs sensibles n'entendent pas sans une douce émotion les accents inspirés par la nature aux êtres qu'elle rend heureux.

Même ouvrage : oiseaux.

---

## L'oiseau-mouche.

De tous les êtres animés, voici le plus élégant pour la forme et le plus brillant pour les couleurs. Les pierres et les métaux polis par notre art ne sont pas comparables à ce bijou de la nature : elle l'a placé dans l'ordre des oiseaux au dernier degré de l'échelle de grandeur; son chef-d'œuvre est le petit oiseau-mouche; elle l'a comblé de tous les dons qu'elle n'a fait que partager aux autres oiseaux : légèreté, rapidité, prestesse, grâce et riche parure, tout appartient à ce petit favori. L'émeraude, le rubis, la topaze, brillent sur ses habits[1] : il ne les souille jamais de la poussière de la terre; et, dans sa vie toute[2] aérienne, on le voit à peine toucher le gazon par instants; il est toujours en l'air, volant de fleurs en fleurs; il a leur fraîcheur, comme il a leur éclat; il vit de leur nectar, et n'habite que les climats où sans cesse elles se renouvellent.

C'est dans les contrées les plus chaudes du nouveau monde que se trouvent toutes les espèces d'oiseaux-mou-

1. J. J. Rousseau a dit, en appliquant, d'après la Bible, ces mêmes idées aux herbes des champs : « L'or des genêts et la pourpre des bruyères frappaient mes yeux d'un luxe qui touchait mon cœur et me faisait souvent redire à moi-même : Non, Salomon, dans toute sa gloire, ne fut jamais vêtu comme l'un d'eux. »

2. On lit, dans quelques éditions de Buffon, *tout* aérienne : *tout* étant alors considéré comme adverbe.

ches : elles sont assez nombreuses et paraissent confinées entre les deux tropiques; car ceux qui s'avancent en été dans les zones tempérées n'y font qu'un court séjour : ils semblent suivre le soleil, s'avancer, se retirer avec lui, et voler sur l'aile des zéphyrs à la suite d'un printemps éternel.

Les Indiens, frappés de l'éclat et du feu que rendent les couleurs de ces brillants oiseaux, leur avaient donné les noms de *rayons* ou *cheveux du soleil*. Pour le volume, les petites espèces de ces oiseaux sont au-dessous du taon pour la grandeur et du bourdon pour la grosseur. Leur bec est une aiguille fine; leurs petits yeux noirs ne paraissent que deux points brillants; les plumes de leurs ailes sont si délicates, qu'elles en paraissent transparentes. A peine aperçoit-on leurs pieds, tant ils sont courts et menus : ils en font peu d'usage; et ils ne se posent que pour passer la nuit, et se laissent, pendant le jour, emporter dans les airs; leur vol est continu, bourdonnant et rapide : on compare le bruit de leurs ailes à celui d'un rouet. Leur battement est si vif, que l'oiseau, s'arrêtant dans les airs, paraît non-seulement immobile, mais tout à fait sans action. On le voit s'arrêter ainsi quelques instants devant une fleur, et partir comme un trait pour aller à une autre; il les visite toutes, les flattant de ses ailes, sans jamais s'y fixer, mais aussi sans les quitter jamais. Il ne fait que pomper leur miel, et c'est à cet usage que sa langue paraît uniquement destinée : elle est composée de deux fibres creuses, formant un petit canal, divisé au bout en deux filets; elle a la forme d'une trompe, dont elle fait les fonctions : l'oiseau la darde hors de son bec, et la plonge jusqu'au fond du calice des fleurs pour en tirer les sucs.

Rien n'égale la vivacité de ces petits oiseaux, si ce n'est leur courage, ou plutôt leur audace. On les voit poursuivre avec furie des oiseaux vingt fois plus gros qu'eux, s'attacher à leur corps, et, se laissant emporter par leur vol, les becqueter à coups redoublés jusqu'à ce qu'ils aient assouvi leur petite colère. Quelquefois même ils se livrent entre eux de très-vifs combats : l'impatience paraît être leur âme; s'ils s'approchent d'une fleur, et qu'ils la trouvent fanée, ils lui arrachent les pétales avec une précipitation qui marque leur dépit. Ils n'ont d'autre voix qu'un petit cri fréquent et répété; ils le font entendre dans les bois dès l'aurore, jusqu'à ce qu'aux premiers rayons du soleil tous prennent l'essor et se dispersent dans les campagnes.

Même ouvrage : *ibid.*

# BERNARDIN DE SAINT-PIERRE.

(1737-1814.)

Né au Havre le 19 janvier 1737, Bernardin de Saint-Pierre, d'un caractère tendre et rêveur, laissa bientôt percer sa prédilection exclusive pour le spectacle des beautés de la nature. Tout enfant, il lisait avec une curiosité passionnée la *Vie des saints* ou le récit des travaux apostoliques des jésuites, et poursuivi par le souvenir de ses lectures, il cherchait naïvement aux alentours de la ville une Thébaïde où il pût passer ses jours dans la prière et la contemplation. Cependant le jeune Bernardin ne laissa pas de se livrer à de sérieuses études; il cultiva même les mathématiques avec succès, fut reçu à l'école des ponts et chaussées, et un an après obtint du service dans le génie militaire. Mais cette carrière, qui convenait si peu à Bernardin de Saint-Pierre, devait lui offrir de longues et cruelles déceptions. La dure épreuve qu'il faisait de la vie le jeta plus avant dans les rêves chimériques qui occupaient sa pensée; il conçut l'ambition d'aller fonder en Russie une société nouvelle dont il devait être le législateur. Accueilli d'abord avec bonté par l'impératrice Catherine, il perdit bientôt ses bonnes grâces, quitta la Russie, erra quelque temps en Pologne et rentra en France épuisé par ces fatigues et dénué de toute ressource. Après bien des démarches, il obtint enfin une place d'ingénieur à l'île de France. La relation de son voyage qu'il publia trois ans après, à son retour en France, fut le brillant début d'une réputation qui se confirma bientôt (1784) par les *Études de la nature* et la touchante histoire de *Paul et Virginie* (1788). Dans les *Vœux d'un solitaire*, Bernardin de Saint-Pierre traçait les plans de ses réformes, sans doute aussi peu praticables que celles de J. J. Rousseau, mais qui témoignaient de son zèle pour le perfectionnement moral de la société humaine. Aussi quand Louis XVI, en 1792, le nomma, à la place de Buffon, intendant du Jardin des Plantes, il lui adressa ces paroles simples et vraies : « J'ai lu vos ouvrages; ils sont d'un honnête homme » L'intendance fut supprimée l'année suivante, et Bernardin de Saint-Pierre, retiré à Essonnes, put s'y soustraire aux persécutions de cette sanglante époque. Nommé en 1794 professeur de morale à l'école normale, qui venait d'être fondée, appelé bientôt après à l'Institut, il vit s'écouler sa vieillesse, embellie par les charmes de la famille et les prévenances du respect public. Ce fut le 21 janvier 1814 que s'éteignit ce peintre délicat et vrai de la nature, cet esprit aimable et rêveur qui crut aux progrès de l'humanité et poursuivit ce noble but avec une foi persévérante[1]

### Un acte de vertu.

Dans la dernière guerre d'Allemagne, un capitaine de cavalerie est commandé pour aller au fourrage. Il part à la tête de sa compagnie et se rend dans le quartier qui lui était assigné. C'était un vallon solitaire, où on ne voyait guère que des bois. Il y aperçoit une pauvre cabane, il y frappe; il en sort un vieux hernouten à barbe blanche. « Mon père, lui dit l'officier, montrez-moi un champ où je puisse faire fourrager mes cavaliers. — Tout à l'heure, » reprit l'hernouten. Ce brave homme se met à leur tête et remonte avec eux le vallon. Après un quart d'heure de marche, ils trouvent un beau champ d'orge : « Voilà ce qu'il nous faut, dit le capitaine. — Attendez un moment, lui dit son conducteur, vous serez content. » Ils continuent à marcher, et ils arrivent, à un quart de lieue plus loin, à un autre champ d'orge. La troupe aussitôt met pied à terre, fauche le grain, le met en trousse, et remonte à cheval L'officier de cavalerie dit alors à son guide : « Mon père, vous nous avez fait aller trop loin sans nécessité; le premier champ valait mieux que celui-ci. — Cela est vrai, monsieur, reprit le bon vieillard, mais il n'était pas à moi. »

*Études de la nature* (notes de l'auteur).

### Symptômes d'une tempête sur mer.

La nature veut-elle donner sur la mer le signal d'une tempête : elle rassemble dans le ciel et sur les eaux une multitude d'oppositions heurtées qui annoncent de concert la destruction. Des nuages sombres traversent les airs en formes horribles de dragon; on y voit jaillir çà et là le feu

1. M. Aimé Martin a donné, en 1820, une édition des œuvres complètes de Bernardin de Saint-Pierre, accompagnée d'un *Essai sur sa vie*. On lira aussi avec profit les leçons 7e et 8e (IIIe partie) du *Cours de littérature française au dix-huitième siècle*, par M. Villemain, et l'essai biographique et littéraire que M. Sainte-Beuve lui a consacré dans ses *Critiques et Portraits* (tome IV).

pâle des éclairs. Le bruit du tonnerre, qu'ils portent dans leurs flancs, retentit comme le rugissement du lion céleste. L'astre du jour, qui paraît à peine à travers leurs voiles pluvieux et multipliés, laisse échapper de longs rayons d'une lumière blafarde. La surface plombée de la mer se creuse et se sillonne de larges écumes blanches. De sourds gémissements semblent sortir de ses flots. Les noirs écueils blanchissent au loin et font entendre des bruits affreux, entrecoupés de lugubres silences. La mer, qui les couvre et les découvre tour à tour, fait apparaître à la lumière du jour leurs fondements caverneux. L'orfraie marine s'élève au haut des airs, et, n'osant s'abandonner à l'impétuosité des vents, elle lutte, en jetant des voix plaintives, contre la tempête qui fait ployer ses ailes. La noire procellaria voltige en rasant l'écume des flots, et cherche au fond de leurs mobiles vallées des abris contre la fureur des vents. Si ce petit et faible oiseau aperçoit un vaisseau au milieu de la mer, il vient se réfugier le long de sa carène; et, pour prix de l'asile qu'il lui demande, il lui annonce la tempête avant qu'elle arrive.

**Même ouvrage (étude X^e^).**

---

### Les forêts agitées par les vents.

Qui pourrait décrire les mouvements que l'air communique aux végétaux? Combien de fois, loin des villes, dans le fond d'un vallon solitaire couronné d'une forêt, assis sur le bord d'une prairie agitée des vents, je me suis plu à voir les mélilots dorés, les trèfles empourprés et les vertes graminées former des ondulations semblables à des flots et présenter à mes yeux une mer agitée de fleurs et de verdure! Cependant les vents balançaient sur ma tête les cimes majestueuses des arbres. Le retroussis[1] de leur feuillage faisait paraître chaque espèce de deux verts différents. Chacun a son mouvement. Le chêne, au tronc roide, ne courbe que ses branches, l'élastique sapin balance sa haute pyramide, le peuplier robuste agite son feuillage mobile, et le bouleau laisse flotter le sien dans les airs comme une longue chevelure. Ils semblent animés de passions : l'un s'incline profondément auprès de son voisin comme

1. Ce mot, d'un si heureux effet, se dit proprement du revers d'un pan d'habit. Bernardin ne craint pas d'user d'un mot technique pour donner plus de vérité à sa peinture.

devant un supérieur, l'autre semble vouloir l'embrasser comme un ami; un autre s'agite en tous sens comme auprès d'un ennemi.

Le respect, l'amitié, la colère, semblent passer tour à tour de l'un à l'autre comme dans le cœur des hommes, et ces passions versatiles ne sont au fond que les jeux des vents. Quelquefois un vieux chêne élève au milieu d'eux ses longs bras dépouillés de feuilles et immobiles : comme un vieillard, il ne prend plus de part aux agitations qui l'environnent; il a vécu dans un autre siècle. Cependant ces grands corps insensibles font entendre des bruits profonds et mélancoliques. Ce ne sont point des accents distincts; ce sont des murmures confus comme ceux d'un peuple qui célèbre au loin une fête par des acclamations. Il n'y a point de voix dominantes : ce sont des sons monotones, parmi lesquels se font entendre des bruits sourds et profonds, qui nous jettent dans une tristesse pleine de douceur. Ainsi les murmures d'une forêt accompagnent les accents du rossignol. C'est un fond de concert qui fait ressortir les chants éclatants des oiseaux, comme la douce verdure est un fond de couleurs sur lequel se détache l'éclat des fleurs et des fruits.

Ce bruissement des prairies, ces gazouillements des bois, ont des charmes que je préfère aux plus brillants accords; mon âme s'y abandonne, elle se berce avec les feuillages ondoyants des arbres, elle s'élève avec leur cime vers les cieux, elle se transporte dans les temps qui les ont vus naître et dans ceux qui les verront mourir; ils étendent dans l'infini mon existence circonscrite et fugitive. Il me semble qu'ils me parlent, comme ceux de Dodone, un langage mystérieux; ils me plongent dans d'ineffables rêveries qui souvent ont fait tomber de mes mains les livres des philosophes. Majestueuses forêts, paisible solitude, qui plus d'une fois avez calmé mes passions, puissent les cris de la guerre ne troubler jamais vos résonnantes clairières! N'accompagnez de vos religieux murmures que les chants des oiseaux ou les doux entretiens des amis qui veulent se reposer sous vos ombrages[1].

*Harmonies de la nature*, II.

1. C'est ainsi que Bernardin de Saint-Pierre anime et rajeunit ses descriptions par la présence ou le souvenir de l'homme. Il sait que la nature ne peut plaire longtemps à l'homme, si elle ne l'entretient pas de lui-même. Il dit quelque part fort heureusement : « Il n'est point de prairie qu'une danse de bergères ne rende plus riante, ni de tempête que le naufrage d'une barque ne rende plus terrible. »

## Les insectes.

Je me suis arrêté quelquefois avec plaisir à voir des moucherons, après la pluie, danser en rond des espèces de ballets. Ils se divisent en quadrilles, qui s'élèvent, s'abaissent, circulent et s'entrelacent sans se confondre. Les chœurs de danse de nos opéras n'ont rien de plus compliqué et de plus gracieux. Il semble que ces enfants de l'air soient nés pour danser; ils font aussi entendre, au milieu de leur bal, des espèces de chants. Leurs gosiers ne sont pas résonnants comme ceux des oiseaux; mais leurs corselets le sont, et leurs ailes, ainsi que des archets, frappent l'air et en tirent des murmures agréables. Une vapeur qui sort de la terre est le foyer ordinaire de leur plaisir; mais souvent une sombre hirondelle traverse tout à coup leur troupe légère et avale à la fois des groupes entiers de danseurs. Cependant leur fête n'en est pas interrompue. Les coryphées distribuent les postes à ceux qui restent, et tous continuent à danser et à chanter. Leur vie, après tout, est une image de la nôtre. Les hommes se bercent de vaines illusions autour de quelques vapeurs qui s'élèvent de la terre, tandis que la mort, comme un oiseau de proie, passe au milieu d'eux, et les engloutit tour à tour sans interrompre la foule qui cherche le plaisir.

Même ouvrage, II.

## Invocation à Dieu.

Les riches et les puissants croient qu'on est misérable et hors du monde quand on ne vit pas comme eux; mais ce sont eux qui, vivant loin de la nature, vivent hors du monde. Ils vous trouveraient, ô éternelle beauté, toujours ancienne et toujours nouvelle, ô vie pure et bienheureuse de tous ceux qui vivent véritablement, s'ils vous cherchaient seulement au dedans d'eux-mêmes! Si vous étiez un amas stérile d'or, ou un roi victorieux qui ne vivra pas demain, ils vous apercevraient et vous attribueraient la puissance de leur donner quelque plaisir. Votre nature vaine occuperait leur vanité; vous seriez un objet proportionné à leurs pensées craintives et rampantes. Mais parce que vous êtes trop au dedans d'eux, où ils ne rentrent jamais, et trop magnifique au dehors, où vous vous répandez dans l'infini, vous leur êtes un Dieu caché. Ils vous ont perdu en se perdant. L'ordre et la beauté même que vous avez répandus sur toutes vos créatures, comme des degrés pour élever l'homme à vous, sont devenus des voiles qui vous dérobent à leurs yeux malades. Ils n'en ont plus que pour voir des ombres. La lumière les éblouit. Ce qui n'est rien est tout pour eux; ce qui est tout ne leur semble rien. Cependant qui ne vous voit pas n'a rien vu, qui ne vous goûte point n'a rien senti : il est comme s'il n'était pas, et sa vie entière n'est qu'un songe malheureux. Moi-même, ô mon Dieu, égaré par une éducation trompeuse, j'ai cherché un vain bonheur dans les systèmes des sciences, dans les armes, dans la faveur des grands, quelquefois dans de frivoles et dangereux plaisirs. Dans toutes ces agitations, je courais après le malheur, tandis que le bonheur était auprès de moi. Quand j'étais loin de ma patrie, je soupirais après des biens que je n'y avais pas; et cependant vous me faisiez connaître les biens sans nombre que vous avez répandus sur toute la terre, qui est la patrie du genre humain. Je m'inquiétais de ne tenir ni à aucun grand ni à aucun corps; et j'ai été protégé par vous dans mille dangers où ils ne peuvent rien. Je m'attristais de vivre seul et sans considération; et vous m'avez appris que la solitude valait mieux que le séjour des cours, et que la liberté était préférable à la grandeur. Je n'ai cessé d'être heureux que quand j'ai cessé de me fier à vous. O mon Dieu! donnez à ces travaux d'un homme[1], je ne dis pas la durée, mais la fraîcheur du moindre de vos ouvrages! Que leurs grâces divines passent dans mes écrits et ramènent mon siècle à vous, comme elles m'y ont ramené moi-même! Contre vous toute puissance est faiblesse; avec vous toute faiblesse devient puissance. Quand les rudes aquilons ont ravagé la terre, vous appelez le plus faible des vents; à votre voix le zéphyr souffle, la verdure renaît, les douces primevères et les humbles violettes colorent d'or et de pourpre le sein des noirs rochers.

*Études de la nature* (étude Ire).

1. Bernardin de Saint-Pierre parle de l'ouvrage même dont cette page est la préface éloquente. C'était une noble réclamation du sentiment religieux contre les doctrines du dix-huitième siècle, qui tendaient à rejeter Dieu de la nature, pour l'exiler ensuite de la société. Tel fut l'égarement des esprits à cette époque, que Bernardin de Saint-Pierre, en 1798, eut à soutenir, contre plusieurs de ses collègues à l'Institut, une discussion au sujet de l'existence de Dieu. On peut voir à ce sujet l'*Essai sur la vie de Bernardin de Saint-Pierre* par Aimé Martin.

# CHEFS-D'OEUVRE DE POÉSIE.

## MALHERBE.

(1555-1628.)

Durant les premiers ans du Parnasse françois,
Le caprice tout seul faisait toutes les lois[1] :
La rime, au bout des mots assemblés sans mesure,
Tenait lieu d'ornements, de nombre et de césure.
Villon sut le premier, dans ces siècles grossiers,
Débrouiller l'art confus de nos vieux romanciers, etc.

Bien que l'on ait accusé Boileau d'avoir moins connu l'antiquité française que l'antiquité grecque et latine, ce jugement qu'il a porté sur les débuts de notre poésie paraîtra encore aujourd'hui assez fondé. Dans notre époque, on a pénétré plus avant, non sans intérêt et sans fruit, dans l'étude des premiers monuments du génie français; mais nul ne contestera sans doute que de Malherbe seulement date notre littérature classique.

Comme Balzac a le premier marqué dans la prose le point de maturité de notre idiome, Malherbe a eu parmi nous l'honneur d'ouvrir pour les vers une ère nouvelle et définitive. Jusque-là des traits heureux de naïveté, de brillants essais, de téméraires hardiesses, avaient fait la gloire de Marot, de du Bellay, de Ronsard : Malherbe inaugura, non plus la poésie de telle province, de telle école, de tel homme, mais la véritable poésie française. Par lui notre domaine littéraire, si agité et si changeant, fut pacifié ; et il y régna en maître absolu. Chose nécessaire aux réformateurs, il joignait à la vigueur du talent celle du caractère. La fierté du gentilhomme, la vivacité impatiente de l'homme d'épée et jusqu'à l'humeur incisive et quelque peu querelleuse du Normand (il était né à Caen vers 1555), tout concourait en lui merveilleusement au succès du rôle dont il se chargea. On l'appelait de son temps le *tyran des mots et des syl-*

1. Cette rime était bonne au dix-septième siècle, pour l'oreille comme pour les yeux, à raison de la prononciation semblable des deux mots *françois* et *lois*.—Voyez la citation dans le premier chant de l'*Art poétique*.

*labes.* En réalité il fut le champion du bon sens; il soumit à la règle, par son exemple non moins que par ses préceptes, des imaginations indociles; il atteignit dans quelques parties de ses ouvrages une hauteur d'inspiration et une perfection de style qui n'ont pas depuis été surpassées. Mais son principal service fut d'achever l'éducation de notre langue et de la façonner pour l'usage des génies qui illustrèrent notre grand siècle. Par là il prépara l'avénement de Corneille, comme Henri IV celui de Louis XIV [1].

---

### A l'ombre d'un ami perdu [2].

L'Orne[3], comme autrefois, nous reverrait encore,
Ravis de ces pensers que le vulgaire ignore,
Egarer à l'écart nos pas et nos discours,
Et couchés sur les fleurs, comme étoiles semées,
Rendre en si doux ébat les heures consumées,
Que les soleils nous seraient courts[4].

1. On peut voir sur Malherbe M. Nisard, dans son *Histoire de la littérature française*, c. V, §§ 3 à 7; une notice de M. Geruzez (*Essais d'histoire littéraire*); un travail de M. Ant. de Latour, publié dans la *Revue des deux mondes*, en 1834; et un article de M. Sainte-Beuve (*Moniteur* du 18 avril 1853). Outre l'édition de Malherbe que contient la collection des classiques français, Lefèvre, 1825, on consultera avec beaucoup de profit celle que MM. de Latour ont donnée chez Charpentier, en 1842, et qui renferme un commentaire inédit d'André Chénier. Des mémoires sur la vie de Malherbe nous ont été laissés par Racan. Voltaire s'est trop peu rappelé, en l'appréciant, l'influence considérable qu'il a exercée sur l'idiome et sur l'esprit français; il n'a pas été assez frappé, ce semble, de la propriété d'expression, de la pureté soutenue, de la clarté et de la rigueur de langage qui font l'originalité suprême de cet écrivain, et qui devinrent par lui les qualités de notre littérature. Vainement ses contemporains s'indignaient-ils de la rude discipline qu'il voulait leur imposer (voy. Régnier, sat. IX): les plus indépendants allaient la subir. A la différence de Ronsard, dont il détruisit trop absolument la réputation, il voulut, c'est là sa gloire, fonder l'unité de la langue dans un pays qui avait conquis l'unité politique, et il réussit à l'établir.

2. On peut rapprocher ces stances de celles de Malherbe sur la mort de la fille de du Perrier : voy. nos *Morceaux choisis des Classiques français*, à l'usage de la classe de sixième.

3. « Si tu ne m'avais pas été enlevé, » faut-il sous-entendre. Le début manque à cette pièce, qui est de 1604 : elle n'a pas été achevée. — On sait que l'Orne est une rivière qui coule auprès de Caen, et l'on doit penser que Malherbe déplore ici la perte d'un de ses compatriotes. Il l'a appelé Damon.

4. En cet endroit, remarque M. Sainte-Beuve, Malherbe a exprimé avec vérité et largeur le sentiment de la nature champêtre.

Mais, ô loi rigoureuse à la race des hommes!
C'est un point arrêté, que tout ce que nous sommes,
Issus de pères rois et de pères bergers[1],
La Parque également sous la tombe nous serre :
Et les mieux établis au repos de la terre
N'y sont qu'hôtes et passagers.

Tout ce que la grandeur a de vains équipages,
D'habillements de pourpre et de suite de pages,
Quand le terme est échu, n'allonge point nos jours :
Il faut aller tout nus où le destin commande;
Et, de toutes douleurs, la douleur la plus grande,
C'est qu'il faut laisser nos amours[2].

Depuis que tu n'es plus, la campagne déserte
A dessous[3] deux hivers perdu sa robe verte,
Et deux fois le printemps l'a repeinte de fleurs,
Sans que d'aucun discours ma douleur se console,
Et que ni la raison, ni le temps qui s'envole,
Puisse faire tarir mes pleurs.

---

### A Henri IV victorieux et clément [4].

Tel qu'à vagues épandues
Marche un fleuve impérieux[5]
De qui les neiges fondues
Rendent le cours furieux :
Rien n'est sûr en son rivage,
Ce qu'il treuve[6], il le ravage;

1 Réunion de sons durs.

2. Linquenda tellus, et domus, et placens
Uxor,

avait dit Horace, avec le même accent de mélancolie. *Od.*, II, 11.

3. Pour *sous :* ce mot n'est plus qu'un adverbe; il était autrefois employé comme préposition, de même que *dedans* pour *dans*, et *dessus* pour *sur*.

4. C'est une partie de l'ode adressée à ce prince au sujet « de l'heureux succès du voyage de Sedan, » entrepris contre le duc de Bouillon, en 1606. Racan témoigne que cette pièce était une de celles dont Malherbe était le plus satisfait.

5. Heureuse imitation de l'*imperiosius æquor* d'Horace, *Od.*, I, 12, 8 (édition classique).

6. Au lieu de *trouve;* ainsi Molière écrit-il encore ce mot au com-

Et traînant comme buissons
Les chênes et leurs racines,
Ote aux campagnes voisines
L'espérance des moissons[1].

Tel, et plus épouvantable,
S'en allait ce conquérant,
A son pouvoir indomptable
Sa colère mesurant.
Son front avait une audace
Telle que Mars en la Thrace;
Et les éclairs de ses yeux
Etaient comme d'un tonnerre
Qui gronde contre la terre
Quand elle a fâché les cieux.

Quelle vaine résistance
A son puissant appareil
N'eût porté la pénitence
Qui suit un mauvais conseil;
Et vu sa faute bornée
D'une chute infortunée,
Comme la rébellion
Dont la fameuse folie
Fit voir à la Thessalie
Olympe sur Pélion[2] !

Voyez comme en son courage,
Quand on se range au devoir,
La pitié calme l'orage
Que l'ire[3] a fait émouvoir.
A peine fut réclamée
Sa douceur accoutumée,
Que d'un sentiment humain
Frappé non moins que de charmes[4],

mencement du *Misanthrope*, et La Fontaine, dans plusieurs de ses fables.

1. Cf. Virgile, *Én.*, II, 304; Horace, *Od.*, IV, 4, 5.

2. Voy. sur cette révolte des Titans les *Géorgiques* de Virgile, I, 281 et 282.

3. Terme tombé en désuétude : *la colère*. Ménage, qui a commenté Malherbe, disait du mot *ire*, vers la fin du dix-septième siècle : « Il est beau, et on ne doit point faire difficulté de s'en servir en poésie. » J. B. Rousseau n'a pas craint, en effet, de l'employer.

4. C'est-à-dire, comme par l'effet d'un charme magique qui l'eût désarmé.

Il fit la paix; et les armes
Lui tombèrent de la main.

Arrière, vaines chimères
De haines et de rancœurs[1];
Soupçons de choses amères,
Eloignez-vous de nos cœurs.
Loin, bien loin, tristes pensées,
Où nos misères passées
Nous avaient ensevelis.
Sous Henri, c'est ne voir goutte[2]
Que de révoquer en doute
Le salut des fleurs de lis.

O roi, qui du rang des hommes
T'exceptes par ta bonté,
Roi qui de l'âge où nous sommes
Tout le mal as surmonté;
Si tes labeurs, d'où la France
A tiré sa délivrance,
Sont écrits avecque foi[3],
Qui sera si ridicule
Qu'il ne confesse qu'Hercule
Fut moins Hercule que toi[4]?

De combien de tragédies,
Sans ton assuré secours,
Etaient les trames ourdies
Pour ensanglanter nos jours!
Et qu'aurait fait l'innocence,
Si l'outrageuse licence,
De qui le souverain bien
Est d'opprimer et de nuire,
N'eût trouvé pour la détruire
Un bras fort comme le tien?

Mon roi, connais ta puissance :
Elle est capable de tout.

1. *Ressentiments.* On ne dirait plus, dans ce sens, que *rancunes*, terme non admis dans le style noble.

2. Forme qui paraîtrait aujourd'hui triviale.

3. Sens du latin *fides*, fidélité. — L'orthographe du mot *avec* était alors, le plus souvent, et suivant le besoin du vers, *avecques* ou *avecque*.

4. On se rappellera que le goût de ces souvenirs mythologiques était beaucoup plus vif chez nos pères qu'il ne l'est demeuré parmi nous.

Tes desseins n'ont pas naissance
Qu'on en voit déjà le bout;
Et la fortune, amoureuse
De ta vertu généreuse,
Treuve de si doux appas
A te servir et te plaire,
Que c'est la mettre en colère
Que de ne l'employer pas.

Use de sa bienveillance
Et lui donne ce plaisir,
Qu'elle suive ta vaillance
A quelque nouveau désir.
Où que[1] tes bannières aillent,
Quoi que tes armes assaillent,
Il n'est orgueil endurci
Que, brisé comme du verre[2],
A tes pieds elle n'atterre,
S'il n'implore ta merci.

1. Tour concis, fréquemment employé par Corneille et frappé depuis d'un injuste discrédit. On remarquera toutefois que J. J. Rousseau et Buffon ont essayé de le faire revivre.

2. Publius Syrus a dit dans ses *Mimes:*

Fortuna *vitrea* est : tum quum splendet, frangitur.

Cf. Horace, *Sat.*, II, 3, 283; et Corneille, dans *Polyeucte*, IV, 2, parlant de la félicité terrestre :

.... Comme elle a l'éclat du verre,
Elle en a la fragilité.

# RACAN.

(1589-1670.)

Quoiqu'il fût le disciple, et même le disciple chéri de Malherbe Racan fut très-loin de lui ressembler. Il n'est pas rare que des humeurs fort diverses se rapprochent et que leurs dissemblances soient comme des liens qui les unissent [1]. Par la facilité et le charme naïf, Racan, né en 1589 à la Roche-Racan, en Touraine, page dès sa plus tendre jeunesse et qui porta les armes beaucoup d'années [2], se rattachait à Marot. Mais la discipline de Malherbe lui fut fort utile : en le contraignant à s'observer un peu, elle nous valut quelques belles pièces qui ont fait vivre son nom. Il a surtout réussi en chantant, comme le dit l'*Art poétique*, « Philis, les bergers et les bois. » Devancier de La Fontaine, il a trouvé d'heureux accents pour exprimer le charme de la solitude [3]. Son style, élégant et nombreux, malgré ses négligences et ses incorrections trop fréquentes, a cette mollesse gracieuse et cette mélancolie douce qui conviennent au genre de la pastorale, dont Racan est demeuré l'un des modèles. Il a rencontré aussi parfois des inspirations élevées et généreuses : ses odes et même ses psaumes, rarement soutenus dans leur ensemble, offrent du moins des strophes très-remarquables [4].

1. On se convient souvent, a dit Fontenelle (éloge de Malezieu), *par ne pas trop se ressembler.*

2. Fils d'un maréchal de camp, le marquis Honorat de Bueil, il se retira lui-même avec ce grade. Malgré le séjour des camps, il conserva toujours une extrême douceur de mœurs et une grande facilité de caractère. Racan était le nom d'une seigneurie placée à l'extrémité de la Touraine, sur les confins du Maine et de l'Anjou. — On a dit que Racan n'avait pas même appris le latin. Toutefois il a fréquemment imité Virgile ; témoin ce vers de l'*Enéide* qu'il a traduit :

> Una salus victis nullam sperare salutem.
> Le salut des vaincus est de n'en plus attendre.

Remarquons, à cette occasion, que Corneille et Racine n'ont pas dédaigné d'emprunter plusieurs tours et plusieurs expressions à Racan.

3. On trouvera ces stances célèbres sur l'Amour de la retraite dans nos *Morceaux choisis des Classiques français* à l'usage de la classe de quatrième.

4. Les œuvres de Racan, publiées en 1724, auraient bien besoin d'un nouvel éditeur. Sur ce poëte, qui a son importance littéraire,

**Psaume sur la puissance de Dieu[1].**

Bien que du Dieu des armées
Tout l'univers soit rempli,
Ce n'est qu'aux champs Idumées[2]
Qu'il a son trône établi :
De cette demeure sainte
Il marche, et porte la crainte
Au front des plus grands guerriers;
Et ses puissances suprêmes
Arrachent des diadèmes
Les palmes et les lauriers.

Au seul bruit de son tonnerre
Tremblent la terre et les cieux,
Ces grands appareils de guerre
Disparaissent de nos yeux;
Le fier tyran d'Assyrie[3]
Change en terreur sa furie :
Il nous demande la paix,
Voyant sans tirer l'épée
Sa phalange dissipée
Et ses escadrons défaits.

Tels que du haut des montagnes
Roulent à larges bouillons
Les flots qui dans les campagnes
Aplanissent les sillons :
Tel de dessus l'hémisphère
Dieu descendant en colère
Aux méchants ôte le cœur,
Et de piques émoussées,
Sur les écus entassées,
Dresse un trophée au vainqueur.

Il rend leur nombre inutile,
Et sans courage et sans bras,

« parce qu'il est comme un anneau qui lie, dans notre histoire de la poésie, deux hommes de races très-diverses, Malherbe et La Fontaine, » on peut voir un article plein d'intérêt de M. Ant. de Latour, *Revue des deux mondes*, 1er mars 1835.

1. C'est une imitation du psaume *Notus in Judæa Deus, etc.*

2. Nom poétique de la Palestine.

3. Sennachérib.

Fait de leur main immobile
Tomber les armes à bas;
De ces légions impies
Les fureurs sont assoupies
Dans un morne étonnement;
Et leurs bataillons superbes
Sont étendus sur les herbes
Sans force et sans mouvement....

### Les Bergeries[1].

(Fragment.)

Un vieillard reproche à sa fille le goût frivole qu'elle éprouve pour un jeune désœuvré, au lieu de consentir à prendre un époux sensé et laborieux.

#### ACTE I, SCÈNE III.

*Silène (père d'Arténice), Arténice.*

SILÈNE.
Tous ces jeunes bergers, si beaux et si chéris,
Sont meilleurs pour amants qu'ils ne sont pour maris.
Ils n'ont aucun arrêt : ce sont esprits volages,
Qui souvent sont tout gris avant que d'être sages;
Et doit-on souhaiter, pour leur utilité,
De voir finir leur vie avecque leur beauté :
Semblables à ces fleurs dont Vénus se couronne,

1. Ce poëme dut une partie de son grand succès à son opportunité. Les temps d'agitation et de guerre ramènent toujours les imaginations vers les ouvrages qui peignent la félicité champêtre : de là, au terme du seizième siècle et au commencement du dix-septième, le goût général de ces productions en France. On se rappelle la vogue de l'*Aminta* du Tasse et du *Pastor fido* de Guarini, si fréquemment reproduits dans notre idiome, surtout celle de l'*Astrée* d'Honoré d'Urfé. — Après 1625, époque où parurent les *Bergeries*, l'auteur se reposa presque entièrement dans l'amour indolent de la campagne, « faisant de chacun de ses jours le commentaire vivant de ses belles stances. » Il devint membre de l'Académie française à la fondation de ce corps en 1635, et ce ne fut qu'à la fin de sa longue carrière qu'il s'occupa de la traduction des *Psaumes*, où l'on trouve un accent assez ferme, mais où manque trop souvent le sentiment de la couleur originale.

De qui jamais les fruits n'enrichissent l'automne,
Oubliez, oubliez l'amour de ce berger,
Et prenez en son lieu quelque bon ménager,
De qui la façon mâle, à vos yeux moins gentille,
Témoigne un esprit mûr à régir sa famille,
Et dont la main robuste au métier de Cérès
Fasse ployer le soc en fendant les guérets.
Vous êtes grande assez, vous devriez[1] être sage,
Et plutôt projeter quelque bon mariage,
Que de vous amuser à ces folles amours.

ARTÉNICE.

Mon père, à quelle fin tendent tous ces discours?
Si je vois Alcidas, en dois-je être blâmée?
Ce n'est ni pour l'aimer, ni pour en être aimée;
Je n'ai point fait dessein d'en faire mon époux.
Je ne veux point avoir d'autre mari que vous:
Tandis[2] que vous aurez mon service agréable,
Ce me sera, mon père, un bien inestimable
De mûrir avec vous la fleur de mon printemps
Avant que d'en partir[3].

SILÈNE. C'est comme je l'entends;
Et, certes, le seul bien auquel je veux prétendre,
Est qu'avant mon trépas vous me donniez un gendre,
Dont le bon naturel, me venant à propos[4],
Me donne le moyen de mourir en repos.
Je n'aurai plus regret de lui céder la place,
Quand je verrai mon sang revivre en votre race.
Je crois que Lycidas serait bien votre fait:
La fortune lui rit, tout lui vient à souhait;
De vingt paires de bœufs il sillonne la plaine,
Tous les ans ses acquêts augmentent son domaine;
Dans les champs d'alentour on ne voit aujourd'hui
Que chèvres et brebis qui sortent de chez lui;
Sa maison se fait voir par-dessus le village,
Comme fait un grand chêne au-dessus d'un bocage;
Et sais[5] que de tout temps son inclination
Vous a donné ses vœux et son affection.

1. Ce mot était alors dissyllabe.
2. Employé, à cette époque, pour *tant*.
3. *Que de vous quitter*.
4. En *m'assistant*...
5. Notre ancienne langue retranchait volontiers le pronom.

# CORNEILLE[1].

(1606-1684.)

Après les tentatives hardies mais incomplètes du seizième siècle, le théâtre, sans règle, comme la poésie l'avait été jusqu'à Malherbe, cherchait son législateur : elle le trouva dans un jeune homme natif de Rouen, que sa famille avait élevé pour le barreau, et qui préférait à l'étude des lois le travail de la composition et des vers. L'avocat poëte avait, dès l'âge de vingt-trois ans, placé sur la scène, dans une pièce intitulée *Mélite*, une aventure qui lui était personnelle, et, encouragé par le succès, il avait fait suivre cette comédie de quel-

1. Corneille a exposé avec supériorité toutes les règles de l'art dramatique, et ce n'a pas été seulement dans ses discours sur les unités, mais dans ses préfaces et les examens sincères qu'il a consacrés à ses pièces. Ce même recueil a montré Corneille dignement loué par Racine et par La Bruyère. Cf. M$^{me}$ de Sévigné, lettres du 29 avril 1671, des 15 janvier, 9 et 16 mars 1672. Nous recommanderons de plus l'éloge couronné de Victorin Fabre et l'article de cet auteur sur Corneille, contenu dans la *Biographie universelle*. On lira aussi, mais avec circonspection, la vie de Corneille par son neveu Fontenelle, et le *Commentaire* que Voltaire a composé sur son théâtre, travail où beaucoup d'observations excellentes sont mêlées à quelques erreurs et quelques sévérités injustes. La Harpe, moins heureux toutefois en jugeant Corneille que lorsqu'il apprécie Racine ; Geoffroy, dans son *Cours de littérature dramatique;* Lemercier, dans son *Cours analytique de littérature générale;* les *Observations critiques* de Palissot, dans son édition de Corneille ; le travail que François de Neufchâteau joignit à la collection des *Chefs-d'œuvre* de cet auteur (Didot, 1814-1819) ; l'*Histoire de la littérature française* de M. Nisard, etc., pourront encore être consultés avec intérêt sur ce grand homme. Enfin M. Guizot lui a consacré une publication remarquable.

Ajoutons ici quelques mots sur Thomas Corneille, le frère de Pierre Corneille, et son successeur à l'Académie française. Plus jeune que lui de dix-neuf années, il ne lui en survécut pas moins de vingt-cinq. « C'était, a dit Voltaire, un homme d'un grand mérite et d'une vaste littérature. » Il fit quarante-deux pièces de théâtre, dont quelques-unes obtinrent un brillant succès. Celles qui sont demeurées le plus célèbres sont *le Comte d'Essex* (1678) et surtout *Ariane* (1672) : cette dernière renferme des scènes touchantes et des vers fort heureux. Par malheur, dans les pièces de Thomas Corneille, le style n'est jamais assez soutenu et le coloris manque en général. Tel fut néanmoins, de son vivant, l'éclat de sa réputation, qu'elle balançait presque celle de son aîné : illusion qu'il se gardait bien d'ailleurs de partager, ayant pour celui-ci autant de respect et d'admiration que de tendresse.

ques autres; à vingt-neuf ans, abordant la tragédie, il avait dans *Médée* trouvé quelques traits sublimes; à trente, il faisait paraître le *Cid :* et la France ravie saluait de ses applaudissements enthousiastes le nom du grand Corneille. Dès lors, en bien peu de temps, quelle succession de chefs-d'œuvre, consacrée par les noms d'*Horace*, de *Cinna*, de *Polyeucte*, de *Pompée*, de *Rodogune!* Avant sa trente-septième année, l'auteur de tant de hautes conceptions tragiques nous donnait encore, dans le *Menteur*, notre première comédie de caractère, demeurée l'une des meilleures [1]. S'étonnera-t-on qu'après une fécondité si prodigieuse, la vieillesse ait été prématurée pour l'imagination de Corneille? Quel qu'ait été d'ailleurs le long et triste déclin de ce grand homme, des éclairs de génie ne cessèrent, en brillant çà et là, même dans ses derniers ouvrages, de rappeler sa gloire passée [2]; et tel est le nombre des *sublimes et divines beautés*, comme disait Mme de Sévigné, qu'offre ce père de notre théâtre, qu'elles suffiront à jamais pour couvrir et faire pardonner ses imperfections et ses fautes.

## Paraphrase de l'imitation de Jésus-Christ [3].

(Fragment.)

Pour t'élever de terre, homme, il te faut deux ailes,
La pureté du cœur et la simplicité:
Elles te porteront avec facilité
Jusqu'à l'abîme heureux des clartés éternelles.
Celle-ci doit régner sur tes intentions,
Celle-là présider à tes affections,

1. Il faut rappeler ce mot de Voltaire: « Non-seulement on doit à Corneille la tragédie et la comédie, mais on lui doit l'art de penser. »

2. On peut appliquer à plusieurs productions de sa vieillesse ce que Longin disait du sommeil d'Homère: « Ses rêves même ont quelque chose de divin; ce sont les rêves de Jupiter. »

3. Dégoûté de la carrière dramatique par quelques échecs récents, Corneille avait cherché des consolations dans ce travail, où « il sacrifiait sa réputation, pensait-il, à la gloire du souverain maître. » Il y trouva un grand succès. Sa traduction, à laquelle il consacra près de six années (les deux premiers livres parurent en 1651), a été réimprimée environ quarante fois. On peut lire, à ce sujet, la savante dissertation publiée par M. Barbier *sur soixante traductions françaises de l'Imitation de Jésus-Christ*, « le plus beau des livres sortis de la main des hommes, disait Fontenelle, puisque l'Evangile n'en

Si tu veux de tes sens dompter la tyrannie;
L'humble simplicité vole droit jusqu'à Dieu,
La pureté l'embrasse, et l'une à l'autre unie
S'attache à ses bontés et les goûte en tout lieu.

Nulle bonne action ne te ferait de peine
Si tu te dégageais de tous déréglements:
Le désordre insolent des propres sentiments[1]
Forme tout l'embarras de la faiblesse humaine.
Ne cherche ici qu'à plaire à ce grand Souverain,
N'y cherche qu'à servir après lui ton prochain,
Et tu te verras libre au dedans de ton âme;
Tu seras au-dessus de ta fragilité,
Et n'auras plus de part à l'esclavage infâme
Où par tous autres soins l'homme est précipité.

Si ton cœur était droit, toutes les créatures
Te seraient des miroirs et des livres ouverts,
Où tu verrais sans cesse en mille lieux divers
Des modèles de vie et des doctrines pures:
Toutes comme à l'envi te montrent leur auteur.
Il a dans la plus basse imprimé sa hauteur,
Et dans la plus petite il est plus admirable:
De sa pleine bonté rien ne parle à demi;
Et du vaste éléphant la masse épouvantable
Ne l'étale pas mieux que la moindre fourmi[2].

Trad. de l'*Imitation de Jésus-Christ*, livre II, chap. IV.

vient pas, » Relativement à l'auteur de cette œuvre, il faut consulter la préface de Corneille adressée « au lecteur, » où il se demande « si c'est à Jean Gerson ou à Thomas A-Kempis que l'Eglise en est redevable : « Quoi qu'il en soit, conclut celui-ci très-sagement, s'il y a quelque contestation sur le nom de l'écrivain, il est hors de dispute que c'était un homme bien éclairé du Saint-Esprit, et que son ouvrage est une bonne école pour ceux qui veulent s'avancer dans la dévotion. »

1. C'est-à-dire, des sentiments qui nous appartiennent *en propre*, des sentiments personnels, intérieurs : brièveté qui semblerait aujourd'hui un peu dure.

2. On peut voir les mêmes idées traitées par L. Racine dans le poëme de la *Religion*, chant I^er^. De nos jours, M. de Lamartine a dit aussi dans la II^e^ de ses *Premières Méditations poétiques :*

Tout est bien, tout est bon, tout est grand à sa place,
Aux regards de celui qui fit l'immensité
L'insecte vaut un monde : ils ont autant coûté.

## Le Cid[1].

(Extraits.)

Don Diègue est offensé par Gomès, comte de Gormas : il confie à son fils, don Rodrigue, que ses exploits feront plus tard honorer du nom de *Cid* (chef), le soin de sa vengeance.

### Acte I, Scène III.

*Le comte, don Diègue.*

LE COMTE.

Enfin, vous l'emportez, et la faveur du roi
Vous élève en un rang qui n'était dû qu'à moi ;
Il vous fait gouverneur du prince de Castille.

D. DIÈGUE.

Cette marque d'honneur qu'il met dans ma famille
Montre à tous qu'il est juste, et fait connaître assez
Qu'il sait récompenser les services passés.

1. On sait que Corneille emprunta ce sujet et plusieurs détails à une pièce de l'Espagnol Guilhem de Castro, dont la traduction littérale a même été essayée sur notre scène ; mais on a dit bien à tort que notre grand tragique avait eu un deuxième modèle dans Diamante, tandis que celui-ci n'a fait que traduire le *Cid* français. Ce point et quelques autres qui concernent le théâtre de Corneille ont été éclaircis par M. Viguier dans un travail intitulé : « Anecdotes littéraires sur Pierre Corneille, » Rouen, 1846, in-8°. Quant au héros de cette tragédie, don Rodrigue Diaz de Bivar, c'est un personnage historique dont les *Romanceros* espagnols nous entretiennent très-fréquemment, et qui remporta en effet beaucoup d'avantages sur les Maures, vers 1060, sous Ferdinand I^er^, dit le Grand, roi de Léon et de Castille.
La *tragi-comédie* du *Cid* (on donnait alors ce nom aux pièces tragiques dont le dénoûment était heureux), jouée en 1636, est une grande date dans notre littérature, puisque ce fut le début des chefs-d'œuvre de Corneille en même temps que de ceux de notre théâtre. On vit pour la première fois, représenté avec dignité et avec charme, le combat des passions entre elles et du devoir contre les passions. — Relativement aux débats excités par cette *merveille*, que l'admiration du public soutint contre les mécontentements de Richelieu, les attaques de Scudéry et même les critiques de l'Académie naissante, on peut consulter le tome XII des Œuvres de Corneille, édition Lefèvre (in-8°, 1824, collection des classiques français), où toutes les pièces du procès ont été soigneusement recueillies. Qu'il suffise de remarquer ici que les *Sentiments sur le Cid*, rédigés par Chapelain, ne sont pas tout à fait indignes, malgré les points contestables ou faux qu'ils renferment, des éloges que leur a donnés La Bruyère.

LE COMTE.

Pour grands que soient les rois[1], ils sont ce que nous [sommes :
Ils peuvent se tromper comme les autres hommes[2];
Et ce choix sert de preuve à tous les courtisans
Qu'ils savent mal payer les services présents.

D. DIÈGUE.

Ne parlons plus d'un choix dont votre esprit s'irrite :
La faveur l'a pu faire autant que le mérite;
Mais on doit ce respect au pouvoir absolu,
De n'examiner rien quand un roi l'a voulu.
A l'honneur qu'il m'a fait ajoutez-en un autre :
Joignons d'un sacré nœud ma maison à la vôtre.
Vous n'avez qu'une fille[3], et moi je n'ai qu'un fils;
Leur hymen nous peut rendre à jamais plus qu'amis :
Faites-nous cette grâce, et l'acceptez pour gendre.

LE COMTE.

A des partis plus hauts ce beau fils[4] doit prétendre;
Et le nouvel éclat de votre dignité
Lui doit enfler le cœur d'une autre vanité.
Exercez-la, monsieur, et gouvernez le prince :
Montrez-lui comme il faut régir une province,
Faire trembler partout les peuples sous sa loi,
Remplir les bons d'amour et les méchants d'effroi[5];
Joignez à ces vertus celles d'un capitaine :
Montrez-lui comme il faut s'endurcir à la peine,
Dans le métier de Mars se rendre sans égal,
Passer les jours entiers et les nuits à cheval,
Reposer tout armé, forcer une muraille,

1. Excellent tour dont Voltaire loue avec raison la concision énergique et regrette la désuétude. — Pour la plupart des observations dont ces vers ont été le sujet et pour leurs variantes assez nombreuses, nous nous contenterons au reste, en général, de renvoyer à l'édition Lefèvre déjà citée.

2. Rotrou a dit à peu près de même, dans son *Iphigénie en Aulide*, I, 5 :

> Les princes sont des dieux sujets aux lois des hommes :
> Ils souffrent comme nous, ils sont ce que nous sommes.

On ajoutera que Rotrou et Corneille ont imité ici Malherbe : voy. nos *Morceaux choisis des Classiques français* à l'usage de la classe de quatrième, p. 74.

3. Chimène, aimée de don Rodrigue.

4. Cette locution ironique paraîtrait aujourd'hui peu convenable dans une tragédie ; mais alors les genres n'étaient pas, comme à présent, définis et limités avec exactitude : on aura plus d'une occasion de le remarquer dans Corneille.

5. Vers emprunté presque textuellement à Régnier, *Sat.* I.

Et ne devoir qu'à soi le gain d'une bataille :
Instruisez-le d'exemple, et rendez-le parfait,
Expliquant à ses yeux vos leçons par l'effet.

D. DIÈGUE.

Pour s'instruire d'exemple, en dépit de l'envie,
Il lira seulement l'histoire de ma vie.
Là, dans un long tissu de belles actions,
Il verra comme il faut dompter les nations,
Attaquer une place, ordonner une armée,
Et sur de grands exploits bâtir sa renommée.

LE COMTE.

Les exemples vivants sont d'un autre pouvoir :
Un prince dans un livre apprend mal son devoir.
Et qu'a fait, après tout, ce grand nombre d'années,
Que ne puisse égaler une de mes journées?
Si vous fûtes vaillant, je le suis aujourd'hui,
Et ce bras du royaume est le plus ferme appui;
Grenade et l'Aragon tremblent quand ce fer brille;
Mon nom sert de rempart à toute la Castille :
Sans moi, vous passeriez bientôt sous d'autres lois,
Et vous auriez bientôt vos ennemis pour rois.
Chaque jour, chaque instant, pour rehausser ma gloire,
Met lauriers sur lauriers, victoire sur victoire.
Le prince à mes côtés ferait dans les combats
L'essai de son courage à l'ombre de mon bras :
Il apprendrait à vaincre en me regardant faire ;
Et, pour répondre en hâte à son grand caractère,
Il verrait....

D. DIÈGUE. Je le sais, vous servez bien le roi :
Je vous ai vu combattre et commander sous moi.
Quand l'âge dans mes nerfs a fait couler sa glace,
Votre rare valeur a bien rempli ma place :
Enfin, pour épargner les discours superflus,
Vous êtes aujourd'hui ce qu'autrefois je fus.
Vous voyez toutefois qu'en cette concurrence
Un monarque entre nous met quelque différence.

LE COMTE.

Ce que je méritais, vous l'avez emporté.

D. DIÈGUE.

Qui l'a gagné sur vous l'avait mieux mérité.

LE COMTE.

Qui peut mieux l'exercer en est bien le plus digne.

D. DIÈGUE.

En être refusé n'en est pas un bon signe.

LE COMTE.

Vous l'avez eu par brigue, étant vieux courtisan.

D. DIÈGUE.
L'éclat de mes hauts faits fut mon seul partisan.
LE COMTE.
Parlons-en mieux, le roi fait honneur à votre âge.
D. DIÈGUE.
Le roi, quand il en fait, le mesure au courage.
LE COMTE.
Et par là cet honneur n'était dû qu'à mon bras.
D. DIÈGUE.
Qui n'a pu l'obtenir ne le méritait pas[1].
LE COMTE.
Ne le méritait pas! moi?
D. DIÈGUE. Vous.
LE COMTE. Ton impudence,
Téméraire vieillard, aura sa récompense.
(*Il lui donne un soufflet.*)
D. DIÈGUE, *mettant l'épée à la main.*
Achève, et prends ma vie après un tel affront,
Le premier dont ma race ait vu rougir son front.
LE COMTE.
Et que penses-tu faire avec tant de faiblesse?
D. DIÈGUE, *désarmé.*
O Dieu! ma force usée en ce besoin me laisse!
LE COMTE.
Ton épée est à moi; mais tu serais trop vain,
Si ce honteux trophée avait chargé ma main.
Adieu. Fais lire au prince, en dépit de l'envie,
Pour son instruction l'histoire de ta vie:
D'un insolent discours ce juste châtiment
Ne lui servira pas d'un petit ornement.

### Acte I, Scène IV.

D. DIÈGUE, *seul.*
O rage, ô désespoir! ô vieillesse ennemie!
N'ai-je donc tant vécu que pour cette infamie[2]?

1. Voici un exemple de ces dialogues vifs et concis que Corneille a très-heureusement imités de la scène grecque, où ils sont beaucoup plus multipliés que sur notre théâtre. « La franchise de la repartie, a dit Châteaubriand au sujet d'un de ces dialogues de Corneille, la rapidité du tour et la hauteur des sentiments ne manquent jamais d'y ravir le spectateur. »

2. On sait que ce beau passage a été parodié par Furetière, avec le concours de Boileau et de Racine. Ce dernier, dans ses *Plaideurs*, a pris encore la même liberté à l'égard de quelques-uns des traits du *Cid*, ce qui semblait une *irrévérence* à Corneille. Nous ne ver-

Et ne suis-je blanchi dans les travaux guerriers
Que pour voir en un jour flétrir tant de lauriers?
Mon bras qu'avec respect toute l'Espagne admire,
Mon bras qui tant de fois a sauvé cet empire,
Tant de fois affermi le trône de son roi,
Trahit donc ma querelle et ne fait rien pour moi?
O cruel souvenir de ma gloire passée!
Œuvre de tant de jours en un jour effacée!
Nouvelle dignité, fatale à mon bonheur!
Précipice élevé d'où tombe mon honneur[1]!
Faut-il de votre éclat voir triompher le comte,
Et mourir sans vengeance ou vivre dans la honte?
Comte, sois de mon prince à présent gouverneur:
Ce haut rang n'admet point un homme sans honneur;
Et ton jaloux orgueil, par cet affront insigne,
Malgré le choix du roi m'en a su rendre indigne.
Et toi, de mes exploits glorieux instrument,
Mais d'un corps tout de glace inutile ornement,
Fer, jadis tant à craindre, et qui, dans cette offense
M'as servi de parade et non pas de défense,
Va, quitte désormais le dernier des humains:
Passe, pour me venger, en de meilleures mains.

## Acte I, Scène V.

*Don Diègue, don Rodrigue.*

D. DIÈGUE.
Rodrigue, as-tu du cœur?
D. RODRIGUE. Tout autre que mon père
L'éprouverait sur l'heure.
D. DIÈGUE. Agréable colère!
Digne ressentiment à ma douleur bien doux!
Je reconnais mon sang à ce noble courroux:
Ma jeunesse revit en cette ardeur si prompte.
Viens, mon fils, viens, mon sang, viens réparer ma honte;

rons là, pour nous, que de simples jeux d'esprit qui attestent la célébrité même des vers de Corneille, et qui pouvaient se concilier avec la plus sincère admiration de ce grand homme.

1. Il y a un peu de déclamation dans ce vers, qui nuit d'ailleurs au juste rapport des mots et à l'accord des images que le suivant présente; car si l'on peut dire l'*éclat d'une dignité,* on ne saurait dire de même l'*éclat d'un précipice.* — Dans ses monologues, Corneille n'évite pas en général avec assez de soin le faste et l'exagération des paroles.

Viens me venger.
D. RODRIGUE. De quoi?
D. DIÈGUE. D'un affront si cruel,
Qu'à l'honneur de tous deux il porte un coup mortel :
D'un soufflet. L'insolent en eût perdu la vie :
Mais mon âge a trompé ma généreuse envie ;
Et ce fer que mon bras ne peut plus soutenir,
Je le remets au tien pour venger et punir.
Va contre un arrogant éprouver ton courage :
Ce n'est que dans le sang qu'on lave un tel outrage ;
Meurs ou tue[1]. Au surplus, pour ne te point flatter,
Je te donne à combattre un homme à redouter :
Je l'ai vu, tout couvert de sang et de poussière,
Porter partout l'effroi dans une armée entière[2].
J'ai vu par sa valeur cent escadrons rompus ;
Et, pour t'en dire encor quelque chose de plus,
Plus que brave soldat, plus que grand capitaine,
C'est. . . . .
D. RODRIGUE. De grâce, achevez.
D. DIÈGUE. Le père de Chimène.
D. RODRIGUE.
Le....?
D. DIÈGUE. Ne réplique point, je connais ton amour :
Mais qui peut vivre infâme est indigne du jour ;
Plus l'offenseur est cher, et plus grande est l'offense.
Enfin tu sais l'affront, et tu tiens la vengeance :
Je ne te dis plus rien. Venge-moi, venge-toi.
Montre-toi digne fils d'un père tel que moi.
Accablé des malheurs où le destin me range[3],
Je vais les déplorer. Va, cours, vole et nous venge.

1. Admirable concision : ainsi Sénèque le tragique, dans *Thyeste*, v. 203 : *Aut perdet aut peribit*. « Voilà les mots, remarque La Harpe, qui se précipitent dans la bouche d'un homme furieux ; il voudrait n'en pas prononcer d'autres. » — On peut voir dans Guilhem de Castro l'originalité en quelque sorte sauvage de cette scène, et consulter un article de M. Magnin, « Le *Cid* au Théâtre français, » *Revue des deux mondes*, numéro du 1er février 1842.

2. Au lieu de ces deux vers, dont le second est vague et entaché d'un pléonasme, l'auteur avait d'abord écrit, ce qui valait mieux :

Je l'ai vu tout sanglant, au milieu des batailles,
Se faire un beau rempart de mille funérailles....

On lit encore dans un passage d'*Attila*, où Corneille retrouve un instant son ancienne vigueur, II, 5 :

Je l'ai vu, tout couvert de poudre et de fumée,
Donner le grand exemple à toute son armée....

3. Terme impropre pour *jette, plonge* : Corneille s'est laissé ici dominer par la rime.

### ACTE II, SCÈNE II.

*Le comte, don Rodrigue.*

D. RODRIGUE.
A moi, comte, deux mots.
LE COMTE. Parle.
D. RODRIGUE. Ote-moi d'un doute[1].
Connais-tu bien don Diègue?
LE COMTE. Oui.
D. RODRIGUE. Parlons bas; écoute.
Sais-tu que ce vieillard fut la même vertu[2],
La vaillance et l'honneur de son temps? le sais-tu?
LE COMTE.
Peut-être.
D. RODRIGUE. Cette ardeur que dans mes yeux je porte,
Sais-tu que c'est son sang? le sais-tu?
LE COMTE. Que m'importe?
D. RODRIGUE.
A quatre pas d'ici je te le fais savoir.
LE COMTE.
Jeune présomptueux!
D. RODRIGUE. Parle sans t'émouvoir.
Je suis jeune, il est vrai; mais aux âmes bien nées
La valeur n'attend point le nombre des années[3].
LE COMTE.
Te mesurer à moi! qui t'a rendu si vain,
Toi qu'on n'a jamais vu les armes à la main?
D. RODRIGUE.
Mes pareils à deux fois ne se font point connaître,
Et pour leurs coups d'essai veulent des coups de maître.

1. Le tutoiement, d'ailleurs assez ordinaire alors entre les personnes de même rang ou de même naissance, et particulièrement usité sur notre théâtre à cette époque (voy. Fontenelle, *Vie de P. Corneille*), est ici l'expression d'une colère concentrée.

2. C'est-à-dire, la *vertu même* : l'inversion que présente ce vers était un tour fort reçu, en prose comme en vers, du temps de Corneille.

3. Ainsi dans la Ve *Philippique*, c. 17, Cicéron parle-t-il de César : « Ineunte ætate docuit ab excellenti eximiaque virtute progressum ætatis exspectari non oportere; » et pareillement Ovide :

> Ingenium cœleste suis velocius annis
> Surgit.....
>
> *De Art. am.*, lib. I, v. 185.

LE COMTE.

Sais-tu bien qui je suis?

D. RODRIGUE. Oui : tout autre que moi
Au seul bruit de ton nom pourrait trembler d'effroi.
Les palmes dont je vois ta tête si couverte
Semblent porter écrit le destin de ma perte.
J'attaque en téméraire un bras toujours vainqueur;
Mais j'aurai trop de force, ayant assez de cœur.
A qui venge son père il n'est rien d'impossible :
Ton bras est invaincu[1], mais non pas invincible.

LE COMTE.

Ce grand cœur qui paraît aux discours que tu tiens
Par tes yeux, chaque jour, se découvrait aux miens;
Et croyant voir en toi l'honneur de la Castille,
Mon âme avec plaisir te destinait ma fille.
Je sais ta passion, et suis ravi de voir
Que tous ses mouvements cèdent à ton devoir;
Qu'ils n'ont point affaibli cette ardeur magnanime;
Que ta haute vertu répond à mon estime;
Et que voulant pour gendre un cavalier[2] parfait,
Je ne me trompais point au choix que j'avais fait.
Mais je sens que pour toi ma pitié s'intéresse :
J'admire ton courage et je plains ta jeunesse.
Ne cherche point à faire un coup d'essai fatal;
Dispense ma valeur d'un combat inégal;
Trop peu d'honneur pour moi suivrait cette victoire :
A vaincre sans péril on triomphe sans gloire[3].
On te croirait toujours abattu sans effort,
Et j'aurais seulement le regret de ta mort.

D. RODRIGUE.

D'une indigne pitié ton audace est suivie :

1. Corneille s'est encore servi de ce mot dans *Horace*, et Voltaire l'en félicite avec raison : « Ce terme, dit-il, n'a été employé que par Corneille et devrait l'être par tous les poëtes. » Il eût pu ajouter que le père de la tragédie en France ne l'avait nullement inventé, mais qu'il l'avait trouvé dans notre ancienne langue, où pour le tour et pour l'expression il y a encore bien des ressources précieuses à exhumer.

2. Langage du temps : expression que l'Espagne venait d'introduire parmi nous et qui serait aujourd'hui d'une familiarité très-déplacée.

3. Sénèque avait dit, dans son traité *de la Providence*, ch. 3 : « Scit eum sine gloria vinci qui sine periculo vincitur. » — Corneille, plus qu'aucun autre de nos auteurs, offre une foule de ces pensées, énergiquement rendues, que le bonheur de l'expression grave dans toutes les mémoires et qui deviennent des espèces d'adages, consacrés par l'admiration populaire.

Qui m'ose ôter l'honneur craint de m'ôter la vie!

LE COMTE.

Retire-toi d'ici!

D. RODRIGUE. Marchons sans discourir.

LE COMTE.

Es-tu si las de vivre?

D. RODRIGUE. As-tu peur de mourir?

LE COMTE.

Viens, tu fais ton devoir, et le fils dégénère
Qui survit un moment à l'honneur de son père.

Chimène, fille du comte, vient demander au roi d'Espagne le châtiment de Rodrigue, qui a tué Gomès en combat singulier. Rodrigue est défendu par son père.

## ACTE II, SCÈNE VIII.

*Don Fernand, roi de Castille; don Diègue, Chimène, don Sanche.*

CHIMÈNE.

Sire, sire, justice[1]!

D. DIÈGUE. Ah! sire, écoutez-nous.

CHIMÈNE.

Je me jette à vos pieds.

D. DIÈGUE. J'embrasse vos genoux.

CHIMÈNE.

Je demande justice.

D. DIÈGUE. Entendez ma défense.

CHIMÈNE.

D'un jeune audacieux punissez l'insolence;
Il a de votre sceptre abattu le soutien,
Il a tué mon père.

D. DIÈGUE. Il a vengé le sien.

CHIMÈNE.

Au sang de ses sujets un roi doit la justice[2].

D. DIÈGUE.

Pour la juste vengeance il n'est point de supplice.

1. Voltaire fait remarquer la beauté de cette situation : « Le premier mot de Chimène, observe-t-il, est de demander justice contre un homme qu'elle adore; » et quelle source d'intérêt pour le spectateur! « Chimène fera-t-elle couler le sang du Cid? qui l'emportera, d'elle ou de don Diègue? Tous les esprits sont en suspens, tous les cœurs sont émus. »

2. On se bornerait à dire aujourd'hui : *doit justice*.

D. FERNAND.

Levez-vous l'un et l'autre, et parlez à loisir.
Chimène, je prends part à votre déplaisir[1] :
D'une égale douleur je sens mon âme atteinte.
(*à D. Diègue.*)
Vous parlerez après; ne troublez point sa plainte.

CHIMÈNE.

Sire, mon père est mort; mes yeux ont vu son sang
Couler à gros bouillons de son généreux flanc;
Ce sang qui tant de fois garantit vos murailles,
Ce sang qui tant de fois vous gagna des batailles,
Ce sang qui tout sorti fume encor de courroux[2]
De se voir répandu pour d'autres que pour vous,
Qu'au milieu des hasards n'osait verser la guerre,
Rodrigue en votre cour vient d'en couvrir la terre.
J'ai couru sur le lieu, sans force et sans couleur;
Je l'ai trouvé sans vie. Excusez ma douleur,
Sire; la voix me manque à ce récit funeste :
Mes pleurs et mes soupirs vous diront mieux le reste.

D. FERNAND.

Prends courage, ma fille, et sache qu'aujourd'hui
Ton roi te veut servir de père au lieu de lui.

CHIMÈNE.

Sire, de trop d'honneur ma misère est suivie.
Je vous l'ai déjà dit, je l'ai trouvé sans vie :
Son flanc était ouvert; et, pour mieux m'émouvoir,
Son sang sur la poussière écrivait mon devoir;
Ou plutôt sa valeur en cet état réduite
Me parlait par sa plaie et hâtait ma poursuite;
Et, pour se faire entendre au plus juste des rois,
Par cette triste bouche elle empruntait ma voix[3].

1. La force de ce mot s'est singulièrement affaiblie de nos jours.

2. Ici c'est le poëte qui parle, et non plus le personnage : Voltaire blâme judicieusement ces hyperboles poétiques qui affaiblissent le pathétique de ce discours. Elles étaient alors trop goûtées et, vers le même temps, Rotrou avait dit dans l'*Illustre Amazone* :

Le sang dont il (ce glaive) est teint vous presse et vous conjure
D'effacer dans le mien cette triste teinture....

3. Dans ces vers, comme dans quelques-uns des précédents, bien qu'ils aient été de nos jours habilement défendus, on reconnaîtra la subtilité et l'affectation dont Corneille, soumis à l'influence du goût italien et espagnol qui régnait sur notre théâtre, n'a pas su partout se préserver. Le langage de la douleur doit être plus simple et plus naturel ; il repousse ces faux brillants. Mais qu'on veuille bien se le rappeler : une délicatesse souvent raffinée et une grandeur inculte, tel était le double caractère de l'époque où vécut Corneille.

Sire, ne souffrez pas que, sous votre puissance,
Règne devant vos yeux une telle licence;
Que les plus valeureux, avec impunité,
Soient exposés aux coups de la témérité;
Qu'un jeune audacieux triomphe de leur gloire,
Se baigne dans leur sang, et brave leur mémoire.
Un si vaillant guerrier qu'on vient de vous ravir
Eteint, s'il n'est vengé, l'ardeur de vous servir.
Enfin mon père est mort, j'en demande vengeance,
Plus pour votre intérêt que pour mon allégeance[1].
Vous perdez en la mort d'un homme de son rang;
Vengez-la par une autre, et le sang par le sang.
Immolez, non à moi, mais à votre couronne,
Mais à votre grandeur, mais à votre personne,
Immolez, dis-je, sire, au bien de tout l'Etat
Tout ce qu'enorgueillit un si grand attentat.

D. FERNAND.

D. Diègue, répondez.

D. DIÈGUE. Qu'on est digne d'envie,
Lorsqu'en perdant la force on perd aussi la vie[2]!
Et qu'un long âge apprête aux hommes généreux,
Au bout de leur carrière, un destin malheureux!
Moi, dont les longs travaux ont acquis tant de gloire,
Moi, que jadis partout a suivi la victoire,
Je me vois aujourd'hui, pour avoir trop vécu,
Recevoir un affront, et demeurer vaincu.
Ce que n'a pu jamais combat, siége, embuscade,
Ce que n'a pu jamais Aragon, ni Grenade,
Ni tous vos ennemis, ni tous mes envieux,
Le comte en votre cour l'a fait presque à vos yeux,
Jaloux de votre choix, et fier de l'avantage
Que lui donnait sur moi l'impuissance de l'âge.
Sire, ainsi ces cheveux blanchis sous le harnois,
Ce sang pour vous servir prodigué tant de fois,
Ce bras, jadis l'effroi d'une armée ennemie,
Descendaient au tombeau tout chargés d'infamie,

1. Terme aujourd'hui inusité pour *soulagement*, *consolation*; mais ce n'est pas sans raison que Marmontel le signale parmi plusieurs mots perdus qui sont à regretter : voy., dans ses *Eléments de littérature*, l'article *Usage*.

2. Au sujet des sentiments qui animent don Diègue, on consultera avec fruit, dans le *Cours de littérature dramatique* de M. Saint-Marc Girardin, le ch. VIII (t. I^er^), où, étudiant l'*amour paternel* sur notre théâtre, particulièrement chez Corneille, le savant professeur compare entre eux les personnages de don Diègue, du vieil Horace, et de Géronte dans le *Menteur*.

Si je n'eusse produit un fils digne de moi,
Digne de son pays et digne de son roi :
Il m'a prêté sa main, il a tué le comte;
Il m'a rendu l'honneur, il a lavé ma honte.
Si montrer du courage et du ressentiment,
Si venger un soufflet mérite un châtiment,
Sur moi seul doit tomber l'éclat de la tempête :
Quand le bras a failli, l'on en punit la tête.
Qu'on nomme crime ou non ce qui fait nos débats,
Sire, j'en suis la tête, il n'en est que le bras.
Si Chimène se plaint qu'il a tué son père,
Il ne l'eût jamais fait si je l'eusse pu faire.
Immolez donc ce chef[1] que les ans vont ravir,
Et conservez pour vous le bras qui peut servir.
Aux dépens de mon sang satisfaites Chimène :
Je n'y résiste point, je consens à ma peine;
Et, loin de murmurer d'un rigoureux décret,
Mourant sans déshonneur, je mourrai sans regret.

D. FERNAND.

L'affaire est d'importance, et, bien considérée,
Mérite en plein conseil d'être délibérée.
Don Sanche, remettez Chimène en sa maison.
Don Diègue aura ma cour et sa foi pour prison.
Qu'on me cherche son fils. Je vous ferai justice.

CHIMÈNE.

Il est juste, grand roi, qu'un meurtrier périsse.

D. FERNAND.

Prends du repos, ma fille, et calme tes douleurs.

CHIMÈNE.

M'ordonner du repos, c'est croître[2] mes malheurs.

1. *Chef* était alors le synonyme de *tête*. — Excepté ce terme tombé en désuétude, remarque ici La Harpe, « y a-t-il dans tout ce morceau, si vigoureux, si animé, si pathétique, un seul mot au-dessous du style noble; et, en même temps, y en a-t-il un seul qui ne soit dans la nature et la vérité? »

2. Pour *accroître* : verbe qui ne se prend plus régulièrement que dans le sens neutre. Voltaire en a toutefois approuvé dans les vers l'emploi actif, qu'offrent encore les tragédies de *Bajazet* et d'*Esther* : ajoutons que l'on en pourrait même citer quelques exemples contemporains; mais ils ne sont pas à imiter. — Le théâtre, dont on a dit que le *Cid* avait parmi nous inauguré la grandeur, devait être le plus riche domaine de notre poésie, comme la chaire chrétienne a été celui de notre prose. Ce fut dans les compositions dramatiques, grâce aux encouragements de Richelieu et de Louis XIV, que se sont donné en quelque sorte rendez-vous les plus grands génies du dix-septième et du dix-huitième siècle, par une rivalité féconde qui a élevé la gloire de la scène française au-dessus de celle de tous les autres pays.

## Le Menteur[1].

(Extraits.)

### Acte I, Scène III.

*Dorante, Clarice, Cliton.*

Dorante, c'est le menteur : il veut se faire valoir auprès d'une personne (Clarice) qu'il vient de rencontrer pour la première fois dans la promenade des Tuileries et avec laquelle il a lié conversation. Cliton est le valet de Dorante.

CLARICE.
Quoi! vous avez donc vu l'Allemagne et la guerre?
DORANTE.
Je m'y suis fait quatre ans craindre comme un tonnerre[2].
CLITON, *à part.*
Que lui va-t-il conter?
DORANTE. Et durant ces quatre ans
Il ne s'est fait combats, ni siéges importants,
Nos armes n'ont jamais remporté de victoire
Où cette main n'ait eu bonne part à la gloire :
Mes faits par la gazette en tous lieux divulgués...
CLITON, *le tirant par la basque de son habit.*
Savez-vous bien, monsieur, que vous extravaguez?

1. 1642. Le sujet de cette pièce, à laquelle, suivant Voltaire, « nous devons Molière » (il a reconnu lui-même les obligations qu'il avait à Corneille), est, comme celui du *Cid*, emprunté au théâtre espagnol. « Quand je me suis résolu, dit Corneille, de repasser du héroïque au naïf ( on a vu qu'il avait commencé par des comédies), je n'osai descendre de si haut sans m'assurer d'un guide, et me suis laissé conduire au fameux Lope de Véga... Ce n'est ici qu'une copie d'un excellent original qu'il a mis au jour sous le titre de *la Verdad sospechosa*, la Vérité suspecte. » Plus tard, il reconnut que l'auteur était Ruiz de Alarcon. Ce langage atteste, en tout cas, que l'élévation du talent n'avait chez Corneille d'égale que la modestie. — On a remarqué, relativement à la comédie, que nos plus illustres tragiques s'y étaient essayés avec succès, tandis qu'aucun de nos comiques, quelle que fût sa célébrité, n'a fait une tragédie passable.

2. Il est curieux de rapprocher du caractère de Dorante la manière dont Bossuet a peint le menteur (voy. ses *Sermons choisis*, Didot, 1844, p. 469) : « Celui qui s'est engagé dans cette faiblesse honteuse, dit-il, ne trouve plus d'ornements qui soient dignes de ses discours que la hardiesse de ses inventions, etc. »

DORANTE.

Tais-toi.

CLITON. Vous rêvez, dis-je, ou...

DORANTE. Tais-toi, misérable.

CLITON.

Vous venez de Poitiers, ou je me donne au diable;
Vous en revîntes hier[1].

DORANTE, *à Cliton*. Te tairas-tu, maraud?

(*A Clarice*.)

Mon nom dans nos succès s'étais mis assez haut
Pour faire quelque bruit sans beaucoup d'injustice;
Et je suivrais encore un si noble exercice,
N'était que l'autre hiver, faisant ici ma cour[2],
Je vous vis, et je fus retenu par l'amour.
Attaqué par vos yeux, je leur rendis les armes :
Je me fis prisonnier de tant d'aimables charmes;
Je leur livrai mon âme, et ce cœur généreux
Dès ce premier moment oublia tout pour eux.
Vaincre dans les combats, commander dans l'armée,
De mille exploits fameux enfler ma renommée,
Et tous ces nobles soins qui m'avaient su ravir
Cédèrent aussitôt à ceux de vous servir....

## ACTE I, SCÈNE V.

*Dorante, Cliton, Alcippe, Philiste.*

Deux jeunes gens, Alcippe et Philiste, dont le premier recherche la main de Clarice, s'entretenaient d'une sérénade qui lui avait été donnée sur l'eau, et dont ils ne connaissaient pas l'auteur, lorsque Dorante, leur ami, les accoste et juge à propos de s'en attribuer le mérite.

DORANTE.

Et vous ne savez point celui qui l'a donnée!

ALCIPPE.

Vous en riez!

1. Cet adverbe et généralement les finales des mots terminés en *er* étaient monosyllabes dans notre ancienne poésie. Molière, dans le *Misanthrope*, dit en parlant d'un sonnet :

Oui, hier, il me fut lu dans une compagnie.

2. *Au roi*, faut-il sous-entendre.

DORANTE. Je ris de vous voir étonné
D'un divertissement que je me suis donné...
(*A Cliton qui vient lui parler à l'oreille.*)
Tais-toi; si jamais plus tu me viens avertir....

CLITON.

J'enrage de me taire et d'entendre mentir.

PHILISTE, *à Alcippe.*

Voyez qu'heureusement dedans cette rencontre
Votre rival lui-même à vous-même se montre.

DORANTE, *revenant à eux.*

Comme à mes chers amis je vous veux tout conter.
J'avais pris cinq bateaux pour mieux tout ajuster :
Les quatre contenaient quatre chœurs de musique,
Capables de charmer le plus mélancolique.
Au premier, violons; en l'autre, luths et voix;
Des flûtes, au troisième; au dernier, des hautbois,
Qui tour à tour dans l'air poussaient des harmonies
Dont on pouvait nommer les douceurs infinies.
Le cinquième était grand, tapissé tout exprès
De rameaux enlacés pour conserver le frais,
Dont chaque extrémité portait un doux mélange
De bouquets de jasmin, de grenade et d'orange.
Je fis de ce bateau la salle du festin :
Là je menai l'objet qui fait seul mon destin;
De cinq autres beautés la sienne fut suivie,
Et la collation fut aussitôt servie.
Je ne vous dirai point les différents apprêts,
Le nom de chaque plat, le rang de chaque mets;
Vous saurez seulement qu'en ce lieu de délices
On servit douze plats, et qu'on fit six services,
Cependant que les eaux, les rochers et les airs
Répondaient aux accents de nos quatre concerts.
Après qu'on eut mangé, mille et mille fusées
S'élançant vers les cieux, ou droites ou croisées,
Firent un nouveau jour, d'où tant de serpenteaux
D'un déluge de flamme attaquèrent les eaux,
Qu'on crut que, pour leur faire une plus rude guerre,
Tout l'élément du feu tombait du ciel en terre.
Après ce passe-temps on dansa jusqu'au jour,
Dont le soleil jaloux avança le retour...

ALCIPPE.

Certes, vous avez grâce à conter ces merveilles :
Paris, tout grand qu'il est, en voit peu de pareilles.

DORANTE.

J'avais été surpris; et l'objet de mes vœux
Ne m'avait tout au plus donné qu'une heure ou deux.

PHILISTE.

Cependant l'ordre est rare et la dépense belle.

DORANTE.

Il s'est fallu passer à[1] cette bagatelle :
Alors que le temps presse, on n'a pas à choisir.

ALCIPPE.

Adieu : nous nous verrons avec plus de loisir.

DORANTE.

Faites état de moi[2].

ALCIPPE, *à Philiste, en s'en allant.*

Je meurs de jalousie!

PHILISTE, *à Alcippe.*

Sans raison toutefois votre âme en est saisie :
Les signes du festin ne s'accordent pas bien.

ALCIPPE, *a Philiste.*

Le lieu s'accorde, et l'heure; et le reste n'est rien.

## ACTE I, SCÈNE VI.

*Dorante, Cliton.*

CLITON.

Monsieur, puis-je à présent parler sans vous déplaire?

DORANTE.

Je remets à ton choix de parler ou te taire;
Mais quand tu vois quelqu'un, ne fais plus l'insolent.

CLITON.

Votre ordinaire est-il de rêver en parlant?

DORANTE.

Où me vois-tu rêver?

CLITON. J'appelle rêveries
Ce qu'en d'autres qu'un maître on nomme menteries :
Je parle avec respect.

DORANTE. Pauvre esprit!

CLITON. Je le perds
Quand je vous ois[3] parler de guerre et de concerts.
Vous voyez sans péril nos batailles dernières,

1. Pour *il a fallu se contenter de :* ce tour est hors d'usage aujourd'hui.

2. Cette formule de civilité, qui a vieilli, signifiait : *comptez sur moi, sur mon dévouement.*

3. C'était l'indicatif présent du verbe *ouïr,* synonyme *d'entendre,* dont le futur était *j'orrai :* presque tous les temps de ce verbe sont tombés en désuétude.

Et faites des festins qui ne vous coûtent guères.
Pourquoi depuis un an vous feindre de retour?

DORANTE.

J'en montre plus de flamme, et j'en fais mieux ma cour...
Tout le secret[1] ne gît qu'en un peu de grimace;
A mentir à propos, jurer de bonne grâce,
Etaler force mots qu'elles n'entendent pas;
Faire sonner Lamboy, Jean de Vert et Galas[2];
Nommer quelques châteaux de qui les noms barbares
Plus ils blessent l'oreille, et plus leur semblent rares;
Avoir toujours en bouche angles, lignes, fossés,
Vedette, contrescarpe, et travaux avancés[3] :
Sans ordre et sans raison, n'importe, on les étonne;
On leur fait admirer les baies[4] qu'on leur donne;
Et tel, à la faveur d'un semblable débit,
Passe pour homme illustre et se met en crédit.

CLITON.

Mais parlons du festin : Urgande et Mélusine[5]
N'ont jamais sur-le-champ mieux fourni leur cuisine;
Vous allez au delà de leurs enchantements :
Vous seriez un grand maître à faire des romans.
Ayant si bien en main le festin et la guerre,
Vos gens en moins de rien courraient toute la terre;
Et ce serait pour vous des travaux fort légers
Que d'y mêler partout la pompe et les dangers.
Ces hautes fictions vous sont bien naturelles.

DORANTE.

J'aime à braver ainsi les conteurs de nouvelles;
Et sitôt que j'en vois quelqu'un s'imaginer
Que ce qu'il veut m'apprendre a de quoi m'étonner,
Je le sers aussitôt d'un conte imaginaire
Qui l'étonne lui-même, et le force à se taire[6]....

1. Pour captiver l'attention des dames, sous-entendu.

2. Généraux de l'empereur d'Allemagne Ferdinand III, qui prirent part à la guerre de Trente ans.

3. Termes de fortifications et de guerre.

4. *Contes que l'on fait à quelqu'un pour se moquer de lui.* Cette locution, qui a vieilli, produit d'ailleurs dans la versification un effet désagréable. « Il faut éviter soigneusement de tels mots au milieu des vers, dit Voltaire, et ne les jamais faire rencontrer par des syllabes qui les heurtent. On est obligé de faire *baies* de deux syllabes, et ce son est très-désagréable : c'est ce qu'on appelle le demi-hiatus. »

5. Fées, magiciennes célèbres, dont il est souvent question dans nos romans de chevalerie.

6. Cf. la fable de La Fontaine intitulée : le *Dépositaire infidèle,* liv. IX, fab. 1.

## ACTE V, SCÈNE II.

Géronte (c'est le père de Dorante) vient de reconnaître qu'il a été dupe des mensonges de son fils.

GÉRONTE, *seul.*

O vieillesse facile[1] ! ô jeunesse impudente !
O de mes cheveux gris honte trop évidente !
Est-il dessous le ciel père plus malheureux ?
Est-il affront plus grand pour un cœur généreux ?
Dorante n'est qu'un fourbe ; et cet ingrat que j'aime,
Après m'avoir fourbé, me fait fourber moi même ;
Et d'un discours en l'air qu'il forge en imposteur,
Il me fait le trompette et le second auteur !
Comme si c'était peu pour mon reste de vie
De n'avoir à rougir que de son infamie,
L'infâme, se jouant de mon trop de bonté,
Me fait encor rougir de ma crédulité !

## ACTE V, SCÈNE III[2].

*Géronte, Dorante, Cliton.*

GÉRONTE.

Êtes-vous gentilhomme ?

DORANTE, *à part.* Ah ! rencontre fâcheuse !
(*A son père.*)
Étant sorti de vous[3], la chose est peu douteuse.

1. A cette comédie qui offre, comme dit Voltaire, les plus comiques situations, le pathétique est aussi mêlé avec beaucoup de bonheur. En cela, l'auteur ne dénature pas le genre; il l'étend, il l'agrandit, comme l'avaient fait parfois les anciens. Si, comme le remarque Voltaire, le génie mâle de Corneille quitte ici le ton familier, c'est que le sujet qu'il traite l'oblige d'élever la voix. Horace a autorisé cette liberté dans son *Art poétique :*

Iratusque Chremes tumido delitigat ore.

2. On voit ici, dit Voltaire, « la même main qui peignit le vieil Horace et D. Diègue. Il n'est point de père qui ne doive faire lire cette belle scène à ses enfants. »

3. Rotrou, que Corneille n'a pas dédaigné d'imiter, avait déjà dit dans son *Antigone :*

Ayant l'honneur que j'ai *d'être sorti de vous....*

C'est Hémon qui parle ainsi à Créon, tyran de Thèbes.

GÉRONTE.

Croyez-vous qu'il suffit d'être sorti de moi?

DORANTE.

Avec toute la France aisément je le croi[1].

GÉRONTE.

Et ne savez-vous point avec toute la France
D'où ce titre d'honneur a tiré sa naissance,
Et que la vertu seule a mis en ce haut rang
Ceux qui l'ont jusqu'à moi fait passer dans leur sang?

DORANTE.

J'ignorerais un point que n'ignore personne,
Que la vertu l'acquiert, comme le sang le donne.

GÉRONTE.

Où le sang a manqué si la vertu l'acquiert,
Où le sang l'a donné le vice aussi le perd[2].
Ce qui naît d'un moyen périt par son contraire:
Tout ce que l'un a fait, l'autre le peut défaire[3];
Et dans la lâcheté du vice où je te voi,
Tu n'es plus gentilhomme, étant sorti de moi.

DORANTE.

Moi?

GÉRONTE.

Laisse-moi parler, toi, de qui l'imposture
Souille honteusement ce don de la nature:
Qui se dit gentilhomme, et ment comme tu fais,
Il ment quand il le dit, et ne le fut jamais.
Est-il vice plus bas? est-il tache plus noire,
Plus indigne d'un homme élevé pour la gloire?
Est-il quelque faiblesse, est-il quelque action
Dont un cœur vraiment noble ait plus d'aversion,
Puisqu'un seul démenti lui porte une infamie
Qu'il ne peut effacer s'il n'expose sa vie,
Et si dedans le sang il ne lave l'affront
Qu'un si honteux outrage imprime sur son front?

DORANTE.

Qui vous dit que je mens?

1. Licence autorisée et dont on voit des exemples nombreux : on peut supprimer l'*s* pour la rime. Ce n'est d'ailleurs qu'un retour à l'ancienne orthographe.

2. Cf. Molière, le *Festin de Pierre*, IV, 6. On trouvera ce passage dans les *Morceaux choisis* pour la classe de sixième, page 20.

3. Sur ces idées, on peut encore rapprocher de Corneille Juvénal et Boileau, discourant de la noblesse, le premier dans sa huitième satire, le second dans sa cinquième, et Montesquieu, qui dit de la noblesse, avec sa concision ordinaire : « L'honneur en est, pour ainsi parler, l'enfant et le père. » *Esprit des Lois*, V, 9.

GÉRONTE. Qui me le dit, infâme[1] ?
Dis-moi, si tu le peux, dis le nom de ta femme[2].
Le conte qu'hier au soir tu m'en fis publier....

CLITON, *à Dorante.*
Dites que le sommeil vous l'a fait oublier.

GÉRONTE.
Ajoute, ajoute encore avec effronterie
Le nom de ton beau-père et de sa seigneurie;
Invente à m'éblouir quelques nouveaux détours.

CLITON, *à Dorante.*
Appelez la mémoire ou l'esprit au secours.

GÉRONTE.
De quel front cependant faut-il que je confesse
Que ton effronterie a surpris ma vieillesse,
Qu'un homme de mon âge a cru légèrement
Ce qu'un homme du tien débite impudemment?
Tu me fais donc servir de fable et de risée,
Passer pour esprit faible et pour cervelle usée!
Mais, dis-moi, te portais-je à la gorge un poignard?
Voyais-tu violence ou courroux de ma part?
Si quelque aversion t'éloignait de Clarice,
Quel besoin avais-tu d'un si lâche artifice?
Et pouvais-tu douter que mon consentement
Ne dût tout accorder à ton contentement,
Puisque mon indulgence, au dernier point venue,
Consentait, à tes yeux, l'hymen d'une inconnue[3]?
Ce grand excès d'amour que je t'ai témoigné
N'a point touché ton cœur, ou ne l'a point gagné:
Ingrat, tu m'as payé d'une impudente feinte,
Et tu n'as eu pour moi respect, amour ni crainte.
Va, je te désavoue.

DORANTE. Eh! mon père, écoutez.

GÉRONTE.
Quoi? des contes en l'air et sur l'heure inventés?

DORANTE.
Non, la vérité pure.

GÉRONTE. En est-il dans ta bouche?

1. On sait qu'il faut s'abstenir de faire rimer, comme dans cet exemple, une syllabe brève avec une syllabe longue.

2. Allusion de Géronte aux mensonges que son fils lui a faits, et qu'il va rappeler ensuite plus en détail.

3. Maintenant on ne dit pas, d'ordinaire, consentir une chose mais *à* une chose; ou, pour mieux parler, *consentir* n'est plus guère d'usage, comme verbe actif, qu'au palais et dans le langage diplomatique.

CLITON, *à Dorante.*

Voici pour votre adresse une assez rude touche[1].

DORANTE.

Épris d'une beauté qu'à peine j'ai pu voir
Qu'elle a pris sur mon âme un absolu pouvoir,
De Lucrèce en un mot, vous la pouvez connaître....

GÉRONTE.

Dis vrai : je la connais, et ceux qui l'ont fait naître ;
Son père est mon ami.

DORANTE. Mon cœur en un moment
Étant de ses regards charmé si puissamment,
Le choix que vos bontés avaient fait de Clarice,
Sitôt que je le sus, me parut un supplice :
Mais comme j'ignorais si Lucrèce et son sort
Pouvaient avec le vôtre avoir quelque rapport,
Je n'osai pas encor vous découvrir la flamme
Que venaient ses beautés d'allumer dans mon âme ;
Et j'avais ignoré, monsieur, jusqu'à ce jour
Que l'adresse d'esprit fût un crime en amour.
Mais si je vous osais demander quelque grâce,
A présent que je sais et son bien et sa race,
Je vous conjurerais, par les nœuds les plus doux
Dont l'amour et le sang puissent m'unir à vous,
De seconder mes vœux auprès de cette belle :
Obtenez-la d'un père, et je l'obtiendrai d'elle.

GÉRONTE.

Tu me fourbes encor.

DORANTE. Si vous ne m'en croyez,
Croyez-en pour le moins Cliton que vous voyez :
Il sait tout mon secret.

GÉRONTE. Tu ne meurs pas de honte
Qu'il faille que de lui je fasse plus de compte,
Et que ton père même, en doute de ta foi,
Donne plus de croyance à ton valet qu'à toi[2].
Ecoute : je suis bon, et, malgré ma colère,
Je veux encore un coup montrer un cœur de père ;
Je veux encore un coup pour toi me hasarder :
Je connais ta Lucrèce, et la vais demander ;
Mais si de ton côté le moindre obstacle arrive....

DORANTE.

Pour vous mieux assurer, souffrez que je vous suive.

GÉRONTE.

Demeure ici, demeure, et ne suis point mes pas :

1. Métaphore empruntée à l'escrime.

2. Cette humiliation de Dorante, obligé d'en appeler à son valet, c'est là une belle leçon morale qui ressort de cette comédie.

Je doute, je hasarde, et je ne te crois pas.
Mais sache que tantôt, si pour cette Lucrèce
Tu fais la moindre fourbe ou la moindre finesse,
Tu peux bien fuir mes yeux et ne me voir jamais.
Autrement, souviens-toi du serment que je fais :
Je jure les rayons du jour qui nous éclaire
Que tu ne mourras point que de la main d'un père,
Et que ton sang indigne, à mes pieds répandu,
Rendra prompte justice à mon honneur perdu[1].

1. « La facilité plaisante des mensonges de Dorante, observe La Harpe, et la scène entre son père et lui, où le poëte a su être éloquent sans sortir du ton de la comédie, font toujours revoir le *Menteur* avec plaisir. » — Corneille donna plus tard la *Suite du Menteur;* mais, quoique cette seconde pièce ne manquât pas de détails agréables et de vers heureux, elle fut très-éloignée d'avoir le même succès que la première.

# LA FONTAINE[1].

(1621-1695.)

Né à Château-Thierry (Champagne) le 8 juillet 1621, La Fontaine fit plus que de surpasser les fabulistes qui lui avaient frayé la voie ou qui devaient le suivre : il éleva l'apologue à un rang dont on n'avait pas soupçonné la hauteur. Jamais écrivain ne se piqua toutefois moins que lui de prétentions ambitieuses : il ignora assez longtemps que la nature l'eût créé poëte, et telle était sa simplicité, qu'il sembla dans la suite, en produisant ses plus grandes beautés, obéir à une sorte d'instinct supérieur. Non que le travail n'ait mûri les fruits spontanés du génie de La Fontaine; mais le comble de l'art fut pour lui, comme pour tous les maîtres, d'en dissimuler la trace : au mérite de plaire il joignit essentiellement, d'après sa propre expression, celui de paraître *n'y penser pas.* De là l'originalité et le

1. Parmi les travaux qui concernent La Fontaine, on remarquera les *Eloges* que lui ont consacrés La Harpe et Chamfort. Ce dernier remporta en 1774, dans le concours ouvert sur ce sujet par l'académie de Marseille, le prix que diverses libéralités avaient élevé jusqu'au chiffre de 4400 livres. L'ouvrage était d'ailleurs très-digne de cette belle récompense : rien de plus juste et de plus fin n'a été écrit sur La Fontaine. Entre les nombreuses éditions que l'on a publiées de lui, on signalera celles de l'abbé Guillon et de Charles Nodier, que recommandent des travaux critiques érudits et piquants; surtout celle de M. Walckenaer, qui fait partie de la collection des classiques Lefèvre. Non content d'éditer et d'annoter notre grand fabuliste avec le soin et la compétence qui le distinguaient, M. Walckenaer a donné sur lui un livre plein de recherches curieuses : *Histoire de la vie et des ouvrages de Jean de La Fontaine.* On peut voir ce que M^me^ de Sévigné pensait de La Fontaine : Lettre à M^me^ de Grignan, du 29 avril 1671; cf. les lettres du 20 juillet 1679 et du 14 mai 1686 au comte de Bussy, qui partageait l'admiration de sa cousine. Parmi ceux qui l'ont apprécié le mieux, on citera encore Fénelon, qui a notamment déploré sa mort dans la langue et avec la délicatesse de Térence, La Bruyère (discours de réception de l'Académie), Vauvenargues (*Réflexions critiques sur quelques poëtes*), Marmontel (*Eléments de littérature*, au mot *Fable*), La Harpe (*Cours de littérature*), MM. Sainte-Beuve (*Portraits*) et Nisard (*Histoire de la littérature française*), etc. Il est de plus resté, mais en partie seulement, un commentaire de cet auteur par Chamfort. Celui-ci l'avait composé pour la sœur de Louis XVI, madame Elisabeth, dont il était le lecteur : la bibliothèque de cette princesse possédait le manuscrit complétement

charme de cet auteur inimitable[1] : ce qui complète l'un et l'autre, c'est que, sous l'inspiration vraie qui le dirige, on aperçoit toujours le cœur de l'homme. Nul ne prend plus d'intérêt que lui à tout ce qu'il raconte; et la race humaine n'est pas le seul objet sur lequel il épanche le riche fonds de sa bienveillance : les animaux sont pour lui des hôtes de cette terre, auxquels il n'est pas étranger. Sa vive sympathie anime tout l'univers à nos yeux, et ses fables sont comme une vaste scène où il se montre souvent le rival de Molière[2]. Non moins que Molière, il nous avertit et nous corrige en nous amusant. Chez lui, que de règles de conduite et de préceptes de morale renfermés dans des vers devenus proverbes et présents à toutes les mémoires! Quel âge et quelle situation de la vie n'ont pas beaucoup à lui emprunter[3]?

### Le Savetier et le Financier[4].

Un savetier chantait du matin jusqu'au soir :
C'était merveille de le voir,
Merveille de l'ouïr; il faisait des passages[5],
Plus content qu'aucun des sept sages[6].
Son voisin, au contraire, étant tout cousu d'or,
Chantait peu, dormait moins encor :

achevé : ce qui a été depuis imprimé n'en est qu'un abrégé ou un débris; le reste semble perdu. Ajoutons que sur La Fontaine, ainsi que sur la plupart des écrivains de l'époque classique, on recourra avec beaucoup de fruit aux deux *Histoires de la littérature française* qu'ont fait paraître MM. Geruzez et Demogeot.

1. « Son génie, dit M. Walckenaer, lui avait fait donner de son vivant le surnom d'*inimitable*, et son caractère, celui de *bonhomme.* » Sur cette bonhomie de La Fontaine, qui se réfléchit dans ses ouvrages, Vergier a fait de jolis vers que La Harpe a cités.

2. Comme ce maître de notre théâtre, il nous a laissé aussi d'excellentes pages de prose, dont on peut lire quelques-unes dans le volume de nos *Morceaux choisis* à l'usage de la classe de sixième.

3. Nous avons cru inutile, en général, d'indiquer les auteurs auxquels La Fontaine a emprunté le sujet de ses fables, ce travail se trouvant déjà fait avec beaucoup d'exactitude dans plusieurs éditions

4. Il y a un récit analogue à cette fable dans la XXIe des *Nouvelles* de Bonaventure des Perriers.

5. Ce sont des *roulades,* c'est-à-dire des ornements ajoutés au chant.

6. Ces sages de la Grèce florissaient 600 ans avant Jésus-Christ : c'étaient Thalès. Solon, Pittacus, Bias, Périandre (ou Myson), Chilon et Cléobule.

C'était un homme de finance.
Si, sur le point du jour, parfois il sommeillait,
Le savetier alors en chantant l'éveillait;
Et le financier se plaignait
Que les soins de la Providence
N'eussent pas au marché fait vendre le dormir,
Comme le manger et le boire[1].
En son hôtel il fait venir
Le chanteur, et lui dit : « Or çà, sire Grégoire,
Que gagnez-vous par an? — Par an? Ma foi, monsieur,
Dit avec un ton de rieur[2]
Le gaillard savetier, ce n'est point ma manière
De compter de la sorte; et je n'entasse guère
Un jour sur l'autre : il suffit qu'à la fin
J'attrape le bout de l'année :
Chaque jour amène son pain. —
Eh bien! que gagnez-vous, dites-moi, par journée?
— Tantôt plus, tantôt moins : le mal est que toujours
(Et sans cela nos gains seraient assez honnêtes),
Le mal est que dans l'an s'entremêlent des jours
Qu'il faut chômer! on nous ruine en fêtes :
L'une fait tort à l'autre; et monsieur le curé
De quelque nouveau saint charge toujours son prône. »
Le financier, riant de sa naïveté[3],
Lui dit : « Je veux vous mettre aujourd'hui sur le trône
Prenez ces cent écus : gardez-les avec soin,
Pour vous en servir au besoin. »
Le savetier crut voir tout l'argent que la terre
Avait, depuis plus de cent ans,
Produit pour l'usage des gens.
Il retourne chez lui : dans sa cave il enserre[4]

1. Cet emploi de l'infinitif est un des plus heureux emprunts que nous ayons faits à la langue grecque. Joachim du Bellay et Henri Estienne ont beaucoup recommandé ce tour, et Amyot l'a souvent imité des auteurs qu'il traduisait; mais, si l'on excepte quelques écrivains qui ne répudièrent pas l'héritage du seizième siècle, on peut regretter que l'on ait depuis trop peu usé de cette forme qui donne de l'aisance et de la vigueur au langage.

2. La rime de *monsieur* avec *rieur*, défectueuse aujourd'hui pour l'oreille, était alors exacte, parce que l'on faisait entendre l'*r* dans le premier de ces deux mots. Ainsi en était-il dans l'infinitif présent, *marcher*, et le substantif *foyer*, qui rimaient avec *cher*, comme on le voit chez nos classiques.

3. Ici La Fontaine, peu sévère en général pour la rime, comme on a eu déjà occasion de le remarquer, la néglige trop ouvertement.

4. Vieux mot, pour *serre* ou *enferme*, très-bien placé ici, tandis

L'argent et sa joie à la fois.
Plus de chant : il perdit la voix
Du moment qu'il gagna ce qui cause nos peines[1].
Le sommeil quitta son logis :
Il eut pour hôtes les soucis,
Les soupçons, les alarmes vaines[2].
Tout le jour il avait l'œil au guet; et la nuit,
Si quelque chat faisait du bruit,
Le chat prenait l'argent. A la fin, le pauvre homme
S'en courut chez celui qu'il ne réveillait plus.
« Rendez-moi, lui dit-il, mes chansons et mon somme
Et reprenez vos cent écus. »

Liv. VIII, fab. 2[3].

### Les Animaux malades de la peste[4].

Un mal qui répand la terreur,
Mal que le ciel en sa fureur
Inventa pour punir les crimes de la terre[5],

que Rousseau s'en est servi fort mal à propos, au début d'une de ses odes les plus célèbres :

Tout ce que leur globe *enserre*....

1. Périphrase bien expressive; ou plutôt trait charmant de sensibilité, qui prépare l'effet du troisième avant-dernier vers.

2. Rapprocher de ce passage l'aventure de Philippe et de Ména racontée par Horace, *Epît.*, I, 7 :

Strenuus et fortis, causisque Philippus agendis
Clarus, ab officiis octavam circiter horam
Dum redit, etc.

3. « C'est ici, dit Chamfort, La Fontaine dans tout son talent, avec sa grâce et sa variété ordinaires. La conversation du savetier et du financier est digne de Molière, et il en a sans doute envié plus d'un trait : au reste, notre fabuliste excelle habituellement dans les dialogues. » — Cette fable semblait aussi à La Harpe, qui l'a transcrite et commentée dans son *Cours de littérature*, l'une des plus heureuses de La Fontaine.

4. Ce sujet a été très-fréquemment traité avant La Fontaine : il ne devait plus l'être après lui. Plusieurs de nos poëtes du seizième siècle ne l'avaient pas abordé sans succès : on citera parmi eux Haudent, liv. II, fab. 9 de ses *Trois cent soixante-six apologues d'Esope*, et surtout Gueroult, dans son *Premier livre des Emblèmes*. Quant à la pièce de La Fontaine, elle a trouvé de nombreux commentateurs, entre lesquels on citera, outre Chamfort, La Harpe et plus récemment Ch. Nodier.

5. L'auteur commence sur un ton fort imposant, conforme à la

La peste (puisqu'il faut l'appeler par son nom),
Capable d'enrichir en un jour l'Achéron[1],
    Faisait aux animaux la guerre.
Ils ne mouraient pas tous, mais tous étaient frappés :
    On n'en voyait point d'occupés
A chercher le soutien d'une mourante vie;
    Nul mets n'excitait leur envie[2];
    Ni loups ni renards n'épiaient
    La douce et l'innocente proie;
    Les tourterelles se fuyaient :
    Plus d'amour, partant plus de joie[3].
Le lion tint conseil, et dit : « Mes chers amis,
    Je crois que le ciel a permis
    Pour nos péchés cette infortune.
    Que le plus coupable de nous
Se sacrifie aux traits du céleste courroux;
Peut-être il obtiendra la guérison commune :
L'histoire nous apprend qu'en de tels accidents
    On fait de pareils dévoûments.
Ne nous flattons donc point : voyons sans indulgence
    L'état de notre conscience.
Pour moi, satisfaisant mes appétits gloutons,
    J'ai dévoré force moutons.
    Que m'avaient-ils fait? nulle offense;
Même il m'est arrivé quelquefois de manger
        Le berger[4].

grandeur de son sujet; mais il n'aura garde de s'y tenir : il nous ménage un peu plus loin des contrastes pleins d'intérêt.

1. Sophocle, décrivant aussi une peste au commencement de l'*Œdipe roi*, avait dit :

Ἅιδης στεναγμοῖς καὶ γόοις πλουτίζεται.

Or La Fontaine avait fort étudié les anciens : « Ce qu'on ne s'imaginerait pas, dit l'historien de l'Académie (l'abbé d'Olivet), c'est qu'il faisait ses délices de Platon et de Plutarque. J'ai tenu les exemplaires qu'il en avait; ils sont notés de sa main à chaque page, et j'ai pris garde que la plupart de ses notes étaient des maximes de morale ou de politique qu'il a semées dans ses fables. »

2. C'est ce que Virgile a exprimé avec tant de charme, dans la description de son épizootie, *Géorg.*, III, v. 498 :

Labitur, infelix studiorum *atque immemor herbæ*,
Victor equus....

3. Peut-on mieux exprimer la désolation que par ces vers pleins d'une grâce mélancolique? « Ce sont là, dit Chamfort, des traits qui valent un tableau tout entier. »

4. Ne semble-t-il pas, par ce petit vers, que le lion veuille escamoter ce que son péché a de moins pardonnable?

Je me dévoûrai donc, s'il le faut : mais je pense
Qu'il est bon que chacun s'accuse ainsi que moi;
Car on doit souhaiter, selon toute justice,
Que le plus coupable périsse. —
Sire, dit le renard, vous êtes trop bon roi :
Vos scrupules font voir trop de délicatesse.
Eh bien! manger moutons, canaille, sotte espèce,
Est-ce un péché? Non, non. Vous leur fîtes, seigneur,
En les croquant, beaucoup d'honneur;
Et, quant au berger, l'on peut dire
Qu'il était digne de tous maux,
Étant de ces gens-là qui sur les animaux
Se font un chimérique empire. »
Ainsi dit le renard[1]; et flatteurs d'applaudir.
On n'osa trop approfondir
Du tigre, ni de l'ours, ni des autres puissances,
Les moins pardonnables offenses.
Tous les gens querelleurs, jusqu'aux simples mâtins,
Au dire de chacun étaient de petits saints.
L'âne vint à son tour, et dit : « J'ai souvenance
Qu'en un pré de moines passant,
La faim, l'occasion, l'herbe tendre, et, je pense,
Quelque diable aussi me poussant,
Je tondis de ce pré la largeur de ma langue :
Je n'en avais nul droit, puisqu'il faut parler net[2]. »

1. C'est une excellente comédie, dont le dénoûment, remarque Chamfort, a le mérite d'être préparé sans être prévu. « Les discours des principaux personnages, du lion, du renard, et celui de l'âne que nous allons lire, sont d'une vérité telle que Molière lui-même n'eût pu aller plus loin. »

2. Que de circonstances réunies pour atténuer la faute! Elle est ancienne; l'animal ne faisait que passer; il n'a point eu l'intention de mal faire; s'il a pris, au moins il a pris aux riches. — Il sera curieux de voir la confession de l'âne, dans Gueroult; c'est de beaucoup la meilleure partie de sa fable :

Quelque temps fut que j'étais en servage
Sous un marchand qui bien se nourrissait,
Et au rebours pauvrement me pansait,
Combien qu'il eût de moi grand avantage.
Le jour advint d'une certaine foire
Où, bien monté sur mon dos, il alla;
Mais arrivé, jeun il me laisse là
Et s'en va droit à la taverne boire.
Marri j'en fus; car celui qui travaille
Par juste droit doit avoir à manger.
Or je trouvai, pour le conte abréger,
Ses deux souliers remplis de bonne paille.
Je la mangeai sans le su de mon maître :
En ce faisant l'offensai grandement,
Dont je requiers pardon très-humblement,
N'espérant plus telle faute commettre.....

À ces mots, on cria haro[1] sur le baudet.
Un loup, quelque peu clerc[2], prouva par sa harangue
Qu'il fallait dévouer ce maudit animal,
Ce pelé, ce galeux d'où venait tout le mal.
Sa peccadille fut jugée un cas pendable.
Manger l'herbe d'autrui! quel crime abominable[3]!
Rien que la mort n'était capable
D'expier son forfait. On le lui fit bien voir.

Selon que vous serez puissant ou misérable,
Les jugements de cour vous rendront blanc ou noir[4].

Liv. VII, fab. 1[5].

## Le Coche et la Mouche.

Dans un chemin montant, sablonneux, malaisé,
Et de tous les côtés au soleil exposé,
Six forts chevaux tiraient un coche[6].

1. Ancien terme de pratique judiciaire, et qui faisait souvenir, dit-on, de la sévère équité de Rollon, premier duc de Normandie : ceux qui avaient été victimes de quelque tort ou de quelque vol en appelant de suite à lui par ce cri, Ah! Ro; d'où par corruption *haro*. D'autres dérivent ce mot de l'allemand *heer*, armée : comme si l'on invoquait le secours d'une armée entière.

2. C'est-à-dire, instruit : on donnait aux ecclésiastiques le nom de *clercs* (d'où *clergé*); et, dit Pasquier, « comme autrefois il n'y avait qu'eux qui faisaient profession de belles-lettres, nous appelâmes, par métaphore, *grand clerc* l'homme savant, et la science fut appelée *clergie*. »

3. Il faut voir aussi, dans la fable citée plus haut, le réquisitoire du loup :

> Comment? la paille aux souliers demeurée
> De son seigneur manger à belles dents!
> Et, si le pied eût été là-dedans,
> Sa tendre chair eût été dévorée.

4. Sosie parle à peu près ainsi dans l'*Amphitryon* de Molière :

> Selon ce que l'on peut être,
> Les choses changent de nom.

5. « Le septième livre, dit Chamfort, s'ouvre par le plus beau des apologues de La Fontaine et de tous les apologues. Outre le mérite de l'exécution, qui dans son genre est aussi parfaite que celle du Chêne et du Roseau, cette fable a l'avantage d'un fonds beaucoup plus riche et plus étendu; et les applications morales en sont bien autrement importantes. C'est presque l'histoire de toute société humaine. »

6. Espèce de chariot, couvert et non suspendu, qui servait autre-

Femmes, moine, vieillards, tout était descendu :
L'attelage suait, soufflait, était rendu[1].
Une mouche survient, et des chevaux s'approche;
Prétend les animer par son bourdonnement,
Pique l'un, pique l'autre, et pense à tout moment
Qu'elle fait aller la machine;
S'assied sur le timon, sur le nez du cocher.
Aussitôt que le char chemine,
Et qu'elle voit les gens marcher,
Elle s'en attribue uniquement la gloire,
Va, vient, fait l'empressée : il semble que ce soit
Un sergent de bataille[2], allant en chaque endroit
Faire avancer ses gens et hâter la victoire.
La mouche, en ce commun besoin,
Se plaint qu'elle agit seule, et qu'elle a tout le soin;
Qu'aucun n'aide aux chevaux à se tirer d'affaire.
Le moine disait son bréviaire :
Il prenait bien son temps! Une femme chantait :
C'était bien de chansons qu'alors il s'agissait!
Dame mouche s'en va chanter à leurs oreilles,
Et fait cent sottises pareilles.
Après bien du travail le coche arrive au haut[3].
« Respirons maintenant! dit la mouche aussitôt :
J'ai tant fait que nos gens sont enfin dans la plaine.
Çà, messieurs les chevaux, payez-moi de ma peine. »

Ainsi certaines gens, faisant les empressés,
S'introduisent dans les affaires;
Ils font partout les nécessaires,
Et, partout importuns, devraient être chassés[4].

Liv. VII, fab. 9[5].

fois de diligence : de là *cocher*. — Ce mot ne se prend plus que pour désigner des bateaux destinés au transport des voyageurs et des marchandises.

1. Comme La Fontaine excelle a peindre par les sons! Ne sent-on pas ici l'effort des chevaux? n'est-on pas témoin de leur fatigue?

2. C'était un officier important de l'armée, dont la fonction spéciale était de ranger les soldats pour le combat.

3. Ce qui serait partout ailleurs une faute contre la règle de l'hiatus a ici le mérite de représenter le but atteint avec beaucoup de peine.

4. Il s'agit de cette race, *ardelionum natio*, dont a parlé Phèdre, *Fab.*, II, 5, et qui lui semblait comme à La Fontaine,

Gratis anhelans, multa agendo nihil agens,
Et sibi molesta, et aliis odiosissima.

5. « Ce petit apologue, dit Chamfort, est un des plus achevés :

### La Laitière et le Pot-au lait[1].

Perrette, sur sa tête ayant un pot au lait,
Bien posé sur un coussinet,
Prétendait arriver sans encombre à la ville[2].
Légère et court vêtue, elle allait à grands pas,
Ayant mis ce jour-là, pour être plus agile,
Cotillon simple et souliers plats[3].
Notre laitière ainsi troussée,
Comptait déjà dans sa pensée
Tout le prix de son lait; en employait l'argent;
Achetait un cent d'œufs; faisait triple couvée :
La chose allait à bien par son soin diligent.
« Il m'est, disait-elle, facile
D'élever des poulets autour de ma maison;
Le renard sera bien habile
S'il ne m'en laisse assez pour avoir un cochon.
Le porc à s'engraisser coûtera peu de son :
Il était, quand je l'eus, de grosseur raisonnable;
J'aurai, le revendant, de l'argent bel et bon.
Et qui m'empêchera de mettre en notre étable,
Vu le prix dont il est[4], une vache et son veau,
Que je verrai sauter au milieu du troupeau? »
Perrette là-dessus saute aussi, transportée :
Le lait tombe; adieu veau, vache, cochon, couvée[5].

aussi a-t-il donné lieu au proverbe, *la mouche du coche.* » La Harpe a fait une analyse de cette fable.

1. On trouve le même sujet précédemment traité dans les *Nouvelles* de Bon. des Perriers (la XIVe). La Fontaine connaissait à fond notre antiquité française : il était même remonté fort au delà de Rabelais et de Marot dans l'histoire de notre littérature; et, comme l'observe le comte de Caylus dans un mémoire *sur les fabliaux,* « il n'eût pas été ce qu'il sera éternellement, c'est-à-dire un auteur d'un goût exquis, s'il n'avait pas puisé à ces sources des exemples et des modèles. »

2. Dans le contraste de ce sujet avec le précédent éclate la souplesse du talent de La Fontaine : la marche de la laitière est en effet aussi vive, preste et dégagée, que la montée du coche a été lente et laborieuse.

3. Delille, s'inspirant de ces vers, a montré aussi dans ses *Jardins,* chant II,

..... Le pas leste et vif de la jeune laitière,
Qui, l'habit retroussé, le corps droit, va trottant,
Son vase en équilibre, et chemine en chantant.

4. *Il* se rapporte au porc.

5. Rime imparfaite : il faudrait deux lettres semblables avant l'*e* muet.

La dame de ces biens, quittant d'un œil marri[1]
Sa fortune ainsi répandue,
Va s'excuser à son mari,
En grand danger d'être battue...

Quel esprit ne bat la campagne?
Qui ne fait châteaux en Espagne[2]?
Picrochole, Pyrrhus[3], la laitière; enfin tous,
Autant les sages que les fous!
Chacun songe en veillant; il n'est rien de plus doux :
Une flatteuse erreur emporte alors nos âmes;
Tout le bien du monde est à nous....
Quand je suis seul, je fais au plus brave un défi :
Je m'écarte, je vais détrôner le sofi[4];
On m'élit roi, mon peuple m'aime :
Les diadèmes vont sur ma tête pleuvant.
Quelque accident fait-il que je rentre en moi-même,
Je suis gros Jean[5] comme devant.

Liv. VII, fab. 10[6].

1. Ancien mot, pour *triste, fâché*. On se plaît encore à l'employer dans la conversation.

2. Ce sont des projets qui manquent de réalité, d'accomplissement, comme l'Espagne manque de châteaux : c'est effectivement le pays du monde où, par suite des longs ravages qu'y exercèrent les Maures, on en aperçoit le moins dans la campagne; à cet égard, on pourrait consulter les *Œuvres choisies* de Pasquier, t. I, p. LXXXVII. — *Les châteaux en Espagne* forment le sujet et le titre d'une des plus jolies comédies de Collin d'Harleville.

3. De ces deux personnages très-divers, l'un, Picrochole, est de l'invention de Rabelais; sur le second et ses projets, voyez la 1re épître de Boileau (*Morceaux choisis* à l'usage de la classe de sixième, page 135).

4. C'est-à-dire le roi de Perse, aujourd'hui désigné plutôt par le titre de *schah*. Au propre, le nom de princes *Sophis* ou *Sofis* a été celui d'une des dynasties qui ont régné sur cette contrée.

5. Nouveau souvenir de Rabelais, qui emploie ce mot pour désigner un homme sans importance, un pauvre sire.

6. « Fable charmante, dit Chamfort : quelle légèreté dans le début, et ensuite que de grâce et de naturel dans la peinture, faite par le poëte, de cette faiblesse, si naturelle aux hommes, d'ouvrir leur âme à la moindre espérance! On aime à voir La Fontaine se mettre lui-même en scène, comme ne se piquant pas d'être plus sage que les autres : voilà un des charmes de sa philosophie. »

## Épître à l'évêque d'Avranches (Huet[1]).

Le poëte y témoigne son admiration pour les anciens, en même temps qu'il expose sa manière de composer.

Faute d'assez priser les Grecs et les Romains,
On s'égare en voulant tenir d'autres chemins.
Quelques imitateurs, sot bétail[2], je l'avoue,
Suivent en vrais moutons le pasteur de Mantoue[3].
J'en use d'autre sorte; et, me laissant guider,
Souvent à marcher seul j'ose me hasarder.
On me verra toujours pratiquer cet usage.
Mon imitation n'est point un esclavage;
Je ne prends que l'idée, et les tours, et les lois
Que nos maîtres suivaient eux-mêmes autrefois.
Si d'ailleurs quelque endroit plein chez eux d'excellence
Peut entrer dans mes vers sans nulle violence,
Je l'y transporte, et veux qu'il n'ait rien d'affecté,
Tâchant de rendre mien cet air d'antiquité.
Je vois avec douleur ces routes méprisées:
Art et guides, tout est dans les champs Élysées.
J'ai beau les évoquer, j'ai beau vanter leurs traits;
On me laisse tout seul admirer leurs attraits.
Térence est dans mes mains; je m'instruis dans Horace;
Homère et son rival sont mes dieux du Parnasse.
Je le dis aux rochers; on veut d'autres discours:
Ne pas louer son siècle est parler à des sourds.
Je le loue, et je sais qu'il n'est pas sans mérite;
Mais, près de ces grands noms, notre gloire est petite.

1. L'un des hommes les plus savants qui aient existé, connu par plusieurs ouvrages distingués : c'est lui qui, adjoint à Bossuet comme sous-précepteur, pour l'éducation du Dauphin fils de Louis XIV, dirigea la belle collection des classiques *ad usum Delphini*.

2. Horace avait ainsi parlé des imitateurs, *Ep.*, I, 19, v. 19.

3. Virgile.

# MOLIÈRE.

(1622-1673.)

Né à Paris en 1622, Molière, après de bonnes études terminées dans le collége des jésuites, devenu depuis le collége Louis-le-Grand, céda à un entraînement qui a fait beaucoup de victimes, et embrassa la vie de théâtre. Si dans la carrière du comédien, longtemps pour lui aventureuse et errante, il finit par trouver la réputation et même la fortune, on sait trop qu'il ne trouva pas le bonheur. Il est douloureux de penser que celui qui, par la fécondité inépuisable de sa verve maligne, a réjoui et réjouira tant de générations, ne connut que le sourire des lèvres et ne ressentit jamais la véritable joie, la paix du cœur. Des qualités élevées de caractère le rendaient cependant digne d'être plus heureux. Il n'avait pas seulement de la probité, il était compatissant et généreux. Pour sa gloire d'auteur, elle n'a point cessé de grandir [1] : il n'en est pas de plus éclatante dans la littérature française; on peut ajouter dans aucune littérature. Molière a partagé en effet avec La Fontaine ce privilége de n'avoir été surpassé ou même égalé ni avant ni après lui. L'antiquité ne saurait lui opposer avec avantage Aristophane ou Plaute; et les modernes ne nous disputent point l'honneur d'avoir produit le premier des comiques, aussi bien que le modèle des fabulistes [2].

1. Quelques contemporains avaient été rigoureux pour Molière; mais la postérité n'a pas ratifié la plupart de leurs critiques : elle s'est prononcée notamment contre les jugements portés sur le style de l'auteur du *Misanthrope* et de *l'Avare* par La Bruyère (*Caract.*, c. I), et par Fénelon (*Lettre sur les occupations de l'Académie*, § VII).

2. L'Académie française, qui n'avait pas compté Molière parmi ses membres à cause de sa profession, rendit hommage à la beauté de son génie en lui dédiant, un siècle après sa mort et dans la salle même de ses séances, un buste avec cette inscription de Saurin :

**Rien ne manque à sa gloire, il manquait à la nôtre.**

Elle mit également son éloge au concours (1769), et le prix fut obtenu par Chamfort. Voltaire a écrit une biographie de Molière, mais avec moins d'exactitude que d'agrément; il a en outre parlé de lui, et toujours avec une singulière admiration, dans plusieurs parties de ses ouvrages. De nos jours aussi, sa vie et ses œuvres ont été le sujet des travaux de nombreux critiques : on citera parmi eux Lemercier, tome II de son *Cours analytique de la littérature générale*; M. Nisard, 9e chapitre du livre III de son *Histoire de la littérature française*; et M. Bazin, auteur d'une étude où sont réfutées bien des

### Le Val-de-Grâce : éloge du peintre Pierre Mignard[1].

Digne fruit de vingt ans de travaux somptueux,
Auguste bâtiment, temple majestueux,
Fais briller à jamais, dans ta noble richesse,
La splendeur du saint vœu d'une grande princesse[2],
Mais défends bien surtout de l'injure des ans
Le chef-d'œuvre fameux de ses riches présents[3],
Cet éclatant morceau de savante peinture
Dont elle a couronné ta noble architecture :
C'est le plus bel effet des grands soins qu'elle a pris,
Et ton marbre et ton or ne sont point de ce prix.
Dis-nous, fameux Mignard, par qui te sont versées
Les charmantes beautés de tes nobles pensées,
Et dans quel fonds tu prends cette variété
Dont l'esprit est surpris et l'œil est enchanté?
Dis-nous quel feu divin, dans tes fécondes veilles,
De tes expressions enfante les merveilles;
Quels charmes ton pinceau répand dans tous ses traits,
Et quelle force il mêle à ses plus doux attraits.
Tu te tais, et prétends que ce sont des matières
Dont tu dois nous cacher les savantes lumières,
Et que ces beaux secrets, à tes travaux vendus,
Te coûtent un peu trop pour être répandus.
Mais ton pinceau s'explique et trahit ton silence :
Malgré toi, de ton art il nous fait confidence;
Et dans ses beaux efforts, à nos yeux étalés,
Les mystères profonds nous en sont révélés.

erreurs sur les commencements de l'existence et sur les dernières années de notre grand comique. Entre les éditions de Molière on remarquera, comme distinguées par les annotations qui les accompagnent, celles de Bret, d'Auger, d'Aimé Martin, et plus récemment celle de M. Louandre. Pour lire avec fruit cet auteur, on fera également un très-heureux usage du *Lexique de la langue de Molière*, par M. Génin. — Signalons enfin les beaux vers par lesquels Boileau honora dans sa VIIe épître la mémoire de cet homme illustre, tout en s'efforçant de soutenir le courage de Racine contre les dégoûts dont l'abreuvaient ses ennemis.

1. Premier peintre du roi et directeur de l'académie de peinture : il était né en 1610 et mourut en 1695. Il a excellé particulièrement dans le portrait et dans les tableaux d'histoire.

2. Anne d'Autriche, qui témoigna ainsi sa reconnaissance à Dieu pour être devenue mère de Louis XIV. La construction du Val de Grâce fut commencée en 1645 et achevée en 1665, après avoir été interrompue par les troubles de la Fronde.

3. La coupole peinte *à fresque* (ainsi désigne-t-on la manière de peindre sur les murailles) par Mignard, dont on voit ensuite l'éloge.

Une pleine lumière ici nous est offerte;
Et ce dôme pompeux est une école ouverte
Où l'ouvrage, faisant l'office de la voix,
Dicte de ton grand art les souveraines lois.

*La gloire du Val-de-Grâce.*

---

**Le marquis à la cour.**

Vous savez ce qu'il faut pour paraître marquis;
N'oubliez rien de l'air ni des habits;
Arborez un chapeau chargé de trente plumes
Sur une perruque de prix;
Que le rabat soit des plus grands volumes
Et le pourpoint des plus petits:
Mais surtout je vous recommande
Le manteau d'un ruban sur le dos retroussé:
La galanterie en est grande;
Et parmi les marquis de la plus haute bande
C'est pour être placé.
Avec vos brillantes hardes,
Et votre ajustement,
Faites tout le trajet de la salle des gardes:
Et vous peignant galamment,
Portez de tous côtés vos regards brusquement;
Et ceux que vous pourrez connaître,
Ne manquez pas, d'un haut ton,
De les saluer par leur nom,
De quelque rang qu'ils puissent être.
Cette familiarité
Donne à quiconque en use un air de qualité.
Grattez du peigne à la porte
De la chambre du roi;
Ou si, comme je prévoi,
La presse s'y trouve forte,
Montrez de loin votre chapeau,
Ou montez sur quelque chose
Pour faire voir votre museau;
Et criez, sans aucune pause,
D'un ton rien moins que naturel:
« Monsieur l'huissier, pour le marquis un tel. »
Jetez-vous dans la foule, et tranchez du notable;
Coudoyez un chacun, point du tout de quartier;
Pressez, poussez, faites le diable
Pour vous mettre le premier.

*(Remerciement au roi, 1663).*

## Les Fâcheux[1].

(Une scène de cette pièce.)

### Acte II, Scène VII.

Un certain fâcheux, nommé Dorante, fatigue Eraste, en lui racontant une partie de chasse qu'il vient de faire.

*Dorante, Éraste.*

DORANTE.

Ah! marquis, que l'on voit de fâcheux tous les jours
Venir de nos plaisirs interrompre le cours!
Tu me vois enragé d'une assez belle chasse
Qu'un fat.... C'est un récit qu'il faut que je te fasse.

ÉRASTE.

Je cherche ici quelqu'un et ne puis m'arrêter.

DORANTE.

Parbleu! chemin faisant, je te le veux conter.
Nous étions une troupe assez bien assortie,
Qui pour courir un cerf avions hier fait partie;
Et nous fûmes coucher sur le pays exprès,
C'est-à-dire, mon cher, en fin fond de forêts.
Comme cet exercice est mon plaisir suprême,
Je voulus, pour bien faire, aller au bois moi-même,
Et nous conclûmes tous d'attacher nos efforts

1. Cette pièce est de 1661, et ce fut à Vaux, dans une fête que le surintendant Fouquet donnait à Louis XIV, qu'elle fut représentée pour la première fois. « S'il nous était enjoint de désigner précisément, observe un de nos critiques, le jour, le lieu et l'heure où Molière se révéla en quelque sorte à Louis XIV, et reçut de lui sa mission de poursuivre les ridicules du siècle, nous ne croirions pas nous tromper en disant que ce fut à Vaux, lorsque l'imprudent Fouquet voulut étaler devant le monarque les splendeurs de sa magnifique demeure. » Néanmoins, dans la comédie qui fut jouée à cette occasion, la scène que nous offrons ici ne se trouvait pas d'abord : ce fut après la représentation que le roi, félicitant l'auteur, lui indiqua un personnage de fâcheux qu'il avait oublié, celui du courtisan chasseur; et il paraît assez certain que l'original de ce caractère était le marquis de Soyecourt, qui obtint en effet, un peu plus tard, la charge de grand veneur, pour laquelle il avait dès longtemps une vocation très-marquée. La pièce, à quelques jours de là, fut donnée à Fontainebleau, avec la nouvelle scène « dont le roi, dit Molière, lui avait suggéré l'idée, et qui fut trouvée partout le plus beau morceau de l'ouvrage. »

Sur un cerf que chacun nous disait cerf dix cors[1];
Mais moi, mon jugement, sans qu'aux marques j'arrête[2],
Fut qu'il n'était que cerf à sa seconde tête[3].
Nous avions comme il faut séparé nos relais,
Et déjeunions en hâte avec quelques œufs frais,
Lorsqu'un franc campagnard avec longue rapière,
Montant superbement sa jument poulinière,
Qu'il honorait du nom de sa bonne jument,
S'en est venu nous faire un mauvais compliment,
Nous présentant aussi, pour surcroît de colère,
Un grand benêt de fils aussi sot que son père.
Il s'est dit grand chasseur, et nous a priés tous
Qu'il pût avoir le bien de courir avec nous.
Dieu préserve, en chassant, toute sage personne
D'un porteur de huchet[4] qui mal à propos sonne;
De ces gens qui, suivis de dix hourets[5] galeux,
Disent Ma meute, et font les chasseurs merveilleux!
Sa demande reçue, et ses vertus prisées,
Nous avons tous été frapper à nos brisées.
A trois longueurs de trait, tayaut[6], voilà d'abord
Le cerf donné[7] aux chiens. J'appuie et sonne fort.
Mon cerf débûche[8], et passe une assez longue plaine;
Et mes chiens après lui, mais si bien en haleine,
Qu'on les aurait couverts tous d'un seul justaucorps.

1. Terme de vénerie, comme il y en a beaucoup dans ce passage. « On appelle *cors* les cornes qui sortent des perches du cerf, dit le dictionnaire de l'Académie; et un cerf *de dix cors*, ou, plus ordinairement, cerf *dix cors*, est un cerf de moyen âge. » — Néanmoins La Fontaine, dans ses Fables, X, 1, entend par cerf *dix cors* un vieux cerf :

> L'animal chargé d'ans, vieux cerf et de *dix cors*....

2. *Arrêter* se prenait alors comme verbe neutre pour *s'arrêter;* et c'était assez, ce semble, l'usage de nos aïeux que d'exprimer ou de supprimer arbitrairement le pronom des verbes réfléchis. On retrouve encore *arrêter* ainsi employé dans le *Misanthrope*, III, 5. Cf. La Fontaine, fable du Renard et du Bouc.

3. C'est un cerf de trois ans.

4. Petit cor de chasse qui sert à *hucher* (vieux mot pour *appeler*) les chiens.

5. Mauvais chiens de chasse.

6. Cri en usage pour exciter une meute.

7. Exemple d'hiatus, tel qu'il y en a encore quelques-uns dans Molière et dans La Fontaine. Mais l'usage a, depuis lors, complétement admis la règle ainsi formulée par Boileau :

> Gardez qu'une voyelle à courir trop hâtée
> Ne soit en son chemin par une autre heurtée.

8. *Sort du bois*...

Il vient à la forêt : nous lui donnons alors
La vieille meute ; et moi, je prends en diligence
Mon cheval alezan. Tu l'as vu?

ÉRASTE. Non, je pense.

DORANTE.

Comment! c'est un cheval aussi bon qu'il est beau,
Et que ces jours passés j'achetai de Gaveau.
Je te laisse à penser si, sur cette matière,
Il voudrait me tromper, lui qui me considère.
Aussi je m'en contente ; et jamais, en effet,
Il n'a vendu cheval ni meilleur ni mieux fait.
Une tête de barbe[1], avec l'étoile[2] nette ;
L'encolure d'un cygne, effilée et bien droite[3] ;
Point d'épaules non plus qu'un lièvre ; court-jointé[4],
Et qui fait dans son port voir sa vivacité ;
Des pieds, morbleu, des pieds! le rein double[5] : à vrai dire,
J'ai trouvé le moyen, moi seul, de le réduire ;
Et sur lui, quoiqu'aux yeux il montrât beau semblant[6]
Petit-Jean[7] de Gaveau ne montait qu'en tremblant.
Une croupe en largeur à nulle autre pareille,
Et des gigots, Dieu sait! Bref c'est une merveille ;
Et j'en ai refusé cent pistoles, crois-moi,
Au retour[8] d'un cheval amené pour le roi.
Je monte donc dessus, et ma joie était pleine
De voir filer de loin les coupeurs[9] dans la plaine ;
Je pousse et je me trouve en un fort à l'écart.
A la queue[10] de nos chiens, moi seul avec Drécart :

1. C'est le nom des chevaux de cette partie de la côte d'Afrique qu'on appelle la Barbarie. Ce pays produit, en effet, des chevaux très-estimés.

2. Marque blanche sur le front d'un cheval.

3. Les courtisans affectaient de prononcer *dret, drette.*

4. On appelle ainsi le cheval dont les articulations inférieures sont courtes : ce qui est fort prisé.

5. Ainsi Virgile, *Géorg.*, III, 87 :

> At *duplex* agitur per lumbos *spina* ;...

Il faut voir, au reste, dans ce passage la description d'un beau cheval, pour la rapprocher de celle de Molière.

6. Quoiqu'il montrât de la confiance, de la hardiesse...

7. Palefrenier du marchand nommé ensuite et plus haut.

8. On dirait aujourd'hui : *en retour*..... *Retour* signifie ici le prix ajouté à la chose que l'on échange contre une autre.

9. Les chiens *coupent*, lorsqu'ils prennent les devants sur la bête, en quittant sa voie.

10. L'*e* muet devrait être élidé, pour la régularité du vers. — Drécart était un piqueur renommé.

Une heure là-dedans notre cerf se fait battre.
J'appuie alors mes chiens[1], et fais le diable à quatre :
Enfin jamais chasseur ne se vit plus joyeux.
Je le relance seul; et tout allait des mieux,
Lorsque d'un jeune cerf s'accompagne le nôtre :
Une part de mes chiens se sépare de l'autre,
Et je les vois, marquis, comme tu peux penser,
Chasser tous avec crainte, et Finaut[2] balancer;
Quelques chiens revenaient à moi, quand, pour disgrâce,
Le jeune cerf, marquis, à mon campagnard passe.
Mon étourdi se met à sonner comme il faut,
Et crie à pleine voix : Tayaut, tayaut, tayaut!
Je ramène les chiens à ma première voie,
Qui vont, en me donnant une excessive joie,
Requérir notre cerf comme s'ils l'eussent vu.
Ils le relancent : mais ce coup est-il prévu?
A te dire le vrai, cher marquis, il m'assomme :
Notre cerf relancé va passer à notre homme,
Qui, croyant faire un coup de chasseur fort vanté,
D'un pistolet d'arçon qu'il avait apporté
Lui donne justement au milieu de la tête,
Et de fort loin me crie : « Ah! j'ai mis bas la bête. »
A-t-on jamais parlé de pistolets, bon Dieu!
Pour courre[3] un cerf! Pour moi, venant dessus le lieu,
J'ai trouvé l'action tellement hors d'usage,
Que j'ai donné des deux à mon cheval de rage,
Et m'en suis revenu chez moi toujours courant,
Sans vouloir dire un mot à ce sot ignorant.

ÉRASTE.

Tu ne pouvais mieux faire et ta prudence est rare :
C'est ainsi des fâcheux qu'il faut qu'on se sépare.
Adieu.

DORANTE. Quand tu voudras, nous irons quelque part
Où nous ne craindrons point de chasseur campagnard.

ÉRASTE, *seul.*

Fort bien. Je crois qu'enfin je perdrai patience.
Cherchons à m'excuser avecque diligence.

1. Je les suis en les animant : terme de vénerie.

2. Nom d'un excellent chien.

3. Ancienne forme du verbe *courir*, retenue dans la langue de la vénerie. — A la chasse au cerf, le but qu'on se propose est de faire forcer, c'est-à-dire de faire arrêter le cerf par les chiens. Le tuer ainsi annonçait donc, en chasse, la plus grande ignorance.

# BOILEAU.

(1636-1711.)

Boileau, né à Paris en 1636, avait commencé par se faire recevoir avocat, comme P. Corneille, et il se disait, à raison de l'état de ses pères, sorti *de la poudre du greffe*. Successeur de Régnier, mais plus réglé que lui dans sa marche, sans avoir moins de verve, il compléta l'œuvre de réforme entreprise par Malherbe, Balzac et Vaugelas. Son caractère, comme son talent, avait de l'autorité et de la vigueur. C'est ce qui explique son influence, qui, si grande de son vivant, a duré après lui, malgré les protestations et les révoltes. Les efforts de ses adversaires n'ont fait que sanctionner sa gloire. Nul, en effet, n'a su renfermer avec plus de netteté et de vigueur sa pensée dans un vers énergiquement frappé : encore ne s'est-il pas contenté de chercher et d'atteindre pour lui le degré suprême de la perfection ; il a enseigné aux habiles à se contenter difficilement pour être plus sûrs de contenter le lecteur. Dans la satire et dans l'épître, on a pu faire autrement, on n'a pas mieux fait que Boileau. Jamais les règles de la poésie n'ont trouvé un plus élégant et plus judicieux interprète. Quelques morceaux de lui attestent en outre qu'il était capable d'une haute inspiration héroïque : et, en se jouant dans une épopée badine, il a montré que l'originalité de l'invention ne manquait nullement à son sage esprit, et que son imagination flexible pouvait prendre au besoin les tons les plus divers [1].

1. Voltaire, qui dénigrait parfois Boileau, ne tardait pas à s'en repentir. Il a, dans son *Temple du goût*, rendu hommage à ce *maître en l'art d'écrire*, qui a donné avec tant d'éclat *le précepte et l'exemple*, car il possédait éminemment la poésie du style et le génie de l'expression. Marmontel a médit de lui : mais La Bruyère et Vauvenargues l'ont jugé avec élévation ; et, de son temps déjà, Saint-Evremond l'avait ainsi apprécié : « Il n'y a point d'auteur qui fasse plus d'honneur à notre siècle que Despréaux : en faire un éloge plus étendu, ce serait entreprendre sur ses ouvrages, qui le font eux-mêmes. » La Harpe lui a consacré l'un des meilleurs articles de son *Cours de littérature*. Daunou, Victorin Fabre, Auger (l'ouvrage de ce dernier a été couronné en 1805 par l'Académie française), plus récemment M. Nisard, dans son *Histoire de la littérature française*, et M. Geruzez ont dignement parlé de Boileau. On signalera, parmi ses éditeurs et commentateurs, Brossette, Saint-Marc, Amar et Berriat-Saint-Prix.

## Satire IX [1].

A son esprit.

C'est à vous, mon esprit, à qui je veux parler [2].
Vous avez des défauts que je ne puis celer :
Assez et trop longtemps ma lâche complaisance
De vos jeux criminels a nourri l'insolence;
Mais, puisque vous poussez ma patience à bout,
Une fois en ma vie il faut vous dire tout.
On croirait, à vous voir, dans vos libres caprices,
Discourir en Caton des vertus et des vices,
Décider du mérite et du prix des auteurs
Et faire impunément la leçon aux docteurs,
Qu'étant seul à couvert des traits de la satire,
Vous avez tout pouvoir de parler et d'écrire.
Mais moi, qui dans le fond sais bien ce que j'en crois,
Qui compte tous les jours vos défauts par mes doigts,
Je ris quand je vous vois, si faible et si stérile,
Prendre sur vous le soin de réformer la ville,
Dans vos discours chagrins, plus aigre et plus mordant
Qu'une femme en furie, ou Gautier [3] en plaidant.
. . . . . . . . . . . . . . . . . . . . . .
Mais je veux que le sort, par un heureux caprice,
Fasse de vos écrits prospérer la malice,
Et qu'enfin votre livre aille, au gré de vos vœux,
Faire siffler Cotin chez nos derniers neveux :

1. Cette pièce est de 1667 : Boileau y atteignit la perfection de la satire; car elle sera toujours regardée comme un modèle où l'élégance et le bon ton s'allient à une plaisanterie ingénieuse et piquante. Il avait débuté dans la carrière en 1660. — J. B. Rousseau est demeuré très-loin de ce chef-d'œuvre dans son *Epître aux Muses*, bien que cette imitation soit, en ce genre, l'un de ses meilleurs ouvrages; Gilbert en a emprunté quelques traits dans son *Apologie*. — Cf. Horace, *Sat.*, II, 1.

2. C'est à vous, mon esprit, que je prétends parler,

écrirait-on aujourd'hui : mais ce rapprochement des deux datifs, qui nous semblent faire un double emploi, était, au dix-septième siècle, une espèce de pléonasme consacré par l'usage. Molière a dit dans le *Misanthrope*, II, v :

Et que c'est à sa table à qui l'on rend visite....

3. Avocat contemporain de Boileau, fameux par son humeur agressive, qui rappelait ceux que Pétrone a nommés *vultures togati*.

Que vous sert-il qu'un jour l'avenir vous estime,
Si vos vers aujourd'hui vous tiennent lieu de crime,
Et ne produisent rien, pour fruit de leurs bons mots,
Que l'effroi du public et la haine des sots?
Quel démon vous irrite et vous porte à médire?
Un livre vous déplaît : qui vous force à le lire?
Laissez mourir un fat dans son obscurité :
Un auteur ne peut-il pourrir en sûreté?
Le *Jonas* inconnu sèche dans la poussière[1];
Le *David* imprimé n'a point vu la lumière;
Le *Moïse* commence à moisir[2] par les bords.
Quel mal cela fait-il? Ceux qui sont morts sont morts :
Le tombeau contre vous ne peut-il les défendre?
Et qu'ont fait tant d'auteurs, pour remuer leur cendre?
Ce qu'ils font vous ennuie. O le plaisant détour!
Ils ont bien ennuyé le roi, toute la cour,
Sans que le moindre édit ait, pour punir leur crime,
Retranché les auteurs ou supprimé la rime.
Ecrive qui voudra : chacun à ce métier
Peut perdre impunément de l'encre et du papier.
Un roman, sans blesser les lois ni la coutume,
Peut conduire un héros au dixième volume[3].
De là vient que Paris voit chez lui de tout temps
Les auteurs à grands flots déborder tous les ans;
Et n'a point de portail, où, jusques aux corniches,
Tous les piliers ne soient enveloppés d'affiches.
Vous seul, plus dégoûté, sans pouvoir et sans nom,
Viendrez régler les droits et l'état d'Apollon.
Mais vous, qui raffinez sur les écrits des autres,
De quel œil pensez-vous qu'on regarde les vôtres?
Il n'est rien en ce temps à couvert de vos coups :
Mais savez-vous aussi comme on parle de vous?

1. Pour tous ces ouvrages et ces auteurs *inconnus*, comme dit très-bien Boileau, on nous permettra de renvoyer les curieux aux notes que n'ont point épargnées les éditeurs de ce poëte; il nous paraît superflu d'en surcharger notre travail. Nous redirons, à leur égard, le vers d'un auteur de notre siècle (Cas. Delavigne), qui, dans un sujet bien différent, exprimait à peu près la même idée que le satirique :

Ils ne sont plus; laissons en paix leurs cendres.

2. *Moïse, moisir :* cette rencontre de mots, cherchée ou non, n'est pas d'un heureux effet.

3. C'est ce qu'on faisait déjà, comme on voit, à cette époque : le *Cyrus* et la *Clélie* de Mlle de Scudéry n'ont pas, chacun, moins de dix volumes; et quelques autres romans, la *Cléopâtre* de La Calprenède, par exemple, allaient bien au delà.

« Gardez-vous, dira l'un, de cet esprit critique :
On ne sait bien souvent quelle mouche le pique.
Mais c'est un jeune fou qui se croit tout permis,
Et qui pour un bon mot va perdre vingt amis[1].
Il ne pardonne pas aux vers de la *Pucelle*,
Et croit régler le monde au gré de sa cervelle.
Jamais dans le barreau trouva-t-il rien de bon?
Peut-on si bien prêcher qu'il ne dorme au sermon?
Mais lui, qui fait ici le régent du Parnasse,
N'est qu'un gueux revêtu des dépouilles d'Horace.
Avant lui Juvénal avait dit en latin
Qu'on est assis à l'aise aux sermons de Cotin;
L'un et l'autre avant lui s'étaient plaints de la rime,
Et c'est aussi sur eux qu'il rejette son crime :
Il cherche à se couvrir de ces noms glorieux.
J'ai peu lu ces auteurs; mais tout n'irait que mieux.
Quand de ces médisants l'engeance tout entière
Irait, la tête en bas, rimer dans la rivière. »
Voilà comme on vous traite : et le monde effrayé
Vous regarde déjà comme un homme noyé.
En vain quelque rieur, prenant votre défense,
Veut faire au moins, de grâce, adoucir la sentence :
Rien n'apaise un lecteur toujours tremblant d'effroi,
Qui voit peindre en autrui ce qu'il remarque en soi.
Vous ferez-vous toujours des affaires nouvelles?
Et faudra-t-il sans cesse essuyer des querelles?
N'entendrai-je qu'auteurs se plaindre et murmurer?
Jusqu'à quand vos fureurs doivent-elles durer[2]?
Répondez, mon esprit; ce n'est plus raillerie :
Dites... Mais, direz-vous, pourquoi cette furie?
Quoi! pour un maigre auteur que je glose en passant,
Est-ce un crime, après tout, et si noir et si grand[3]?
Et qui, voyant un fat s'applaudir d'un ouvrage
Où la droite raison trébuche à chaque page,
Ne s'écrie aussitôt : L'impertinent auteur!
L'ennuyeux écrivain! le maudit traducteur!
A quoi bon mettre au jour tous ces discours frivoles,

1. Cf. Horace, *Sat.*, I, 4. 33, et Quintilien, *Inst. or.*, VI, 3. On connaît aussi cette pensée de Pascal : « Diseur de bons mots, mauvais caractère. »

2. Ce qui nous portera à les excuser, c'est qu'au rapport de Saint-Simon, Boileau, bien qu'il ait excellé dans la satire, était cependant *l'un des meilleurs hommes du monde.*

3. Toute cette apologie, que Boileau fait ici de lui et de ses ouvrages, est imitée de la XII^e satire de Régnier, qui a pour titre : *Régnier apologiste de soi-même.*

Et ces riens enfermés dans de grandes paroles?
Est-ce donc là médire ou parler franchement?
Non, non, la médisance y va plus doucement.
Si l'on vient à chercher pour quel secret mystère
Alidor, à ses frais, bâtit un monastère :
« Alidor, dit un fourbe, il est de mes amis,
Je l'ai connu laquais, avant qu'il fût commis;
C'est un homme d'honneur, de piété profonde,
Et qui veut rendre à Dieu ce qu'il a pris au monde. »
Voilà jouer d'adresse et médire avec art;
Et c'est avec respect enfoncer le poignard[1].
Un esprit né sans fard, sans basse complaisance,
Fuit ce ton radouci que prend la médisance;
Mais de blâmer des vers ou durs ou languissants,
De choquer un auteur qui choque le bon sens,
De railler[2] d'un plaisant qui ne sait pas nous plaire,
C'est ce que tout lecteur eut toujours droit de faire.
Tous les jours, à la cour, un sot de qualité
Peut juger de travers avec impunité....
Et je serai le seul qui ne pourrai rien dire!
On sera ridicule, et je n'oserai rire[3]!
Et qu'ont produit mes vers de si pernicieux,
Pour armer contre moi tant d'auteurs furieux?
Loin de les décrier, je les ai fait paraître :
Et souvent, sans ces vers qui les ont fait connaître,
Leur talent dans l'oubli demeurerait caché;
Et qui saurait sans moi que Cotin a prêché?
La satire ne sert qu'à rendre un fat illustre :
C'est une ombre au tableau qui lui donne du lustre.
En le blâmant enfin, j'ai dit ce que j'en croi;
Et tel qui m'en reprend en pense autant que moi.
« Il a tort, dira l'un; pourquoi faut-il qu'il nomme?
Attaquer Chapelain! ah! c'est un si bon homme!
Balzac en fait l'éloge en cent endroits divers[4].
Il est vrai, s'il m'eût cru, qu'il n'eût point fait de vers.
Il se tue à rimer : que n'écrit-il en prose? »

1. Cf. Horace, *Sat.*, I, IV, 93 et suiv.
2. De *se railler*,.... mettrait-on aujourd'hui.
3. Ce mouvement est imité de Juvénal, début de la Ire satire.
4. Plusieurs livres des *Lettres* de Balzac lui sont adressés, et l'on ne peut nier que Chapelain n'eût pour son temps beaucoup de littérature et de mérite : mais il fut un de ces poëtes attardés qui avaient le malheur de parler une tout autre langue que Boileau et ses amis. Ajoutez que la profusion des faveurs dont il ne cessa d'être comblé par la cour formait un contraste assez choquant avec le discrédit où il tomba auprès du public vers la fin de sa vie.

Voilà ce que l'on dit. Et que dis-je autre chose?
En blâmant ses écrits, ai-je, d'un style affreux,
Distillé sur sa vie un venin dangereux?
Ma muse en l'attaquant, charitable et discrète,
Sait de l'homme d'honneur distinguer le poëte[1].
Qu'on vante en lui la foi, l'honneur, la probité;
Qu'on prise sa candeur et sa civilité;
Qu'il soit doux, complaisant, officieux, sincère:
On le veut, j'y souscris, et suis prêt à me taire[2].
Mais que pour un modèle on montre ses écrits,
Qu'il soit le mieux renté de tous les beaux esprits,
Comme roi des auteurs qu'on l'élève à l'empire,
Ma bile alors s'échauffe, et je brûle d'écrire;
Et, s'il ne m'est permis de le dire au papier,
J'irai creuser la terre, et, comme ce barbier,
Faire dire aux roseaux, par un nouvel organe:
« Midas, le roi Midas, a des oreilles d'âne[3]. »
Quel tort lui fais-je enfin? Ai-je par un écrit
Pétrifié sa veine et glacé son esprit?
Quand un livre au Palais se vend et se débite,
Que chacun par ses yeux juge de son mérite,
Que Bilaine l'étale au deuxième pilier,
Le dégoût d'un censeur peut-il le décrier?
En vain contre le *Cid* un ministre se ligue:
Tout Paris pour Chimène a les yeux de Rodrigue.
L'Académie en corps a beau le censurer:
Le public révolté s'obstine à l'admirer[4].

. . . . . . . . . . . . . . . . . . . . . .

La satire, dit-on, est un métier funeste,
Qui plaît à quelques gens et choque tout le reste.
La suite en est à craindre: en ce hardi métier

1. C'est à peu près ce que Martial recommande aux satiriques dans ce vers où il trace leur devoir, et qu'ils ne sauraient trop méditer (*Epig.*, X, 33):

Parcere personis, dicere de vitiis.

2. Voyez l'exemple d'une concession semblable dans Molière, sc. 1 de l'acte IV du *Misanthrope*.

3. Trait emprunté à Perse, qui dans sa 1re satire avait osé, dit-on, désigner par là Néron à la moquerie des Romains. Cf. Ovide, *Mét.*, XI, 182 et suiv.

4. Piron, qui s'est montré vraiment poëte dans *la Métromanie*, a rendu la même pensée en beaux vers, III, IX:

L'Olympe voit en paix fumer le mont Etna;
Zoïle contre Homère en vain se déchaîna.
Et la palme du Cid, malgré la même audace,
Croît et s'élève encore au sommet du Parnasse.

La peur plus d'une fois fit repentir Régnier.
Quittez ces vains plaisirs dont l'appât vous abuse :
À de plus doux emplois occupez votre Muse,
Et laissez à Feuillet[1] réformer l'univers.
Et sur quoi donc faut-il que s'exercent mes vers?
Irai-je, dans une ode en phrases de Malherbe,
Troubler dans ses roseaux le Danube superbe,
Délivrer de Sion le peuple gémissant,
Faire trembler Memphis ou pâlir le croissant,
Et, passant du Jourdain les ondes alarmées,
Cueillir mal à propos les palmes Idumées?
Viendrai-je, en une églogue, entouré de troupeaux,
Au milieu de Paris enfler mes chalumeaux,
Et dans mon cabinet assis au pied des hètres,
Faire dire aux échos des sottises champêtres?

. . . . . . . . . . . . . . . . . . . .

La satire en leçons, en nouveautés fertile,
Sait seule assaisonner le plaisant et l'utile[2],
Et, d'un vers qu'elle épure aux rayons du bon sens[3],
Détromper les esprits des erreurs de leur temps.
Elle seule, bravant l'orgueil et l'injustice,
Va jusque sous le dais faire pâlir le vice,
Et souvent sans rien craindre, à l'aide d'un bon mot,
Va venger la raison des attentats d'un sot.
C'est ainsi que Lucile, appuyé de Lélie,
Fit justice en son temps des Cotins d'Italie,
Et qu'Horace, jetant le sel à pleines mains,
Se jouait aux dépens des Pelletiers romains[4].
C'est elle qui, m'ouvrant le chemin qu'il faut suivre,
M'inspira, dès quinze ans, la haine d'un sot livre,
Et, sur ce mont fameux où j'osai la chercher,

1. Prédicateur célèbre, d'un zèle fougueux et d'une sévérité impitoyable. Son caractère, rigoureux jusqu'à la dureté, se montra surtout lorsqu'il assista au lit de mort Henriette, duchesse d'Orléans, dont il a composé une oraison funèbre.

2. C'est cet heureux mélange, recommandé par Horace (*Art poét.*, v. 343), qui fait goûter et vivre les ouvrages :

Omne tulit punctum qui miscuit utile dulci.

Corneille a dit, en imitant le poëte latin : « L'utile a besoin de l'agréable pour s'insinuer dans l'amitié des hommes. »

3. Excellente métaphore, suivie avec une justesse parfaite : personne, on le remarquera à cette occasion, n'a mieux su que Boileau faire usage du style figuré et mettre d'accord, dans son langage, l'imagination avec la raison.

4. Ici encore, et même quelques vers plus loin, Boileau a imité la satire citée de Perse.

Fortifia mes pas et m'apprit à marcher.
C'est pour elle, en un mot, que j'ai fait vœu d'écrire.
Toutefois, s'il le faut, je veux bien m'en dédire,
Et, pour calmer enfin tous ces flots d'ennemis,
Réparer en mes vers les maux qu'ils ont commis[1].
Puisque vous le voulez, je vais changer de style.
Je le déclare donc : Quinault est un Virgile[2];
Pradon comme un soleil en nos ans a paru;
Pelletier écrit mieux qu'Ablancourt ni Patru;
Cotin, à ses sermons traînant toute la terre,
Fend les flots d'auditeurs pour aller à sa chaire;
Sofal est le phénix des esprits relevés;
Perrin.... Bon, mon esprit, courage! poursuivez.
Mais ne voyez-vous pas que leur troupe en furie
Va prendre encor ces vers pour une raillerie?
Et Dieu sait aussitôt que d'auteurs en courroux,
Que de rimeurs blessés s'en vont fondre sur vous!
Vous les verrez bientôt, féconds en impostures,
Amasser contre vous des volumes d'injures,
Traiter, en vos écrits, chaque vers d'attentat,
Et d'un mot innocent faire un crime d'Etat.
Vous aurez beau vanter le roi dans vos ouvrages
Et de ce nom sacré sanctifier vos pages :
Qui méprise Cotin n'estime point son roi,
Et n'a, selon Cotin, ni Dieu, ni foi, ni loi.

1. Ce tour manque de netteté : car on ne voit pas tout d'abord ce que représente ce pronom *ils*. C'est ici qu'il faut se rappeler ce que dit si justement Rivarol dans son discours sur l'universalité de notre langue : « Tout ce qui n'est pas clair n'est pas français. ».

2. On a regretté, non sans quelque raison, que Boileau ait été le *Zoïle de Quinault* : ce dernier poëte, qui a laissé de beaux vers, n'a pas en effet de supérieur dans le genre de l'opéra, où il s'est principalement exercé, et Voltaire a pu dire justement de lui : « C'est un des beaux génies qui ont fait honneur au siècle de Louis XIV. » — Toutefois on ajoutera, pour excuser Boileau, qu'à l'époque où cette satire fut composée, Quinault n'avait pas encore fait paraître les ouvrages auxquels il a dû sa plus grande réputation.

## Le Lutrin[1].

### Chants II et III (fragments).

Le perruquier l'Amour, chargé avec le sacristain Boirude et un autre de ses compagnons, Brontin, de relever dans la *Sainte-Chapelle* un pupitre qui était jadis placé devant le banc du chantre, s'apprête à exécuter cet ordre.

Aussitôt de longs clous il prend une poignée :
Sur son épaule il charge une lourde cognée;
Et derrière son dos, qui tremble sous le poids,
Il attache une scie en forme de carquois :
Il sort au même instant, il se met à leur tête.
A suivre ce grand chef l'un et l'autre s'apprête;
Leur cœur semble allumé d'un zèle tout nouveau :
Brontin tient un maillet, et Boirude un marteau.
La lune, qui du ciel voit leur démarche altière,
Retire en leur faveur sa paisible lumière.
La Discorde en sourit[2], et, les suivant des yeux,
De joie, en les voyant, pousse un cri dans les cieux.
L'air, qui gémit du cri de l'horrible déesse,
Va jusque dans Cîteaux réveiller la Mollesse[3].
C'est là qu'en un dortoir elle fait son séjour;
Les Plaisirs nonchalants folâtrent à l'entour.

. . . . . . . . . . . . . . . . . . . .

1. 1674. On sait qu'un pupitre placé et déplacé, qui avait jeté la discorde dans un chapitre de Paris, celui de la Sainte-Chapelle si habilement restaurée aujourd'hui, fut le sujet du *Lutrin* de Boileau, sujet que le président F. de Lamoignon l'avait, dit-on, défié de traiter. De là ce poëme héroï-comique, modèle dans son genre, demeuré sans égal parmi nous et presque sans rival chez les étrangers : on ne saurait lui comparer, par exemple, celui de Pope, *la Boucle de cheveux enlevée*, si vanté par les Anglais. En réfléchissant sur ce que le fond a de frivole, on ne peut que s'étonner davantage de la variété, du mouvement et de la grâce que l'auteur a su répandre sur sa matière. Très-rarement toutes les ressources de la langue poétique ont été déployées avec autant de facilité et d'éclat.

2. C'est à la pensée du déplaisir que va éprouver le chantre.

3. « Il faut, observe Daunou, que cet épisode de la Mollesse soit d'une beauté suprême, pour se faire tant admirer dans ce grand nombre de morceaux achevés et de vers immortels. » — Quelques-uns des traits que ce passage renferme ont été imités par Voltaire, chant IX de la *Henriade;* et ce n'est certes pas le seul endroit où il a rendu hommage à Boileau en l'imitant.

Là toujours le Sommeil lui verse des pavots.
Ce soir, plus que jamais, en vain il les redouble.
La Mollesse à ce bruit se réveille, se trouble :
Quand la Nuit, qui déjà va tout envelopper,
D'un funeste récit vient encor la frapper;
Lui conte du prélat[1] l'entreprise nouvelle :
Au pied des murs sacrés d'une sainte chapelle,
Elle a vu trois guerriers, ennemis de la paix,
Marcher à la faveur de ses voiles épais :
La Discorde en ces lieux menace de s'accroître[2];
Demain avant l'aurore un lutrin va paraître,
Qui doit y soulever un peuple de mutins :
Ainsi le ciel l'écrit au livre des destins.
A ce triste discours, qu'un long soupir achève,
La Mollesse, en pleurant, sur un bras se relève,
Ouvre un œil languissant, et, d'une faible voix,
Laisse tomber ces mots[3] qu'elle interrompt vingt fois :
« O Nuit! que m'as-tu dit? quel démon sur la terre
Souffle dans tous les cœurs la fatigue et la guerre[4]?
Hélas! qu'est devenu ce temps, cet heureux temps,
Où les rois s'honoraient du nom de fainéants,
S'endormaient sur le trône, et, me servant sans honte,
Laissaient leur sceptre aux mains ou d'un maire ou d'un [comte?
Aucun soin n'approchait de leur paisible cour :
On reposait la nuit, on dormait tout le jour.
Seulement au printemps, quand Flore dans les plaines
Faisait taire des vents les bruyantes haleines,
Quatre bœufs attelés, d'un pas tranquille et lent,
Promenaient dans Paris le monarque indolent[5].
Ce doux siècle n'est plus. Le ciel impitoyable
A placé sur le trône un prince infatigable.
Il brave mes douceurs, il est sourd à ma voix :
Tous les jours il m'éveille au bruit de ses exploits.
Rien ne peut arrêter sa vigilante audace :

1. Celui même qui avait ordonné le rétablissement du pupitre.

2. On prononçait alors *craître*, quoique l'on écrivît *croistre* comme *paroistre*, en sorte que les deux rimes que nous offre ici Boileau étaient bonnes pour l'oreille et les yeux.

3. On reconnaît le *Vox excidit ore* de Virgile, *Én.*, VI, 686.

4. Hardiesse heureuse, analogue à celle d'Horace, lorsqu'il montre, dans la quinzième ode du 1er livre, Pallas préparant contre les Troyens son char et sa fureur :

Currusque et rabiem parat.

5. Jamais l'harmonie imitative, c'est-à-dire l'art de peindre par les sons, n'a été poussée plus loin.

L'été n'a point de feux, l'hiver n'a point de glace.
J'entends à son nom seul tous mes sujets frémir.
En vain deux fois la paix a voulu l'endormir[1] :
Loin de moi son courage, entraîné par la gloire,
Ne se plaît qu'à courir de victoire en victoire.
Je me fatiguerais à te tracer le cours
Des outrages cruels qu'il me fait tous les jours.
Je croyais, loin des lieux d'où ce prince m'exile,
Que l'Eglise du moins m'assurait un asile.
Mais en vain j'espérais y régner sans effroi :
Moines, abbés, prieurs, tout s'arme contre moi.
Par mon exil honteux la Trappe est ennoblie ;
J'ai vu dans Saint-Denis la réforme établie :
Le Carme, le Feuillant, s'endurcir aux travaux ;
Et la règle déjà se remet dans Clairvaux ;
Cîteaux dormait encore, et la Sainte-Chapelle
Conservait du vieux temps l'oisiveté fidèle :
Et voici qu'un lutrin, prêt à tout renverser,
D'un séjour si chéri vient encor me chasser !
O toi, de mon repos compagne aimable et sombre[2],
A de si noirs forfaits prêteras-tu ton ombre?...
Du moins ne permets pas.... » La Mollesse oppressée
Dans sa bouche, à ce mot, sent sa langue glacée,
Et, lasse de parler, succombant sous l'effort,
Soupire, étend les bras, ferme l'œil et s'endort[3].

. . . . . . . . . . . . . . . . . . . .

Mais la Nuit aussitôt de ses ailes affreuses[4]

1. Allusion au traité d'Aix-la-Chapelle conclu avec l'Espagne par Louis XIV, en 1668, et aux propositions de paix que la Hollande vaincue lui adressa quatre années après. Andrieux fait remarquer, à l'occasion de ce passage, combien Boileau savait relever par un tour noble et délicat le prix de ses éloges.

2. Association de mots qui surprend l'esprit et qui le charme, parce qu'elle est juste et naturelle. Boileau excelle à pratiquer ce précepte d'Horace, *Art poétique.*, v. 47 :

> Dixeris egregie, notum si callida verbum
> Reddiderit junctura novum.

3. L'édition de Saint-Marc, Amsterdam, 1772, porte ici cette note : « Henriette d'Angleterre, duchesse d'Orléans, apercevant un jour Boileau à Versailles, lui fit signe d'approcher et lui dit à l'oreille ce dernier vers. » On ne saurait imaginer de plus flatteur et de plus gracieux suffrage.

4. Image empruntée à Virgile, *Én.*, II, 360 :

> . . . . . Nox atra cava circumvolat umbra ;

cf. ibid., VI, 866.

Couvre des Bourguignons les campagnes vineuses,
Revole vers Paris, et, hâtant son retour,
Déjà de Montlhéry voit la fameuse tour[1];
Ses murs, dont le sommet se dérobe à la vue,
Sur la cime d'un roc s'allongent dans la nue,
Et, présentant de loin leur objet ennuyeux,
Du passant qui le fuit semblent suivre les yeux[2].
Mille oiseaux effrayants, mille corbeaux funèbres,
De ces murs désertés habitent les ténèbres.
Là, depuis trente hivers, un hibou retiré
Trouvait contre le jour un refuge assuré....
« Suis-moi, » lui dit la Nuit. L'oiseau plein d'allégresse
Reconnaît à ce ton la voix de sa maîtresse.
Il la suit : et tous deux, d'un cours précipité,
De Paris à l'instant abordent la cité.
Là, s'élançant d'un vol que le vent favorise,
Ils montent au sommet de la fatale église.
La Nuit baisse la vue, et, du haut du clocher,
Observe les guerriers, les regarde marcher...
« Ils triomphent! dit-elle, et leur âme abusée
Se promet dans mon ombre une victoire aisée :
Mais allons : il est temps qu'ils connaissent la Nuit. »
A ces mots, regardant le hibou qui la suit,
Elle perce les murs de la voûte sacrée :
Jusqu'en la sacristie elle s'ouvre une entrée,
Et dans le ventre creux du pupitre fatal
Va placer de ce pas le sinistre animal.
Mais les trois champions, pleins de vin et d'audace,
Du Palais cependant passent la grande place;
Et, suivant de Bacchus les auspices sacrés,
De l'auguste chapelle ils montent les degrés.
Ils atteignaient déjà le superbe portique
Où Ribou le libraire, au fond de sa boutique,
Sous vingt fidèles clefs[3] garde et tient en dépôt
L'amas toujours entier des écrits de Hainaut[4] :

1. A six lieues environ de Paris. En approchant de cette ville par le côté du midi, les voyageurs aperçoivent encore de fort loin, comme du temps de Boileau, cette tour, récemment restaurée, et l'une de nos plus précieuses ruines historiques. Là, Louis le Gros, le batailleur, celui qui par ses guerres fréquentes contre les seigneurs porta les premiers coups à la féodalité, résidait au commencement du douzième siècle.

2. Vers singulièrement expressif; image frappante de la vérité.

3. Hémistiche emprunté par Boileau à Chapelain : il se trouve dans le VIIIe chant de son poëme sur la *Pucelle d'Orléans*.

4. Ribou avait été l'imprimeur de plusieurs satires dirigées contre

Quand Boirude, qui voit que le péril approche,
Les arrête, et tirant un fusil[1] de sa poche,
Des veines d'un caillou, qu'il frappe au même instant,
Il fait jaillir un feu qui pétille en sortant;
Et bientôt, au brasier d'une mèche enflammée,
Montre, à l'aide du soufre, une cire allumée[2].
Cet astre tremblotant[3] dont le jour les conduit
Est pour eux un soleil au milieu de la nuit.
Le temple, à sa faveur, est ouvert par Boirude :
Ils passent de la nef la vaste solitude,
Et dans la sacristie entrant, non sans terreur,
En percent jusqu'au fond la ténébreuse horreur.
C'est là que du lutrin gît la machine énorme[4].
La troupe quelque temps en admire la forme.
Mais le barbier, qui tient les moments précieux :
« Ce spectacle n'est pas pour amuser nos yeux[5],
Dit-il, le temps est cher, portons-le[6] dans le temple;
C'est là qu'il faut demain qu'un prélat[7] le contemple. »

l'auteur du *Lutrin;* quant à la critique qui concerne Hainaut (ou Hesnault), elle a paru peu juste, parce que cet écrivain, qui ne manquait pas de distinction dans l'esprit, a laissé des vers énergiques.

1. *Briquet*, et par extension *batterie:* tel est le sens primitif, aujourd'hui presque oublié, du mot *fusil.* Comparez ici Virgile à Boileau : *Géorg.*, I, 135; *En.*, I, 178-180.

2. On a critiqué ces deux vers comme embarrassés et obscurs: mal à propos, ce me semble. J'aime mieux, avec La Harpe, louer ici le poëte « de n'oublier rien en se servant des mots les plus ordinaires, et de les combiner sans effort, de manière à leur donner de l'élégance et du nombre. »

3. C'est le *tremulis flammis* de Virgile dans les *Églogues*, VIII, 105. — Il est seulement fâcheux que cette expression soit répétée dans la page suivante.

4. Ici on signalera, pour parler la langue de notre poëte, *le pouvoir d'un mot mis en sa place.* L'épithète qui termine le vers ne place-t-elle pas le lutrin sous nos yeux?

5. Virgile avait dit aussi, *Én.*, VI, 37:

Non hoc ista sibi tempus spectacula poscit.

Quelques vers plus bas, le même auteur est encore imité de nouveau. On remarquera, à cette occasion, l'esprit piquant et l'agréable ironie qui relèvent dans le *Lutrin* les emprunts que Boileau a faits aux poëtes de l'antiquité.

6. C'est-à-dire le *spectacle,* terme qui est pris ici dans le sens d'*objet qui frappe la vue.* Mais ce *le* manque un peu de netteté : défaut très-rare chez Boileau.

7. C'est le prélat, *ce prélat terrible*, comme l'a dit le poëte, qui a donné l'ordre de replacer le lutrin dans le chœur.

Et d'un bras, à ces mots, qui peut tout ébranler,
Lui-même, se courbant, s'apprête à le rouler.
Mais à peine il y touche, ô prodige incroyable!
Que du pupitre sort une voix effroyable.
Brontin en est ému; le sacristain pâlit;
Le perruquier commence à regretter son lit.
Dans son hardi projet toutefois il s'obstine,
Lorsque des flancs poudreux de la vaste machine
L'oiseau sort en courroux, et, d'un cri menaçant,
Achève d'étonner le barbier frémissant:
De ses ailes dans l'air secouant la poussière,
Dans la main de Boirude il éteint la lumière.
Les guerriers à ce coup demeurent confondus;
Ils regagnent la nef, de frayeur éperdus:
Sous leurs corps tremblotants leurs genoux s'affaiblissent,
D'une subite horreur leurs cheveux se hérissent;
Et bientôt, au travers des ombres de la nuit,
Le timide escadron se dissipe et s'enfuit[1].

1. « Les quatre premiers chants du *Lutrin*, a dit M. Daunou, sont au nombre des monuments dont notre littérature doit être orgueilleuse..... On voit s'y succéder, et ressortir par leurs contrastes, les saillies de la gaieté satirique, les richesses de la poésie descriptive, les fictions hardies de l'épopée. La difficulté de ce genre consiste dans la variété même des couleurs qu'il emploie : car il faut, dans leur mélange, un parfait accord que le talent le plus flexible ne peut espérer, s'il n'est dirigé par un goût exquis. » — Ajoutons que le cinquième chant, qui renferme une très-amusante description de combat et le portrait de la Chicane, n'est nullement indigne de ceux qui le précèdent. Mais il n'en est pas ainsi du sixième, assez étroit et assez brusquement terminé, où le poëte fait intervenir de nouveaux personnages allégoriques qu'on n'attendait pas, et succéder, avec moins d'inspiration et de bonheur, l'accent de la gravité au ton de la plaisanterie.

# J. RACINE.

(1639-1699.)

Si l'on voulait réaliser par un nom l'idée de la perfection absolue dans la versification et le style, il faudrait nommer Racine. Justesse, élégance soutenue, richesse et convenance, il a su réunir toutes les qualités disséminées dans les autres; et les plus modestes, chez lui, n'ont porté aucun préjudice aux plus élevées. De là une sorte d'égalité dans le bien, dont on s'est quelquefois prévalu contre lui pour attenter à sa réputation. Les plus beaux traits de Racine, ses plus sublimes pensées, sont amenés avec tant de naturel et si bien fondus en un ensemble achevé, que les yeux peu exercés ont souvent peine à les reconnaître. Nul n'a fait davantage éprouver au lecteur cette illusion dont parle Horace. A voir ces vers pleins d'aisance, qui n'ôtent à l'expression de l'idée rien de nécessaire et ne lui ajoutent rien de superflu, il s'imagine volontiers que lui-même il n'écrirait pas autrement que l'auteur, tandis qu'il conçoit bien, en prenant la plume, la vérité de ce mot du poëte :

.... Sibi quivis
Speret idem, sudet multum frustraque laboret
Ausus idem : tantum series juncturaque pollet[1] !

Dans le petit nombre d'années où Racine travailla pour le théâtre, il composa douze tragédies, qui sont presque toutes demeurées l'honneur et le modèle de la scène française. Par elles il ouvrit à l'art des voies nouvelles, il le porta jusqu'à ses dernières limites; et, comme s'il n'eût cessé d'acquérir des forces, loin que son génie ait connu la décadence, il termina, heureuse et rare exception, par son chef-d'œuvre, qu'une admiration unanime a proclamé le chef-d'œuvre de l'esprit humain.

La famille de Jean Racine, anoblie récemment, avait un cygne dans ses armoiries[2] : jamais, comme on voit, armes parlantes ne se trouvèrent mieux justifiées. Ajoutons que sa modestie et ses vertus privées égalaient ses talents. Au sein de sa famille, il enseignait par son exemple la pratique austère de tous les devoirs. Sa piété était

1. Horace, *Art poétique*, v. 240 et suiv.

2. « Je sais, dit Racine dans une de ses lettres (celle du 16 janvier 1697), que les armes de notre famille sont un rat et un cygne, dont j'ai seulement gardé le cygne, parce que le rat me choquait. »

rigide et fervente; sa charité était sans bornes. De plus, un noble patriotisme échauffait son âme. Favori de Louis XIV, il aimait le peuple comme Fénelon. On a même rapporté, mais sans preuve certaine, que, pour plaider auprès du grand roi la cause des sujets malheureux, il encourut une disgrâce qui hâta sa mort. Né à la Ferté-Milon le 21 décembre 1639, il s'éteignit à Paris le 22 avril 1699. Ses cendres reposent aujourd'hui dans l'église Saint-Étienne-du-Mont[1].

### Hymne à Dieu.

Grand Dieu qui vis les cieux se former sans matière,
A ta voix seulement
Tu séparas les eaux, leur marquas pour barrière
Le vaste firmament.

Si la voûte céleste a ses plaines liquides,
La terre a ses ruisseaux,
Qui, contre les chaleurs, portent aux champs arides
Le secours de leurs eaux.

1. Les comparaisons n'ont pas manqué entre Corneille et Racine. Ce qu'on peut dire avec vérité, c'est que généralement inférieur à Corneille pour la grandeur des idées et des caractères autant que pour la fécondité de l'invention, Racine lui est, en revanche, supérieur par la manière dont il traite la passion et par l'emploi des images dans le style, où il est, avec Boileau, notre modèle le plus soutenu. Quoique l'avis de Voltaire fût qu'on se bornât, pour l'apprécier, à ces mots placés au bas de toutes les pages, « beau, pathétique, harmonieux, admirable, sublime, » on a souvent éclairé son texte par des commentaires plus ou moins développés. Nous signalerons, dans le nombre, ceux de La Harpe, qui lui a consacré un excellent éloge, de Geoffroy, d'Aimé Martin et de M. Louandre, qui ont donné des éditions soignées et correctes de Racine. Précédemment, il avait été imprimé avec une magnificence sans égale par Didot l'aîné (3 vol. in-8°). On regrettera d'ailleurs que ce grand homme, par un excès d'abnégation, n'ait jamais voulu lui-même rassembler et reviser ses œuvres. Parmi ceux qui l'ont bien jugé, il faut signaler encore Vauvenargues, Auger, Lemercier, Roger et M. Nisard. On lira aussi avec intérêt, sur la vie domestique et sur les travaux de ce poëte, des Mémoires que nous devons au second de ses fils, à Louis Racine, quoiqu'ils aient été rédigés avec plus de piété que d'exactitude. Un de nos contemporains a heureusement exprimé cette sensibilité profonde qui était un des traits de son caractère et qui est un des charmes de son talent : c'est M. Sainte-Beuve, dans l'ode intitulée *Les larmes de Racine.*

Seigneur, qu'ainsi les eaux de ta grâce féconde
Réparent nos langueurs;
Que nos sens désormais vers les appas du monde
N'entraînent plus nos cœurs

Fais briller de ta foi les lumières propices
A nos yeux éclairés :
Qu'elle arrache le voile à tous les artifices
Des enfers conjurés.

Règne, ô Père éternel, Fils, sagesse incréée;
Esprit saint, Dieu de paix,
Qui fais changer des temps l'inconstante durée,
Et ne changes jamais.

Ta sagesse, grand Dieu, dans tes œuvres tracée,
Débrouilla le chaos;
Et fixant sur son poids la terre balancée
La sépara des flots.

Par là son sein fécond de fleurs et de feuillages
L'embellit tous les ans,
L'enrichit de doux fruits, couvre de pâturages
Ses vallons et ses champs.

Seigneur, fais de ta grâce à notre âme abattue
Goûter les fruits heureux,
Et que puissent nos pleurs de la chair corrompue
Éteindre tous les feux!

Que sans cesse nos cœurs, loin du sentier des vices,
Suivent tes volontés.
Qu'innocents à tes yeux, ils fondent leurs délices
Sur tes seules bontés.

Règne, ô Père éternel, Fils, sagesse incréée,
Esprit saint, Dieu de paix,
Qui fais changer des temps l'inconstante durée
Et ne changes jamais[1].

(*Poésies diverses.*)

1. On jugera par la lecture de cette hymne que l'étude des *Odes* et des *Poésies diverses* de Racine a été trop souvent et à tort négligée. Si les chœurs d'*Esther* et d'*Athalie* ont surpassé ces premiers essais, on y retrouve encore ce qui est le caractère des œuvres lyriques de Racine, la pureté et l'harmonie du style unie à la grandeur des images. D'ailleurs, le grand poëte parvenu à sa maturité retoucha la plupart de ces pièces.

## Andromaque[1].

(Extraits.)

Pyrrhus vient de déclarer à Andromaque qu'il l'aime avec passion; que, si elle consent à lui donner sa main, il prendra sous sa protection le fils qu'elle a eu d'Hector, Astyanax, dont la mort est demandée par la Grèce.

### ACTE III, SCÈNE VIII.

*Andromaque, Céphise* (sa confidente).

CÉPHISE.
Je vous l'avais prédit qu'en dépit de la Grèce
De votre sort encor vous seriez la maîtresse.

ANDROMAQUE.
Hélas! de quel effet tes discours sont suivis!
Il ne me restait plus qu'à condamner mon fils.

CÉPHISE.
Madame, à votre époux c'est être assez fidèle:
Trop de vertu pourrait vous rendre criminelle.
Lui-même il porterait votre âme à la douceur.

ANDROMAQUE.
Quoi! je lui donnerais Pyrrhus pour successeur?

CÉPHISE.
Ainsi le veut son fils que les Grecs vous ravissent.
Pensez-vous qu'après tout ses mânes en rougissent[2];
Qu'il méprisât, madame, un roi victorieux
Qui vous fait remonter au rang de vos aïeux[3],

1. 1667. Sorti de l'école de Port-Royal, Racine s'était déjà annoncé comme poëte distingué par ses deux premières pièces, la *Thébaïde* ou les *Frères ennemis*, et *Alexandre*, lorsqu'il fit son véritable avénement dans la tragédie par *Andromaque* (1667), qui a marqué, après le *Cid*, la seconde époque de la gloire du théâtre français. — Voltaire n'a pas craint d'appeler *admirable* cette pièce dont le sujet est tiré du III^e^ livre de l'*Enéide* de Virgile (v. 301-332), et où l'auteur a imité aussi en quelques passages l'*Andromaque* d'Euripide. Sur la comparaison de la pièce française avec la pièce grecque, on lira avec intérêt un chapitre des *Etudes sur les tragiques grecs* de M. Patin (t. III).

2. Virgile a mieux dit, *Én.*, IV, 34:

> Id cinerem aut manes credis *curare* sepultos?

3. Racine, s'imitant lui-même, a dit dans *Mithridate*, III, 1:

> ..... Un roi longtemps victorieux
> Qui voit jusqu'à Cyrus remonter ses aïeux.

Qui foule aux pieds pour vous vos vainqueurs en colère,
Qui ne se souvient plus qu'Achille était son père,
Qui dément ses exploits et les rend superflus?

ANDROMAQUE.

Dois-je les oublier, s'il ne s'en souvient plus?
Dois-je oublier Hector privé de funérailles,
Et traîné sans honneur autour de nos murailles?
Dois-je oublier son père à mes pieds renversé,
Ensanglantant l'autel qu'il tenait embrassé[1]?
Songe, songe, Céphise, à cette nuit cruelle,
Qui fut pour tout un peuple une nuit éternelle;
Figure-toi Pyrrhus, les yeux étincelants,
Entrant à la lueur de nos palais brûlants,
Sur tous mes frères morts se faisant un passage,
Et, de sang tout couvert, échauffant le carnage;
Songe aux cris des vainqueurs, songe aux cris des mourants,
Dans la flamme étouffés, sous le fer expirants[2];
Peins-toi dans ces horreurs Andromaque éperdue:
Voilà comme Pyrrhus vint s'offrir à ma vue;
Voilà par quels exploits il sut se couronner;
Enfin, voilà l'époux que tu me veux donner.
Non, je ne serai point complice de ses crimes:
Qu'il nous prenne, s'il veut, pour dernières victimes.
Tous mes ressentiments lui seraient asservis!

CÉPHISE.

Hé bien! allons donc voir expirer votre fils:
On n'attend plus que vous.... Vous frémissez, madame.

ANDROMAQUE.

Ah! de quel souvenir viens-tu frapper mon âme!
Quoi! Céphise, j'irai voir expirer encor
Ce fils, ma seule joie et l'image d'Hector?
Ce fils, que de sa flamme il me laissa pour gage?
Hélas! il m'en souvient: le jour que son courage
Lui fit chercher Achille, ou plutôt le trépas,
Il demanda son fils et le prit dans ses bras:
« Chère épouse, dit-il en essuyant mes larmes,

1. Souvenir de Virgile, *Æn.*, II, 501:

> .... Priamumque per aras
> Sanguine fœdantem, quos ipse sacraverat, ignes.

Dans tout ce passage, on sent, comme le remarque La Harpe, que Virgile a servi de modèle à Racine.

2. Application de l'ancienne règle des participes présents, d'après laquelle ils n'étaient pas invariables dans notre langue comme ils le sont aujourd'hui. Les auteurs classiques du dix-septième siècle offrent encore quelques exemples de ce genre.

J'ignore quel succès le sort garde à mes armes;
Je te laisse mon fils pour gage de ma foi:
S'il me perd, je prétends qu'il me retrouve en toi.
Si d'un heureux hymen la mémoire t'est chère,
Montre au fils à quel point tu chérissais le père[1]. »
Et je puis voir répandre un sang si précieux!
Et je laisse avec lui périr tous ses aïeux!
Roi barbare, faut-il que mon crime l'entraîne?
Si je te hais, est-il coupable de ma haine?
T'a-t-il de tous les siens reproché le trépas?
S'est-il plaint à tes yeux des maux qu'il ne sent pas?
Mais cependant, mon fils, tu meurs si je n'arrête
Le fer que le cruel tient levé sur ta tête.
Je l'en puis détourner, et je t'y vais offrir....
Non, tu ne mourras point, je ne le puis souffrir.
Allons trouver Pyrrhus. Mais non, chère Céphise,
Va le trouver pour moi.

CÉPHISE. Que faut-il que je dise?

ANDROMAQUE.

Dis-lui que de mon fils l'amour est assez fort....
Crois-tu que dans son cœur il ait juré sa mort?
L'amour peut-il si loin pousser sa barbarie?

CÉPHISE.

Madame, il va bientôt revenir en furie.

ANDROMAQUE.

Hé bien! va l'assurer....

CÉPHISE. De quoi? de votre foi?

ANDROMAQUE.

Hélas! pour la promettre est-elle encore à moi?
O cendres d'un époux! ô Troyens! ô mon père!
O mon fils, que tes jours coûtent cher à ta mère!
Allons.

CÉPHISE. Où donc, madame? et que résolvez-vous?

ANDROMAQUE.

Allons sur son tombeau[2] consulter mon époux.

## ACTE IV, SCÈNE I.

*Andromaque, Céphise.*

CÉPHISE.

Ah! je n'en doute point; c'est votre époux, madame,
C'est Hector qui produit ce miracle en votre âme:

1. Cf. Homère, *Iliade*, liv. VI, 476 et suiv.
2. Il s'agit du cénotaphe qu'Andromaque avait élevé à son époux en Épire, comme le rapporte Virgile (liv. III).

Il veut que Troie encor se puisse relever
Avec cet heureux fils qu'il vous fait conserver.
Pyrrhus vous l'a promis : vous venez de l'entendre,
Madame; il n'attendait qu'un mot pour vous le rendre.
Croyez-en ses transports : père, sceptre, alliés,
Content de votre cœur, il met tout à vos pieds;
Sur lui, sur tout son peuple il vous rend souveraine
Est-ce là ce vainqueur digne de tant de haine?
Déjà contre les Grecs plein d'un noble courroux,
Le soin de votre fils le touche autant que vous:
Il prévient leur fureur; il lui laisse sa garde.
Pour ne pas l'exposer, lui-même il se hasarde.
Mais tout s'apprête au temple; et vous avez promis....

ANDROMAQUE.

Oui, je m'y trouverai. Mais allons voir mon fils.

CÉPHISE.

Madame, qui vous presse? Il suffit que sa vue
Désormais à vos yeux ne soit plus défendue.
Vous lui pourrez bientôt prodiguer vos bontés,
Et vos embrassements ne seront plus comptés.
Quel plaisir d'élever un enfant qu'on voit croître[1],
Non plus comme un esclave élevé pour son maître,
Mais pour voir avec lui renaître tant de rois!

ANDROMAQUE.

Céphise, allons le voir pour la dernière fois.

CÉPHISE.

Que dites-vous? ô dieux!

ANDROMAQUE. O ma chère Céphise,
Ce n'est point avec toi que mon cœur se déguise.
Ta foi dans mon malheur s'est montrée à mes yeux;
Mais j'ai cru qu'à mon tour tu me connaissais mieux.
Quoi donc! as-tu pensé qu'Andromaque infidèle
Pût trahir un époux qui croit revivre en elle,
Et que, de tant de morts réveillant la douleur,
Le soin de mon repos me fît troubler le leur?
Est-ce là cette ardeur tant promise à sa cendre?
Mais son fils périssait, il l'a fallu défendre.
Pyrrhus en m'épousant s'en déclare l'appui;
Il suffit : je veux bien m'en reposer sur lui.
Je sais quel est Pyrrhus : violent, mais sincère,
Céphise, il fera plus qu'il n'a promis de faire.
Sur le courroux des Grecs je m'en repose encor;
Leur haine va donner un père au fils d'Hector.

1. Pour ce mot, déjà rencontré, voir la note 2 de la page 221. Ainsi, d'après l'ancienne prononciation, *angoisse* rimait avec *tristesse*, *étoiles* avec *fidèles*, *etc.*

Je vais donc, puisqu'il faut que je me sacrifie,
Assurer à Pyrrhus le reste de ma vie;
Je vais, en recevant sa foi sur les autels,
L'engager à mon fils par des nœuds immortels:
Mais aussitôt ma main, à moi seule funeste,
D'une infidèle vie abrégera le reste,
Et, sauvant ma vertu, rendra ce que je doi
A Pyrrhus, à mon fils, à mon époux, à moi.
Voilà de mon amour l'innocent stratagème;
Voilà ce qu'un époux m'a commandé lui-même:
J'irai seule rejoindre Hector et mes aïeux.
Céphise, c'est à toi de me fermer les yeux.

CÉPHISE.

Ah! ne prétendez pas que je puisse survivre....

ANDROMAQUE.

Non, non, je te défends, Céphise, de me suivre;
Je confie à tes soins mon unique trésor:
Si tu vivais pour moi, vis pour le fils d'Hector.
De l'espoir des Troyens seule dépositaire,
Songe à combien de rois tu deviens nécessaire.
Veille auprès de Pyrrhus; fais-lui garder sa foi:
S'il le faut, je consens qu'on lui parle de moi;
Fais-lui valoir l'hymen où je me suis rangée:
Dis-lui qu'avant ma mort je lui fus engagée;
Que ses ressentiments doivent être effacés;
Qu'en lui laissant mon fils, c'est l'estimer assez.
Fais connaître à mon fils les héros de sa race;
Autant que tu pourras conduis-le sur leur trace;
Dis-lui par quels exploits leurs noms ont éclaté,
Plutôt ce qu'ils ont fait que ce qu'ils ont été:
Parle-lui tous les jours des vertus de son père,
Et quelquefois aussi parle-lui de sa mère.
Mais qu'il ne songe plus, Céphise, à nous venger:
Nous lui laissons un maître, il doit le ménager.
Qu'il ait de ses aïeux un souvenir modeste:
Il est du sang d'Hector, mais il en est le reste;
Et pour ce reste enfin j'ai moi-même, en un jour,
Sacrifié mon sang, ma haine et mon amour[1].

CÉPHISE.

Hélas!

1. « Dans Euripide, dit M. Aimé Martin, Andromaque est une femme ambitieuse; dans Virgile, c'est une femme qui pleure son mari; dans Racine, c'est une mère qui veut sauver son fils, et l'amour maternel la rapproche de nos mœurs, sans que les mœurs antiques soient jamais blessées. »

ANDROMAQUE.

Ne me suis point, si ton cœur en alarmes
Prévoit qu'il ne pourra commander à tes larmes.
On vient : cache tes pleurs, Céphise ; et souviens-toi
Que le sort d'Andromaque est commis à ta foi.

Cependant Hermione, qui avait dû épouser Pyrrhus, outragée par la passion que ce prince a ressentie pour Andromaque, n'a pas craint de confier au fils d'Agamemnon, à Oreste qui l'aime, le soin de la venger.

### Acte V, Scène I.

HERMIONE, *seule.*

Où suis-je? qu'ai-je fait? que dois-je faire encore?
Quel transport me saisit! quel chagrin me dévore!
Errante et sans dessein, je cours dans ce palais :
Ah! ne puis-je savoir si j'aime ou si je hais?
Le cruel! de quel œil il m'a congédiée!
Sans pitié, sans douleur au moins étudiée!
L'ai-je vu se troubler, et me plaindre un moment[1]?
En ai-je pu tirer un seul gémissement?
Muet à mes soupirs, tranquille à mes alarmes,
Semblait-il seulement qu'il eût part à mes larmes?
Et je le plains encore! et, pour comble d'ennui,
Mon cœur, mon lâche cœur, s'intéresse pour lui!
Je tremble au seul penser du coup qui le menace,
Et, prête à me venger, je lui fais déjà grâce!
Non, ne révoquons point l'arrêt de mon courroux ;
Qu'il périsse! aussi bien il ne vit plus pour nous.
Le perfide triomphe et se rit de ma rage :
Il pense voir en pleurs dissiper cet orage ;
Il croit que, toujours faible, et d'un cœur incertain,
Je parerai d'un bras les coups de l'autre main.
Il juge encor de moi par mes bontés passées.
Mais plutôt le perfide a bien d'autres pensées :
Triomphant dans le temple, il ne s'informe pas
Si l'on souhaite ailleurs sa vie ou son trépas.
Il me laisse, l'ingrat, cet embarras funeste.
Non, non, encore un coup laissons agir Oreste :
Qu'il meure, puisqu'enfin il a dû le prévoir,
Et puisqu'il m'a forcée enfin à le vouloir....
A le vouloir? Hé quoi! c'est donc moi qui l'ordonne!

1. Num fletu ingemuit nostro?.....

Virg., *En.*, IV, 369.

Sa mort sera l'effet de l'amour d'Hermione !
Ce prince, dont mon cœur se faisait autrefois
Avec tant de plaisir redire les exploits;
A qui même en secret je m'étais destinée
Avant qu'on eût conclu ce fatal hyménée !
Je n'ai donc traversé tant de mers, tant d'États,
Que pour venir si loin préparer son trépas,
L'assassiner, le perdre? Ah ! devant[1] qu'il expire....

## Acte V, Scène II.

*Hermione, Cléone* (sa confidente).

HERMIONE.
Ah! qu'ai-je fait, Cléone? et que viens-tu me dire?
Que fait Pyrrhus?
CLÉONE. Il est au comble de ses vœux,
Le plus fier des mortels, et le plus amoureux.
Je l'ai vu vers le temple, où son hymen s'apprête,
Mener en conquérant sa nouvelle conquête,
Et, d'un œil où brillaient sa joie et son espoir,
S'enivrer en marchant du plaisir de la voir.
Andromaque, au travers de mille cris de joie,
Porte jusqu'aux autels le souvenir de Troie:
Incapable toujours d'aimer et de haïr,
Sans joie et sans murmure elle semble obéir.
HERMIONE.
Et l'ingrat, jusqu'au bout il a poussé l'outrage!
Mais as-tu bien, Cléone, observé son visage?
Goûte-t-il des plaisirs tranquilles et parfaits?
N'a-t-il point détourné ses yeux vers le palais?
Dis-moi, ne t'es-tu point présentée à sa vue?
L'ingrat a-t-il rougi lorsqu'il t'a reconnue?
Son trouble avouait-il son infidélité?
A-t-il jusqu'à la fin soutenu sa fierté?
CLÉONE.
Madame, il ne voit rien : son salut et sa gloire
Semblent être avec vous sortis de sa mémoire.
Sans songer qui le suit, ennemis ou sujets,
Il poursuit seulement ses amoureux projets.
Autour du fils d'Hector il a rangé sa garde,

1. *Devant* et *avant* ont été longtemps employés indifféremment l'un pour l'autre ; mais, aujourd'hui, il faudrait *avant* dans ce tour, *devant* n'étant plus employé que comme préposition.

Et croit que c'est lui seul que le péril regarde.
Phœnix même en répond, qui[1] l'a conduit exprès
Dans un fort éloigné du temple et du palais.
Voilà dans ses transports le seul soin qui lui reste.

HERMIONE.

Le perfide! il mourra. Mais que t'a dit Oreste?

CLÉONE.

Oreste avec ses Grecs dans le temple est entré.

HERMIONE.

Hé bien! à me venger n'est-il pas préparé?

CLÉONE.

Je ne sais.

HERMIONE. Tu ne sais! Quoi donc! Oreste encore,
Oreste me trahit?

CLÉONE. Oreste vous adore;
Mais de mille remords son esprit combattu
Croit tantôt son amour et tantôt sa vertu.
Il respecte en Pyrrhus l'honneur du diadème;
Il respecte en Pyrrhus Achille et Pyrrhus même :
Il craint les Grecs, il craint l'univers en courroux;
Mais il se craint, dit-il, soi-même plus que tous.
Il voudrait en vainqueur vous apporter sa tête :
Le seul nom d'assassin l'épouvante et l'arrête.
Enfin il est entré, sans savoir dans son cœur
S'il en devait sortir coupable ou spectateur.

HERMIONE.

Non, non, il les verra triompher sans obstacle;
Il se gardera bien de troubler ce spectacle :
Je sais de quels remords son courage est atteint;
Le lâche craint la mort, et c'est tout ce qu'il craint.
Quoi! sans qu'elle employât une seule prière,
Ma mère en sa faveur arma la Grèce entière;
Ses yeux pour leur querelle, en dix ans de combats,
Virent périr vingt rois qu'ils ne connaissaient pas :
Et moi, je ne prétends que la mort d'un parjure[2],
Et je charge un amant du soin de mon injure :
Il peut me conquérir à ce prix sans danger;

1. Cette construction, qui nous paraîtrait trop dure, était reçue au dix-septième siècle; Boileau a dit de même dans *le Lutrin :*

> La déesse en entrant, *qui* voit la nappe mise,
> Admire un si bel ordre.....

2. C'est le mouvement de Virgile, liv. I^er^ de l'*Enéide*, 44 et suiv. :

> ..... Pallasne exurere classem.....
> Ast ego.....

Je me livre moi-même, et ne puis me venger !
Allons. C'est à moi seule à me rendre justice.
Que de cris de douleur le temple retentisse :
De leur hymen fatal troublons l'événement;
Et qu'ils ne soient unis, s'il se peut, qu'un moment.
Je ne choisirai point dans ce désordre extrême :
Tout me sera Pyrrhus, fût-ce Oreste lui-même.
Je mourrai. Mais au moins ma mort me vengera.
Je ne mourrai pas seule, et quelqu'un me suivra.

## Acte V, Scène III.

*Oreste, Hermione, Cléone.*

ORESTE.
Madame, c'en est fait, et vous êtes servie :
Pyrrhus rend à l'autel son infidèle vie.

HERMIONE.
Il est mort!

ORESTE. Il expire; et nos Grecs irrités
Ont lavé dans son sang ses infidélités.
Je vous l'avais promis; et, quoique mon courage
Se fît de ce complot une funeste image,
J'ai couru vers le temple, où nos Grecs dispersés
Se sont jusqu'à l'autel dans la foule glissés.
Pyrrhus m'a reconnu, mais sans changer de face :
Il semblait que ma vue excitât son audace;
Que tous les Grecs, bravés en leur ambassadeur,
Dussent de son hymen relever la splendeur.
Enfin, avec transport prenant son diadème,
Sur le front d'Andromaque il l'a posé lui-même :
« Je vous donne, a-t-il dit, ma couronne et ma foi;
« Andromaque, régnez sur l'Epire et sur moi.
« Je voue à votre fils une amitié de père;
« J'en atteste les dieux, je le jure à sa mère :
« Pour tous mes ennemis je déclare les siens,
« Et je le reconnais pour le roi des Troyens. »
A ces mots, qui du peuple attiraient le suffrage,
Nos Grecs n'ont répondu que par un cri de rage;
L'infidèle s'est vu partout envelopper,
Et je n'ai pu trouver de place pour frapper :
Chacun se disputait la gloire de l'abattre.
Je l'ai vu dans leurs mains quelque temps se débattre,
Tout sanglant à leurs coups vouloir se dérober;
Mais enfin à l'autel il est allé tomber.

Du peuple épouvanté j'ai traversé la presse
Pour venir de ces lieux enlever ma princesse,
Et regagner le port, où bientôt nos amis
Viendront couverts du sang que je vous ai promis.

HERMIONE.

Qu'ont-ils fait!

ORESTE. Pardonnez à leur impatience :
Ils ont, je le vois bien, trahi votre vengeance.
Vous vouliez que ma main portât les premiers coups;
Qu'il sentît en mourant qu'il expirait pour vous.
Mais c'est moi dont l'ardeur leur a servi d'exemple :
Je les ai pour vous seule entraînés dans le temple,
Madame; et vous pouvez justement vous flatter
D'une mort que leurs bras n'ont fait qu'exécuter.
Vous seule avez poussé les coups...

HERMIONE. Tais-toi, perfide,
Et n'impute qu'à toi ton lâche parricide.
Va faire chez tes Grecs admirer ta fureur,
Va : je la désavoue, et tu me fais horreur.
Barbare, qu'as-tu fait? avec quelle furie
As-tu tranché le cours d'une si belle vie?
Avez-vous pu, cruels, l'immoler aujourd'hui
Sans que tout votre sang se soulevât pour lui?
Mais parle : de son sort qui t'a rendu l'arbitre?
Pourquoi l'assassiner? qu'a-t-il fait? à quel titre?
Qui te l'a dit[1]?

ORESTE. Oh dieux! quoi! ne m'avez-vous pas
Vous-même ici, tantôt, ordonné son trépas?

HERMIONE.

Ah! fallait-il en croire une amante insensée?
Ne devais-tu pas lire au fond de ma pensée?
Et ne voyais-tu pas, dans mes emportements,
Que mon cœur démentait ma bouche à tous moments?
Quand je l'aurais voulu, fallait-il y souscrire?
N'as-tu pas dû[2] cent fois te le faire redire?

1. « Voilà, observe La Harpe, ce fameux *qui te l'a dit?* Plus j'y réfléchis, plus ce mot me semble admirable. C'est, à mon gré, le plus hardi, le plus profond, le plus étonnant que la passion ait jamais inspiré. Pendant tout le reste du récit, l'âme d'Hermione est bouleversée par le désespoir, et ne peut laisser échapper que ces mots : *Qu'ont-ils fait!* Mais quand elle s'entend attribuer ce meurtre, c'est alors qu'elle est hors d'elle-même, et qu'elle punit Oreste des crimes qu'elle lui a fait commettre. »

2. Pour *n'aurais-tu pas dû....*, tournure prosaïque et lourde qui choquerait en poésie. Ce même changement de temps se rencontre en latin, où l'on dit bien *debebas* pour *deberes*, *debueras* pour *debuisses*

Toi-même avant le coup me venir consulter?
Y revenir encore, ou plutôt m'éviter?
Que ne me laissais-tu le soin de ma vengeance?
Qui t'amène en des lieux où l'on fuit ta présence;
Voilà de ton amour le détestable fruit :
Tu m'apportais, cruel, le malheur qui te suit.
C'est toi dont l'ambassade, à tous les deux fatale,
L'a fait pour son malheur pencher vers ma rivale.
Nous le verrions encor nous partager ses soins :
Il m'aimerait peut-être; il le feindrait du moins.
Adieu. Tu peux partir. Je demeure en Epire;
Je renonce à la Grèce, à Sparte, à son empire,
A toute ma famille; et c'est assez pour moi,
Traître, qu'elle ait produit un monstre tel que toi.

### Acte V, Scène iv.

ORESTE, *seul.*

Que vois-je? est-ce Hermione? Et que viens-je d'entendre?
Pour qui coule ce sang que je viens de répandre?
Je suis, si je l'en crois, un traître, un assassin.
Est-ce Pyrrhus qui meurt? et suis-je Oreste enfin?
Quoi! j'étouffe en mon cœur la raison qui m'éclaire;
J'assassine à regret un roi que je révère;
Je viole en un jour les droits des souverains,
Ceux des ambassadeurs, et tous ceux des humains,
Ceux même des autels où ma fureur l'assiége;
Je deviens parricide, assassin, sacrilége :
Pour qui? pour une ingrate à qui je le promets,
Qui même, s'il ne meurt, ne me verra jamais,
Dont j'épouse la rage : et, quand je l'ai servie,
Elle me redemande et son sang et sa vie!
Elle l'aime! et je suis un monstre furieux!
Je la vois pour jamais s'éloigner de mes yeux!
Et l'ingrate en fuyant me laisse pour salaire
Tous les noms odieux que j'ai pris pour lui plaire!

### Acte V, Scène v.

*Oreste, Pylade, soldats d'Oreste.*

PYLADE.

Il faut partir, seigneur. Sortons de ce palais,
Ou bien résolvons-nous de n'en sortir jamais;
Nos Grecs pour un moment en défendent la porte :
Tout le peuple assemblé nous poursuit à main-forte.

Aux ordres d'Andromaque ici tout est soumis;
Ils la traitent en reine, et nous comme ennemis.
Andromaque elle-même, à Pyrrhus si rebelle,
Lui rend tous les devoirs d'une veuve fidèle,
Commande qu'on le venge, et peut-être sur nous
Veut venger Troie encore et son premier époux.
Allons, n'attendons pas que l'on nous environne :
Nos Grecs nous rejoindront; et tandis qu'Hermione
Tient encore le peuple autour d'elle arrêté,
Voilà notre chemin, sortons en sûreté.

ORESTE.

Non, non, c'est Hermione, amis que je veux suivre :
A son dernier arrêt je ne puis plus survivre.
Partez : j'ai fait le crime, et je vais l'expier.

PYLADE.

Hermione, seigneur? il la faut oublier.
Quoi! toujours l'instrument et l'objet de sa rage,
Cherchez-vous chez les morts quelque nouvel outrage?
Et parce qu'elle meurt faut-il que vous mouriez?

ORESTE.

Elle meurt! dieux! qu'entends-je!

PYLADE. Hé quoi! vous l'ignoriez!
En rentrant dans ces lieux nous l'avons rencontrée
Qui courait vers le temple, inquiète, égarée.
Elle a trouvé Pyrrhus porté par des soldats
Que son sang excitait à venger son trépas.
Sans doute à cet objet sa rage s'est émue.
Mais du haut de la porte enfin nous l'avons vue
Un poignard à la main sur Pyrrhus se courber,
Lever les yeux au ciel, se frapper et tomber.

ORESTE.

Grâce aux dieux, mon malheur passe mon espérance!
Oui, je te loue, ô ciel, de ta persévérance :
Appliqué sans relâche au soin de me punir,
Au comble des douleurs tu m'as fait parvenir :
Ta haine a pris plaisir à former ma misère;
J'étais né pour servir d'exemple à ta colère,
Pour être du malheur un modèle accompli :
Hé bien! je meurs content, et mon sort est rempli[1].
Où sont ces deux amants? Pour couronner ma joie,

1. « Dans ces huit vers, selon La Harpe, les plus beaux du rôle d'Oreste, l'ironie est sublime à force d'être amère; et c'est cette ironie, déjà établie par les mots *grâce aux dieux*, qui amène et justifie le mot d'*espérance*. Cette ironie ressemble au rire effrayant et convulsif qui saisit quelquefois un malheureux dans l'aliénation de la douleur. »

Dans leur sang, dans le mien, il faut que je me noie;
L'un et l'autre en mourant je les veux regarder :
Réunissons trois cœurs qui n'ont pu s'accorder.
Mais quelle épaisse nuit tout à coup m'environne?
De quel côté sortir? D'où vient que je frissonne?
Quelle horreur me saisit? Grâce au ciel, j'entrevoi...
Dieux! quels ruisseaux de sang coulent autour de moi!

PYLADE.

Ah! seigneur!

ORESTE. Quoi! Pyrrhus, je te rencontre encore!
Trouverai-je partout un rival que j'abhorre?
Percé de tant de coups, comment t'es-tu sauvé?
Tiens, tiens, voilà le coup que je t'ai réservé.
Mais que vois-je? A mes yeux, Hermione l'embrasse!
Elle vient l'arracher au coup qui le menace!
Dieux! quels affreux regards elle jette sur moi!
Quels démons, quels serpents traîne-t-elle après soi?
Hé bien! filles d'enfer, vos mains sont-elles prêtes?
Pour qui sont ces serpents qui sifflent sur vos têtes[1]?
A qui destinez-vous l'appareil qui vous suit?
Venez-vous m'enlever dans l'éternelle nuit?
Venez, à vos fureurs Oreste s'abandonne.
Mais non, retirez-vous, laissez faire Hermione:
L'ingrate mieux que vous saura me déchirer;
Et je lui porte enfin mon cœur à dévorer.

1. Boileau a dit, en traduisant quelques vers d'Euripide (*Oreste*, 255 et suiv.), imités par Racine :

> Ils viennent (ces spectres), je les vois; mon supplice s'apprête!
> Quels horribles serpents leur sifflent sur la tête!

Voyez le *Traité du sublime*, de Longin, c. xv. — J'emprunte ce rapprochement et quelques autres à M. Geruzez, qui a donné une édition classique annotée du *Théâtre choisi* de Racine.

# REGNARD.

(1655-1709.)

Après Molière, le premier de nos poëtes comiques a été Regnard. Une vie romanesque et aventureuse, en lui faisant voir bien des pays[1], éprouver bien des conditions diverses, l'avait initié à cette science du cœur humain sans laquelle on ne saurait offrir un tableau véritable de la société. Né à Paris en 1655, ce fut seulement à l'âge de quarante ans que, de retour en France, et fixé près de Paris, il songea à devenir auteur. Une fortune aisée, dont il usait largement, lui permit de ne l'être que pour son plaisir. Aussi la gaieté d'un homme heureux éclate-t-elle dans tous ses ouvrages. Outre cet enjouement, beaucoup de verve le distingue : son invention est facile et originale, les expressions et les tours piquants abondent dans ses vers parfois négligés; mais on regrette qu'il n'ait pas donné à son théâtre un caractère assez moral. Peu fidèle au principe de l'art, il ne s'est pas assez préoccupé de corriger en amusant : la leçon ne se mêle que trop rarement chez lui au rire qu'il excite[2]. Une fois néanmoins dans le *Joueur*, qui est son plus bel ouvrage et l'un des meilleurs de notre scène, il a parfaitement atteint le but de la comédie. On a prétendu qu'il avait connu par lui-même cette passion qu'il a peinte en traits si frappants et si propres à nous en défendre.

Regnard a composé aussi des satires, et dans l'une d'elles, dans le *Tombeau de Boileau*, il eut même l'imprudence d'attaquer le modèle du genre; mais, par une épître placée en tête de la comédie des *Ménechmes*, il fit amende honorable : le successeur de Molière ne pouvait demeurer injuste pour Boileau, l'ancien ami et le panégyriste de ce grand homme.

1. On en jugera par ces quatre vers latins que Regnard avait gravés, avec quelques-uns de ses compagnons, au sommet d'une montagne située en vue de la mer Glaciale et au delà de Tornéa, la dernière ville du globe vers le nord :

Gallia nos genuit, vidit nos Africa, Gangem
Hausimus, Europamque oculis lustravimus omnem;
Casibus et variis acti, terraque, marique,
Hic tandem stetimus, nobis ubi defuit orbis.

2. Boileau louait dans Regnard « le don de n'être pas médiocrement plaisant, » et Voltaire pensait que « celui qui ne goûte point les comédies de Regnard n'est pas digne d'admirer Molière. » La Harpe a dit aussi : « Regnard a su être grand comique sans ressembler à Mo-

## Le Joueur[1].

(Extraits.)

### Acte I, scène i.

*Hector,* seul (c'est le valet du joueur, de Valère). *Il est dans un fauteuil, près d'une toilette.*

HECTOR.

Il est, parbleu, grand jour. Déjà de leur ramage
Les coqs ont éveillé tout notre voisinage.
Que servir un joueur est un maudit métier!
Ne serai-je jamais laquais d'un sous-fermier?
Je ferais mon chemin;... et que sait-on? Peut-être
Je deviendrais un jour aussi gras que mon maître;
J'aurais un bon carrosse à ressorts bien liants[2];
De ma rotondité j'emplirais le dedans :
Il n'est que ce métier pour brusquer la fortune;
Et tel change de meuble et d'habit chaque lune,
Qui, Jasmin autrefois, d'un drap du sceau[3] couvert,
Bornait sa garde-robe à son justaucorps vert.

lière : ce qui le caractérise, c'est une gaieté soutenue, un fonds inépuisable de saillies et de traits plaisants. » Il faut voir à son sujet, outre le *Cours de littérature* de La Harpe, les feuilletons recueillis de Geoffroy, en regrettant d'ailleurs l'absence de travaux critiques plus complets sur cet écrivain, dont le théâtre mériterait un annotateur diligent. On mentionnera encore toutefois, comme bons à consulter sur lui, un morceau intéressant que Picard lui a consacré dans la *Galerie française,* t. III (1800), et une étude de M. Sainte-Beuve.

1. Décembre 1696. On a signalé justement dans cette pièce, où Regnard semble s'être surpassé, beaucoup de verve, de force comique et de vérité d'observation. L'intrigue est habilement conduite; l'intérêt de la pièce est soutenu jusqu'au bout. Le caractère principal est étudié d'une manière supérieure. On sait que Dufresny, connu par quelques comédies spirituelles, accusa Regnard de lui avoir pris le sujet du *Joueur* et se brouilla avec lui à cette occasion. Mais, après avoir lu le *Chevalier joueur* de celui-là, on dira avec Voltaire : « Il faut peu se connaître aux talents et au génie des auteurs, pour soupçonner Regnard d'avoir dérobé cette pièce à Dufresny. »

2. C'est-à-dire *souples* et *élastiques.*

3. Ou, comme on l'écrit plus souvent, *drap d'usseau :* cette espèce de drap, dont on se servait surtout pour les livrées, tirait son nom d'un village du Languedoc, près de Carcassonne, où elle était manu-

## Acte I, scène iv.

*Valère, Hector.* (*Valère paraît en désordre comme un homme qui a joué toute la nuit.*)

HECTOR, *apercevant son maître.*
On soupçonne aisément, à sa triste figure,
Qu'il cherche en vain quelqu'un qui prête à triple usure.
VALÈRE.
Quelle heure est-il?
HECTOR. Il est.... Je ne m'en souviens pas.
VALÈRE.
Tu ne t'en souviens pas?
HECTOR. Non, monsieur.
VALÈRE. Je suis las
De tes mauvais discours; et tes impertinences....
HECTOR, *à part.*
Ma foi! la vérité répond aux apparences.
VALÈRE.
Ma robe de chambre.
(*A part.*) Euh!
HECTOR, *à part.* Il jure entre ses dents.
VALÈRE.
Hé bien! me faudra-t-il attendre encor longtemps?
(*Il se promène.*)
HECTOR.
Hé! la voilà, monsieur.
(*Il suit son maître, tenant sa robe de chambre toute déployée*).
VALÈRE, *se promenant.* Une école maudite
Me coûte, en un moment, douze trous tout de suite[1].

facturée. Ménage dit néanmoins, en s'attachant à l'orthographe suivie par Regnard, que ce drap était ainsi appelé à cause du sceau du roi qu'on y mettait autrefois. Régnier a employé le même mot dans une de ses satires, le *Souper ridicule*, en peignant l'un des convives :

Sa ceinture honorable, ainsi que ses jartières,
Furent d'un *drap du sceau*. ..

1. Au jeu de trictrac, il faut douze *trous* pour gagner la partie. Le *trou* lui-même égale douze points; et ce nom vient de ce que, pour les marquer, on met un fichet dans un trou. *École*, dans le même jeu, est l'oubli que l'on a fait de marquer les points qu'on avait gagnés : de là cette locution proverbiale, *faire une école*.

Que je suis un grand chien[1] ! Parbleu, je te saurai,
Maudit jeu de trictrac, ou bien je ne pourrai.
Tu peux me faire perdre, ô fortune ennemie!
Mais me faire payer, parbleu, je t'en défie;
Car je n'ai pas un sou.

HECTOR, *tenant toujours la robe.*
Vous plairait-il, monsieur....

VALÈRE, *se promenant.*
Je me ris de tes coups, j'incague[2] ta fureur.

HECTOR.
Votre robe de chambre est, monsieur, toute prête.

VALÈRE.
Va te coucher, maraud, ne me romps point la tête.
Va-t'en.

HECTOR. Tant mieux.

## ACTE I, SCÈNE V.

VALÈRE, *se mettant dans un fauteuil.*
Je veux dormir dans ce fauteuil.
Que je suis malheureux! Je ne puis fermer l'œil.
Je dois de tous côtés, sans espoir, sans ressource,
Et n'ai pas, grâce au ciel, un écu dans ma bourse.
Hector!... Que ce coquin est heureux de dormir.
Hector!

## ACTE I, SCÈNE VI.

*Valère, Hector.*

HECTOR, *derrière le théâtre.*
Monsieur.

VALÈRE. Hé bien! bourreau, veux-tu venir?
(*Hector entre à moitié déshabillé.*)
N'es-tu pas las encor de dormir, misérable!

1. Cette expression, alors familière, est devenue basse : elle ne serait plus admise. On dirait, par exemple, *un grand sot.*

2. « On dit dans le style comique, remarquent les auteurs du *Dictionnaire de Trévoux, incaguer* le destin, *incaguer* la fortune, pour *braver, défier* le destin, la fortune. » Toutefois Molière n'a pas fait usage de ce mot, qui est complétement tombé en désuétude. — Le substantif *incagade* désignait une bravade et aussi le mauvais succès d'une entreprise.

HECTOR.
Las de dormir, monsieur? Hé! je me donne au diable:
Je n'ai pas eu le temps d'ôter mon justaucorps.
VALÈRE.
Tu dormiras demain.
HECTOR, *à part.*
Il a le diable au corps.
VALÈRE.
Est-il venu quelqu'un?
HECTOR. Il est, selon l'usage,
Venu maint créancier; de plus, un gros visage,
Un maître de trictrac qui ne m'est pas connu.
Le maître de musique est encore venu.
Ils reviendront bientôt.
VALÈRE. Bon! Pour cette autre affaire,
M'as-tu déterré....
HECTOR. Qui! cette honnête usurière
Qui nous prête, par heure, à vingt sous par écu?
VALÈRE.
Justement, elle-même.
HECTOR. Oui, monsieur, j'ai tout vu.
Qu'on vend cher maintenant l'argent à la jeunesse!
Mais enfin j'ai tant fait, avec un peu d'adresse,
Qu'elle m'a reconduit d'un air fort obligeant;
Et vous aurez, je crois, au plus tôt votre argent.
VALÈRE.
J'aurais les mille écus! ô ciel! quel coup de grâce!
Hector, mon cher Hector, viens çà, que je t'embrasse.
HECTOR.
Comme l'argent rend tendre!
VALÈRE. Et tu crois qu'en effet
Je n'ai, pour en avoir, qu'à donner mon billet?
HECTOR.
Qui le refuserait serait bien difficile:
Vous êtes aussi bon que banquier de la ville....
Pour la réduire au point que vous la souhaitez,
Il a fallu lever bien des difficultés:
Elle est d'accord de tout, du temps, des arrérages,
Il ne faut maintenant que lui donner des gages.
VALÈRE.
Des gages?
HECTOR. Oui, monsieur.
VALÈRE. Mais y penses-tu bien!
Où les prendrais-je, dis?
HECTOR. Ma foi, je n'en sais rien.
Pour nippes nous n'avons qu'un grand fonds d'espérance

Sur les produits trompeurs d'une réjouissance[1];
Et dans ce siècle-ci, messieurs les usuriers
Sur de pareils effets prêtent peu volontiers.

VALÈRE.
Mais quel gage, dis-moi, veux-tu que je lui donne?

HECTOR.
Elle viendra bientôt elle-même en personne;
Vous vous ajusterez ensemble en quatre mots.
Mais, monsieur, s'il vous plaît, pour changer le propos,
Aimeriez-vous toujours la charmante Angélique?

VALÈRE.
Si je l'aime? Ah! ce doute et m'outrage et me pique.
Je l'adore.

HECTOR. Tant pis. C'est un signe fâcheux :
Quand vous êtes sans fonds, vous êtes amoureux;
Et quand l'argent renaît, votre tendresse expire.
Votre bourse est, monsieur, puisqu'il faut vous le dire,
Un thermomètre sûr, tantôt bas, tantôt haut,
Marquant de votre cœur ou le froid ou le chaud.

VALÈRE.
Ne crois pas que le jeu, quelque sort qu'il me donne,
Me fasse abandonner cette aimable personne.

HECTOR.
Oui, mais j'ai bien peur, moi, qu'on ne vous plante là.

VALÈRE.
Et sur quel fondement peux-tu juger cela?

HECTOR.
Nérine[2] sort d'ici, qui m'a dit qu'Angélique
Pour Dorante, votre oncle, en ce moment s'explique;
Que vous jouez toujours, malgré tous vos serments,
Et qu'elle abjure enfin ses tendres sentiments.

VALÈRE.
Dieu, que me dis-tu là?

HECTOR. Ce que je viens d'entendre.

VALÈRE.
Bon! cela ne se peut, on t'a voulu surprendre....

Le joueur a réussi, par un emprunt usuraire (il a mis en gage le portrait de sa future, d'Angélique), à se procurer de l'argent. Il a de nouveau tenté les chances du jeu, qui lui ont été favorables.

1. C'est un terme du jeu de lansquenet. On appelle *réjouissance*, la carte que celui qui donne tire après la sienne, et sur laquelle tous les coupeurs et autres peuvent mettre de l'argent.

2. Suivante d'Angélique.

ACTE III, SCÈNE VI.

*Valère, Hector. (Valère entre en comptant beaucoup d'argent dans son chapeau.)*

HECTOR, *à part, en voyant son maître.*
Mais le voici qui vient, poussé d'un heureux vent:
Il a les yeux sereins et l'accueil avenant.
(*Haut.*)
Par votre ordre, monsieur, j'ai vu monsieur Géronte[1],
Qui de notre mémoire a fait fort peu de compte:
Sa monnaie est frappée avec un vilain coin;
Et de pareil argent nous n'avons pas besoin[2].
J'ai vu, chemin faisant, aussi monsieur Dorante[3]:
Morbleu! qu'il est fâché!
VALÈRE, *comptant toujours.* Mille deux cent cinquante...
HECTOR, *à part.*
La flotte est arrivée avec les galions[4]:
Cela va diablement hausser nos actions.
(*Haut.*)
J'ai vu pareillement, par votre ordre, Angélique;
Elle m'a dit....
VALÈRE, *frappant du pied.*
Morbleu! ce dernier coup me pique;
Sans les cruels revers de deux coups inouïs,
J'aurais encor gagné plus de deux cents louis.
HECTOR.
Comment! quelle froideur s'empare de votre âme!
Quelle glace! Tantôt vous étiez tout de flamme.
VALÈRE.
J'aime autant que jamais; mais sur ma passion
J'ai fait, en te quittant, quelque réflexion.
Je ne suis point du tout né pour le mariage:
Des parents, des enfants, une femme, un ménage,
Tout cela me fait peur. J'aime la liberté.
HECTOR.
Et le libertinage.
VALÈRE. Hector, en vérité,

1. C'est le père du joueur.

2. Géronte, au lieu d'écus, lui avait donné un soufflet.

3. Le rival du joueur, comme on l'a vu, et celui qui obtiendra la main d'Angélique.

4. C'était le nom donné aux vaisseaux de l'Espagne qui transportaient l'or du nouveau monde.

Il n'est point dans le monde un état plus aimable
Que celui d'un joueur : sa vie est agréable;
Ses jours sont enchaînés par des plaisirs nouveaux.
Comédie, opéra, bonne chère, cadeaux :
Il traîne en tous les lieux la joie et l'abondance;
On voit régner sur lui l'air de magnificence,
Tabatières, bijoux; sa poche est un trésor;
Sous ses heureuses mains le cuivre devient or[1].

HECTOR.

Et l'or devient à rien[2]. . . . . . . . . . .

. . . . . . . . . . . . . . . . . . . . . . .

A ce qu'on peut juger de ce discours charmant,
Vous voilà donc en grâce avec l'argent comptant,
Tant mieux. Pour se conduire en bonne politique,
Il faudrait retirer le portrait d'Angélique.

VALÈRE.

Nous verrons.

HECTOR. Vous savez....

VALÈRE. Je dois jouer tantôt.

HECTOR.

Tirez-en mille écus.

VALÈRE. Oh! non, c'est un dépôt.

HECTOR.

Pour mettre quelque chose à l'abri des orages,
S'il vous plaisait du moins de me payer mes gages?

VALÈRE.

Quoi! je te dois?

HECTOR. Depuis que je suis avec vous,
Je n'ai pas, en cinq ans, encor reçu cinq sous.

VALÈRE.

Mon père te paîra, l'article est au mémoire.

HECTOR.

Votre père! Ah! monsieur, c'est une mer à boire[3].
Son argent n'a point cours, quoiqu'il soit bien de poids[4].

VALÈRE.

Va, j'examinerai ton compte une autre fois.
J'entends venir quelqu'un.

1. Boileau avait dit d'Homère, dans son *Art poétique*, ch. III :

Tout ce qu'il a touché se convertit en or.

2. Il faudrait aujourd'hui *se réduit* ou *est réduit à rien :* le tour employé par Regnard ne serait plus admis.

3. Locution proverbiale qui veut dire, en parlant d'une chose, *qu'elle est d'une exécution difficile*, et appliquée à un homme, *qu'on ne peut rien obtenir de lui*.

4. Allusion au soufflet rappelé plus haut.

HECTOR. Je vois votre sellière :
Elle a flairé l'argent.

VALÈRE, *mettant promptement son argent dans sa poche.* Il faut nous en défaire.

HECTOR.
Et monsieur Galonier, votre honnête tailleur.

VALÈRE.
Quel contre-temps !

## ACTE III, SCÈNE VII.

*Madame Adam, M. Galonier, Valère, Hector.*

VALÈRE. Je suis votre humble serviteur[1].
Bonjour, madame Adam. Quelle joie est la mienne !
Vous voir ! c'est du plus loin, parbleu, qu'il me souvienne.

MADAME ADAM.
Je viens pourtant ici souvent faire ma cour ;
Mais vous jouez la nuit et vous dormez le jour.

VALÈRE.
C'est pour cette calèche à velours à ramage ?

MADAME ADAM.
Oui, s'il vous plaît.

VALÈRE. Je suis fort content de l'ouvrage :
(*Bas à Hector.*)
Il faut vous le payer.... Songe par quel moyen
Tu pourras me tirer de ce triste entretien.
(*Haut.*)
Vous, monsieur Galonier, quel sujet vous amène ?

M. GALONIER.
Je viens vous demander....

HECTOR, *à M. Galonier.* Vous prenez trop de peine.

M. GALONIER, *à Valère.*
Vous....

HECTOR, *à M. Galonier.*
Vous faites toujours mes habits trop étroits.

M. GALONIER, *à Valère.*
Si....

HECTOR, *à M. Galonier.*
Ma culotte s'use en deux ou trois endroits....

A ces mauvaises raisons de son valet, Valère ajoute quelques bonnes promesses et finit par congédier ainsi ses créanciers. Délivré de leur compagnie, il ne tarde pas à jouer encore et à risquer ce qu'il avait gagné. On le voit bientôt reparaître ayant tout perdu.

1. Il faut comparer cette scène à l'une des meilleures de Molière, *Don Juan*, IV, 3.

ACTE IV, SCÈNE XIII.

*Valère, Hector.*

HECTOR.
Le voici. Ses malheurs sur son front sont écrits :
Il a tout le visage et l'air d'un premier pris[1].
VALÈRE.
Non, l'enfer en courroux et toutes ses furies
N'ont jamais exercé de telles barbaries.
Je te loue, ô destin, de tes coups redoublés[2] :
Je n'ai plus rien à perdre, et tes vœux sont comblés.
Pour assouvir encor la fureur qui t'anime,
Tu ne peux rien sur moi : cherche une autre victime.
HECTOR, *à part.*
Il est sec[3].
VALÈRE. De serpents mon cœur est dévoré :
Tout semble en un moment contre moi conjuré.
(*Il prend Hector à la cravate.*)
Parle. As-tu jamais vu le sort et son caprice
Accabler un mortel avec plus d'injustice,
Le mieux assassiner? Perdre tous les paris,
Vingt fois le coupe-gorge[4], et toujours premier pris!
Réponds-moi donc, bourreau.
HECTOR. Mais ce n'est pas ma faute.
VALÈRE.
As-tu vu, de tes jours, trahison aussi haute?
Sort cruel, ta malice a bien su triompher,
Et tu ne me flattais que pour mieux m'étouffer.
Dans l'état où je suis, je puis tout entreprendre :
Confus, désespéré, je suis prêt à me pendre.
HECTOR.
Heureusement pour vous, vous n'avez pas un sou

1. Encore un des termes du jeu de lansquenet, comme on continuera à en rencontrer plus loin. On disait également d'un homme, par métaphore, qu'il *avait l'air d'un premier pris*, lorsque sa contenance était triste et embarrassée.

2. Ainsi Racine, dans *Andromaque :*

Oui, je te loue, ô ciel, de ta persévérance.

3. On dirait aujourd'hui : il est *à* sec.

4. *Coupe-gorge*, au lansquenet, se dit quand celui qui tient les cartes amène sa carte la première : ce qui lui fait perdre tout ce qu'il peut perdre de ce coup-là.

Dont vous puissiez, monsieur, acheter un licou.
Voudriez-vous souper?

VALÈRE. Que la foudre t'écrase!
Ah! charmante Angélique, en l'ardeur qui m'embrase,
A vos seules bontés je veux avoir recours:
Je n'aimerai que vous; m'aimeriez-vous toujours?
Mon cœur, dans les transports de sa fureur extrême,
N'est point si malheureux, puisqu'enfin il vous aime.

HECTOR, *à part.*
Notre bourse est à fond, et par un sort nouveau,
Notre amour recommence à revenir sur l'eau.

VALÈRE.
Calmons le désespoir où la fureur me livre.
Approche ce fauteuil.

(*Hector approche un fauteuil.*)

VALÈRE, *assis.* Va me chercher un livre.

HECTOR.
Quel livre voulez-vous lire en votre chagrin?

VALÈRE.
Celui qui te viendra le premier sous la main:
Il m'importe peu, prends dans ma bibliothèque.

HECTOR *sort, et rentre, tenant un livre.*
Voilà Sénèque.

VALÈRE. Lis.

HECTOR. Que je lise Sénèque?

VALÈRE.
Oui. Ne sais-tu pas lire?

HECTOR. Hé! vous n'y pensez pas.
Je n'ai lu, de mes jours, que dans des almanachs.

VALÈRE.
Ouvre, et lis au hasard.

HECTOR. Je vais le mettre en pièces.

VALÈRE.
Lis donc.

HECTOR *lit.* « Chapitre six. Du mépris des richesses.
« La fortune offre aux yeux des brillants mensongers:
« Tous les biens d'ici-bas sont faux et passagers;
« Leur possession trouble et leur perte est légère:
« Le sage gagne assez lorsqu'il peut s'en défaire. »
Lorsque Sénèque fit ce chapitre éloquent,
Il avait, comme vous, perdu tout son argent.

VALÈRE, *se levant.*
Vingt fois le premier pris! Dans mon cœur il s'élève
Des mouvements de rage. Allons, poursuis, achève.

. . . . . . . . . . . . . . . . . . . . . . .

(*Il s'assied.*)

De mon sort désormais vous serez seule arbitre,
Adorable Angélique!... Achève ton chapitre.

HECTOR.

« Que faut-il.... »

VALÈRE. Je bénis le sort et ses revers,
Puisqu'un heureux malheur me rengage en vos fers.
Finis donc.

HECTOR. « Que faut-il à la nature humaine?
« Moins on a de richesse, et moins on a de peine.
« C'est posséder les biens que savoir s'en passer. »
Que ce mot est bien dit! et que c'est bien penser!
Ce Sénèque, monsieur, est un excellent homme.
Etait-il de Paris?

VALÈRE. Non, il était de Rome....
Dix fois, à carte triple, être pris le premier!

HECTOR.

Ah! monsieur, nous mourrons un jour sur le fumier.

VALÈRE.

Il faut que de mes maux enfin je me délivre :
J'ai cent moyens tout prêts pour m'empêcher de vivre,
La rivière, le feu, le poison et le fer.

HECTOR.

Si vous vouliez, monsieur, chanter un petit air;
Votre maître à chanter est ici : la musique
Peut-être calmerait cette humeur frénétique.

VALÈRE.

Que je chante!

HECTOR. Monsieur....

VALÈRE. Que je chante, bourreau!
Je veux me poignarder : la vie est un fardeau,
Qui pour moi désormais devient insupportable.

HECTOR.

Vous la trouviez pourtant tantôt bien agréable.
« Qu'un joueur est heureux! Sa poche est un trésor;
« Sous ses heureuses mains le cuivre devient or, »
Disiez-vous.

VALÈRE. Ah! je sens redoubler ma colère....

Bientôt, nouvelle déception ou plutôt nouvelle punition pour le joueur : Angélique, dont il recherchait la main, instruite de la destination qu'avait reçue son portrait, ne voudra plus être sa femme. Valère aura donc perdu avec son argent l'établissement qu'il désirait. Telle est la fin de la pièce de Regnard, morale dans sa conclusion, si elle ne l'est pas dans tous ses détails.

# J. B. ROUSSEAU.

(1671-1741 [1].)

Né à Paris en 1671, J. B. Rousseau, qui étendit et agrandit parmi nous le genre que Malherbe avait créé, fut l'un de ceux qui payèrent le plus chèrement par le malheur le privilége de la renommée. Joints à ses talents, les torts de son caractère lui firent beaucoup d'ennemis, et il finit par être leur victime[2]. Frappé d'un arrêt de bannissement, il passa tout le reste de sa vie loin de la France dont il est demeuré l'une des gloires. L'élévation de la pensée, la magnificence des images, l'harmonie et la vigueur du style lui assurent, malgré ses défauts, une place à côté de nos classiques. Bien moins châtié et soutenu que les modèles du dix-septième siècle (sa langue et son goût parurent, surtout au déclin de sa carrière, souffrir de son séjour à l'étranger), il a cependant conservé dans ses odes et dans ses cantates leur haute et saine inspiration. Il est l'intermédiaire qui unit la plus glorieuse époque des lettres françaises à une autre époque où leur éclat, moins pur, ne s'est pas encore obscurci. Rousseau excelle aussi à manier l'épigramme; il s'est pareillement essayé dans l'allégorie, à présent délaissée, ainsi que dans la comédie et l'épître, mais avec assez peu de succès. Au préjudice de la réputation de Rousseau, qu'on a parfois trop déprimée de nos jours, la poésie

1. Plusieurs biographes ont fait naître J. B. Rousseau en 1669, d'autres en 1670. La date de 1671 est la véritable; elle est fixée par une lettre même de Rousseau, du 2 juillet 1737. En outre son acte de naissance a été retrouvé.

2. Quels soupçons pouvaient paraître injustes à l'égard de celui qui, rougissant de son père, honnête artisan, ne sut pas, comme Horace son maître, être un bon fils? En cela, J. B. Rousseau porta la peine des fautes où l'avait fait tomber son orgueil, bien plus qu'il ne fut victime de son *inflexible vertu,* comme il l'a dit dans son ode *à la Postérité* (IV, 10). Mais il paraît assez prouvé maintenant qu'il était innocent des imputations dirigées contre lui au sujet des couplets scandaleux qui motivèrent sa condamnation : elle eut lieu en 1712, l'année même où naissait à Genève un autre Rousseau, destiné à captiver avec tant de puissance l'imagination de ses contemporains. — Pour défendre, au reste, la mémoire de Jean-Baptiste, on doit rappeler qu'il eut et conserva pour amis des hommes dignes de la plus haute estime, tels que Louis Racine, Rollin et Lefranc de Pompignan.

lyrique devait trouver, vers la fin du dernier siècle et au commencement du nôtre, une source nouvelle d'inspirations touchantes et sublimes[1].

## Les cieux proclament leur auteur.

De sa puissance immortelle[2]
Tout parle, tout nous instruit;
Le jour au jour la révèle,
La nuit l'annonce à la nuit[3].
Ce grand et superbe ouvrage
N'est point pour l'homme un langage
Obscur et mystérieux :
Son admirable structure
Est la voix de la nature,
Qui se fait entendre aux yeux[4].

Dans une éclatante voûte
Il a placé de ses mains
Ce soleil qui, dans sa route,
Eclaire tous les humains.

1. Outre le *Cours de littérature* de La Harpe, fort étendu au sujet de Rousseau (IIe part., liv. Ier, ch. 9), il faut voir le *Tableau de la littérature au dix-septième siècle* par M. Villemain (2e leç.). Didot, en 1790, a donné de Rousseau une édition magnifique. Peu de nos écrivains ont d'ailleurs été, en partie du moins, réimprimés plus souvent. Ecouchard-Lebrun, Fontanes, Amar, de Wailly et MM. Geruzez et Manuel l'ont apprécié et commenté. L'académicien Auger a rédigé sur lui un *Essai biographique et critique ;* déjà Vauvenargues lui avait consacré un article dans ses *Réflexions sur quelques poëtes*.

2. Nous avons cru devoir supprimer la première strophe, peu digne de celles qui la suivent.

3. Racine avait rendu la même pensée dans *Athalie*, I, 4 :

Le jour annonce au jour sa gloire et sa puissance.

4. Alliance de termes heureusement choisie. Il y a chez J. B. Rousseau quelque chose de cette qualité distinctive d'Horace, qui consiste à combiner entre eux les mots d'une manière inattendue et piquante :

Dixeris egregie, notum si *callida* verbum
Reddiderit *junctura* novum.....

Rousseau, d'ailleurs, dit lui-même, dans la préface de ses *Œuvres*, « qu'il avait tâché de se former sur Horace, comme celui-ci s'était formé sur les anciens lyriques. »

Environné de lumière,
Il entre dans sa carrière
Comme un époux glorieux,
Qui, dès l'aube matinale,
De sa couche nuptiale
Sort brillant et radieux[1].

L'univers, à sa présence,
Semble sortir du néant.
Il prend sa course, il s'avance
Comme un superbe géant.
Bientôt sa marche féconde
Embrasse le tour du monde
Dans le cercle qu'il décrit[2];
Et, par sa chaleur puissante,
La nature languissante
Se ranime et se nourrit.

Oh! que tes œuvres sont belles,
Grand Dieu! quels sont tes bienfaits!
Que ceux qui te sont fidèles
Sous ton joug trouvent d'attraits!
Ta crainte[3] inspire la joie;
Elle assure notre voie;
Elle nous rend triomphants,
Elle éclaire la jeunesse,
Et fait briller la sagesse
Dans les plus faibles enfants.

Soutiens ma foi chancelante,
Dieu puissant; inspire-moi
Cette crainte vigilante
Qui fait pratiquer ta loi.
Loi sainte, loi désirable,
Ta richesse est préférable
A la richesse de l'or;
Et ta douceur est pareille

1. Ici, comme dans beaucoup d'autres passages de ses *Odes sacrées*, Rousseau a tenté de s'approprier les beautés des livres saints Nous renvoyons, pour la citation des textes que Rousseau a traduits ou imités, aux principales éditions de ses *Œuvres*.

2. On a remarqué, avec raison, qu'il y avait quelque chose de petit dans l'idée de ce cercle, et que l'auteur, par ce trait ajouté à l'original qu'il a suivi, en avait rabaissé la grandeur.

3. C'est-à-dire la crainte que tu fais ressentir.

Au miel dont la jeune abeille
Compose son cher trésor.

Mais, sans tes clartés sacrées,
Qui peut connaître, Seigneur,
Les faiblesses égarées
Dans les replis de son cœur?
Prête-moi tes feux propices :
Viens m'aider à fuir les vices
Qui s'attachent à mes pas;
Viens consumer par ta flamme
Ceux que je vois dans mon âme
Et ceux que je n'y vois pas.

Si de leur triste esclavage
Tu viens dégager mes sens,
Si tu détruis leur ouvrage,
Mes jours seront innocents.
J'irai puiser sur ta trace
Dans les sources de ta grâce :
Et, de ses eaux abreuvé,
Ma gloire fera connaître
Que le Dieu qui m'a fait naître
Est le Dieu qui m'a sauvé.

Liv. 1, ode 2.

## A la Fortune.

Fortune, dont la main couronne
Les forfaits les plus inouïs,
Du faux éclat qui t'environne
Serons-nous toujours éblouis[1]?
Jusques à quand, trompeuse idole,
D'un culte honteux et frivole
Honorerons-nous tes autels?
Verra-t-on toujours tes caprices
Consacrés par les sacrifices
Et par l'hommage des mortels?

1. Le poëte français a voulu se montrer, dans ce sujet, plus régulier, plus méthodique et aussi plus moral que ses principaux devanciers, Horace (I, 35) et Pindare (XIIe Olymp.) : c'est ce qu'annonce tout aussitôt ce début plein de gravité.

Le peuple, dans ton moindre ouvrage
Adorant la prospérité,
Te nomme grandeur de courage,
Valeur, prudence, fermeté.
Du titre de vertu suprême
Il dépouille la vertu même,
Pour le vice que tu chéris :
Et toujours ses fausses maximes
Erigent en héros sublimes
Tes plus coupables favoris.

Apprends que la seule sagesse
Peut faire les héros parfaits;
Qu'elle voit toute la bassesse
De ceux que ta faveur a faits;
Qu'elle n'adopte point la gloire
Qui naît d'une injuste victoire
Que le sort remporte pour eux;
Et que, devant ses yeux stoïques,
Leurs vertus les plus héroïques
Ne sont que des crimes heureux.

Quoi! Rome et l'Italie en cendre
Me feront honorer Sylla!
J'admirerai dans Alexandre[1]
Ce que j'abhorre en Attila?
J'appellerai vertu guerrière
Une vaillance meurtrière
Qui dans mon sang trempe ses mains?
Et je pourrai forcer ma bouche
A louer un héros farouche
Né pour le malheur des humains?

Quels traits me présentent vos fastes,
Impitoyables conquérants?
Des vœux outrés, des projets vastes;
Des rois vaincus par des tyrans;
Des murs que la flamme ravage;
Des vainqueurs fumant de carnage;
Un peuple au fer abandonné :
Des mères pâles et sanglantes,

1. Le mouvement de cette strophe est fort beau; mais il faut remarquer que Rousseau a été souverainement injuste en comparant Alexandre à Attila.

Arrachant leurs filles tremblantes
Des bras d'un soldat effréné[1].

Juges insensés que nous sommes,
Nous admirons de tels exploits!
Est-ce donc le malheur des hommes
Qui fait la vertu des grands rois?
Leur gloire, féconde en ruines,
Sans le meurtre et sans les rapines
Ne saurait-elle subsister?
Images des dieux sur la terre,
Est-ce par des coups de tonnerre
Que leur grandeur doit éclater[2]?

Quel est donc le héros solide
Dont la gloire ne soit qu'à lui!
C'est un roi que l'équité guide,
Et dont les vertus sont l'appui;
Qui, prenant Titus pour modèle,
Du bonheur d'un peuple fidèle
Fait le plus cher de ses souhaits;
Qui fuit la basse flatterie;
Et qui, père de sa patrie,
Compte ses jours par ses bienfaits.

Héros cruels et sanguinaires,
Cessez de vous enorgueillir
De ces lauriers imaginaires
Que Bellone vous fit cueillir.
En vain le destructeur rapide
De Marc-Antoine et de Lépide
Remplissait l'univers d'horreurs :
Il n'eût point eu le nom d'Auguste,
Sans cet empire heureux et juste
Qui fit oublier ses fureurs.

Montrez-nous, guerriers magnanimes,
Votre vertu dans tout son jour :
Voyons comment vos cœurs sublimes
Du sort soutiendront le retour.

1. Le Brun a loué la verve soutenue de cette strophe, qui, selon lui, « est peut-être la plus énergique de l'ode. »

2. « Voilà du feu, » dit La Harpe, un peu trop rigoureux, d'ailleurs, pour le commencement de cette pièce; « voilà du mouvement, des images : nous avons retrouvé l'ode. » Et Le Brun : « La chute de cette strophe est admirable. »

Tant que sa faveur vous seconde,
Vous êtes les maîtres du monde;
Votre gloire nous éblouit :
Mais, au moindre revers funeste,
Le masque tombe, l'homme reste,
Et le héros s'évanouit[1].

L'effort d'une vertu commune
Suffit pour faire un conquérant :
Celui qui dompte la fortune
Mérite seul le nom de grand.
Il perd sa volage assistance,
Sans rien perdre de la constance,
Dont il vit ses honneurs accrus;
Et sa grande âme ne s'altère
Ni des triomphes de Tibère
Ni des disgrâces de Varus[2].

Liv. II, ode 6[3].

1. On rapporte que le prince Eugène, après la bataille de Denain, fut singulièrement frappé de cette strophe, dont Fontanes était aussi grand admirateur. Quant aux deux derniers vers, demeurés proverbes, ils sont traduits de Lucrèce, *de rerum Natura*, III, 58 :

. . . . Eripitur persona, manet res.

Massillon a développé la même idée dans son *Petit Carême :* « Tout est brillant au dehors, vous voyez le héros; entrez plus avant, cherchez l'homme lui-même : c'est là que vous ne trouverez plus, dit le Sage, que de la cendre et de la boue. » Et plus loin : « L'homme désavouait le héros... » (*Sermon pour le dimanche de la Passion.*)

2. Allusion aux chagrins qui assaillirent la vieillesse d'Auguste. L'un des principaux fut la défaite de Varus, qui perdit trois légions en Germanie.

3. Nous omettons les deux dernières strophes, moins heureuses que celles qui les précèdent. Ce n'est pas sans raison qu'André Chénier a remarqué, en commentant Malherbe, que nos poètes lyriques même dans leurs meilleures productions, avaient su rarement s'arrêter à propos. — Fénelon, dans une de ses lettres, a déclaré cette ode *excellente.* « Il y a, ajoute-t-il, des endroits merveilleux! *Quoi, Rome..., Quel est donc..., Héros cruels...;* et surtout on ne saurait trop estimer cet autre endroit : *Le masque tombe....* L'auteur choisit et met en œuvre les traits d'histoire avec beaucoup d'art. »

### L'aveuglement des hommes[1].

Qu'aux accents de ma voix la terre se réveille[2]!
Rois, soyez attentifs; peuples, ouvrez l'oreille :
Que l'univers se taise et m'écoute parler[3].
Mes chants vont seconder les accords de ma lyre;
L'esprit saint me pénètre, il m'échauffe, il m'inspire
Les grandes vérités que je vais révéler.

L'homme en sa propre force a mis sa confiance.
Ivre de ses grandeurs et de son opulence,
L'éclat de sa fortune enfle sa vanité.
Mais, ô moment terrible, ô jour épouvantable,
Où la mort saisira ce fortuné coupable[4],
Tout chargé des liens de son iniquité!

Que deviendront alors, répondez, grands du monde,
Que deviendront ces biens où votre espoir se fonde,
Et dont vous étalez l'orgueilleuse moisson?
Sujets, amis, parents, tout deviendra stérile[5];
Et, dans ce jour fatal, l'homme à l'homme inutile
Ne paîra point à Dieu le prix de sa rançon.

Vous avez vu tomber les plus illustres têtes;
Et vous pourriez encore, insensés que vous êtes,
Ignorer le tribut que l'on doit à la mort?
Non, non; tout doit franchir ce terrible passage[6] :

1. Imitation du psaume XLVIII.

2. Rien de plus imposant, rien de plus majestueux que ce début prophétique. Horace avait aussi commencé par un mouvement analogue une de ses odes, III, 1 :

> . . . Carmina non prius
> Audita, Musarum sacerdos,
> Virginibus puerisque canto.

3. Ces mêmes idées se retrouvent au commencement d'une des pièces lyriques de Synésius, *Hymne à son âme*

4. Expression d'une hardiesse originale et d'un grand effet, suivie d'une image dont la justesse égale l'énergie.

5. Terme métaphorique parfaitement amené par celui de *moisson*, qui prépare et forme avec lui un beau contraste.

6. Ces images de l'égalité des hommes devant la mort remplissent les anciens poëtes et particulièrement Lucrèce et Horace.

Le riche et l'indigent, l'imprudent et le sage,
Sujets à même loi, subissent même sort[1].

D'avides étrangers, transportés d'allégresse,
Engloutissent déjà toute cette richesse,
Ces terres, ces palais de vos noms ennoblis.
Et que vous reste-t-il en ces moments suprêmes?
Un sépulcre funèbre où vos noms, où vous-mêmes
Dans l'éternelle nuit serez ensevelis[2].

Les hommes, éblouis de leurs honneurs frivoles,
Et de leurs vains flatteurs écoutant les paroles,
Ont de ces vérités perdu le souvenir :
Pareils aux animaux farouches et stupides,
Les lois de leur instinct sont leurs uniques guides,
Et pour eux le présent paraît sans avenir[3].

Un précipice affreux devant eux se présente;
Mais toujours leur raison, soumise et complaisante,
Au-devant de leurs yeux met un voile imposteur.
Sous leurs pas cependant s'ouvrent de noirs abîmes,
Où la cruelle mort, les prenant pour victimes,
Frappe ces vils troupeaux dont elle est le pasteur[4].

Là s'anéantiront ces titres magnifiques,
Ce pouvoir usurpé, ces ressorts politiques,
Dont le juste autrefois sentit le poids fatal :
Ce qui fit leur bonheur deviendra leur torture;
Et Dieu, de sa justice apaisant le murmure[5],
Livrera ces méchants au pouvoir infernal.

1. Voltaire a rendu la même pensée dans un de ses *Discours en vers*, avec plus de bonheur, suivant La Harpe:

> C'est du même limon que tous ont pris naissance.
> Dans la même faiblesse ils traînent leur enfance;
> Et le riche et le pauvre, et le faible et le fort
> Vont tous également des douleurs à la mort.

2. Cf. Horace, *Od.*, II, 3 et 14.

3. « Vers admirable, dit Le Brun, et qui concentre en lui seul toute la richesse de cette strophe. » — Il fait aisément oublier que le vers précédent est un peu dur.

4. Sublime imitation du psalmiste. On peut rapprocher de ces vers le morceau de Bossuet intitulé : *Image de la vie*, et que nous avons donné dans les *Morceaux choisis à l'usage de la quatrième.*

5. Dieu, par la punition des pécheurs, a dit Bossuet dans son *sermon sur le Jugement dernier*, « saura bien se justifier d'une manière terrible : » expression que Malherbe avait déjà employée dans ses stances *contre le maréchal d'Ancre*, et qu'il avait peut-être empruntée à Claudien, *in Rufinum*, I, 21.

Justes, ne craignez point le vain pouvoir des hommes,
Quelqu'élevés qu'ils soient, ils sont ce que nous sommes :
Si vous êtes mortels, ils le sont comme vous[1].
Nous avons beau vanter nos grandeurs passagères,
Il faut mêler sa cendre aux cendres de ses pères,
Et c'est le même Dieu qui nous jugera tous[2].

Liv. I, ode 3[3].

## Circé[4].

Sur un rocher désert, l'effroi de la nature,
Dont l'aride sommet semble toucher les cieux,
Circé, pâle, interdite, et la mort dans les yeux[5],
Pleurait sa funeste aventure[6].

1. Ici, comme dans la strophe précédente, Rousseau a imité Malherbe, qui dit en parlant des grands :

Ce qu'ils peuvent n'est rien : ils sont, comme nous sommes,
Véritablement hommes,
Et meurent comme nous.

2. Si l'on veut comparer J. B. Rousseau à lui-même, on pourra rapprocher de cette ode plusieurs belles strophes de la 12e du liv. Ier, qui expriment des idées analogues à celles de cette pièce. Cf. aussi la 13e, *ibid.*

3. Cette pièce appartient aux *Odes sacrées* de Rousseau, que La Harpe plaçait au-dessus de ses autres compositions. Il est certain qu'il s'est très-heureusement inspiré de l'Écriture, dont il a reproduit, sinon toute l'onction comme Racine, au moins souvent la mâle et sévère grandeur. Rousseau a dit de lui-même, dans sa prose quelque peu lourde : « Je suis obligé d'avouer que si j'ai jamais senti ce que c'est qu'enthousiasme, ç'a été principalement en travaillant à ces cantiques. » Il n'a d'ailleurs prétendu que donner une imitation libre des psaumes de David, qui lui semblaient ce qu'il y a de plus propre « à élever l'esprit et en même temps à remuer le cœur. »

4. « Cette cantate de Circé, dit La Harpe, est un morceau à part; elle a toute la richesse et l'élévation des plus belles odes de Rousseau, avec plus de variété : c'est un des chefs-d'œuvre de la poésie française. »

5. Peinture énergique empruntée à Virgile, *Én.*, IV, 642 et 644, où Didon est représentée :

.... Cœptis immanibus effera....;
.... Et pallida morte futura.

6. Il est à propos de remarquer avec quel bonheur Rousseau savait rajeunir et relever, par la richesse et l'éclat de son style, le vieux fonds mythologique, dont il fit toutefois, à l'exemple de son temps, un trop

Là, ses yeux errants sur les flots
D'Ulysse fugitif semblaient suivre la trace :
Elle croit voir encor son volage héros;
Et, cette illusion soulageant sa disgrâce,
Elle le rappelle en ces mots,
Qu'interrompent cent fois ses pleurs et ses sanglots :

« Cruel auteur des troubles de mon âme[1],
Que la pitié retarde un peu tes pas :
Tourne un moment tes yeux sur ces climats;
Et, si ce n'est pour partager ma flamme,
Reviens du moins pour hâter mon trépas.

« Ce triste cœur, devenu ta victime,
Chérit encor l'amour qui l'a surpris :
Amour fatal! ta haine en est le prix.
Tant de tendresse, ô dieux! est-elle un crime,
Pour mériter de si cruels mépris[2]?

« Cruel auteur des troubles de mon âme,
Que la pitié retarde un peu tes pas :
Tourne un moment tes yeux sur ces climats;
Et, si ce n'est pour partager ma flamme,
Reviens du moins pour hâter mon trépas. »

C'est ainsi qu'en regrets sa douleur se déclare :
Mais bientôt, de son art employant le secours,
Pour rappeler l'objet de ses tristes amours,
Elle invoque à grands cris tous les dieux du Ténare,
Les Parques, Némésis, Cerbère, Phlégéthon,
Et l'inflexible Hécate, et l'horrible Alecton[3].
Sur un autel sanglant l'affreux bûcher s'allume :

large usage. Cons., pour l'histoire de Circé, l'*Odyssée* d'Homère, liv. X; les *Métamorphoses* d'Ovide, liv. XIV; etc.

1. Ces idées et les suivantes, ainsi que le tour qui leur est donné, se trouvent dans Ovide, *Rem. am.*, v. 263-289.

2. Couleurs et tours habilement contrastés avec le reste de cette pièce. Quelle harmonie différente de celle qui va suivre! Personne, on l'a déclaré avec raison, n'a su tirer un parti plus riche et des accords plus harmonieux de ces petits vers si aisés en apparence et cependant si difficiles à bien faire.

3. Pour ces enchantements ou conjurations, multipliés par la crédulité des anciens, on peut voir l'idylle II de Théocrite, fort admirée par Racine et Voltaire, la VIIIe églogue de Virgile, et le liv. Ier de l'*Enéide* aux v. 487 et suiv., 509 et suiv. Ajoutons que le sacrifice magique représenté par Rousseau peut soutenir le parallèle avec ceux que nous offrent ces chefs-d'œuvre de l'antiquité.

La foudre dévorante aussitôt le consume;
Mille noires vapeurs obscurcissent le jour;
Les astres de la nuit interrompent leur course;
Les fleuves étonnés remontent vers leur source;
Et Pluton même tremble en son obscur séjour[1].

Sa voix redoutable
Trouble les enfers;
Un bruit formidable
Gronde dans les airs;
Un voile effroyable
Couvre l'univers;
La terre tremblante
Frémit de terreur;
L'onde turbulente
Mugit de fureur;
La lune sanglante
Recule d'horreur[2].

Dans le sein de la mort ses noirs enchantements
Vont troubler le repos des ombres :
Les mânes effrayés quittent leurs monuments;
L'air retentit au loin de leurs longs hurlements;
Et les vents, échappés de leurs cavernes sombres,
Mêlent à leurs clameurs d'horribles sifflements[3].
Inutiles efforts! amante infortunée,
D'un dieu plus fort que toi dépend ta destinée :
Tu peux faire trembler la terre sous tes pas[4],
Des enfers déchaînés allumer la colère;
Mais tes fureurs ne feront pas
Ce que tes attraits n'ont pu faire.

Ce n'est point par effort qu'on aime :
L'amour est jaloux de ses droits;
Il ne dépend que de lui-même,

1. Voy. Virgile, *Én.*, VIII, 240 et 246. Cf. Homère, *Il.*, XX, 61.

2. Belle accumulation d'épithètes et d'images. « Le trouble et le désordre de la nature sont, d'après l'observation d'un critique, merveilleusement caractérisés dans ces vers. » M. de Lamartine, dans quelques strophes de sa pièce intitulée *Jéhova* ou *l'idée de Dieu*, a fort heureusement reproduit le mètre employé ici par Rousseau.

3. Ces sons lugubres et sourds, dont la désinence revient sans cesse à l'oreille, produisent un admirable effet d'harmonie imitative.

4. Corneille avait dit d'Auguste, par la bouche d'Émilie, *Cinna*, III, 4 :

Il peut faire trembler la terre sous ses pas....

On ne l'obtient que par son choix.
Tout reconnaît sa loi suprême;
Lui seul ne connaît point de lois.

Dans les champs que l'hiver désole
Flore vient rétablir sa cour;
L'alcyon fuit devant Eole,
Eole le fuit à son tour :
Mais sitôt que l'amour s'envole,
Il ne connaît plus de retour[1].

Cantate VII[2].

1. Ce sont là, sans doute, des vers agréablement tournés : mais il faut regretter que cette pièce énergique soit finie par un de ces lieux communs, imités des anciens, et que nos poëtes ont trop aimés.

2. Rousseau a dit, en parlant de cette *espèce d'odes :* « Les Italiens les nomment *cantates*, parce qu'elles sont particulièrement affectées au chant. Ils ont coutume de les partager en trois récits, diversifiés par la mesure des strophes, dont les vers sont tantôt plus longs et tantôt plus courts, comme dans les chœurs des anciennes tragédies et dans les odes de Pindare... « J'ai voulu, par ces pièces, ajoutait-il, *réconcilier,* à l'imitation des Grecs, *l'ode avec le chant.* » Pour ce genre de poésies, dont Rousseau fit présent à notre langue, « il semble, comme l'a remarqué Le Brun, qu'il s'est plu à réserver toute la flexibilité de son beau talent : elles suffiraient pour le placer au plus haut rang, parce qu'il y développe toutes les qualités qui font le grand poëte. »

# L. RACINE.

(1692-1763.)

Louis Racine était le dernier des sept enfants du grand poëte Jean Racine : né à Paris en 1692, il mourut en 1763, après avoir survécu lui-même à son fils unique[1]. Par ses vertus et ses talents il ajouta encore à l'héritage d'honneur qui lui avait été transmis. Plusieurs excellents morceaux de haute critique, contenus dans le recueil de l'Académie des inscriptions, attestent qu'il fut l'une des gloires de ce corps illustre[2]. Mais son principal titre auprès de la postérité est son poëme de la *Religion*, où, par la beauté des vers, il s'est rendu souvent le digne interprète des idées sublimes qu'il a chantées. Quoique moins heureux dans son premier ouvrage sur la *Grâce*, il s'y était déjà annoncé comme un écrivain d'autant de mérite que de piété. On a aussi de lui quelques odes remarquables, entre lesquelles il faut mentionner celle qu'il a consacrée à l'harmonie poétique.

Un autre service rendu par Louis Racine aux lettres françaises a été de les initier à un commerce plus étroit avec les littératures étrangères : par là il n'a pas peu contribué à raviver les sources épuisées du génie national. L'un des premiers, lorsque notre goût trop timide hésitait encore à placer Shakspeare auprès de Sophocle et de Corneille, il nous a donné une traduction du *Paradis perdu* de Milton[3].

1. Ce jeune homme, qui peu auparavant « avait quitté les muses pour le commerce, » fut, comme on sait, l'une des victimes du tremblement de terre arrivé à Lisbonne en 1755. Le poëte Le Brun, son ami, a déploré sa mort prématurée et funeste, sur laquelle on a aussi des stances touchantes de Lefranc de Pompignan.

2. De regrettables intrigues lui fermèrent la porte de l'Académie française, où sa place était marquée, à double titre, par son mérite et par son nom.

3. L. Racine avait eu pour maîtres Mésenguy et Rollin, qui demeurèrent ses amis. Son père, qu'il perdit très-jeune, s'était aussi beaucoup occupé de sa première éducation. Il devint avocat, se retira quelque temps à l'Oratoire puis il fut chargé d'un emploi de finances ; mais les intervalles que lui laissaient ses fonctions, il les réserva toujours pour les lettres : dans la suite, il s'y consacra tout entier. La meilleure édition de ses œuvres a été donnée chez Le Normand (1808, 6 vol. in-8°) : elle est précédée de l'éloge de l'auteur par Lebeau. On peut encore consulter sur lui le *Cours de littérature* de La Harpe (IIIe partie, liv. I, ch. II, § 21) et le *Tableau de la littérature au dix-huitième siècle* par M. Villemain (12e leçon).

## La Religion[1].

### CHANT I (fragments).

Preuves de l'existence de Dieu : *nécessité de la religion.*

Oui, c'est un dieu caché[2] que le dieu qu'il faut croire.
Mais tout caché qu'il est, pour révéler sa gloire,
Quels témoins éclatants devant moi rassemblés!
Répondez, cieux et mers, et vous, terre, parlez.
Quel bras peut vous suspendre, innombrables étoiles[3]?
Nuit brillante, dis-nous, qui t'a donné tes voiles?
O cieux, que de grandeur, et quelle majesté!
J'y reconnais un maître à qui rien n'a coûté,
Et qui dans vos déserts a semé la lumière
Ainsi que dans nos champs il sème la poussière.
Toi qu'annonce l'aurore, admirable flambeau,
Astre toujours le même, astre toujours nouveau[4],
Par quel ordre, ô soleil, viens-tu du sein de l'onde
Nous rendre les rayons de ta clarté féconde?
Tous les jours je t'attends, tu reviens tous les jours :
Est-ce moi qui t'appelle et qui règle ton cours?

1. 1742. — Le poëme de la *Grâce* avait paru vingt ans auparavant. Celui de la *Religion*, dont le succès a été attesté par de nombreuses réimpressions, offre çà et là des morceaux dignes du grand Racine; mais l'ensemble est trop peu animé par le souffle créateur de l'imagination : il n'en mérite pas moins de grands éloges. Suivant J. B. Rousseau, c'est un des ouvrages les plus estimables de la langue française. L'auteur a entrepris de développer cette pensée de Pascal : « A ceux qui ont de la répugnance pour la religion, il faut commencer par montrer qu'elle n'est pas contraire à la raison ; puis, qu'elle est vénérable; faire souhaiter qu'elle soit vraie et montrer ensuite qu'elle est vraie, et enfin qu'elle est aimable. » Le plan, dit La Harpe, est parfaitement tracé ; les preuves sont bien choisies, fortifiées par leur enchaînement et déduites dans un ordre lumineux. Il ajoute que « c'est la meilleure composition qui ait paru en ce genre dans le dix-huitième siècle. » On peut la rapprocher surtout du poëme de la *Religion vengée*, par le cardinal de Bernis, qui est d'ailleurs demeuré fort au-dessous de L. Racine.

2. « Vere tu es Deus absconditus, » lit-on en effet dans Isaïe, ch. XLV, v. 15.

3. Notre imagination se perd dans ces espaces immenses qui renferment la multitude innombrable des corps célestes. « C'est, a dit Pascal (d'après Empédocle,) une sphère infinie, dont le centre est partout, la circonférence nulle part. »

4. Heureuse imitation d'Horace, qui a dit du soleil, *Aliusque et idem nasceris*, v. 10 et 11 du *Chant séculaire*.

Et toi dont le courroux veut engloutir la terre,
Mer terrible, en ton lit quelle main te resserre?
Pour forcer ta prison tu fais de vains efforts :
La rage de tes flots expire sur tes bords[1]....
La voix de l'univers à ce Dieu me rappelle,
La terre le publie. « Est-ce moi, me dit-elle,
Est-ce moi qui produis mes riches ornements?
C'est celui dont la main posa mes fondements.
Si je sers tes besoins, c'est lui qui me l'ordonne :
Les présents qu'il me fait, c'est à toi qu'il les donne....
Mon suc, dans la racine à peine répandu,
Du tronc qui le reçoit à la branche est rendu :
La feuille le demande; et la branche fidèle,
Prodigue de son bien, le partage avec elle.
De l'éclat de ses fruits justement enchanté,
Ne méprise jamais ces plantes sans beauté :
Troupe obscure et timide, humble et faible vulgaire,
Si tu sais découvrir leur vertu salutaire,
Elles pourront servir à prolonger tes jours.
Et ne t'afflige pas si les leurs sont si courts :
Toute plante en naissant déjà renferme en elle
D'enfants qui la suivront une race immortelle[2];
Chacun de ces enfants, dans ma fécondité,
Trouve un gage nouveau de sa postérité. »
Ainsi parle la terre; et, charmé de l'entendre,
Quand je vois par ces nœuds que je ne puis comprendre
Tant d'êtres différents l'un à l'autre enchaînés,
Vers une même fin constamment entraînés,
A l'ordre général conspirer tous ensemble,
Je reconnais partout la main qui les rassemble,
Et d'un dessein si grand j'admire l'unité
Non moins que la sagesse et la simplicité.
Mais pour lui, que jamais ces miracles n'étonnent,
Stupide spectateur des biens qui t'environnent,
O toi qui follement fais ton Dieu du hasard,
Viens me développer ce nid qu'avec tant d'art,
Au même ordre toujours architecte fidèle,
A l'aide de son bec maçonne l'hirondelle[3].

1. On se rappelle ce trait sublime de l'Écriture : « Usque huc venies, et non procedes amplius, liv. de *Job*, ch. XXXVIII, v. 11.
2. Voy. à ce sujet Pline le naturaliste, XVIII, 21 : « Tritico nihil est fertilius,...., ut pote quum e medio, si sit aptum solum, centeni quinquageni modii reddantur. »
3. « Jamais l'éducation des oiseaux, dit La Harpe, n'a été mieux traitée en poésie. » — Sur les nids des oiseaux, on peut lire un charmant passage dans le *Génie du Christianisme* de Châteaubriand, I^re part., liv. V, ch. 6.

Comment, pour élever ce hardi bâtiment,
A-t-elle en le broyant arrondi son ciment?
Et pourquoi ces oiseaux, si remplis de prudence,
Ont-ils de leurs enfants su prévoir la naissance?...
Ceux qui de nos hivers redoutant le courroux
Vont se réfugier dans des climats plus doux,
Ne laisseront jamais la saison rigoureuse
Surprendre parmi nous leur troupe paresseuse.
Dans un sage conseil, par les chefs assemblé,
Du départ général le grand jour est réglé;
Il arrive, tout part: le plus jeune peut-être
Demande, en regardant les lieux qui l'ont vu naître,
Quand viendra ce printemps par qui tant d'exilés
Dans les champs paternels se verront rappelés[1]?
  A nos yeux attentifs que le spectacle change:
Retournons sur la terre, où jusque dans la fange
L'insecte nous appelle, et, certain de son prix,
Ose nous demander raison de nos mépris[2]....
De l'empire de l'air cet habitant volage,
Qui porte à tant de fleurs son inconstant hommage
Et leur ravit un suc qui n'était pas pour lui,
Chez ses frères rampants qu'il méprise aujourd'hui,
Sur la terre autrefois traînant sa vie obscure,
Semblait vouloir cacher sa honteuse figure.
Mais les temps sont changés, sa mort fut un sommeil:
On le vit, plein de gloire à son brillant réveil,
Laissant dans le tombeau sa dépouille grossière,
Par un sublime effort voler vers la lumière.
  Le roi pour qui sont faits tant de biens précieux,
L'homme élève un front noble et regarde les cieux.
Ce front, vaste théâtre où l'âme se déploie,
Est tantôt éclairé des rayons de la joie,
Tantôt enveloppé du chagrin ténébreux[3].
L'amitié tendre et vive y fait briller ses feux
Qu'en vain veut imiter, dans son zèle perfide,

1. Il y a là plus que le mérite d'*un bon versificateur,* comme Voltaire appelait le fils du *grand poëte Racine :* il y a de l'émotion, cette âme de la véritable poésie. Châteaubriand, au ch. 7 de l'ouvrage et du livre indiqués, après avoir transcrit ces vers, au lendemain de la révolution française: « Nous avons vu, dit-il, quelques infortunés à qui ce dernier trait faisait venir les larmes aux yeux. »

2. Pline, Hist. déjà citée, XI, 1: « His tam parvis (corporibus) atque tam nullis, quæ ratio, quanta vis, quam inextricabilis perfectio...! » Et quelques lignes plus bas: « Rerum natura nusquam magis, quam in minimis, tota est. »

3. Sur l'admirable artifice du corps humain, on peut revoir un beau chapitre de Bossuet dans le même volume.

La trahison, que suit l'envie au teint livide.
Un mot y fait rougir la timide pudeur.
Le mépris y réside, ainsi que la candeur,
Le modeste respect, l'imprudente colère,
La crainte et la pâleur, sa compagne ordinaire,
Qui dans tous les périls funestes à mes jours,
Plus prompte que ma voix, appelle du secours.
A me servir aussi cette voix empressée,
Loin de moi, quand je veux, va porter ma pensée:
Messagère de l'âme, interprète du cœur,
De la société je lui dois la douceur.
Quelle foule d'objets l'œil réunit ensemble!
Que de rayons épars ce cercle étroit rassemble!
Tout s'y peint tour à tour. Le mobile tableau
Frappe un nerf qui l'élève et le porte au cerveau.
D'innombrables filets, ciel! quel tissu fragile!
Cependant ma mémoire en a fait son asile....
Là ces esprits subtils, toujours prêts à partir,
Attendent le signal qui les doit avertir.
Mon âme les envoie, et, ministres dociles,
Je les sens répandus dans mes membres agiles....
Est-ce moi qui préside au maintien de ces lois,
Et pour les établir ai-je donné ma voix?
Je les connais à peine. Une attentive adresse
Tous les jours m'en découvre et l'ordre et la sagesse.
De cet ordre secret reconnaissons l'auteur:
Fut-il jamais des lois sans un législateur?
Stupide impiété, quand pourras-tu comprendre
Que l'œil est fait pour voir, l'oreille pour entendre?
Ces oreilles, ces yeux, celui qui les a faits
Est-il aveugle et sourd? Que d'ouvrages parfaits,
Que de riches présents t'annoncent sa puissance!
Où sont-ils ces objets de ma reconnaissance [1]?
Est-ce un coteau riant? est-ce un riche vallon?
Hâtons-nous d'admirer: le cruel aquilon
Va rassembler sur nous son terrible cortége,
Et la foudre et la pluie, et la grêle et la neige.
L'homme a perdu ses biens, la terre ses beautés [2],
Et plus loin qu'offre-t-elle à nos yeux attristés?

1. *Dira l'impie*, faut-il sous-entendre. Les vers suivants développent l'argument de l'impiété, auquel répondra bientôt le poëte: *Et tu crois, ô mortel...*

2. Un contemporain de Louis Racine, Saint-Lambert, l'auteur du poëme des *Saisons*, a développé fort heureusement des pensées analogues, en peignant dans une brillante description les désastres causés par un orage (l'*Eté*).

Des antres, des volcans, et des mers inutiles,
Des abîmes sans fin, des montagnes stériles,
Des ronces, des rochers, des sables, des déserts.
Ici de ses poisons elle infecte les airs;
Là rugit le lion ou rampe la couleuvre:
De ce Dieu si puissant voilà donc le chef-d'œuvre!
Et tu crois, ô mortel, qu'à ton moindre soupçon,
Au pied du tribunal qu'érige ta raison,
Ton maître obéissant doit venir te répondre?
Accusateur aveugle, un mot va te confondre:
Tu n'aperçois encor que le coin du tableau,
Le reste t'est caché sous un épais rideau[1]....
Mais pourquoi ces rochers, ces vents et ces orages?
Daigne apprendre de moi leurs secrets avantages,
Et ne consulte plus tes yeux souvent trompeurs.
La mer, dont le soleil attire les vapeurs,
Par ces eaux qu'elle perd voit une mer nouvelle
Se former, s'élever, et s'étendre sur elle.
De nuages légers cet amas précieux,
Que dispersent au loin les vents officieux,
Tantôt, féconde pluie, arrose nos campagnes,
Tantôt retombe en neige et blanchit nos montagnes;
Sur ces rocs sourcilleux, de frimas couronnés,
Réservoirs des trésors qui nous sont destinés,
Les flots de l'Océan apportés goutte à goutte
Réunissent leur force et s'ouvrent une route.
Jusqu'au fond de leur sein lentement répandus,
Dans leurs veines errants, à leurs pieds descendus,
On les en voit enfin sortir à pas timides;
D'abord faibles ruisseaux, bientôt fleuves rapides.
Des racines des monts qu'Annibal sut franchir,
Indolent Ferrarais, le Pô va t'enrichir.
Impétueux enfants de cette longue chaîne,
Le Rhône suit vers nous le penchant qui l'entraîne;
Et son frère emporté par un contraire choix[2],
Sorti du même sein, va chercher d'autres lois.
Mais enfin terminant leurs courses vagabondes,
Leur antique séjour redemande leurs ondes;
Ils les rendent aux mers, le soleil les reprend:
Sur les monts, dans les champs, l'aquilon nous les rend.

1. On peut voir ces mêmes points discutés dans l'*Essai sur l'homme* de Pope, cet *Essai* que Voltaire, dans une lettre à M^me du Deffand, appelle avec une admiration un peu exagérée « le premier des poëmes didactiques et philosophiques modernes. »

2. Le Rhin, dont la source est en Suisse comme celle du Rhône, et qui descend de la même partie des Alpes.

Telle est de l'univers la constante harmonie :
De son empire heureux la discorde est bannie ;
Tout conspire pour nous, les montagnes, les mers,
L'astre brillant du jour, les fiers tyrans des airs.
Puisse le même accord régner parmi les hommes !

### Chant II (fragments).

L'homme étudiant sa propre nature : sa misère, sa grandeur ; immortalité de son âme.

Je ne suis que mensonge, erreur, incertitude,
Et de la vérité je fais ma seule étude.
Tantôt le monde entier m'annonce à haute voix
Le maître que je cherche, et déjà je le vois.
Tantôt le monde entier, dans un profond silence,
A mes regards errants n'est plus qu'un vide immense.
O nature ! pourquoi viens-tu troubler ma paix ?
Ou parle clairement, ou ne parle jamais.
Cessons d'interroger qui ne veut point répondre.
Si notre ambition ne sert qu'à nous confondre,
Bornons-nous à la terre : elle est faite pour nous.
  Mais non, tous ses plaisirs n'entraînent que dégoûts ;
Aucun d'eux n'assouvit la soif qui me dévore :
Je désire, j'obtiens, et je désire encore[1].
Grand Dieu ! donne-moi donc des biens dignes de toi,
Ou donne-m'en du moins qui soient dignes de moi...
  Mais comment retrouver la gloire qui m'est due ?
Qui peut te rendre à moi, félicité perdue[2] ?
Est-ce dans mes pareils que je dois te chercher ?
Ils m'échappent, la mort me les vient arracher ;
Et, frappés avant moi, le tombeau les dévore :
J'irai bientôt les joindre. Où vont-ils ? je l'ignore.

1. L. Racine, qui accompagne son poëme d'excellentes notes dont nous avons profité, place ici cette sage réflexion de Bossuet : « J'apporte en naissant cet amour du bonheur. La raison, sitôt qu'elle commence, me le fait chercher par des moyens bons ou mauvais ; mais enfin elle le cherche. Cependant je désire : ce qui prouve que je ne possède point. Le désir et le parfait bonheur ne peuvent se trouver ensemble. »

2. Ce trait rappelle quelques vers charmants de Bertaut, fort aimés et très-souvent répétés par nos pères :

Félicité passée,
Qui ne peux revenir,
Tourment de ma pensée,
Que n'ai-je, en te perdant, perdu le souvenir ?

Est-il vrai? n'est-ce point une agréable erreur
Qui de la mort en moi vient adoucir l'horreur?
Quoi! même après l'instant où tes ailes funèbres
M'auront enseveli dans tes noires ténèbres,
Je vivrais! Doux espoir! que j'aime à m'y livrer!
« De quelle ambition tu te vas enivrer?
Dit l'impie; est-ce à toi, vaine et faible étincelle,
Vapeur vile, d'attendre une gloire immortelle?
Le hasard nous forma, le hasard nous détruit;
Et nous disparaissons comme l'ombre qui fuit....
Plongeons-nous sans effroi dans ce muet abîme
Où la vertu périt aussi bien que le crime;
Et, suivant du plaisir l'aimable mouvement,
Laissons-nous au tombeau conduire mollement. »
A ces mots insensés, le maître de Lucrèce,
Usurpant le grand nom d'ami de la sagesse,
Joint la subtilité de ses faux arguments.
Lucrèce de ses vers prête les ornements[1] :
De la noble harmonie indigne et triste usage!
Épicure avec lui m'adresse ce langage:
« Cet esprit, ô mortels! qui vous rend si jaloux[2],
N'est qu'un feu qui s'allume et s'éteint avec nous.
Quand par d'affreux sillons l'implacable vieillesse
A sur un front hideux imprimé la tristesse;
Que dans un corps courbé sous un amas de jours
Le sang comme à regret semble achever son cours;
Lorsqu'en des yeux couverts d'un lugubre nuage
Il n'entre des objets qu'une infidèle image;
Qu'en débris chaque jour le corps tombe et périt,
En ruines aussi je vois tomber l'esprit.
L'âme mourante alors, flambeau sans nourriture,
Jette par intervalle une lueur obscure.
Triste destin de l'homme! il arrive au tombeau,
Plus faible, plus enfant qu'il ne l'est au berceau.
La mort, du coup fatal, frappe enfin l'édifice :
Dans un dernier soupir achevant son supplice,
Lorsque vide de sang le cœur reste glacé,

1. « Lucrèce, a dit Fontanes (Discours préliminaire de sa traduction de l'*Essai sur l'homme*), comme presque tous les athées fameux naquit dans un siècle d'orages et de malheurs : témoin des guerres civiles de Marius et de Sylla, et n'osant attribuer à des dieux justes et sages les désordres de sa patrie, il voulut détrôner une providence qui semblait abandonner le monde aux passions de quelques tyrans ambitieux. Il emprunta sa philosophie aux écoles d'Épicure, etc. »

2. La Harpe cite les dix-huit vers qui suivent parmi les passages les plus beaux du poëme de la *Religion* : il avait plus d'une fois, dit-il, entendu Voltaire les réciter avec l'accent de l'admiration.

Son âme s'évapore, et tout l'homme est passé. »
Sur la foi de tes chants, ô dangereux poëte!
D'un maître trop fameux trop fidèle interprète,
De mon heureux espoir désormais détrompé,
Je dois donc, du plaisir à toute heure occupé,
Consacrer les moments de ma course rapide
A la divinité que tu choisis pour guide [1]:
Et la mère des jeux, des ris et des amours
Doit ainsi qu'à tes vers présider à mes jours....
Tu veux me rassurer, et tu me désespères.
Vivrai-je dans la joie, au milieu des misères,
Quand même je n'ai pas où reposer un cœur
Las de tout parcourir en cherchant son bonheur?
Rois, sujets, tout se plaint, et nos fleurs les plus belles
Renferment dans leur sein des épines cruelles [2];
L'amertume secrète empoisonne toujours
L'onde qui nous paraît si claire dans son cours.
C'est le sincère aveu que me fait Épicure :
L'orateur du plaisir m'en apprend la nature.
J'abandonne ce maître. O raison! viens à moi:
Je veux seul méditer et m'instruire avec toi.
Je pense. La pensée, éclatante lumière,
Ne peut sortir du sein de l'épaisse matière [3].
J'entrevois ma grandeur. Ce corps lourd et grossier
N'est donc pas tout mon bien, n'est pas moi tout entier.
Quand je pense, chargé de cet emploi sublime,
Plus noble que mon corps, un autre être m'anime.
Je trouve donc qu'en moi, par d'admirables nœuds,
Deux êtres opposés sont réunis entre eux :
De la chair et du sang, le corps, vil assemblage;
L'âme, rayon de Dieu, son souffle, son image....

1. Le poëme de Lucrèce commence par cette invocation à Vénus :

Æneadum genitrix, . . . . . . . . .
Te, dea, te fugiunt venti, te nubila cœli
Adventumque tuum; tibi suavis dædala tellus
Summittit flores; tibi rident æquora ponti,
Placatumque nitet diffuso lumine cœlum....

2. . . . Medio de fonte leporum
Surgit amari aliquid, quod in ipsis faucibus angat;

a dit Lucrèce, liv. IV, v. 1130. Ainsi M. de Lamartine dans la X^e de ses *Nouvelles Méditations poétiques :*

Mais jusque dans le sein des heures fortunées
Je ne sais quelle voix que j'entends retentir
Me poursuit, et vient m'avertir
Que le bonheur s'enfuit sur l'aile des années.....

3. Ici L. Racine parle d'après Descartes, ou bien encore d'après Platon et Cicéron : on peut voir notamment les *Tusculanes,* liv. I.

Le corps, né de la poudre, à la poudre est rendu,
L'esprit retourne au ciel dont il est descendu.
Peut-on lui disputer sa naissance divine?
N'est-ce pas cet esprit, plein de son origine,
Qui, malgré son fardeau, s'élève, prend l'essor[1],
À son premier séjour quelquefois vole encor,
Et revient tout chargé de richesses immenses?
Platon, combien de fois jusqu'au ciel tu t'élances!
Descartes, qui souvent m'y ravis avec toi;
Pascal, que sur la terre à peine j'aperçoi;
Vous qui nous remplissez de vos douces manies[2],
Poëtes enchanteurs, adorables génies;
Virgile, qui d'Homère appris à nous charmer;
Boileau, Corneille, et toi que je n'ose nommer[3],
Vos esprits n'étaient-ils qu'étincelles légères,
Que rapides clartés et vapeurs passagères?
Que ne puis-je prétendre à votre illustre sort,
O vous dont les grands noms sont exempts de la mort?
Eh! pourquoi, dévoré par cette folle envie,
Vais-je étendre mes vœux au delà de ma vie?
Par de brillants travaux je cherche à dissiper
Cette nuit dont le temps me doit envelopper.
Des siècles à venir je m'occupe sans cesse:
Ce qu'ils diront de moi m'agite et m'intéresse.
Je veux m'éterniser; et, dans ma vanité,
J'apprends que je suis fait pour l'immortalité.
De tout bien qui périt mon âme est mécontente:
Grand Dieu! c'est donc à toi de remplir mon attente[4].

1. On trouvera au chant III de ce poëme un tableau bien tracé, d'après Lucrèce, Virgile et Manilius, de la naissance et du développement des arts parmi les hommes.

2. Du grec μανία, fureur ou délire poétique. On peut voir dans Rousseau, ode au comte du Luc, cette expression dont l'emploi est toutefois plus rare au pluriel qu'au singulier.

3. Cet hommage rendu par le poëte à la mémoire de son père est exprimé avec une délicate réserve qui en augmente le prix.

4. Le poëme entier est composé de six chants; et il faut avouer que, vers la fin, la marche de l'auteur se ralentit et s'affaiblit un peu. Dans les morceaux mêmes que nous avons cités, on ne saurait dire que l'inspiration soit toujours soutenue. Il s'y rencontre quelques tours pénibles, quelques hémistiches sans élégance et prosaïques. Louis Racine n'en conservera pas moins l'honneur d'avoir exprimé le premier, avec grandeur et souvent avec poésie, beaucoup d'idées qui semblaient jusque-là, parmi nous, exclues du domaine des vers.

# VOLTAIRE.

(1694-1778.)

Déjà nous avons inscrit le nom de Voltaire parmi ceux de nos plus grands prosateurs : un rang ne lui est pas moins dû entre nos premiers poëtes. S'il n'eut pas, comme quelques autres, cette patience scrupuleuse qui poursuit dans un genre et atteint la perfection, il fut dans presque tous également supérieur ; il réunit en lui une prodigieuse variété de talents qui, disséminés, auraient suffi à l'illustration de plusieurs hommes. Parfois digne émule de Corneille et de Racine dans la tragédie, il a tenté seul avec un certain succès de donner une épopée à la France. Excellent aussi dans le poëme didactique, l'un de ses principaux mérites fut de revêtir des couleurs d'une imagination inspirée les plus hautes idées de la science, et, pendant que Fontenelle en propageait l'intelligence par la clarté de sa prose facile, de la populariser également par le prestige des beaux vers. En même temps, par un singulier contraste, c'est lui qui a le mieux réussi dans la poésie légère, heureux si l'enjouement et la malice, qu'il prodigue en badinant, n'eussent pas offensé trop souvent la religion, la morale et la vertu.

Doué de tous les genres d'esprit, de celui des affaires presque autant que de celui des lettres, Voltaire acquit par des spéculations heureuses non moins que par ses travaux une fortune considérable qui augmenta sa puissance. Cette puissance, la plus grande de celles qui ont jamais eu leur fondement dans l'opinion, l'accompagna jusqu'à ses derniers moments, où il se vit salué par l'enthousiasme d'une foule enivrée, qui applaudissait en lui au triomphe des idées nouvelles. Quelques années après, ses cendres devaient être transportées au Panthéon, avec celles de J. J. Rousseau. Sans doute il aima l'humanité : mais il aima encore davantage la gloire, ou plutôt la vogue, c'est-à-dire ce qu'il y a dans la gloire de moins estimable et de moins solide[1].

1. On avait dit longtemps qu'il était né dans le petit village de Châtenay, peu distant de Paris : il est établi maintenant qu'il naquit à Paris même, dont il demeura éloigné plus de vingt années de suite, et où il revint cependant pour mourir. M. Villemain, en traçant le tableau du dix-huitième siècle, s'est naturellement beaucoup occupé de Voltaire; car aucun homme n'a exercé, en bien comme en mal, plus d'influence sur l'esprit français : on peut voir surtout ses 4e, 7e, 8e, 9e, 10e et 25e leçons. Outre cet auteur et quelques autres que nous avons indiqués dans nos extraits de prose

## La Henriade[1].

### Chant VIII (fragment).

Bataille d'Ivry.

Près des bords de l'Iton et des rives de l'Eure[2]
Est un champ fortuné, l'amour de la nature :

comme devant être consultés sur lui, nous signalerons La Harpe dans différentes parties de son *Cours de littérature;* Ducis, discours de réception à l'Académie française (il y fut le successeur de Voltaire); Fontanes, discours préliminaire, celui qui précède sa traduction de l'*Essai sur l'homme* de Pope, etc. Sa vie a été écrite plusieurs fois, et notamment par Condorcet : néanmoins ce travail est encore à faire. Le Brun lui a consacré une de ses premières odes, où la noblesse des sentiments se joint souvent à l'éclat des vers.

1. La *Henriade,* a dit M. Villemain, qui a établi entre elle et la *Pharsale* de Lucain un curieux parallèle, est une suite de beaux passages plutôt qu'un beau poëme; mais le style y est en plus d'une rencontre admirable de facilité et de richesse; et la versification de cette œuvre, au jugement de La Harpe, qui l'a analysée avec beaucoup de soin et généralement bien appréciée, la place parmi les monuments les plus remarquables de la poésie française. Ces éloges répondent assez à des censures étroites ou passionnées, telles que celles de Le Batteux et de La Beaumelle. On sait que le titre primitif de cette épopée fut la *Ligue* ou *Henri le Grand.* L'auteur la commença après avoir fait la tragédie d'*Œdipe,* qu'il finit en 1713 (il avait alors dix-neuf ans), mais qui ne fut jouée qu'en 1718. Il était prisonnier à la Bastille (1716) quand il composa le IIe chant. La première édition, d'ailleurs fort imparfaite, date de 1723. Louis XV s'était rendu justice en refusant la dédicace d'un ouvrage où un roi père de ses sujets et un grand homme était célébré. Près de cent ans après, lorsque la statue de Henri IV, abattue par la Révolution, fut relevée sur le pont Neuf, on crut honorer ce monarque en y renfermant un exemplaire de la *Henriade.* Une seule édition de ce poëme, dédiée à la reine d'Angleterre, femme de Georges II, en 1727 (ce fut la première complète), et publiée dans ce pays qui fut très-hospitalier pour Voltaire, ne lui rapporta pas moins de 150,000 livres. Entre des réimpressions très-multipliées, on désignera celle qui a paru accompagnée d'une préface de Marmontel, souvent reproduite. Il y a aussi un avant-propos de la *Henriade* rédigé par le roi de Prusse Frédéric. M. Naudet l'a éditée (1813), en recueillant les passages des écrivains anciens et modernes qui présentent avec elle des points de comparaison. Au nombre des annotateurs de cette œuvre, on peut encore citer M. Daunou. On peut voir enfin, à son sujet, Delille, au chant V de son poëme de l'*Imagination,* et Châteaubriand, *Génie du Christianisme,* IIe part., liv. Ier, ch. 5.

2. *Eu* se prononce encore *u* dans quelques provinces; mais autrefois il en était ainsi partout, à Paris comme ailleurs. Tallemant des Réaux nous apprend que « Malherbe ne voulait pas qu'on rimât sur

La guerre avait longtemps respecté les trésors
Dont Flore et les Zéphyrs embellissaient ces bords[1].
Au milieu des horreurs des discordes civiles,
Les bergers de ces lieux coulaient des jours tranquilles :
Protégés par le ciel et par leur pauvreté,
Ils semblaient des soldats braver l'avidité,
Et sous leurs toits de chaume, à l'abri des alarmes,
N'entendaient point le bruit des tambours et des armes[2].
Les deux camps ennemis arrivent en ces lieux;
La désolation partout marche avant eux....
Habitants malheureux de ces bords pleins de charmes,
Du moins à votre roi n'imputez point vos larmes;
S'il cherche les combats, c'est pour donner la paix :
Peuples, sa main sur vous répandra ses bienfaits;
Il veut finir vos maux, il vous plaint, il vous aime,
Et dans ce jour affreux il combat pour vous-même.
Les moments lui sont chers, il court dans tous les rangs
Sur un coursier fougueux, plus léger que les vents,
Qui, fier de son fardeau, du pied frappant la terre,
Appelle les dangers et respire la guerre[3].
On voyait près de lui briller tous ces guerriers,
Compagnons de sa gloire et ceints de ses lauriers :
D'Aumont, qui sous cinq rois avait porté les armes;

*bonheur* ni sur *malheur*, parce que les Parisiens n'en prononçaient que l'*u*, comme s'il y avait *bonhur* et *malhur*. » De là venait que l'*e* entrait dans beaucoup de mots où nous n'avons laissé que l'*u* : j'ai *beu*, *leu*, *cheute*, *etc*.

La Fontaine a fait rimer, conformément à ce principe que la coutume a maintenu jusqu'au commencement du dix-huitième siècle, *émeute* avec *dispute* (*Fab*., VII, 8) :

> Mars autrefois mit tout l'air en émeute;
> Certain sujet fit naître la dispute....

Cf. *id.*, X, 4. — Aujourd'hui même, par un souvenir du vieil usage, nous écrivons j'*eus* et nous disons j'*us*; nous écrivons *gageure* et nous disons *gajure*.

1. Ce vers appartient un peu trop au genre de l'idylle.

2. Malgré la critique précédente, ce passage où Voltaire se montre touché des beautés de la nature doit être remarqué à son éloge : car c'est chose trop rare chez lui. On a dit, avec quelque raison, que toute sa poésie appartenait au monde des idées et qu'il ne semblait pas avoir regardé la nature extérieure. Il y a de plus, dans ce tableau d'une nature paisible et heureuse, opposé aux scènes de douleur et de guerre qui suivent, un contraste d'un effet puissant sur l'imagination.

3. Le cheval de guerre a été représenté en traits admirables dans le livre de Job, ch. 39 (cf. Bossuet, *Méditations sur l'Evangile*, 103e jour), et Voltaire a profité de cette description fréquemment reproduite. Il faut aussi rappeler la belle imitation qu'en a faite le

Biron, dont le seul nom répandait les alarmes,
Et son fils, jeune encore, ardent, impétueux,
Qui depuis.... mais alors il était vertueux[1] :
Sully, Nangis, Crillon, ces ennemis du crime,
Que la Ligue déteste, et que la Ligue estime[2];...
D'Ailly, pour qui ce jour fut un jour trop fatal.
Tous ces héros en foule attendaient le signal,
Et, rangés près du roi, lisaient sur son visage
D'un triomphe certain l'espoir et le présage.
Mayenne en ce moment, inquiet, abattu,
Dans son cœur étonné cherche en vain sa vertu[3] :
Soit que, de son parti connaissant l'injustice,
Il ne crût point le ciel à ses armes propice;
Soit que l'âme, en effet, ait des pressentiments,
Avant-coureurs certains des grands événements.
Ce héros cependant, maître de sa faiblesse,
Déguisait ses chagrins sous sa fausse allégresse[4].
Il s'excite, il s'empresse, il inspire aux soldats
Cet espoir généreux que lui-même il n'a pas....
Vers les ligueurs enfin le grand Henri s'avance,
Et s'adressant aux siens qu'enflammait sa présence :
« Vous êtes nés Français, et je suis votre roi;

poëte Sarrazin dans son ode sur la bataille de Lens; c'est en parlant du prince de Condé :

Il monte un cheval superbe,
Qui, furieux aux combats,
A peine fait courber l'herbe
Sous la trace de ses pas.
Son œil est ardent, farouche;
L'écume sort de sa bouche :
Prêt au moindre mouvement,
Il frappe du pied la terre,
Et semble appeler la guerre
Par un fier hennissement.

1. Réticence imitée de Racine, *Britannicus*, IV, 2 :

Et ce même Sénèque, et ce même Burrhus
Qui depuis.... Rome alors estimait leurs vertus.

Au reste, le roi sauva la vie de Charles de Biron à Fontaine-Française, et non à Ivry, comme le dit Voltaire. Voy., sur ce Biron, les *Morceaux choisis*, à l'usage de la classe de sixième.

2. Une publication fort intéressante, qui contribue à nous faire bien connaître ces braves soldats et leur chef, est le recueil des *Lettres missives de Henri IV*.

3. Vers imité de Boileau, *Lutrin*, V, 230 :

Dans son cœur éperdu cherche en vain du courage.

Virgile montre également au XIIe livre de l'*Énéide*, v. 219 et 916, Turnus doutant de lui-même et pressentant sa défaite.

4. Cf. Virgile, *Én.*, I, 212; et IV, 477.

Voilà nos ennemis, marchez[1], et suivez-moi.
Ne perdez point de vue, au fort de la tempête,
Ce panache éclatant qui flotte sur ma tête :
Vous le verrez toujours au chemin de l'honneur. »
A ces mots, que ce roi prononçait en vainqueur,
Il voit d'un feu nouveau ses troupes enflammées
Et marche en invoquant le grand Dieu des armées[1].
Sur les pas des deux chefs alors en même temps
On voit des deux partis voler les combattants.
Ainsi, lorsque des monts séparés par Alcide
Les aquilons fougueux fondent d'un vol rapide,
Soudain les flots émus de deux profondes mers
D'un choc impétueux s'élancent dans les airs :
La terre au loin gémit, le jour fuit, le ciel gronde,
Et l'Africain tremblant craint la chute du monde[2].
Au mousquet réuni, le sanglant coutelas[3]
Déjà de tous côtés porte un double trépas....
On se mêle, on combat; l'adresse, le courage,
Le tumulte, les cris, la peur, l'aveugle rage,
La honte de céder, l'ardente soif du sang,
Le désespoir, la mort, passent de rang en rang.
L'un poursuit un parent dans le parti contraire;
Là, le frère en fuyant meurt de la main d'un frère[4].
La nature en frémit : et ce rivage affreux
S'abreuvait à regret de leur sang malheureux[5].
Dans d'épaisses forêts de lances hérissées,
De bataillons sanglants, de troupes renversées,
Henri pousse, s'avance et se fait un chemin.
Le grand Mornay le suit, toujours calme et serein.
Il veille autour de lui, tel qu'un puissant génie :
Tel qu'on feignait jadis, aux champs de la Phrygie,
De la terre et des cieux les moteurs éternels
Mêlés dans les combats sous l'habit des mortels;
Ou tel que du vrai Dieu les ministres terribles,

1. Ainsi Racine dans *Athalie*, IV, 3 :

Marchons en invoquant l'arbitre des combats.

2. « Voltaire a pris, dit La Harpe, le ton d'Homère pour rendre le choc des deux armées par une comparaison qui rappelle toute la grandeur de l'objet : le dernier vers surtout est sublime. »

3. Les baïonnettes, que désigne cette périphrase, sont d'une invention bien postérieure à la bataille d'Ivry.

4. Voyez, pour une description analogue, l'*Énéide*, IX, 664 et suiv. ; XI, 631 et suiv.

5. Encore une imitation de Racine, qui avait dit, *Phèdre*, II, 1 :

Le fer moissonna tout, et la terre humectée
But à regret le sang des neveux d'Erechthée.

Ces puissances des cieux, ces êtres impassibles,
Environnés des vents, des foudres, des éclairs,
D'un front inaltérable ébranlent l'univers[1].

Le poëte, peu après, montre Henri assailli par d'Egmont, qui le blesse d'abord et tombe ensuite sous les coups du prince.

Espagnols tant vantés, troupe jadis si fière,
Sa mort anéantit votre vertu guerrière :
Pour la première fois vous connûtes la peur.
L'étonnement, l'esprit de trouble et de terreur,
S'empare, en ce moment, de leur troupe alarmée;
Il passe en tous les rangs, il s'étend sur l'armée :
Les chefs sont effrayés, les soldats éperdus;
L'un ne peut commander, l'autre n'obéit plus.
Ils jettent leurs drapeaux, ils courent, se renversent,
Poussent des cris affreux, se heurtent, se dispersent :
Les uns, sans résistance, à leur vainqueur offerts,
Fléchissent les genoux et demandent des fers;
D'autres, d'un pas rapide évitant sa poursuite,
Jusqu'aux rives de l'Eure emportés dans leur fuite,
Dans les profondes eaux vont se précipiter
Et courent au trépas qu'ils veulent éviter.
Les flots couverts de morts interrompent leur course,
Et le fleuve sanglant remonte vers sa source[2].
Mayenne, en ce tumulte, incapable d'effroi,
Affligé, mais tranquille, et maître encor de soi,
Voit d'un œil assuré sa fortune cruelle,
Et, tombant sous ses coups, songe à triompher d'elle.
D'Aumale, auprès de lui, la fureur dans les yeux,
Accusait les Flamands, la fortune et les cieux.
« Tout est perdu, dit-il, mourons, brave Mayenne.
— Quittez, lui dit son chef, une fureur si vaine.
Vivez pour le parti dont vous êtes l'honneur,
Vivez pour réparer sa perte et son malheur[3];

1. Beau portrait du calme qu'une âme forte conserve au milieu des dangers : Duplessis-Mornay, qui a laissé aussi des *Mémoires* curieux sur les événements et les guerres auxquels sa vie a été mêlée, se montra même sur les champs de bataille un sage, ami des hommes : ce qui ne l'empêchait nullement d'être un héros. Il eut, dans ce combat en particulier, deux chevaux tués sous lui.

2. Pareillement Rousseau, dans sa cantate VII :

Les fleuves étonnés remontent vers leurs sources.

3. C'est le conseil qu'Énée, dans Virgile, adresse à ses compagnons, I, 214 :

Durate, et vosmet rebus servate secundis.

Que vous et Bois-Dauphin, dans ce moment funeste,
De nos soldats épars assemblent ce qui reste.
Suivez-moi l'un et l'autre aux remparts de Paris;
De la Ligue en marchant ramassez les débris:
De Coligny vaincu surpassons le courage. »
D'Aumale, en l'écoutant, pleure et frémit de rage
Cet ordre qu'il déteste, il va l'exécuter:
Semblable au fier lion qu'un Maure a su dompter,
Qui, docile à son maître, à tout autre terrible,
A la main qu'il connaît soumet sa tête horrible,
Le suit d'un air affreux, le flatte en rugissant,
Et paraît menacer, même en obéissant[1]....
Des cieux en ce moment les voûtes s'entr'ouvrirent:
Les mânes des Bourbons dans les airs descendirent.
Louis au milieu d'eux, du haut du firmament,
Vint contempler Henri dans ce fameux moment,
Vint voir comme il saurait user de la victoire,
Et s'il achèverait de mériter sa gloire.
Ses soldats près de lui, d'un œil plein de courroux,
Regardaient ces vaincus échappés à leurs coups.
Les captifs, en tremblant, conduits en sa présence,
Attendaient leur arrêt dans un profond silence:
Le mortel désespoir, la honte, la terreur,
Dans leurs yeux égarés avaient peint leur malheur.
Bourbon tourna sur eux des regards pleins de grâce,
Où régnaient à la fois la douceur et l'audace:
« Soyez libres, dit-il; vous pouvez désormais
Rester mes ennemis ou vivre mes sujets....
Choisissez. » A ces mots d'un roi couvert de gloire,
Sur un champ de bataille, au sein de la victoire,
On voit en un moment ces captifs éperdus[2],
Contents de leur défaite, heureux d'être vaincus:

1. « Cette comparaison, dit La Harpe, est au nombre des plus belles qui existent dans aucune autre langue, et l'auteur ne la doit qu'à lui seul. » — Malgré cette assertion, on en reconnaîtra du moins le germe dans ces vers de Stace, *Achill.*, II, 183 et suiv.:

Ut leo, materno quum raptus ab ubere mores
Accepit, pectique jubas, hominemque vereri
Edidicit, nullasque ruit nisi jussus in iras;
Si semel adverso radiavit lumine ferrum,
Ejurata fides, domitorque inimicus: in illum
Prima fames, timidoque pudet servisse magistro.

2. Cet adjectif a déjà fini l'un des vers de la page précédente: on a remarqué qu'il revenait fréquemment sous la plume de Voltaire. En général on lui a reproché, non sans raison, de rimer trop facilement avec des épithètes et de les prodiguer un peu, au préjudice de la force et de la concision du langage.

Leurs yeux sont éclairés, leurs cœurs n'ont plus de haine;
Sa valeur les vainquit, sa vertu les enchaîne;
Et, s'honorant déjà du nom de ses soldats,
Pour expier leur crime, ils marchent sur ses pas.
Le généreux vainqueur a cessé le carnage;
Maître de ses guerriers, il fléchit leur courage.
Ce n'est plus ce lion qui, tout couvert de sang,
Portait avec effroi la mort de rang en rang:
C'est un Dieu bienfaisant, qui, laissant son tonnerre,
Enchaîne la tempête et console la terre.
Sur son front menaçant, terrible, ensanglanté,
La paix a mis les traits de la sérénité.
Ceux à qui la lumière était presque ravie
Par ses ordres humains sont rendus à la vie;
Et sur tous leurs dangers, et sur tous leurs besoins,
Tel qu'un père attentif, il étendait ses soins[1]....

## Zaïre[2].

(Une scène de cette pièce.)

Lusignan, prince du sang des rois de Jérusalem, a été fait prisonnier par les musulmans pendant les croisades. Après avoir été enfermé longtemps dans les cachots de cette ville, rendu à la liberté par le soudan qui y commande, Orosmane, il va reconnaître son fils dans Nérestan, chevalier chrétien, qui était venu pour racheter les captifs de sa religion ; il retrouvera en même temps sa fille dans Zaïre, qui, tombée au pouvoir de l'ennemi comme son père et toute sa famille, avait été dès sa plus tendre enfance nourrie dans les erreurs du mahométisme, et semblait être alors sur le point d'épouser Orosmane.

### ACTE II, SCÈNE III.

*Zaïre, Lusignan, Châtillon, Nérestan, plusieurs esclaves chrétiens.*

LUSIGNAN.

Du séjour du trépas quelle voix me rappelle ?
Suis-je avec des chrétiens?... Guidez mes pas tremblants;

1. Il existe de cette bataille, qui fut livrée le 14 mars 1590, un récit très-circonstancié dans les *Lettres* d'Ét. Pasquier, XIV, 10, ainsi que dans les *Mémoires* de Sully (liv. III), qui lui-même y reçut sept blessures.

2. *Zaïre*, « la plus touchante de toutes les tragédies qui existent, »

Mes maux m'ont affaibli plus encor que mes ans[1].
(*En s'asseyant.*)
Suis-je libre en effet?
ZAÏRE. Oui, Seigneur, oui, vous l'êtes.

CHATILLON.
Vous vivez, vous calmez nos douleurs inquiètes.
Tous nos tristes chrétiens....
LUSIGNAN. O jour! o douce voix!
Châtillon, c'est donc vous? c'est vous que je revois!
Martyr, ainsi que moi, de la foi de nos pères,
Le Dieu que nous servons finit-il nos misères?
En quels lieux sommes-nous? Aidez mes faibles yeux.

CHATILLON.
C'est ici le palais qu'ont bâti vos aïeux:
Du fils de Noradin c'est le séjour profane[2].

ZAÏRE.
Le maître de ces lieux, le puissant Orosmane,
Sait connaître, seigneur, et chérir la vertu.
(*En montrant Nérestan.*)
Ce généreux Français, qui vous est inconnu,
Par la gloire amené des rives de la France,
Venait de dix chrétiens payer la délivrance:
Le soudan, comme lui gouverné par l'honneur,
Croit, en vous délivrant, égaler son grand cœur.

LUSIGNAN.
Des chevaliers français tel est le caractère:
Leur noblesse en tout temps me fut utile et chère.
Trop digne chevalier, quoi! vous passez les mers
Pour soulager nos maux et pour briser nos fers?
Ah! parlez, à qui dois-je un service si rare?

suivant La Harpe, fut représentée en 1732. Belle imitation de l'*Othello* de Shakspeare, elle appartient au genre de ces pièces dites *romanesques*, où le poëte puise dans son imagination, non dans l'histoire, les principaux événements qu'il offre aux yeux des spectateurs.

1. « Ce vieillard, dit La Harpe, sortant des cachots où il a langui vingt ans, ce dernier rejeton d'une race de héros français, rappelant ses antiques exploits et ses longues infortunes, reconnaissant la voix d'un de ses anciens compagnons d'armes, forme un tableau plein d'un intérêt de religion et de chevalerie absolument neuf sur la scène française lorsque Voltaire l'y produisit. »

2. En d'autres termes, c'est la demeure du soudan de Jérusalem, d'Orosmane. Noradin ou Nour-Eddyn, dont celui-ci descendait, était monté sur le trône d'Alep en 1145: il avait été très-funeste aux guerriers de la seconde croisade, et s'était distingué par plusieurs conquêtes.

NÉRESTAN.

Mon nom est Nérestan; le sort longtemps barbare
Qui dans les fers ici me mit presqu'en naissant,
Me fit bientôt quitter l'empire du Croissant.
A la cour de Louis, guidé par son courage,
De la guerre sous lui j'ai fait l'apprentissage:
Ma fortune et mon rang sont un don de ce roi,
Si grand par sa valeur et plus grand par sa foi.
Je le suivis, seigneur, aux bords de la Charente[1],
Lorsque du fier Anglais la valeur menaçante,
Cédant à nos efforts, trop longtemps captivés,
Satisfit en tombant aux lis qu'ils ont bravés.
Venez, prince, et montrez au plus grand des monarques
De vos fers glorieux les vénérables marques:
Paris va révérer le martyr de la croix,
Et la cour de Louis est l'asile des rois.

LUSIGNAN.

Hélas! de cette cour j'ai vu jadis la gloire.
Quand Philippe à Bovine enchaînait la victoire[2],
Je combattais, seigneur, avec Montmorency,
Melun, d'Estaing, de Nesle, et ce fameux Coucy.
Mais à revoir Paris je ne dois plus prétendre:
Vous voyez qu'au tombeau je suis prêt à descendre;
Je vais au Roi des rois demander aujourd'hui
Le prix de tous les maux que j'ai soufferts pour lui.
Vous, généreux témoins de mon heure dernière,
Tandis qu'il en est temps, écoutez ma prière:
Nérestan, Châtillon, et vous.... de qui les pleurs
Dans ces moments si chers honorent mes malheurs,
Madame, ayez pitié du plus malheureux père
Qui jamais ait du ciel éprouvé la colère,
Qui répand devant vous des larmes que le temps
Ne peut encor tarir dans mes yeux expirants.
Une fille, trois fils, ma superbe espérance[3],
Me furent arrachés dès leur plus tendre enfance:

1. Allusion aux victoires de Taillebourg et de Saintes, remportées par le roi de France Louis IX, en 1242, sur Henri III, roi d'Angleterre.

2. Philippe Auguste vainquit à *Bouvines*, le 27 juillet 1214, Jean Sans-Terre et l'empereur Othon IV.

3. Virgile avait dit, *Én.*, II, v. 503:

Quinquaginta illi thalami, spes tanta nepotum;

et Racine, *Phèdre*, II:

Six frères.... quel espoir d'une illustre maison!

O mon cher Châtillon, tu dois t'en souvenir!

CHATILLON.

De vos malheurs encor vous me voyez frémir.

LUSIGNAN.

Prisonnier avec moi dans Césarée en flamme,
Tes yeux virent périr mes deux fils et ma femme.

CHATILLON.

Mon bras, chargé de fers, ne les put secourir.

LUSIGNAN.

Hélas! et j'étais père, et je ne pus mourir!
Veillez du haut des cieux, chers enfants que j'implore,
Sur mes autres enfants, s'ils sont vivants encore :
Mon dernier fils, ma fille, aux chaînes réservés,
Par de barbares mains pour servir conservés,
Loin d'un père accablé, furent portés ensemble
Dans ce même sérail où le ciel nous rassemble.

CHATILLON.

Il est vrai, dans l'horreur de ce péril nouveau,
Je tenais votre fille à peine en son berceau :
Ne pouvant la sauver, seigneur, j'allais moi-même
Répandre sur son front l'eau sainte du baptême,
Lorsque les Sarrasins, de carnage fumants,
Revinrent l'arracher à mes bras tout sanglants[1].
Votre plus jeune fils, à qui les destinées
Avaient à peine encore accordé quatre années,
Trop capable déjà de sentir son malheur,
Fut dans Jérusalem conduit avec sa sœur.

NÉRESTAN.

De quel ressouvenir mon âme est déchirée!
A cet âge fatal j'étais dans Césarée;
Et, tout couvert de sang et chargé de liens,
Je suivis en ces lieux la foule des chrétiens.

LUSIGNAN.

Vous, seigneur!... Ce sérail éleva votre enfance?...
(*En le regardant.*)
Hélas! de mes enfants auriez-vous connaissance?
Ils seraient de votre âge, et peut-être mes yeux....
(*Tournant les yeux sur Zaïre.*)
Quel ornement, madame, étranger en ces lieux!
Depuis quand l'avez-vous[2]?

1. Nouvelle imitation de Racine, *Iphigénie*, IV, 4 :

De mes bras tout sanglants il faudra l'arracher.

2. Il a été déjà question de cet ornement dans les paroles suivantes que Fatime, compagne de Zaïre, lui adresse, act. 1, sc. 1 :

. . . . Cette croix qui sur vous fut trouvée,
Parure de l'enfance, avec soin conservée, etc.

ZAÏRE. Depuis que je respire,
Seigneur.... Eh quoi! D'où vient que votre âme soupire?

LUSIGNAN.
Ah! daignez confier à mes tremblantes mains....

ZAÏRE.
(*Elle lui donne la croix.*)
De quel trouble nouveau tous mes sens sont atteints!
(*Lusignan l'approche de sa bouche en pleurant.*)
Seigneur, que faites-vous?

LUSIGNAN. O ciel! ô Providence!
Mes yeux, ne trompez point ma timide espérance!
Serait-il bien possible? Oui, c'est elle.... je voi
Ce présent qu'une épouse avait reçu de moi,
Et qui de mes enfants ornait toujours la tête,
Lorsque de leur naissance on célébrait la fête.
Je revois.... je succombe à mon saisissement.

ZAÏRE.
Qu'entends-je? et quel soupçon m'agite en ce moment?
Ah, seigneur!...

LUSIGNAN. Dans l'espoir dont j'entrevois les charmes,
Ne m'abandonnez pas, Dieu qui voyez mes larmes!
Dieu mort sur cette croix, et qui revis pour nous,
Parle, achève, ô mon Dieu! ce sont là de tes coups.
Quoi! madame, en vos mains elle était demeurée?
Quoi! tous les deux captifs, et pris dans Césarée?

ZAÏRE.
Oui, seigneur.

NÉRESTAN. Se peut-il?

LUSIGNAN. Leur parole, leurs traits,
De leur mère en effet sont les vivants portraits:
Oui, grand Dieu! tu le veux, tu permets que je voie....
Dieu, ranime mes sens trop faibles pour ma joie!...
Madame.... Nérestan.... Soutiens-moi, Châtillon....
Nérestan, si je dois vous nommer de ce nom,
Avez-vous dans le sein la cicatrice heureuse
Du fer dont à mes yeux une main furieuse[1]....

NÉRESTAN.
Oui, seigneur, il est vrai.

LUSIGNAN. Dieu juste! heureux moments!

NÉRESTAN, *se jetant à genoux.*
Ah, seigneur! ah, Zaïre!

LUSIGNAN. Approchez, mes enfants.

NÉRESTAN.
Moi, votre fils!

1. Revoir, au sujet des épithètes que présentent ces deux derniers vers, et dont l'une au moins est superflue, la note 2 de la p. 283.

ZAÏRE. Seigneur!

LUSIGNAN. Heureux jour qui m'éclaire!
Ma fille, mon cher fils, embrassez votre père[1].

CHATILLON.
Que d'un bonheur si grand mon cœur se sent toucher!

LUSIGNAN.
De vos bras, mes enfants, je ne puis m'arracher.
Je vous revois enfin, chère et triste famille,
Mon fils, digne héritier.... vous.... hélas! vous, ma fille!
Dissipez mes soupçons, ôtez-moi cette horreur,
Ce trouble qui m'accable au comble du bonheur.
Toi qui seul as conduit sa fortune et la mienne,
Mon Dieu qui me la rends, me la rends-tu chrétienne?
Tu pleures, malheureuse, et tu baisses les yeux!
Tu te tais! je t'entends! O crime! ô justes cieux!

ZAÏRE.
Je ne puis vous tromper : sous les lois d'Orosmane....
Punissez votre fille.... elle était musulmane.

LUSIGNAN.
Que la foudre en éclats ne tombe que sur moi!
Ah! mon fils, à ces mots j'eusse expiré sans toi.
Mon Dieu! j'ai combattu soixante ans pour ta gloire;
J'ai vu tomber ton temple et périr ta mémoire;
Dans un cachot affreux abandonné vingt ans,
Mes larmes t'imploraient pour mes tristes enfants :
Et lorsque ma famille est par toi réunie,
Quand je trouve une fille, elle est ton ennemie!
Je suis bien malheureux.... C'est ton père, c'est moi,
C'est ma seule prison qui t'a ravi ta foi.
Ma fille, tendre objet de mes dernières peines,
Songe au moins, songe au sang qui coule dans tes veines!
C'est le sang de vingt rois, tous chrétiens comme moi;
C'est le sang des héros, défenseurs de ma loi;
C'est le sang des martyrs.... O fille encor trop chère,
Connais-tu ton destin? sais-tu quelle est ta mère?
Sais-tu bien qu'à l'instant que son flanc mit au jour
Ce triste et dernier fruit d'un malheureux amour,
Je la vis massacrer par la main forcenée,
Par la main des brigands à qui tu t'es donnée?

1. Voici un modèle de ces reconnaissances, qui sont, d'après Aristote (voy. le ch. XI de sa *Poétique*), l'un des trois grands mobiles d'intérêt dans la tragédie. Crébillon avait usé fréquemment de ce moyen dramatique : il en devait être de même de Voltaire, tandis que leurs devanciers, Corneille et Racine, l'avaient généralement négligé. Les extraits de *Mérope* en offriront un nouvel exemple (voir les Morceaux choisis pour la classe de seconde).

Tes frères, ces martyrs égorgés à mes yeux,
T'ouvrent leurs bras sanglants, tendus du haut des cieux.
Ton Dieu que tu trahis, ton Dieu que tu blasphèmes,
Pour toi, pour l'univers, est mort en ces lieux mêmes;
En ces lieux où mon bras le servit tant de fois,
En ces lieux où son sang te parle par ma voix.
Vois ces murs, vois ce temple envahi par tes maîtres :
Tout annonce le Dieu qu'ont vengé tes ancêtres.
Tourne les yeux, sa tombe est près de ce palais :
C'est ici la montagne où, lavant nos forfaits,
Il voulut expirer sous les coups de l'impie;
C'est là que de sa tombe il rappela sa vie.
Tu ne saurais marcher dans cet auguste lieu,
Tu n'y peux faire un pas, sans y trouver ton Dieu;
Et tu n'y peux rester sans renier ton père,
Ton honneur qui te parle et ton Dieu qui t'éclaire.
Je te vois dans mes bras et pleurer et frémir;
Sur ton front pâlissant Dieu met le repentir :
Je vois la vérité dans ton cœur descendue;
Je retrouve ma fille après l'avoir perdue,
Et je reprends ma gloire et ma félicité
En dérobant mon sang à l'infidélité[1].

NÉRESTAN.

Je revois donc ma sœur!... et son âme....

ZAÏRE. Ah! mon père,

Cher auteur de mes jours, parlez, que dois-je faire?

LUSIGNAN.

M'ôter, par un seul mot, ma honte et mes ennuis;
Dire : Je suis chrétienne.

ZAÏRE. Oui.... seigneur.... je le suis.

LUSIGNAN.

Dieu, reçois son aveu du sein de ton empire!

1. « Jamais, dit La Harpe, le pathétique du style ne s'est porté à un plus haut degré. Ce discours arrache toujours des larmes. »

# GRESSET.

(1709 - 1777.)

Gresset, dont Amiens, sa patrie, a consacré la mémoire en lui érigeant une statue[1], fut un de ceux qui, sous le règne de Louis XV, conservèrent à la poésie, un peu déchue, le plus d'originalité et de relief. Élève des jésuites et devenu maître parmi eux, il composa, dans les cellules des colléges où il enseignait, plusieurs badinages ingénieux qui n'ont pas cessé de passer pour des chefs-d'œuvre. Il rentra ensuite dans le monde, et par une excellente comédie, l'une des pièces dont la réputation s'est maintenue au premier rang après celles de Molière[2], il montra combien il avait étudié avec fruit la société de son temps, combien il en savait reproduire les mœurs et parler le langage. Sur la fin de sa vie, retiré dans sa ville natale[3], il abandonna presque entièrement les lettres. Néanmoins Louis XVI, lorsqu'il monta sur le trône[4], l'honora de ses distinctions. Mais Gresset ne survécut pas longtemps à l'avénement de ce prince, qui promettait à la France un gouvernement réparateur, et qui devait bientôt succomber victime de ses vains efforts. Esprit tendre, enjoué, vif et délicat, le chantre de *Ver-Vert* mourait à propos, lorsqu'aux amusements des muses allaient succéder les clameurs et les orages de la politique[5].

1. Inaugurée avec beaucoup de solennité le 21 juillet 1851, en présence d'une députation de l'Institut, elle a été placée dans la bibliothèque de la ville. On sait qu'Amiens, deux ans avant d'honorer ainsi publiquement les lettres, avait rendu le même hommage au génie de l'érudition, dans la personne de du Cange.

2. Le *Méchant*, 1747, où la frivolité et la fatuité du XVIII^e siècle ont été peintes à merveille, où surtout a été pris comme sur le fait ce ton de légèreté et de persifflage des salons à la mode, dont cette pièce est, comme l'a dit M. Villemain, *une vivante médaille*. Gresset, déjà auparavant, s'était essayé dans la tragédie, mais avec moins de succès.

3. On peut voir son tombeau dans la cathédrale d'Amiens.

4. Ce fut Gresset qui dans cette circonstance, en qualité de directeur de l'Académie française, harangua le jeune roi à la tête de ce corps, dont il était membre depuis 1748.

5. Ce poëte heureux vit sa réputation peu attaquée, parce qu'elle causa peu d'ombrage. Son horizon était sans doute restreint; mais si le champ de sa pensée n'était pas très-vaste, il pouvait s'y jouer

### Ver-Vert[1].

#### Chants I et II (fragments).

Puisqu'à vos yeux vous voulez que je trace
D'un noble oiseau la touchante disgrâce[2],
Soyez ma muse, échauffez mes accents,
Et prêtez-moi ces sons intéressants,
Ces tendres sons que forma votre lyre
Lorsque Sultane[3], au printemps de ses jours,
Fut enlevée à vos tristes amours
Et descendit au ténébreux empire.
De mon héros les illustres malheurs
Peuvent aussi se promettre vos pleurs.
Sur sa vertu par le sort traversée,
Sur son voyage et ses longues erreurs,
On aurait pu faire une autre Odyssée
Et par vingt chants endormir les lecteurs;
On aurait pu des fables surannées
Ressusciter les diables et les dieux;
Des faits d'un mois occuper des années,
Et, sur des tons d'un sublime ennuyeux,
Psalmodier la cause infortunée
D'un perroquet non moins brillant qu'Énée,
Non moins dévot, plus malheureux que lui.

du moins avec beaucoup de facilité et de grâce. L'académicien Campenon a donné en 1823 ses *Œuvres choisies*, qu'il a fait précéder d'un travail biographique et critique sur cet auteur. Le P. Daire, son compatriote, a écrit sa vie (Paris, 1779, in-12); plusieurs ont composé son éloge, et parmi eux on peut citer Noël et le célèbre Sylvain Bailly. M. Villemain a parlé de Gresset dans la 12e leçon de son *Tableau de la littérature au XVIIIe siècle.* Plus récemment, il a paru encore sur lui un ouvrage très-complet de M. de Cayrol (2 vol. in-8°, Dumoulin), dont M. Sainte-Beuve a rendu un compte étendu dans la *Revue des Deux-Mondes*, numéro du 15 septembre 1845.

1. Gresset n'avait que vingt-quatre ans quand il donna, après quelques autres pièces de poésie, ce modèle de plaisanterie légère et déliée que J. B. Rousseau a qualifié du nom de *phénomène littéraire.* Publié à Rouen en 1734, il eut dès cette année trois éditions. C'est en réalité, comme on l'a dit, le plus fin et le plus joli de nos contes en vers. Jusque-là sans exemple, cette agréable composition est demeurée unique dans son genre. On peut voir à ce sujet les lettres de J. B. Rousseau à M. de Lesseré et au P. Brumoy.

2. On doit éviter de faire rimer, comme ici, une syllabe brève avec une syllabe longue.

3. Chienne favorite de la personne à qui ce poëme est adressé.

Mais trop de vers entraînent trop d'ennui[1].
Les Muses sont des abeilles volages;
Leur goût voltige[2], il fuit les longs ouvrages,
Et, ne prenant que la fleur d'un sujet[3],
Vole bientôt sur un nouvel objet.
Dans vos leçons j'ai puisé ces maximes :
Puissent vos lois se lire dans mes rimes!

. . . . . . . . . . . . . . . . . .

Dans maint auteur de science profonde
J'ai lu qu'on perd à trop courir le monde;
Très-rarement en devient-on meilleur [4]:
Un sort errant ne conduit qu'à l'erreur.
Il nous vaut mieux vivre au sein de nos lares,
Et conserver, paisibles casaniers,
Notre vertu dans nos propres foyers,
Que parcourir bords lointains et barbares;
Sans quoi le cœur, victime des dangers,
Revient chargé de vices étrangers.
L'affreux destin du héros que je chante
En éternise une preuve touchante :
Tous les échos des parloirs de Nevers,
Si l'on en doute, attesteront mes vers.

1. Vers devenu proverbe. Gresset a partagé avec nos grands poëtes ce privilége, d'avoir laissé beaucoup de ces traits qui se gravent dans les mémoires et circulent, pour l'usage journalier, dans toutes les bouches, parce que ce sont en quelque sorte des formules heureuses de la raison publique.

2. Platon, dans son *Ion*, assimile à l'abeille le poëte, qui est, selon lui, « une chose légère, ailée et sacrée, » Κοῦφον γὰρ χρῆμα ποιητής ἐστι καὶ πτηνὸν καὶ ἱερόν. La Fontaine, inspiré par ce souvenir, et à qui il semble que Gresset ait pris quelquefois sa naïveté et son abandon, s'est peint lui-même dans les vers suivants :

Papillon du Parnasse et semblable aux abeilles,
A qui le bon Platon compare nos merveilles,
Je suis chose légère et vole à tout sujet;
Je vais de fleur en fleur et d'objet en objet.

*Les longs ouvrages me font peur,* a dit aussi le fabuliste.

3. C'est ce que recommande Fénelon : « Il ne faut prendre, si je ne me trompe, que la fleur de chaque objet, et ne toucher jamais que ce qu'on peut embellir. » Ce précepte est surtout applicable à la poésie, qui, remarque un critique moderne, « est l'essence des choses : or, il faut bien se garder d'étendre la goutte d'essence dans une masse d'eau ou dans des flots de couleur. La poésie ne consiste pas à tout dire, mais à tout faire rêver. »

4. « Qui multum peregrinantur, a dit en effet l'auteur de l'*Imitation de Jésus-Christ*, raro sanctificantur; » et La Fontaine, parlant d'un pèlerin :

Prou de pardons il avait rapporté;
De vertu, peu : chose assez ordinaire.

A Nevers donc, chez les Visitandines,
Vivait naguère un perroquet fameux,
A qui son art et son cœur généreux,
Ses vertus même, et ses grâces badines,
Auraient dû faire un sort moins rigoureux,
Si les bons cœurs étaient toujours heureux.
Ver-Vert (c'était le nom du personnage),
Transplanté là de l'indien rivage,
Fut, jeune encor, ne sachant rien de rien,
Au susdit cloître enfermé pour son bien.
Il était beau, brillant, leste et volage,
Aimable et franc, comme on l'est au bel âge,
Né tendre et vif, mais encore innocent:
Bref, digne oiseau d'une si sainte cage,
Par son caquet digne d'être en couvent....
Admis partout, si l'on en croit l'histoire,
L'oiseau chéri mangeait au réfectoire :
Là tout s'offrait à ses friands désirs;
Outre qu'encor pour ses menus plaisirs,
Pour occuper son ventre infatigable,
Pendant le temps qu'il passait hors de table,
Mille bonbons, mille exquises douceurs,
Chargeaient toujours les poches de nos sœurs.
Les petits soins, les attentions fines,
Sont nés, dit-on, chez les Visitandines:
L'heureux Ver-Vert l'éprouvait chaque jour,
Plus mitonné qu'un perroquet de cour.

. . . . . . . . . . . . . . . . . . . .

Ver-Vert vivait sans ennui, sans travaux;
Dans tous les cœurs il régnait sans partage :
Pour lui sœur Thècle oubliait les moineaux;
Quatre serins en étaient morts de rage,
Et deux matous, autrefois en faveur,
Dépérissaient d'envie et de langueur.
Qui l'aurait dit, en ces jours pleins de charmes,
Qu'en pure perte on cultivait ses mœurs;
Qu'un temps viendrait, temps de crime et d'alarmes,
Où ce Ver-Vert, tendre idole des cœurs,
Ne serait plus qu'un triste objet d'horreurs?
Arrête, Muse, et retarde les larmes
Que doit coûter l'aspect de ses malheurs,
Fruit trop amer des égards de nos sœurs.
On juge bien qu'étant à telle école,
Point ne manquait du don de la parole
L'oiseau disert: hormis dans les repas,
Tel qu'une nonne, il ne déparlait pas;
Bien est-il vrai qu'il parlait comme un livre,

Toujours d'un ton confit en savoir-vivre.
Il n'était point de ces fiers perroquets
Que l'air du siècle a rendus trop coquets,
Et qui, sifflés par des bouches mondaines,
N'ignorent rien des vanités humaines.
Ver-Vert était un perroquet dévot,
Une belle âme innocemment guidée;
Jamais du mal il n'avait eu l'idée,
Ne disait onc un immodeste mot:
Mais en revanche il savait des cantiques.

. . . . . . . . . . . . . . . . . .

Il avait eu dans ce docte manoir
Tous les secours qui mènent au savoir.
Il était là maintes filles savantes
Qui mot pour mot portaient dans leurs cerveaux
Tous les noëls[1] anciens et nouveaux.
Instruit, formé par leurs leçons fréquentes,
Bientôt l'élève égala ses régentes:
Finalement Ver-Vert savait par cœur
Tout ce que sait une mère de chœur[2].
Trop resserré dans les bornes d'un cloître[3]
Un tel mérite au loin se fit connaître;
Dans tout Nevers, du matin jusqu'au soir,
Il n'était bruit que des scènes mignonnes
Du perroquet des bienheureuses nonnes;
De Moulins même on venait pour le voir:
Le beau Ver-Vert ne bougeait du parloir.
Sœur Mélanie, en guimpe toujours fine,
Portait l'oiseau : d'abord aux spectateurs
Elle en faisait admirer les couleurs,
Les agréments, la douceur enfantine;
Son air heureux ne manquait point les cœurs.
Mais la beauté, du tendre néophyte
N'était encor que le moindre mérite;
On oubliait ces attraits enchanteurs
Dès que sa voix frappait les auditeurs.
Orné, rempli de saintes gentillesses

1. Autrefois, en général, chansons populaires, mais primitivement, et ici en particulier, cantiques spirituels, surtout ceux qui célèbrent la nativité du Sauveur.

2. C'est une ancienne religieuse professe : on appelait de ce dernier nom celle qui avait prononcé des vœux définitifs, après le temps de son noviciat expiré.

3. Rime qui ne pourrait plus être admise. A l'époque de Gresset, on prononçait encore *claître*, que l'on écrivait *cloistre*, comme on disait *connaître*, tout en écrivant *connoistre* : ce qui fait que ces deux rimes étaient également bonnes pour les yeux et pour l'oreille.

Que lui dictaient les plus jeunes professes,
L'illustre oiseau commençait son récit :
A chaque instant de nouvelles finesses,
Des charmes neufs variaient son débit.
Eloge unique et difficile à croire
Pour tout parleur qui dit publiquement,
Nul ne dormait dans tout son auditoire :
Quel orateur en pourrait dire autant?
Bien convaincu du néant de la gloire,
Lui cependant, stylé parfaitement,
Il triomphait[1] toujours modestement.
Quand il avait débité sa science,
Serrant le bec et parlant en cadence,
Il s'inclinait d'un air sanctifié
Et laissait là son monde édifié.
Ainsi vivait dans ce nid délectable,
En maître, en saint, en sage véritable,
Père Ver-Vert, musqué, pincé, rangé :
Heureux enfin s'il n'eût pas voyagé.
Mais vint ce temps d'affligeante mémoire,
Ce temps critique où s'éclipse sa gloire.
O crime! ô honte! ô cruel souvenir!
Fatal voyage! aux yeux de l'avenir
Que ne peut-on en dérober l'histoire[2]!
Ah! qu'un grand nom est un bien dangereux!
Un sort caché fut toujours plus heureux[3].
Sur cet exemple on peut ici m'en croire :
Trop de talents, trop de succès flatteurs,
Traînent souvent la ruine des mœurs.

1. Le verbe est ici accompagné de deux sujets, *lui* et *il* : c'est une faute de grammaire que des exemples assez nombreux ne sauraient autoriser.

2. C'est que Ver-Vert devait revenir de son voyage tout à fait changé et indigne de lui-même : tel fut, sur l'intéressant oiseau, l'effet corrupteur des mauvaises compagnies qu'il rencontra. Ainsi le poëte a su cacher sous les voiles d'une fable plaisante et frivole une très-grave et très-bonne leçon. On retrouve, d'ailleurs, quelque chose de l'histoire de *Ver-Vert* dans ce que Buffon raconte d'un perroquet de Guinée. « Endoctriné en route par un vieux matelot, dit l'illustre naturaliste, il avait pris sa voix rauque, mais si parfaitement qu'on pouvait s'y méprendre : quoiqu'il eût été donné ensuite à une jeune personne et qu'il n'eût plus entendu que sa voix, il n'oublia pas les leçons de son premier maître, et rien n'était si plaisant que de l'entendre passer d'une voix douce et gracieuse à son vieux enrouement et à son ton de marin. »

3. Ovide a dit de même :

Crede mihi, bene qui latuit, bene vixit.

# GILBERT.

(1751-1780.)

Gilbert, né en 1751 à Fontenoy-le-Château (Vosges), était le fils de pauvres cultivateurs de Lorraine, qui épuisèrent leurs ressources pour lui donner une éducation brillante. Au sortir de l'adolescence, il vint de son pays, à pied, chercher à Paris la fortune : il ne devait y trouver que les déceptions, les dégoûts et la misère.

Le dix-huitième siècle, trop livré à la frivolité et à l'égoïsme, vit ainsi plus d'un écrivain d'avenir s'éteindre dans le délaissement et la misère. *La faim mit Malfilâtre au tombeau*, a dit Gilbert, mort lui-même à l'hôpital avant sa trentième année. Pour développer les rares talents de ce poëte, pour faire pleinement éclore ce que son esprit et son cœur renfermaient de germes précieux, que fallait-il toutefois? quelques regards amis, quelques témoignages d'une sympathie véritable. Ils furent refusés à ce jeune homme d'une âme honnête et ardente : après s'être voué par le courage de ses attaques aux ressentiments du parti philosophique, il ne trouva dans ceux dont il servait la cause avec un zèle aventureux qu'une froide et dédaigneuse protection. On le regrettera vivement, à la lecture de plusieurs morceaux de ses ouvrages. Aux traces d'exagération et d'inexpérience qui s'y découvrent se mêlent des beautés du premier ordre : des étincelles de génie brillent dans son ode sur le jugement dernier [1] ; et la vigueur originale, la véhémence, et l'éclat qui distinguent son éloquente invective contre les vices de son siècle attestent à quel point Gilbert, digne successeur de Régnier et de Boileau, était capable de féconder encore et d'agrandir le champ de la satire [2].

1. Trop peu soutenue dans son ensemble, elle renferme ces vers dignes à jamais d'être cités :

> L'Éternel a brisé son tonnerre inutile ;
> Et, d'ailes et de faux dépouillé désormais,
> Sur les mondes détruits le Temps dort immobile.

2. La meilleure édition de cet écrivain est celle qui a été publiée en 1823 (par Mastrella), Paris, Dalibon, in-8° : elle est accompagnée « des corrections de l'auteur, des variantes et de remarques littéraires et historiques. » Ch. Nodier lui a consacré une notice où il ne craint pas de l'appeler « le grand satirique du dix-huitième siècle. » Sur ce poëte *de verve et d'avenir*, selon l'expression de M. Sainte-Beuve, on peut aussi consulter le *Tableau de la littérature au dix-huitième siècle*, par M. Villemain (21ᵉ leçon). Enfin, dans son livre de *Stello*, M. de Vigny a parlé de Gilbert ainsi que d'A. Chénier.

### Adieux à la vie[1].

J'ai révélé mon cœur au Dieu de l'innocence.
Il a vu mes pleurs pénitents;
Il guérit mes remords, il m'arme de constance :
Les malheureux sont ses enfants.

Mes ennemis, riant, ont dit dans leur colère:
Qu'il meure, et sa gloire avec lui!
Mais à mon cœur calmé le Seigneur dit en père :
Leur haine sera ton appui.

A tes plus chers amis ils ont prêté leur rage;
Tout trompe la simplicité :
Celui que tu nourris court vendre ton image,
Noire de sa méchanceté.

Mais Dieu t'entend gémir, Dieu vers qui te ramène
Un vrai remords né des douleurs;
Dieu qui pardonne enfin à la nature humaine
D'être faible dans les malheurs.

J'éveillerai pour toi la pitié, la justice
De l'incorruptible avenir :
Eux-même[2] épureront, par leur long artifice,
Ton honneur qu'ils pensent ternir.

Soyez béni, mon Dieu! vous qui daignez me rendre
L'innocence et son noble orgueil;
Vous qui, pour protéger le repos de ma cendre,
Veillerez près de mon cercueil!

Au banquet de la vie, infortuné convive,
J'apparus un jour, et je meurs[3] :

1. Ce fut à l'Hôtel-Dieu, et huit jours avant de mourir, que Gilbert, réalisant en quelque sorte la charmante fiction de l'antiquité sur la voix du cygne, composa ces strophes, son dernier et son plus bel ouvrage, où l'on aperçoit les traces de l'imitation de plusieurs psaumes.

2. *Eux-mêmes*, écrirait-on en prose. La suppression de l'*s* est une licence poétique.

3. Ainsi peu après, A. Chénier, dans une de ses *Élégies*, comme par un pressentiment de son propre sort :

Je meurs : avant le soir j'ai fini ma journée....

Voy., au contraire, de quelles couleurs Delille a peint un vieillard plein de jours, poëme de l'*Imagination*, chant VI, v. 81.

Je meurs[1], et sur ma tombe, où lentement j'arrive,
Nul ne viendra verser des pleurs[2].

Salut, champs que j'aimais, et vous, douce verdure,
Et vous, riant exil des bois!
Ciel, pavillon de l'homme, admirable nature,
Salut pour la dernière fois!

Ah! puissent voir longtemps votre beauté sacrée
Tant d'amis sourds à mes adieux!
Qu'ils meurent pleins de jours, que leur mort soit pleurée,
Qu'un ami leur ferme les yeux[3]!

---

### Le dix-huitième siècle[4].

(Fragments.)

Eh! quel temps fut jamais en vices plus fertile[5]?
Quel siècle d'ignorance, en beaux faits plus stérile,
Que cet âge nommé siècle de la raison?
Tout un monde sophiste, en style de sermon,
De longs écrits moraux nous ennuie avec zèle....
. . . . . . . . . . Nos modestes aïeux
Parlaient moins de vertus et les cultivaient mieux[6].
Quels demi-dieux enfin nos jours ont-ils vus naître?

1. Le même mouvement se retrouve encore dans Voltaire, dernière scène d'*Alzire :*

Je meurs : le voile tombe ; un nouveau jour m'éclaire.

On peut encore rapprocher de ces beaux vers la méditation poétique de M. de Lamartine, intitulée l'*Immortalité.*

2. Souvenir touchant d'un vers d'Ovide, *Trist.*, III, 3 :

Depositum nec me qui fleat ullus erit.

3. On peut aussi rapprocher de cette pièce, en éloignant d'ailleurs toute idée de comparaison, les *Adieux d'un poëte à la vie,* que renferment les *Elégies* de M. J. Chénier, et le *poëte mourant,* enfin la *Chute des feuilles,* dans les *Elégies* de Millevoye.

4. 1775. — La deuxième satire de Gilbert, *mon Apologie,* parut en 1778. La Harpe lui-même, fort maltraité dans ces pièces, n'a pu s'empêcher de rendre un juste hommage au talent poétique dont elles portent l'empreinte.

5. Mouvement imité de Racine : *Athalie,* acte I, sc. 2 :

Et quel temps fut jamais plus fertile en miracles ?

6. Molière avait parlé à peu près de même dans les *Femmes savantes.* Voir les *Morceaux choisis* pour la classe de seconde.

Ces Français si vantés, peux-tu les reconnaître?
Jadis peuple héros, peuple femme en nos jours,
La vertu qu'ils avaient n'est plus qu'en leurs discours.
Suis les pas de nos grands : énervés de mollesse,
Ils se traînent à peine en leur vieille jeunesse;
Courbés avant le temps, consumés de langueur,
Enfants efféminés de pères sans vigueur;
Demi-dieux avortés, qui par droit de naissance,
Dans les camps, à la cour, règnent en espérance :
Quels succès leurs talents semblent nous présager ?
Ceux-là font de leurs mains courir ce char léger
Que roule un seul coursier sur une double roue;
Ceux-ci, sur un théâtre où leur mémoire échoue
En bouffons apprentis défigurent ces vers
Où Molière, prophète, exprima leurs travers;
Par d'autres, avec art, une paume lancée
Va, revient tour à tour poussée et repoussée.
Sans doute c'est ainsi que Turenne et Villars
S'instruisaient dans la paix aux triomphes de Mars.
La plupart, indigents au milieu des richesses,
Achètent l'abondance à force de bassesses :
Souvent, à pleines mains, d'Orval sème l'argent;
Parfois, faute de fonds, monseigneur est marchand.

. . . . . . . . . . . . . . . . . . .

Assise dans ce cirque où viennent tous les rangs
Souvent bâiller en loge, à des prix différents,
Chloris n'est que parée, et Chloris se croit belle:
En vêtements légers l'or s'est changé pour elle;
Son front luit, étoilé de mille diamants;
Et mille autres encore, effrontés ornements,
Serpentent sur son sein, pendent à ses oreilles;
Les arts, pour l'embellir, ont uni leurs merveilles :
Vingt familles enfin couleraient d'heureux jours,
Riches des seuls trésors perdus pour ses atours.
Parlerai-je d'Iris? Chacun la prône et l'aime;
C'est un cœur, mais un cœur... c'est l'humanité même :
Si d'un pied étourdi quelque jeune éventé
Frappe, en courant, son chien qui jappe épouvanté,
La voilà qui se meurt de tendresse et d'alarmes;
Un papillon souffrant lui fait verser des larmes.
Il est vrai; mais aussi qu'à la mort condamné,
Lally soit en spectacle à l'échafaud traîné[1],
Elle ira la première à cette horrible fête

1. Condamnation aussi fameuse que regrettable. Le comte de Lally, gouverneur de l'Inde française, forcé de se rendre aux Anglais qui l'assiégeaient dans Pondichéry (1761), fut accusé de trahison, con-

Acheter le plaisir de voir tomber sa tête[1].
Dira-t-on qu'en des vers à mordre disposés,
Ma muse prête aux grands des vices supposés?
Mais la corruption, à son comble portée,
Dans le cercle des grands ne s'est point arrêtée :
Elle infecte l'empire, et les mêmes travers
Règnent également dans tous les rangs divers.
Il faut voir ce marchand, philosophe en boutique,
Qui, déclarant trois fois sa ruine authentique,
Trois fois s'est enrichi d'un heureux déshonneur,
Trancher du financier, jouer le grand seigneur.
Partout s'offre l'orgueil, et le luxe, et l'audace.
Orgon, à prix d'argent, veut anoblir sa race :
Devenu magistrat, de mince roturier,
Pour être un jour baron il se fait usurier.
Eh! quel frein contiendrait un vulgaire indocile
Qui sait, grâce aux docteurs du moderne évangile,
Qu'en vain le pauvre espère en un Dieu qui n'est pas,
Que l'homme tout entier est promis au trépas?
Chacun veut de la vie embellir le passage :
L'homme le plus heureux est aussi le plus sage....
Jadis la poésie, en ses pompeux accords,
Osant même au néant prêter une âme, un corps,
Egayait la raison de riantes images;
Cachait de la vertu les préceptes sauvages
Sous le voile enchanteur d'aimables fictions;
Audacieuse et sage en ses expressions,
Pour cadencer un vers qui dans l'âme s'imprime,
Sans appauvrir l'idée enrichissait la rime;
S'ouvrait par notre oreille un chemin vers nos cœurs,
Et nous divertissait pour nous rendre meilleurs.
Maudit soit à jamais le pointilleux sophiste[2]
Qui le premier nous dit en prose d'algébriste :
Vains rimeurs, écoutez mes ordres absolus;
Pour plaire à ma raison, pensez, ne peignez plus!

damné et exécuté cinq ans après. Voltaire a défendu sa mémoire, et un arrêt du conseil, sous Louis XVI, l'a réhabilitée. Il est vrai de dire que, si Lally avait commis des fautes, il ne méritait cependant pas la mort.

1. Ces vers et ces morceaux même, admirablement frappés, ont mérité à Gilbert le nom de *Juvénal de son époque.* Ils feront excuser chez lui ce que le style, encore trop peu assoupli par l'exercice, a parfois de forcé et d'inégal, ce que sa pensée aussi (car il est homme de parti et de passion) présente de peu mesuré et de peu juste.

2. On retrouvera le même mouvement dans Boileau (satire II):

Maudit soit le premier dont la verve insensée
Dans les bornes d'un vers enferma sa pensée.....

Dès lors la poésie a vu sa décadence;
Infidèle à la rime, au sens, à la cadence,
Le compas à la main, elle va dissertant :
Apollon sans pinceaux n'est plus qu'un lourd pédant.
Sans doute le respect des antiques modèles
Eût au vrai ramené les muses infidèles :
Eux seuls, de la nature imitateurs constants,
Toujours lus avec fruit, sont beaux dans tous les temps.
Heureux qui, jeune encore, a senti leur mérite!
Même en les surpassant il faut qu'on les imite.
Mais les sages du jour, ou de fiers novateurs,
De leur goût corrompu partisans corrupteurs,
Ne pouvant les atteindre, ont dégradé leurs maîtres,
Et, protecteurs des sots flétris par nos ancêtres,
O de la sympathie inévitable effet!
Ils vengent les Cotins des affronts du sifflet.
J'ai vu l'enfant gâté de nos penseurs sublimes,
La Harpe, dans Rousseau trouver de belles rimes;
Boileau, correct auteur de libelles amers[1],
Boileau, dit Marmontel, tourne assez bien un vers :
Et tous ces demi-dieux, que l'Europe en délire
A depuis cent hivers l'indulgence de lire,
Vont dans un juste oubli retomber désormais,
Comme de vains auteurs qui ne pensent jamais!
Quelques vengeurs pourtant, armés d'un noble zèle,
Ont de ces morts fameux[2] épousé la querelle.
De là sur l'Hélicon deux partis opposés
Règnent, et l'un par l'autre à l'envi déprisés,
Tour à tour s'adressant des volumes d'injures,
Pour le trône des arts combattent par brochures;
Mais plus forts par le nombre, et vantés en tous lieux,
Les corrupteurs du goût en paraissent les dieux.
Honneurs, richesse, emplois, ils ont tout en partage,
Hors la saine raison, que leur bonheur outrage :
Distribuant la gloire et pesant les écrits,
Ces fiers inquisiteurs jugent les beaux esprits.
Oh! malheureux l'auteur dont la plume élégante

1. Allusion à ce début de l'épître de Voltaire à Boileau :

Boileau, correct auteur de quelques bons écrits....

Mais on sait qu'un autre jour Voltaire, mieux inspiré, a prononcé un mot dont eût dû profiter Marmontel : « Ne disons pas de mal de Nicolas (c'était le prénom de l'illustre satirique) : cela porte malheur. »

2. Ou de ces *morts immortels*, comme les appelle ailleurs Gilbert, empruntant cette dernière expression à J. B. Rousseau, *Od.*, III, 6.

Se montre encor du goût sage et fidèle amante[1];
Qui, rempli d'une noble et constante fierté,
Dédaigne un nom fameux par l'intrigue acheté,
Et, n'ayant pour prôneurs que ses muets ouvrages,
Veut par ses talents seuls enlever les suffrages!
La faim mit au tombeau Malfilâtre ignoré[2] :
S'il n'eût été qu'un sot, il aurait prospéré.
   Trop fortuné celui qui peut avec adresse
Flatter tous les partis que gagne sa souplesse!
Mais trois fois plus heureux le jeune homme prudent
Qui, de ces novateurs enthousiaste ardent,
Abjure la raison, pour eux la sacrifie,
Soldat sous les drapeaux de la philosophie!
D'abord, comme un prodige, on le prône partout :
Il nous vante! en effet, c'est un homme de goût!
Son chef-d'œuvre est toujours l'écrit qui doit éclore :
On récite déjà les vers qu'il fait encore[3].
Qu'il est beau de le voir de dînés en dînés,
Officieux lecteur de ses vers nouveau-nés,
Promener chez les grands sa muse bien nourrie!
Paraît-il, on l'embrasse : il parle, on se récrie :
Fût-il un Durosoy[4], tout Paris l'applaudit;
C'est un auteur divin, car nos dames l'ont dit.
La marquise, le duc, pour lui tout est libraire :
De riches pensions on l'accable; et Voltaire
Du titre de génie a soin de l'honorer
Par lettres qu'au Mercure[5] il fait enregistrer...

1. L'imitation de Boileau perce dans tout ce passage. Cf. la satire IX : *A mon esprit :*

> Bienheureux Scudéry, dont la fertile plume
> Peut tous les mois, sans peine, enfanter un volume.

2. On cite de ce poëte, enlevé à la gloire par une mort prématurée et déplorable (à trente-quatre ans, 1767), une belle imitation du psaume *Super flumina Babylonis*, une ode sur le *Soleil fixe au milieu des planètes* (c'est l'exposition du système de Copernic), quelques morceaux traduits avec éclat de Virgile, etc.

3. Voilà un de ces vers *trouvés*, une de ces pensées vraies, relevées par la vivacité piquante de l'expression, qui, dès leur naissance, s'établissent un droit sur toutes les mémoires et reviennent dans toutes les conversations : plus d'un trait de Gilbert a eu cet heureux privilége.

4. Auteur célèbre par son mauvais goût. C'est le même qui, comme l'a dit ailleurs Gilbert,

> . . . . Fameux par ses chansons,
> Mit l'histoire de France en opéras bouffons :

à peu près comme le marquis de Mascarille, dans Molière, voulait mettre en madrigaux toute l'histoire romaine.

5. Le *Mercure galant*, fondé en 1672, et qui avait échangé son nom, en 1717, contre celui de *Mercure de France*.

# A. CHÉNIER.

(1762-1794.)

A. Chénier, qui devait le jour à une mère d'origine grecque et qui naquit à Constantinople, en 1762, d'un père qui y représentait la France comme consul, fit d'excellentes études au collége de Navarre, où avaient été élevés jadis H. de Guise, Henri IV, Richelieu et Bossuet. Puis il porta les armes; mais il ne tarda pas à se livrer aux lettres et même aux luttes de la politique. En soutenant les sages principes qui ont été la conquête de la révolution de 1789, il se déclara l'ennemi des excès qui compromirent et souillèrent cette belle cause. Il s'offrit, de plus, à plaider pour Louis XVI, et il écrivit du moins en sa faveur : c'est assez expliquer la condamnation capitale qui le frappa. On sait que Roucher, l'auteur des *Mois*, périt avec lui, et que tous deux, allant au supplice, consolèrent leurs derniers moments en récitant la première scène de l'*Andromaque* de Racine.

Aucun talent moissonné dans sa fleur n'a dû laisser de plus longs souvenirs et de plus vifs regrets que celui d'André Chénier. Ce fils de la Grèce et de la France, qui à une haute inspiration joignait une raison parfaite, trouva notre poésie comme épuisée par deux siècles de gloire, et entreprit de la régénérer. Quelle grâce naïve colore ses idylles et ses élégies, qui semblent un souvenir et un écho de l'antiquité classique! Quel enthousiasme éclate dans ses odes, qui rompent avec la convention et substituent à une mythologie usée la vérité et l'ardeur de la passion! Trop ignoré de son temps et presque retrouvé dans le nôtre, A. Chénier ouvrit, prudent novateur, ces sources fécondes où s'est retrempée l'imagination du dix-neuvième siècle. De lui ont reçu leur initiation tous ceux de notre époque que la postérité proclamera les plus dignes du nom de poëtes. Ce ne sont pas là, toutefois, ses seuls titres de gloire. Dans ce généreux ami d'une liberté réglée par les lois, qui, aux jours de la captivité, trouva de si fiers et de si tendres accents, on ne saurait dire si le talent ou le courage a le plus de droits à nos hommages. La mort de ce jeune cygne, étouffé, comme l'a dit Châteaubriand, par les révolutions, demeurera l'un des plus douloureux épisodes de nos discordes civiles[1].

1. Moins célèbre de son temps que son frère Marie-Joseph, l'auteur de *Fénelon* et de *Tibère*, André, bien plus poëte que lui cependant, a laissé, entre autres travaux, un morceau inachevé sur l'*Invention*, où ses idées sur les réformes que pouvait recevoir notre poésie sont consignées. Ses vers, demeurés pour la plupart inédits, parurent pour la première fois, en 1819, chez Foulon et Baudouin, par

### L'aveugle[1].

« Dieu dont l'arc est d'argent, dieu de Claros, écoute[2],
O Sminthée Apollon, je périrai sans doute,
Si tu ne sers de guide à cet aveugle errant. »
C'est ainsi qu'achevait l'aveugle en soupirant,
Et près des bois marchait, faible, et sur une pierre
S'asseyait[3]. Trois pasteurs, enfants de cette terre,
Le suivaient, accourus aux abois turbulents
Des molosses, gardiens de leurs troupeaux bêlants;
Ils avaient, retenant leur fureur indiscrète,
Protégé du vieillard la faiblesse inquiète;
Ils l'écoutaient de loin, et s'approchant de lui :
« Quel est ce vieillard blanc, aveugle et sans appui?
Serait-ce un habitant de l'empire céleste?

les soins d'un littérateur distingué, M. de La Touche, qui eut la bonne fortune d'associer son nom à celui d'A. Chénier. Ils furent ensuite joints aux *Œuvres* de Marie-Joseph, 12 vol. in-8°, Guillaume, 1826; mais une réimpression meilleure et plus complète en a été donnée dans la bibliothèque Charpentier, en 1840. Ses écrits en prose ont été publiés, la même année, par le libraire Gosselin. Une vive sympathie a généralement accueilli les productions de ce noble jeune homme dont il n'était presque resté qu'un touchant souvenir. On l'a célébré à l'envi, et parmi ses panégyristes on peut citer, outre Châteaubriand (*Génie du Christianisme*, t. II. p. 153 et 386 de l'édit. in-8° de 1822), nos critiques les plus accrédités, MM. Villemain, Sainte-Beuve (qui s'est occupé de lui plusieurs fois : il a apprécié non-seulement le poëte, mais aussi le prosateur), Gust. Planche, etc. Voyez particulièrement la 58e leçon du *Tableau de la littérature au XVIIIe siècle*, et la *Revue des Deux-Mondes*, 15 janvier 1838, 1er février 1839, 1er juin 1844.

1. Il s'agit d'Homère que la tradition représente aveugle, errant de contrée en contrée, offrant de réciter ses poëmes pour prix d'une hospitalité qui n'était pas toujours accordée à sa vieillesse et à son génie.

2. Ces premiers vers sont imités de très-près de la prière de Chrysès. Voy. *Iliade*, ch. I, v. 37.

3. André Chénier a essayé de transporter dans la versification française plusieurs des procédés habituels à la poésie grecque et latine. On reconnaît ici un exemple du *rejet*, dont les anciens ont fait un heureux et fréquent usage. Mais il ne faut pas s'exagérer l'importance de pareilles innovations : la vraie et féconde imitation de l'antiquité doit, avant tout, reposer sur l'étude attentive des chefs-d'œuvre qu'elle nous a transmis : c'est par là que le poëte pourra, suivant le vers d'André Chénier lui-même :

Sur des pensers nouveaux *faire* des vers antiques

Ses traits sont grands et fiers; de sa ceinture agreste
Pend une lyre informe, et les sons de sa voix
Émeuvent l'air et l'onde et le ciel et les bois. »
 Mais il entend leurs pas, prête l'oreille, espère,
Se trouble, et tend déjà les mains à la prière[1].
« Ne crains point, disent-ils, malheureux étranger
(Si plutôt, sous un corps terrestre et passager,
Tu n'es point quelque Dieu protecteur de la Grèce,
Tant une grâce auguste ennoblit ta vieillesse!);
Si tu n'es qu'un mortel, vieillard infortuné,
Les humains près de qui les flots t'ont amené
Aux mortels malheureux n'apportent point d'injures[2].
Les destins n'ont jamais de faveurs qui soient pures.
Ta voix noble et touchante est un bienfait des dieux;
Mais aux clartés du jour ils ont fermé tes yeux. »
« Enfants, car votre voix est enfantine et tendre,
Vos discours sont prudents, plus qu'on eût dû l'attendre;
Mais, toujours soupçonneux, l'indigent étranger
Croit qu'on rit de ses maux et qu'on veut l'outrager:
Ne me comparez point à la troupe immortelle :
Ces rides, ces cheveux, cette nuit éternelle,
Voyez; est-ce le front d'un habitant des cieux?
Je ne suis qu'un mortel, un des plus malheureux.
— Prends, et puisse bientôt changer ta destinée! »
Disent-ils. Et tirant ce que pour leur journée
Tient la peau d'une chèvre aux crins noirs et luisants[3],
Ils versent à l'envi, sur ses genoux pesants[4],
Le pain de pur froment, les olives huileuses,
Le fromage et l'amande, et les figues mielleuses,
Et du pain à son chien entre ses pieds gisant,
Tout hors d'haleine encor, humide et languissant,
Qui malgré les rameurs se lançant à la nage,
L'avait loin du vaisseau rejoint sur le rivage.
« Le sort, dit le vieillard, n'est pas toujours de fer.
Je vous salue, enfants, venus de Jupiter;

1. Tournure vive, empruntée au grec, pour : tend les mains *en signe de* prière.

2. Ce respect dû à la vieillesse a inspiré à un poëte contemporain (M. Ponsard) de beaux vers que nous devons rappeler :

> Cependant Jupiter voit d'un œil indigné
> Qu'on refuse une obole au vieillard dédaigné,
> Et que sous les affronts soit courbée et flétrie
> L'auguste majesté d'une tête blanchie!

3. Toutes ces épithètes *de nature* donnent à la description du poëte une couleur homérique qui plaît singulièrement.

4. *Par la vieillesse*, faut-il sous-entendre.

Heureux sont les parents qui tels vous firent naître!
Mais venez, que mes mains cherchent à vous connaître;
Je crois avoir des yeux. Vous êtes beaux tous trois[1].
Vos visages sont doux, car douce est votre voix.
Qu'aimable est la vertu que la grâce environne!
Croissez, comme j'ai vu ce palmier de Latone,
Alors qu'ayant des yeux je traversai les flots;
Car jadis, abordant à la sainte Délos,
Je vis près d'Apollon, à son autel de pierre,
Un palmier, don du ciel, merveille de la terre[2].
Vous croîtrez, comme lui, grands, féconds, révérés,
Puisque les malheureux sont par vous honorés.
Le plus âgé de vous aura vu treize années :
A peine, mes enfants, vos mères étaient nées,
Que j'étais presque vieux. Assieds-toi près de moi,
Toi, le plus grand de tous; je me confie à toi.
Prends soin du vieil aveugle. — O sage magnanime!
Comment, et d'où viens-tu? car l'onde maritime
Mugit de toutes parts sur nos bords orageux.
— Des marchands de Cymé m'avaient pris avec eux[3]!
J'allais voir, m'éloignant des rives de Carie,
Si la Grèce pour moi n'aurait point de patrie,
Et des dieux moins jaloux, et de moins tristes jours :
Car jusques à la mort nous espérons toujours.
Mais pauvre, et n'ayant rien pour payer mon passage,
Ils m'ont, je ne sais où, jeté sur le rivage.
— Harmonieux vieillard, tu n'as donc point chanté?
Quelques sons de ta voix auraient tout acheté.
— Enfants! du rossignol la voix pure et légère
N'a jamais apaisé le vautour sanguinaire;
Et les riches, grossiers, avares, insolents,
N'ont pas une âme ouverte à sentir[4] les talents.
Guidé par ce bâton, sur l'arène glissante,

1. Cette pensée est fréquemment exprimée chez les Grecs. Par une gracieuse confusion d'idées, l'homme de bien était appelé : καλὸς κἀγαθός.

2. Dans l'île de Délos s'élevait un palmier au pied duquel Latone mit au jour Apollon et Diane.

3. On lit dans les fragments attribués à Homère deux épigrammes dirigées contre Cymé et ses habitants.

4. A. Chénier imite les poëtes du dix-septième siècle, qui donnent souvent la valeur de *pour* à la préposition *à* :

Je suis mal propre *à* décider la chose.

(*Misanthrope.*)

Seul, en silence, au bord de l'onde mugissante[1],
J'allais, et j'écoutais le bêlement lointain
Des troupeaux agitant leurs sonnettes d'airain.
Puis j'ai pris cette lyre, et les cordes mobiles
Ont encor résonné sous mes vieux doigts débiles.
Je voulais des grands dieux implorer la bonté,
Et surtout Jupiter, dieu d'hospitalité,
Lorsque d'énormes chiens, à la voix formidable,
Sont venus m'assaillir; et j'étais misérable,
Si vous (car c'était vous), avant qu'ils m'eussent pris,
N'eussiez armé pour moi les pierres et les cris.
— Mon père, il est donc vrai, tout est devenu pire?
Car jadis, aux accents d'une éloquente lyre,
Les tigres et les loups, vaincus, humiliés,
D'un chanteur comme toi vinrent baiser les pieds[2].
— Les barbares! j'étais assis près de la poupe:
Aveugle vagabond, dit l'insolente troupe,
Chante; si ton esprit n'est point comme tes yeux,
Amuse notre ennui, tu rendras grâce aux dieux....
J'ai fait taire mon cœur qui voulait les confondre;
Ma bouche ne s'est point ouverte à leur répondre;
Ils n'ont pas entendu ma voix, et sous ma main
J'ai retenu le dieu courroucé dans mon sein.
Cymé, puisque tes fils dédaignent Mnémosyne,
Puisqu'ils ont fait outrage à la muse divine,
Que leur vie et leur mort s'éteignent dans l'oubli;
Que ton nom dans la nuit demeure enseveli!
— Viens, suis-nous à la ville, elle est toute voisine,
Et chérit les amis de la muse divine.
Un siége aux clous d'argent te place à nos festins;
Et là, les mets choisis, le miel et les bons vins,
Sous la colonne où pend une lyre d'ivoire,
Te feront de tes maux oublier la mémoire.
Et si, dans le chemin, rapsode ingénieux,
Tu veux nous accorder des chants dignes des cieux,
Nous dirons qu'Apollon, pour charmer les oreilles,
T'a lui-même dicté de si douces merveilles[3].
— Oui, je le veux; marchons. Mais où m'entraînez-vous?
Enfants du vieil aveugle, en quel lieu sommes-nous?

1. André Chénier doit à Homère cette belle antithèse :

Βῆ δ' ἀκέων παρὰ θῖνα πολυφλοίσβοιο θαλάσσης.

(*Iliade*, I, v. 34).

2. Revoir à ce sujet Horace, *Épître aux Pisons*, v. 393, et l'imitation de Boileau dans le chant IV, de l'*Art poétique*.

3. Voy. *Odyssée*, liv. VII, v. 65 et suiv.

— Sicos[1] est l'île heureuse où nous vivons, mon père.
— Salut, belle Sicos, deux fois hospitalière!
Car sur tes bords heureux je suis déjà venu;
Amis, je la connais. Vos pères m'ont connu :
Ils croissaient comme vous; mes yeux s'ouvraient encore
Au soleil, au printemps, aux roses de l'aurore;
J'étais jeune et vaillant. Aux danses des guerriers,
A la course, aux combats, j'ai paru des premiers.
J'ai vu Corinthe, Argos, et Crète et les cent villes,
Et du fleuve Egyptus les rivages fertiles;
Mais la terre et la mer, et l'âge et les malheurs,
Ont épuisé ce corps fatigué de douleurs;
La voix me reste. Ainsi la cigale innocente,
Sur un arbuste assise[2], et se console et chante[3].
Commençons par les dieux : Souverain Jupiter;
Soleil, qui vois, entends, connais tout; et toi, mer,
Fleuves, terre, et noirs dieux de vengeances trop lentes,
Salut! Venez à moi, de l'Olympe habitantes[4],
Muses! Vous savez tout, vous déesses; et nous,
Mortels, ne savons rien qui ne vienne de vous. »
Il poursuit; et déjà les antiques ombrages
Mollement en cadence inclinaient leurs feuillages;
Et pâtres oubliant leur troupeau délaissé,
Et voyageurs quittant leur chemin commencé,
Couraient. Il les entend, près de son jeune guide,
L'un sur l'autre pressés, tendre une oreille avide;
Et Nymphes et Sylvains sortaient pour l'admirer,
Et l'écoutaient en foule, et n'osaient respirer;
Car, en de longs détours de chansons vagabondes,
Il enchaînait de tout les semences fécondes,
Les principes du feu, les eaux, la terre et l'air,
Les fleuves descendus du sein de Jupiter,
Les oracles, les arts, les cités fraternelles,
Et depuis le chaos les amours immortelles[5].

1. Petite île des Cyclades.

2. L'expression est latine. Virgile, en parlant des deux colombes qui apparaissent à Énée pour lui montrer la place du rameau d'or :

Et viridi sedere loco. . . . . . . .

3. On peut lire, au début du *Phèdre* de Platon, la gracieuse légende des premiers chanteurs qui, passionnés pour la poésie, oublièrent de se nourrir, et étant morts de faim, furent métamorphosés en cigales.

4. Cf. Virg., *Æn.*, VII, 641 et suiv.

5. Cf. Virg., *Egl.*, VI, 31, et *Géorg.*, IV, 346.

### Hymne à la France[1].

France! ô belle contrée, ô terre généreuse,
Que les dieux complaisants formaient pour être heureuse,
Tu ne sens point du nord les glaçantes horreurs;
Le midi de ses feux t'épargne les fureurs;
Tes arbres innocents n'ont point d'ombres mortelles;
Ni des poisons épars dans tes herbes nouvelles
Ne trompent une main crédule[2]; ni tes bois
Des tigres frémissants ne redoutent la voix;
Ni les vastes serpents ne traînent sur tes plantes
En longs cercles hideux leurs écailles sonnantes.
Les chênes, les sapins et les ormes épais
En utiles rameaux ombragent tes sommets;
Et de Beaune et d'Aï les rives fortunées,
Et la riche Aquitaine, et les hauts Pyrénées[3],
Sous leurs bruyants pressoirs font couler en ruisseaux
Des vins délicieux mûris sur leurs coteaux.
La Provence odorante et de Zéphyre aimée
Respire sur les mers une haleine embaumée,
Au bord des flots couvrant, délicieux trésor,
L'orange et le citron de leur tunique d'or,
Et plus loin, au penchant des collines pierreuses,
Forme la grasse olive aux liqueurs savonneuses[4],
Et ces réseaux légers, diaphanes habits,
Où la fraîche grenade enferme ses rubis.

1. On pourra rapprocher de ce morceau quelques chefs-d'œuvre de l'antiquité qui ont suggéré plus d'une imitation à Chénier : en premier lieu, l'éloge de l'Attique, qui forme le IIe chœur de l'*OEdipe à Colone*, et l'éloge de l'Italie, que renferme le IIe livre des *Géorgiques*. On comparera aussi avec intérêt à ces vers l'éloge de l'Angleterre par Thompson dans le IIe chant des *Saisons;* l'éloge du Languedoc par Rosset, dans le chant III du poëme de l'*Agriculture, etc.*

2. Si la suspension de l'hémistiche n'est pas observée ici, c'est pour produire un effet : il convient d'ailleurs d'user sobrement de cette licence. — On se rappellera d'ailleurs que, pour les procédés de la versification comme pour la pensée, A. Chénier a été un chef d'école parmi nous.

3. *Pyrénées*, en vers comme en prose, est du féminin.

4. Pour *onctueuses :* mais ne serait-il pas préférable de lire *savoureuses?*

Sur tes rochers touffus la chèvre se hérisse[1],
Tes prés enflent de lait la féconde génisse,
Et tu vois les brebis, sur le jeune gazon,
Epaissir le tissu de leur blanche toison.
Dans les fertiles champs voisins de la Touraine,
Dans ceux où l'Océan boit l'urne de la Seine,
S'élèvent pour le frein des coursiers belliqueux.
Ajoutez cet amas de fleuves tortueux :
L'indomptable Garonne aux vagues insensées,
Le Rhône impétueux, fils des Alpes glacées,
La Seine au flot royal, la Loire dans son sein
Incertaine[2], et la Saône, et mille autres enfin
Qui nourrissent partout, sur tes nobles rivages,
Fleurs, moissons et vergers, et bois, et pâturages,
Rampent au pied des murs d'opulentes cités,
Sous les arches de pierre à grand bruit emportés[3].
Dirai-je ces travaux, source de l'abondance,
Ces ports où des deux mers l'active bienfaisance
Amène les tributs du rivage lointain,
Que visite Phœbus le soir et le matin?
Dirai-je ces canaux, ces montagnes percées,
De bassins en bassins ces ondes amassées
Pour joindre au pied des monts l'une et l'autre Thétis[4]?
Et ces vastes chemins en tous lieux départis,
Où l'étranger, à l'aise achevant son voyage,

1. Virgile a dit mieux, dans sa première églogue, v. 77 :

> Non ego vos posthac (capellæ)....
> Dumosa *pendere* procul de rupe videbo;

ce que Delille a imité ainsi dans les *Jardins*, c. IV :

> Là, du sommet lointain des roches buissonneuses
> Je vois la chèvre *pendre*. . . . .

2. La hardiesse de ce rejet est encore à constater.

3. Ces vers rappellent par leur harmonie grave, autant que par l'idée, celui de Virgile, *Géorg.*, II, 157 :

> Fluminaque antiquos subterlabentia muros.

4. Le canal du *Languedoc* ou du *Midi*, qui fait communiquer l'Atlantique à la Méditerranée, fut un des travaux qui honorèrent le plus le règne de Louis XIV et le ministère de Colbert. Commencé en 1666, il fut terminé en 1681, sur le plan et aux frais de Paul de Riquet et sous la direction de l'ingénieur militaire Andréossy. — Thomas, dans son poëme inachevé sur le czar Pierre le Grand (chant II de la France), a rappelé aussi ces œuvres glorieuses de la paix.

Pense au nom des Trudaine[1] et bénit leur ouvrage?
Ton peuple industrieux est né pour les combats.
Le glaive, le mousquet, n'accablent point ses bras :
Il s'élance aux assauts, et son fer intrépide
Chassa l'impie Anglais, usurpateur avide.
Le ciel les fit humains, hospitaliers et bons,
Amis des doux plaisirs, des festins, des chansons;
Mais faibles, opprimés, la tristesse inquiète
Glace ces chants joyeux sur leur bouche muette[2],
Pour les jeux, pour la danse, appesantit leurs pas,
Renverse devant eux les tables des repas,
Flétrit de longs soucis, empreinte douloureuse,
Et leur front et leur âme. O France trop heureuse,
Si tu voyais tes biens[3], si tu profitais mieux
Des dons que tu reçus de la bonté des cieux !...

1. Philibert de Trudaine, intendant général des finances, et qui réunissait dans son département le commerce, les manufactures, les ponts et chaussées, etc., se fit remarquer par une administration aussi active qu'éclairée. C'était le père des *deux frères Trudaine*, dont Chénier était l'ami, et auxquels il a adressé une de ses élégies : dignes de son affection par leurs qualités distinguées, ils devaient comme lui périr sur l'échafaud.

2. La composition de l'hymne à la France, comme on le voit par ce passage, se rapporte au temps où éclatèrent les premiers troubles de notre révolution.

3. Mouvement emprunté à Virgile, *Géorg.*, II, 458 :

O fortunatos nimium, sua si bona norint,
Agricolas !...



FIN.

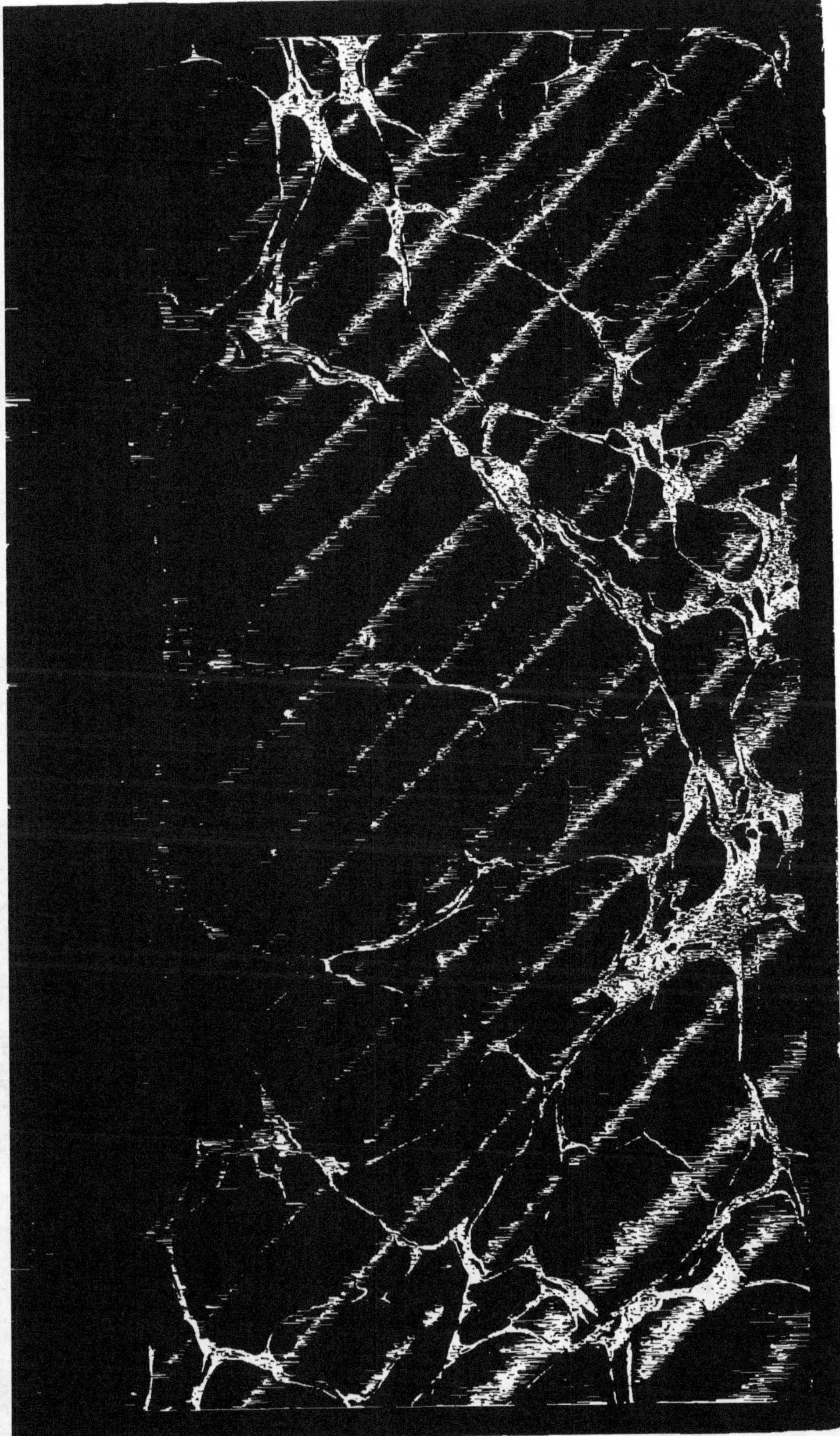

www.ingramcontent.com/pod-product-compliance
Lightning Source LLC
Chambersburg PA
CBHW050157030726
47505CB00005B/1406